人民共和國文化與文學叢書

初 編

李 怡 主編

第 **10** 冊

場域理論視角下的農民工話語

賀 芒 著

花木蘭文化出版社

國家圖書館出版品預行編目資料

場域理論視角下的農民工話語／賀芒 著 -- 初版 -- 新北市：花
木蘭文化出版社，2014〔民 103〕

序 4+ 目 2+290 面；19×26 公分

（人民共和國文化與文學叢書 初編；第 10 冊）

ISBN 978-986-322-764-9（精裝）

1. 中國文學 2. 文學評論 3. 農民

820.8   103012662

特邀編委（以姓氏筆畫為序）：

ISBN-978-986-322-764-9

9 789863 227649

人民共和國文化與文學叢書

初　編　第　十　冊　　　　　ISBN：978-986-322-764-9

場域理論視角下的農民工話語

作　　者　賀芒

主　　編　李怡

企　　劃　北京師範大學民國歷史文化與文學研究中心
　　　　　四川大學現代中國文化與文學研究中心

總 編 輯　杜潔祥

副總編輯　楊嘉樂

編　　輯　許郁翎

印　　刷　普羅文化出版廣告事業

出　　版　花木蘭文化出版社

社　　長　高小娟

聯絡地址　235 新北市中和區中安街七二號十三樓
　　　　　電話：02-2923-1455／傳眞：02-2923-1452

網　　址　http://www.huamulan.tw 信箱 hml 810518@gmail.com

初　　版　2014 年 9 月

定　　價　初編 17 冊（精裝）新台幣 30,000 元
　　　　　　　　　　　　　　　　　版權所有・請勿翻印

場域理論視角下的農民工話語

賀　芒　著

作者簡介

賀芒，女，重慶大學公共管理學院副教授，2009 年獲博士學位。近年來主持中央部級課題 1 項，省部級課題 2 項，參研國家級、省部級項目多項。發表 CSSCI 論文 10 餘篇。

提　　要

　　「農民工」是敘事者的想像與話語建構，「農民」、「進城農民」、「農民工」等一直存在於精英知識分子的話語體系之中，「農民工」是被同情的弱者。在政治因素與市場因素的雙重作用下，農民工的自我言說成爲可能。本書借用布迪厄的場域理論，揭示精英知識分子的「農民工」話語與農民工的自我表述之間的內在邏輯、演變過程。

　　本書具有兩個研究視角：外部研究與內部研究。外部研究主要從文化政策、文化體制改革及文學的生產機制：文學期刊、文學評獎與文學批評等方面論證農民工話語的產生，並形成「農民工」他者話語與自我話語的多元化格局，知識分子作家的「農民工」話語與打工文學的農民工話語擁有不同的生產機制，屬於不同的生產與發行圈子：精英圈子與大眾圈子。在精英話語的強勢影響下，以及打工文學市場的逐漸萎縮，打工文學的生產機制呈現開放性結構，接受來自文學權威機構的收編。內部研究則是深入到文本之中，進行思想內涵與美學分析，由於敘事視角、價值體系、知識結構與精神內涵不同，打工文學呈現出不同於知識分子作家「農民工」話語的異質性元素，「農民工」在知識分子的文化視野中與在農民工的自我表述中，具有了多元形態及複調式的審美特徵。由於處於場域邊緣的打工文學，其美學合法性地位未獲承認，接受了精英文學的美學原則，呈現精英化趨向。在場域中，打工文學的「農民工」話語與知識分子「農民工」話語動態並存。在運動中，一方面是知識分子作家「農民工」話語的底層立場的形成，另一方面是「農民工」自我表述出現他者化傾向，打工作家的農民工身份終將成爲一個文化符號。

《人民共和國文化與文學叢書》總序

李　怡

　　中國當代文學是與「中國現代文學」相對的一個概念，指的是中華人民共和國建立之後的文學。追溯這一概念的起源，大約可以直達 1959 年新中國十週年之際，當時的華中師院中文系著手編著《中國當代文學史稿》，這是大陸中國最早編寫的「中國當代文學史」教材。從此以後，「當代文學」就與「現代文學」區分開來。與中國現代文學研究比較，中國的當代文學研究是一個相對年輕的學科，所以直到 1985 年，在一些「現代文學」的作家和學者的眼中，年輕的「當代文學」甚至都沒有「寫史」的必要。〔註 1〕

　　但歷史究竟是在不斷發展的，從新中國建立的「十七年」到「文化大革命」十年再到改革開放的「新時期」，而後又有「後新時期」的 1990 年代以及今天的「新世紀」，所謂「中國當代文學」的歷史已達六十餘年，是「中國現代文學三十年」的整整一倍！儘管純粹的時間計量也不足說明一切，但「六十甲子」的光陰，畢竟與「史」有關。時至今日，我們大約很難聽到關於「當代文學不宜寫史」的勸誡了，因爲，這當下的文學早已如此的豐富、活躍，而且當代史家已經開始了更爲自覺的學科建設與史學探討，這包括洪子誠的《中國當代文學史》，孟繁華、程光煒的《中國當代文學發展史》，張健及其北京師範大學團隊的《中國當代文學編年史》等等。

　　中國當代文學研究的活躍性有目共睹，除了對當下文學現象（新世紀文學現象）的緊密追蹤外，其關於歷史敘述的諸多話題也常常引起整個文學史

〔註 1〕　見唐弢：《當代文學不宜寫史》，《文藝百家》1985 年 10 月 29 日「爭鳴欄」（見
　　　　《唐弢文集》第九卷，社科文獻出版社 1995 年），及施蟄存：《關於「當代文
　　　　學史」》（見《施蟄存七十年文選》，上海文藝出版社 1996 年）。

學界的關注和討論，形成對「當代文學」之外的學術領域（例如現代文學）的衝擊甚至挑戰。例如最近一些年出現的「十七年文學研究熱」。我覺得，透過這一研究熱，我們大約可以看到中國當代文學研究的某些癥結以及我們未來的努力方向。

我曾經提出，「十七年文學研究熱」的出現有多種多樣的原因，包括新的文學文獻的發掘和使用，歷史「否定之否定」演進中的心理補償；「現代性」反思的推動；「新左派」思維的影響等等。〔註 2〕尤其是最後兩個方面的因素值得我們細細推敲。在進入 1990 年代以後，隨著西方後現代主義對「現代性」理想的批判和質疑，中國當代的學術理念也發生了重要的改變。按照西方後現代主義的批判邏輯，現代性是西方在自己工業化過程中形成的一套社會文化理想和價值標準，後來又通過資本主義的全球擴張向東方「輸入」，而「後發達」的東方國家雖然沒有完全被西方所殖民，但卻無一例外地將這一套價值觀念當作了自己的追求，可謂是「被現代」了，從根本上說，也就是被置於一個「文化殖民」的過程中。顯然，這樣的判斷是相當嚴厲的，它迫使我們不得不重新思考我們以「現代化」為標誌的精神大旗，不得不重新定位我們的文化理想。就是在質疑資本主義文化的「現代性反思」中，我們開始重新尋覓自己的精神傳統，而在百年社會文化的發展歷史中，能夠清理出來的區別於西方資本主義理念的傳統也就是「十七年」了，於是，在「反思西方現代性」的目標下，十七年文學的精神魅力又似乎多了一層。

1990 年代出現在中國的「新左派」思潮在相當大的程度上強化著我們對「十七年」精神文化傳統的這種「發現」和挖掘。與一般的「現代性反思」理論不同，新左派更突出了自「十七年」開始的中國社會主義理想的獨特性——一種反西方資本主義現代性的現代性，換句話說，十七年中國文學的包含了許多屬於中國現代精神探索的獨特的元素，值得我們認真加以總結和梳理。在他們看來，再像 1980 年代那樣，將這個時代的文學以「封建」、「保守」、「落後」、「僵化」等等唾棄之顯然就太過簡單了。

「反思現代性」與新左派理論家的這些見解不僅開闢了中國當代文學史寫作的新路，而且對中國現代文學的基本價值方向也形成了很大的衝擊。如果百年來的中國文學與文化都存在一個清算「西方殖民」的問題，如果這樣

〔註 2〕 參見李怡：《十七年文學研究「熱」的幾個問題》，《重慶大學學報》2011 年 1 期。

的清算又是以延安—十七年的道路爲成功榜樣的話，那麼，又該如何評價開啓現代文化發展機制的五四？如何認識包括延安，包括十七年文化的整個「左翼陣營」的複雜構成？對此，提出這樣的批評是輕而易舉的：「那種忽略了具體歷史語境中強大的以封建專制主義文化意識爲主體的特殊性，忽略了那時文學作品巨大的政治社會屬性與人文精神被顛覆、現代化追求被阻斷的歷史內涵，而只把文本當作一個脫離了社會時空的、僅僅只有自然意義的單細胞來進行所謂審美解剖，這顯然不是歷史主義的客觀審美態度。」〔註3〕

利用文學介入當代社會政治這本身沒有錯，只不過，在我看來，越是在離開「文學」的領域，越需要保持我們立場的警覺性，因爲那很可能是我們都相當陌生的所在。每當這個時候，我們恰恰應該對我們自己的「立場」有一個批判性的反思，在匆忙進入「左」與「右」之前，更需要對歷史事實的最充分的尊重和把握，否則，我們的論爭都可能建立在一系列主觀的概念分歧上，而這樣的概念本身卻是如此的「名不副實」，這樣的令人生疑。在這裡，在無數令人眼花繚亂的當代文學批評的背後，顯然存在值得警惕的「僞感受」與「僞問題」的現實。

只要不刻意的文過飾非，我們都可以發現，近「三十年」特別是1990年代以來中國當代文學及其批評雖然取得了很大的發展。但是也存在許多的問題，值得我們警惕。特別需要注意的是1990年代以後中國文學現象的某種空虛化、空洞化，一些問題成爲了「僞問題」。

眞與假與僞、或者充實與空虛的對立由來已久。1980年代的現代主義文學也曾經被稱爲「僞現代派」，有過一場論爭。的確，我們甚至可以輕而易舉地指出如北島的啓蒙意識與社會關懷，舒婷的古代情致，顧城的唯美之夢，這都與詩歌的「現代主義」無關，要證明他們在藝術史的角度如何背離「現代派」並不困難，然而這是不是藝術的「作僞」呢？討論其中的「現代主義詩藝」算不算詩歌批評的「僞問題」呢？我覺得分明不能這樣定義，因爲我們誰也不能否認這些詩歌創作的眞誠動人的一面，而且所謂「現代派」的定義，本身就來自西方藝術史。我們永遠沒有理由證明文學藝術的發展是以西方藝術爲最高標準的，也沒有根據證明中國的詩歌藝術不能產生屬於自己的現代主義。也就是說，討論一部分中國新詩是否屬於眞正西方「現代派」，以

〔註 3〕 董健、丁帆、王彬彬：《我們應該怎樣重寫當代文學史》，《江蘇行政學院學報》 2003 年第 1 期。

「更像」西方作為「非偽」，以區別於西方為「偽」，這本身就是荒謬的思維！如果說 1980 年代的中國詩壇還有什麼「偽問題」的話，那麼當時對所謂「偽現代派」的反思和批評本身恰恰就是最大的「偽問題」！

不過，即便是這樣的「偽」，其實也沒有多麼的可怕，因為思維邏輯上的某種偏向並不能掩飾這些理論探求求真求實的根本追求，我們曾經有過推崇西方文學動向的時代，在推崇的背後還有我們主動尋求生命價值與藝術價值的更強大的願望，這樣的願望和努力已經足以抵消我們當時思維的某種模糊。

文學問題的空虛化、空洞化或者說「偽問題」的出現，之所以在今天如此的觸目驚心在我看來已經不是什麼思維的失誤了，在根本的意義上說，是我們已經陷入了某種難以解決的混沌不明的生存狀態：在重大社會歷史問題上的躲閃、迴避甚至失語——這種狀態足以令我們看不清我們生存的真相，足以讓我們的思想與我們的表述發生奇異的錯位，甚至，我們還會以某種方式掩飾或扭曲我們的真實感受，這個意義上的「偽」徹底得無可救藥了！1990年代以降是中國文學「偽問題」獲得豐厚土壤的年代，「偽問題」之所以能夠充分地「偽」起來，乃是我們自己的生存出現了大量不真實的成分，這樣的生存可以稱之為「偽生存」。

近 20 年來，中國文學批評之「偽」在數量上創歷史新高。我們完全可以一一檢查其中的「問題」，在所有問題當中，最大的「偽」恐怕在於文學之外的生存需要被轉化成為文學之內的「藝術」問題而堂皇登堂入室了！這不是哪一個具體的藝術問題，而是滲透了許多 1990 年代的文學論爭問題，從中，我們可以見出生存的現實策略是如何借助「文學藝術」的方式不斷地表達自己，打扮自己，裝飾自己。《詩江湖》是 1990 年代有影響的網站和印刷文本，就是這個名字非常具有時代特徵：中國詩歌的問題終於成為了「江湖世界」的問題！原來的社會分層是明確的，文學、詩歌都屬於知識分子圈的事情，而「江湖世界」則是由武夫、俠客、黑社會所盤踞的，與藝術沒有什麼關係。但是按照今天的生存「潛規則」，江湖已經無處不在了，即便是藝術的發展，也得按照江湖的規矩進行！何況對於今天的許多文學家、批評家而言，新時期結束所造成的「歷史虛無主義」儼然已經成了揮之不去的陰影，在歷史的虛無景象當中，藝術本身其實已經成了一個相當可疑的活動，當然，這又是不能言明的事實，不僅不能言明，而且還需要巧妙地迴避它。在這個時候，生存已經在「市場經濟」的熱烈氛圍中扮演了我們追求的主體角色，兩廂比

照，不是生存滋養了文學藝術的發展，而是文學藝術的「言說方式」滋養了我們生存的諸多現實目標。

於是，在 1990 年代，中國文學繼續產生不少的需要爭論的「問題」，但是這些問題的背後常常都不是（至少也「不單是」）藝術的邏輯所能夠解釋的，其主要的根據還在人情世故，還在現實人倫，還在人們最基本的生存謀生之道，對於文學藝術本身而言，其中提出的諸多「問題」以及這些問題的討論、展開方式都充滿了不真實性，例如「個人寫作」在 20 世紀中國新詩「主體」建設中的實際意義，「知識分子寫作」與「民間寫作」的分歧究竟有多大，這樣的討論意義在哪裏？層出不窮的自我「代際」劃分是中國新詩不斷「進化」的現實還是佔領詩壇版圖的需要？「詩體建設」的現實依據和歷史創新如何定位？「草根」與「底層」的真實性究竟有多少？誰有權力成為「草根」與「底層」的的代言人？詩學理論的背後還充滿了各種會議、評獎、各種組織、頭銜的推杯換盞、觥籌交錯的影像，近 20 年的中國交際場與名利場中，文學與詩歌交際充當著相當活躍的角色，在這樣一個無中心無準則的中國式「後現代」，有多少人在苦心孤詣地經營著文學藝術的種種的觀念呢？可能是鳳毛麟角的。

在這個意義上，中國當代文學的研究與批評應該如何走出困境，盡可能地發現「真問題」呢？我覺得，一個值得期待的選擇就是：讓我們的研究更多地置身於國家歷史情態之中，形成當代文學史與當代中國史的密切對話。

國家歷史情態，這是我在反思百年來中國文學敘述範式之時提出來的概念，它是百年來中國文學生長的背景，也是文學中國作家與中國讀者需要文學的「理由」，只有深深地嵌入歷史的場景，文學的意味才可能有效呈現。對於中國現代文學研究而言，這樣的歷史場景就是「民國」，對於中國當代文學而言，這樣的歷史場景就是「人民共和國」。

感謝花木蘭文化出版社，使得我們對百年來中國文學的研究有了兩大厚重的背景——民國與人民共和國，這兩套大型叢書將可能慢慢架構起百年中國文學闡述的新的框架，由此出發，或許我們就能夠發現更多的真問題，一步一步推進我們的學術走上堅實的道路。

2014 年馬年春節於江安花園

自　序

　　中國的改革開放，帶來經濟的飛速發展，城市化進程迅速進入高峰期，農業社會向工業社會邁進。農民工正是與現代化和城市化相關的關鍵性要素。在中國社會轉型期，農民懷著對城市文明的嚮往，離開土地進入城市，但身體進入了城市，文化上卻無法融入城市，在文化意義上，農民工是城市的他者，「農民」是一個無法抹去的精神胎記，他們不被城市接納，只能在城市與鄉村之間游蕩，是一個困頓的身體存在。

　　這個特殊的群體，在 20 世紀末 21 世紀初受到社會、理論界、新聞媒體的集體關注，並逐漸進入政府話語。

　　農民工，在不同的領域有著不同的意義：對經濟學家而言，他們是創造經濟價值的廉價勞動力；對歷史學家和社會學家而言，他們體現了中國社會轉型期的矛盾：三農問題、城鄉二元結構問題、經濟結構問題、社會公平與正義問題。

　　農民工在文學中呈現出別樣的社會文化意義，是敘事者的想像與話語建構。然而，「農民」、「進城農民」、「農民工」等一直存在於精英知識分子的話語體系之中，「農民工」是被同情的弱者，在一整套完善的文學期刊、文學評獎、文學理論等生產機制中被生產出來。進入大眾傳媒時代，在新的文學生產機制的作用下，農民工有了發聲的渠道，他們不需要代言，而是想發出自己的真實的聲音。這個聲音，在東南沿海地區最早出現。1980 年代末至 1990 年代初，正逢廣東民工潮，百萬民工湧入廣東，形成了一個龐大的打工群體。這些打工者具有一定的文化知識，年輕，離鄉背井，漂泊在外，工作時間長，文化生活貧乏。由於文學具有抒發情感、撫慰心靈的作用，因此成為

不少打工者的愛好與追求，他們拿起筆來，「我手寫我心」。但遺憾的是，這個聲音十分微弱，很長一段時間都被人忽視。直到整個社會對農民工集體關注，並進入政策話語：2004 年 12 月，文化部下發了《關於高度重視農民工文化生活，切實保障農民工文化權益的通知》，是專門針對農民工文化生活的政策。提出各級文化行政部門必須高度重視農民工文化建設，「把活躍和繁榮農民工的文化生活納入小康文化建設的總體目標，納入政府文化部門服務和管理的基本範疇」，要結合農民工的文化生活需求特點與消費習慣「積極探索適合於農民工文化生活的藝術形式」。在文藝創作方面，提出文藝工作者深入農民工生活，創作反映農民工生活，爲農民工喜聞樂見的作品；同時鼓勵農民工創作，以及自編自導、自娛自樂的節目。對文藝生產單位也提出要求，要生產適合農民工，爲農民工喜聞樂見的節目。

在政治因素與市場因素的作用下，農民工的自我表述——「打工文學」逐漸取得合法性地位，打破了精英知識分子一元化的「農民工」話語格局，呈現「農民工」言說者的多元化格局。從精英知識分子的視角出發，農民工是被想像、被建構的他者，處於精英知識分子作家的價值體系、精神內涵與話語譜系之中。從打工作家的角度來看，「農民工」是他們對自我的建構與想像，帶有親歷性與現場感，是自我經驗的表述，局內人的言說。

爲了更好地呈現「農民工」話語的全貌，本書借用了布迪厄的場域理論，揭示精英知識分子的「農民工」話語與農民工的自我表述之間的內在邏輯、演變過程。

從現有文學秩序的認可度及擁有象徵資本、文化資本的情況來看，打工文學是話語場的新來者，與獲得經典地位的精英文學之間動態並存，並形成力量的轉換，在中國特定的社會歷史環境中形成對話關係。由於政治因素與市場因素對文學場的滲透，打工文學獲得了道德合法性地位；大眾文化時代日常審美經驗融入文學藝術，產生了泛文學的審美原則，爲打工文學進入文學場提供了美學上的可能性，但精英導向的純文學的審美秩序依然存在，其權威地位並未被撼動，打工文學的美學合法性地位沒有確立，在精英文學的強勢影響下，打工文學的異質性美學元素逐漸消融在純文學的審美標準中，接受精英知識分子的藝術趣味與美學法則，打工作家接受政治扶助及市場的影響，知識結構、美學理想發生變化，農民工的自我表述逐漸他者化。

本書具有兩個研究視角：外部研究與內部研究。外部研究主要從文化政策、文化體制改革及文學的生產機制：文學期刊、文學評獎與文學批評等方面論證農民工話語的產生，並形成「農民工」他者話語與自我話語的多元化格局，知識分子作家的「農民工」話語與打工文學的農民工話語擁有不同的生產機制，屬於不同的生產與發行圈子：精英圈子與大眾圈子。在精英話語的強勢影響下，以及打工文學市場的逐漸萎縮，打工文學的生產機制呈現開放性結構，接受來自文學權威機構的收編。內部研究則是深入到文本之中，進行思想內涵與美學分析，由於敘事視角、價值體系、知識結構與精神內涵不同，打工文學呈現出不同於知識分子作家「農民工」話語的異質性元素，「農民工」在知識分子的文化視野中與在農民工的自我表述中，具有了多元形態及複調式的審美特徵。由於處於文學場邊緣的打工文學，其美學合法性地位未獲承認，接受了精英文學的美學原則，呈現精英化趨向。在文學場域中，打工文學的「農民工」話語與知識分子「農民工」話語動態並存。在運動中，一方面是知識分子作家「農民工」話語的底層立場的形成，另一方面是「農民工」自我表述出現他者化傾向，打工作家的農民工身份終將成為一個文化符號。

作為一個研究者，首先進入我視野的，也是精英知識分子作家的「農民工」話語，在翻閱大量文本時，另一個群體的「農民工」話語進入了我的視野，這個群體大多生活在中國東南沿海——珠江三角洲一帶，他們是 20 世紀 80 年代末進城的中國第一代農民工，他們中的不少人都像「高加林」式的人物，懷揣夢想與激情，到城市尋夢。嚴格的戶籍制度使得他們被城市冷冰冰地拒絕，流水線上的枯燥而繁重的作業，權益得不到任何保障，還要遭受城裏人的排斥與白眼，「盲流」、「三無人員」、「撈仔（妹）」是強加在他們身上的符號。文學成為他們心靈的慰藉，他們拿起筆來，書寫自己親歷的農民工生活，抒發內心鬱積的情感。文筆稚拙、技法粗糙，卻能直抒胸臆，樸實感人，作品受到打工者群體的歡迎，在市場暢銷。這是脫離了精英知識分子話語體系的「農民工」自我表述。

由於近年來社會對農民工的關注度上升，也由於敘事者的農民工身份與作家身份的反差，成為新聞熱點，打工文學的社會效應擴大。但打工文學受到關注的是其社會意義而非美學特性，打工文學的審美合法性地位以及異質性美學元素並未得到認可。打工文學在文學場中的邊緣化地位，也決定了它

的不同於精英文學的生產機制：從文學社團到依託於打工文學雜誌的「讀者——作者——編者」爲一體的創作模式，再到地方作協、文聯等文學組織的介入，以文學社團爲中心的創作機制逐漸轉變成爲省作協（文聯）——市作協（文聯）——街道文學社區的模式，文學管理部門加強了對打工文學的管理和引導，一方面，打工文學接納了精英文學審美原則，希望進入主流文學；另一方面打工文學又以街道爲中心向基層群眾創作的模式發展。打工詩歌作爲打工文學的重要發展階段及代表性成果，通過自創刊物《打工詩人》確認底層農民工身份，爲自己命名，而這一命名，卻成爲進入主流文壇的許可證。打工文學的道德合法性被承認，美學上仍然只有接受精英文學的審美標準。打工文學具有社會效應與審美效應的反差，道德合法性得到承認的同時，美學合法性並未得到承認。

於是，一方面，打工者進入文學場，打破了精英知識分子對「農民」、「農民工」話語的一體化格局，形成了「農民工」言說者的多元化局面。另一方面，由於打工作家文學資本的不足，直接影響到被已有的文學秩序的認可程度。

打工文學具有道德合法性，但美學合法性不足，權威性文學期刊、文學評獎、文學研究機構自上而下地對在野的打工文學進行收編，地方文學組織對打工作家進行教育與培訓，進一步推動打工作家進入現存的知識體系，接受現行的美學秩序，爲躋身精英作家的隊伍而努力。另外，消費能力強的精英階層成爲市場的寵兒，以低消費能力的農民工爲主要讀者的打工文學市場萎縮，也加速了打工文學的精英化傾向。

知識分子作家與打工作家兩種言說主體的出現，自上而下與自下而上的展開「農民工」敘事，使得「農民工」話語呈現多元、動態格局，促進了文學生產的民主化進程。同時「農民工」也具有了多層次、多方位的審美意蘊與文化內涵。

目

次

緒　論

第一節　研究目的及意義

　　20 世紀 80 年代末，農村在短暫的經濟復蘇之後，再次陷入困頓，城市化、現代化建設步伐加快，沿海經濟發達地區私營企業如雨後春筍般增多，國家限制農民進城的政策有所鬆動，在生存的驅使下，大量農民拋下土地，湧入城市，形成蔚爲壯觀的民工潮。他們散佈在城市的建築工地，工廠流水線，以及城市的家庭，擁塞在春運的火車上，南下的火車承載著他們對未來生活的希望。中國農民的命運，在現代化轉型中，再一次被改寫。

　　社會學家李培林對農民工有一段頗爲形象的描述：

> 　　跨入工業文明的莊稼人，是一群普普通通的打工者。火車站裏，他們身背鋪蓋卷茫然地環視；城市高樓大廈的建築工地上，他們忙碌地搭建腳手架；勞動密集的工業流水線上，他們每天機械地重複著單調的操作；貨運的碼頭上，他們緊張地搬運沉重的物品；大街小巷中，他們回收著生活的廢品；千萬個家庭裏，她們照料著城市的孩子；夜晚的地鐵裏，他們拖著疲憊的身軀，面對著投來的異樣目光……但這些普普通通的生活，卻構成一個偉大社會變遷的過程。〔註1〕

這是一次中國特色的人口大遷徙，農民拋棄了相守數千年的土地，懷著夢想

〔註 1〕 李培林主編《農民工：中國進城農民工的經濟社會分析》，社會科學文獻出版社，2003 年，第 295 頁。

進入城市，踏進工業文明，但他們卻無力主宰工業文明，無法獲得城市人的身份。城鄉二元分治的社會制度下，進城農民雖然從事工人職業，卻享受不到與城市居民同等的政治、經濟、文化權力，反而被視為城市工人的就業競爭對手與社會治安的不穩定因素，被稱為「盲流」、「三無人員」。非農非工，非城市非農村的邊緣地位，使他們處於身份艱難指認的焦慮之中。他們社會地位低下，生活貧困，缺少社會保障，既無法融入城市，又不願回到農村，不但經歷著物質上的貧困，也經受著精神上漂泊無依的痛苦。

1990 年代末至 21 世紀初，思想界熱議三農問題，農民工問題〔註2〕，直面農民負擔沉重、生活貧困等現實問題，城鄉二元體制是將農民阻隔在城市大門外的制度因素；農民工也進入文學的視野，成為作家關注的焦點，出現了大量反映農民工生活的文學作品，不論是尋根文學的代表作家、都市文學的代表作家、還是先鋒文學的代表作家、女性主義文學的代表作家〔註3〕，都推出「農民工」文學作品，還有近年來在文壇初露鋒芒的底層作家、打工作家，更是「農民工」書寫的主力。2004 年，以曹征路的《那兒》發表為契機，引發了底層文學的討論〔註4〕，2005 年底圍繞南帆發表在《上海文學》的《底層經驗的文學表述如何可能？》，底層敘事的討論波及全國〔註5〕。思想界、

〔註2〕 1999 年至 21 世紀初《讀書》對三農問題的討論：參見溫鐵軍《「三農問題」：世紀末的反思》，載《讀書》1999 年第 12 期，第 3～11 頁；陸學藝《走出「城鄉分治，一國兩策」的困境》，載《讀書》2000 年第 5 期，第 3～9 頁；陸學藝《「農民真苦，農村真窮」？》，載《讀書》2001 年第 1 期，第 3～8 頁。還有一系列相關圖書出版：曹錦清《黃河邊的中國》，上海文藝出版社，2000年；陸學藝《當代中國社會階層研究報告》，社會科學文獻出版社，2002 年；陳桂棣、春桃《中國農民調查》，人民文學出版社，2004 年。

〔註3〕 如賈平凹的《高興》，王安憶的《上種紅菱下種藕》、《民工劉建華》，殘雪《民工團》，林白《婦女閒聊錄》等。

〔註4〕 文學理論批評界就《那兒》到底表現了無產階級意識還是精英意識進行了爭論。參見吳正毅、曠新年《〈那兒〉：工人階級的傷痕文學》，載《文藝理論與批評》2005 年第 2 期，第 14～16 頁；張碩果《還是知識份子，還是困境》，載《當代作家評論》2005 年第 6 期，第 101～103 頁。

〔註5〕 2005 年 11 月，因南帆主持的關於底層文學的專題談話《底層經驗的文學表述如何可能》在《上海文學》上發表，吳亮寫了《底層手稿》，直指南帆等人這篇專題對話，認為「用晦澀空洞的語法去代言底層正在成為一種學術時髦」。陳村將兩篇文章貼在他主持的 99 讀書論壇的小眾菜園上，從而引來一場熱烈的論爭。參見南帆《底層經驗的文學表述如何可能》，載《上海文學》2005年第 11 期，第 74～82 頁；吳亮《底層手稿》，載《上海文學》2006 年第 1 期，第 96～97 頁；徐德芳《為底層代言：新的學術資源爭奪戰？》；羅四鴒

理論界、文學界都同時對農民工群體進行了集體性關注。

　　農民工由鄉村進入城市，是現代化轉型期的別樣群體。由於城鄉戶籍制度的存在，文化價值觀念的差異，農民工有著異於城市居民的他者身份，他們由國家的主人而一度淪爲經濟貧困、社會地位低微的底層群體，「一畝貧瘠、年年歉收的水田以至成千上萬這樣的水田、旱田和耕地脫離了其原本厚重溫暖的含義，異化成一種身份和人格，一塊烙印，一種災難，一種先天的劫持。」〔註6〕隨著國家城鄉一體化政策的提出，打破城鄉二元結構，消滅工農差別、城鄉差別提上日程：讓城市帶動農村，工業反哺農業，改變城與鄉的分割與對立，實現城鄉一體化協調發展，由城鄉分治走向城鄉統籌。農民工異於城市人的文化身份阻礙了城鄉一體化建設的順利推進，農民不僅在身體上要融入城市，精神上、文化上也要融入城市。在這樣一個宏觀背景下，反映農民工身體困頓與靈魂無所皈依，尋找農民工身份認同的農民工文學具有重要的研究價值。

　　在商業時代，文學創作已經從作家獨立的精神活動變成了由策劃、出版、媒體炒作、影視改編等各個環節組合而成的系統生產活動，文學作爲一種消費品，表現出明顯的中產階級趣味，如1990年代以來的文化大散文、小女人散文、時尚寫作等等，均體現白領階層的審美傾向與審美趣味，而對於農村與城市較廣闊的邊緣地區，由於其消費力低下，成爲了文學策劃者、出版商眼中的灰色地帶。另一方面在中國文學中佔據重要地位的鄉村文化、農民題材的文學早已失去了它昔日的輝煌。在這樣一個消費語境下，不具備娛樂性、時尚感的農民工文學居然能夠逐漸形成潮流，到底是什麼力量推動的結果？它的生產機制是什麼？這也是值得研究者去關注的。

　　再深入到文本內部，這些作品反映農民工的生存境遇與命運變遷，形成了不同於啓蒙話語與現代性反思的新的話語體系：對社會平等、公正以及權利的籲請與呼號，它具有獨特的主題內涵、文本意蘊與審美特徵，這是一次包括美學、道德倫理在內的文化轉移，由國民性轉移到立足於公平正義

《學術文章請勿「黑話」連篇》，載《文學報》2005年12月22日，第001版；張閎《底層關懷：學術圈地運動》，載《天涯》2006年第2期，第25～26頁；南帆《底層問題、學院及其他》，載《天涯》2006年第2期，第21～24頁。

〔註6〕柳冬嫵《從鄉村到城市的精神胎記：中國「打工詩歌」研究》，花城出版社，2006年，第17頁。

的價值判斷與道德同情，具有平等的敘事立場。其審美形態與文本價值不同於與「農民工」相關的「農民」敘事、「農民進城」敘事或「鄉下人進城」敘事。

由於以農民工為創作主體的打工文學進入文學場，使得「農民工」話語更具複雜性、多元性。在市場的主導作用下，與農民血脈相連的底層農民工，不僅僅是知識份子話語譜系中的一個被言說的對象，他們還發出了自己的聲音，打破了「農民」、「農民工」的知識份子話語的一元化格局，由於敘事視角、知識結構、情感經歷的不同，打工文學具有不同於精英文學的異質性美學元素。文學生產機制下，文學作為消費品，必然給美學原則帶來衝擊。複雜的敘事技巧傾向於簡單化，日常生活經驗融入審美原則，一方面，被詬病為簡單化、模式化的精英作家的「農民工」書寫在文化工業大生產的背景下獲得美學合法性地位，另一方面，被視為原生態，藝術形式粗糙的打工文學也獲得進入主流文學生產機制的美學條件。日常生活經驗的導入將對現存的美學秩序構成什麼樣的衝擊？又會怎樣影響到精英文學與打工文學的力量對比？所謂的主流文學對打工文學的收編又是怎樣形成的？

當前農民工文學的研究主要集中於內部研究，外部研究不足〔註7〕，而對農民工文學的內部研究，又停留在形象、主題內涵、敘事視角等靜態研究上，沒有放在文化工業大生產的背景下；對農民工文學進行單向度研究：或者是知識份子作家的「農民工」話語，或是打工文學；或將二者簡單集合在一起，缺少對兩者之間的內在邏輯、關係運動、力量轉換的研究〔註8〕。本書力圖從外部與內部兩個研究角度，拖出知識份子作家的「農民工」話語與「農民工」的自我表述之間的內在邏輯框架，理順精英文學與打工文學的關係，外部的生產機制與內部的審美形態的關係，動態地呈現文學生產機制下的農民工文學的全貌。

〔註7〕 這些研究主要集中於敘事文本，進行主題內涵、敘事技巧、人物形象等美學特性的分析。例如：向濤《當代農民工文學敘事研究》，碩士學位論文，華中師範大學，2007年；馬超《徘徊在城鄉之間──近期農民工題材小說研究》，碩士學位論文，北京大學，2007年；楊榮超《苦難的漂泊，真摯的書寫──新時期以來關於年輕一代農民工形象的文學敘述》，碩士學位論文，吉林大學，2007年。

〔註8〕 將書寫者分為打工作家與專業作家，並分析二者不同敘事視角的美學特徵，缺少內在的邏輯關係運動。參見鄭曉明《論當下的打工文學創作》，碩士學位論文，瀋陽師範大學，2007年。

第二節　研究方法

　　當前學術界主要把農民工文學的研究納入兩個體系：一個是縱向的體系：作爲「鄉土文學」、「農民進城」、「農民文化」發展的一個分支。丁帆的《中國鄉土小說史》認爲 20 世紀 90 年代鄉土小說寫了農民對城市生活的嚮往，強調「他們逃離鄉土的強烈願望以及開拓土地以外新的生存空間的主動姿態」，以及離土農民「體驗與土地沒有直接依附關係的人生」。〔註 9〕或認爲過去的鄉土文學已經難以涵蓋社會歷史的變遷，以「鄉族小說」、「新鄉土敘事」來包含「農民工」敘事。認爲「『鄉族小說』就是指以廣大鄉村社會（以及非鄉村社會中某些雇傭農民工作的生活區域，如工礦企業、建築工地、城市家庭）爲生存背景，以在這一背景下生活的廣大人們（主要是農民／變種農民）以及他們的各種活動（歷史的／現實的、物質的／精神的）爲書寫對象的小說。」〔註 10〕，對新鄉土文學敘事所作的界定，則打破了鄉土文學在描寫對象上的自我限制，關注農裔進城的當代生存境遇，把「向城求生」作爲現代化的訴求方式。雖然寫的是他們在城市裡的生活，但仍然是鄉村命運的展示者，城市用來闡釋他們在農村現代化進程中的命運。農民工是其中的主要話題，並在 21 世紀初形成聲勢〔註 11〕。或用「鄉下人」的概念來涵蓋「農民」、「民工」，認爲當下「鄉下人進城」的文學敘述與 20 世紀中國現代文學中的鄉下人進城構成對話關係〔註 12〕。將「農民工」敘事置入五四以來的「農民進城」文學敘事作整體考察〔註 13〕。縱向體系的研究，既在尋找「農民工」敘事與「鄉土文學」、「農民進城」文學的歷史淵源關係，又意識到社會歷史的變遷給文學敘事注入了新的內涵。從現代與傳統、城市與鄉村、工業文明與農業文明的衝突中揭示「農民工」的個體生存與群體命運。

〔註 9〕丁帆《中國鄉土小說史》，北京大學出版社，2007 年，第 334 頁。

〔註 10〕參見李莉《論現代化進程中的新時期鄉族小說》，博士學位論文，山東師範大學，2006 年，第 18～19 頁。

〔註 11〕軒紅芹《「向城求生」的現代化訴求——90 年代以來新鄉土敘事的一種考察》，載《文學評論》2006 年第 2 期，第 160～166 頁。

〔註 12〕徐德明《「鄉下人進城」的文學敘述》，載《文學評論》2005 年第 1 期，第 106～111 頁。

〔註 13〕參見蘇奎《漂泊於都市的不安靈魂——中國現代文學中的「城市外來者」研究》，博士學位論文，東北師範大學，2006 年。

　　另一個是農民工文學研究的橫向體系：主要是借用社會學的「底層」概念，將「農民工」列入底層之中，從當下社會現實出發，將「農民工」的個人命運置於廣闊的社會歷史背景之下。「農民工」生活貧困，社會經濟地位低下，被城市擠壓，具備底層特性，「底層的一個重要的特徵就是遭受壓抑」〔註14〕。其實，「底層」在文學中很難明確命名，只能是一個相對於利益分配機制中享有更多利益的群體而言的、社會地位低下、文化程度低、經濟貧困的階層，是被人道主義精神同情的對象。近年來農民工題材的文學作品都被列入底層文學行列〔註15〕，以創作農民工題材為主的作家，如羅偉章、陳應松等被冠以「底層作家」的名號，賈平凹創作的反映進城農民拾垃圾生活的《高興》被視為由「鄉土」進入「底層」〔註16〕。將農民工文學直接列為底層文學的分支〔註17〕。

　　雖然有學者將底層文學溯源到1920、1930年代的無產階級文學、左翼文學，但底層文學的產生，從實踐與理論上看，主要是在思想界對「三農」問題、弱勢群體、社會底層群體的思考導入文學界，是作家對當下的關注，與社會現實存在「共時性」，研究者注重的是它的思想內容、審美特徵、創作主體及敘事立場等問題，主要不是從歷史的視野進行研究。因此，本書認為將農民工文學列入底層文學的分支是橫向體系的研究。

　　筆者認為，從精神內涵與表現手法上，農民工文學與底層文學有一致性。其一，在思想內涵上，表現外在環境的壓制下，個體生存的艱難，對命運的抗爭，對社會現實的追問與權利的籲請，表達作家的人文精神的關懷、公平正義的價值判斷，體現一種社會責任感。底層文學的描寫對象——工農大眾，農民工是其中的主要部分，並體現了從「農民」到「農民工」內在的精神接續：由國民性而人民性，再至領導地位的失落，在新的利益分配機制下，跌

〔註14〕南帆《底層經驗的文學表述如何可能》，載《上海文學》2005年第11期，第75頁。

〔註15〕李雲雷將近幾年引起反響的農民工題材小說如陳應松《馬嘶嶺血案》、《太平狗》，劉繼明《放聲歌唱》，羅偉章《大嫂謠》、《我們的路》、《變臉》，王祥夫《狂奔》，遲子建《花牤子的春天》均列入底層文學，參見李雲雷《「底層文學」在新世紀的崛起》，http://www.eduww.com/Article/200801/17326.html。

〔註16〕邵燕君《當「鄉土」進入「底層」——由賈平凹〈高興〉談「底層」與「鄉土」寫作的當下困境》，載《上海文學》2008年第2期，第90～96頁。

〔註17〕「農民工主題寫作毫無疑問是底層敘事的一大分支。它有底層敘事諸多特點，同時也有自身許多特點」。參見馬超《徘徊在城鄉之間——近期農民工題材小說研究》，碩士學位論文，北京大學，2007年。

入社會地位低下、經濟貧困的底層，乃至人民性的重建〔註18〕。其二，在「寫什麼」與「怎麼寫」這個老問題上，又回到「寫什麼」，即作家對現實的介入與干預，以及對社會問題的探詢與解決。在藝術表現手法上，是對現實主義傳統的接續。新時期以來，先鋒文學以新的審美形式的構建佔據文壇，對現實生活的疏離以至於在商業化浪潮中逐漸走入個人化寫作的小圈子，單純的形式上的探索走入寫作的狹隘。現實主義傳統並未因先鋒文學成爲當代文壇的領銜主演而中斷，從路遙《平凡的世界》，到新寫實主義，到現實主義衝擊波，現實主義在先鋒文學統領文壇，再至文學的商業化浪潮中延續下來，雖然新寫實主義、現實主義衝擊波存在對底層命運的冷漠態度，但對平凡世界的瑣屑人生的關注，使文學從高高在上的精英立場降低到平民百姓的現實人生。底層文學將目光投向底層民眾，對他們的艱難境遇充滿悲憫與同情。「農民工」敘事與底層文學一致，以現實主義手法眞實呈現農民工的生活境遇及時代命運，並注入作家的深摯的情感。

「農民工」敘事並不等同於底層敘事，農民工流徙於城市與鄉村之間，突破了底層文學將視點集中於某個階層的局限，擴大了寫作空間與文化內涵，「鄉土」的介入，使「農民工」成爲鄉土文學與底層文學的連接點。

本書從底層視域對「農民工」話語進行研究，同時關注鄉土的文化內涵。

由於打工文學的出現，「農民工」話語呈現出複雜性。創作主體的不同，出現「寫底層」與「底層寫」，即知識份子作家的「農民工」話語與底層打工者的農民工話語。二者的生產及消費渠道、敘事立場、敘事角度都有所不同，體現出「他者」與「自我」、「自上而下」與「自下而上」的區別。打工文學主要是指「由下層打工者自己創作的以打工生活爲題材的文學作品」〔註19〕，無法涵蓋知識份子的「農民工」話語；「農民工」話語也不能只是包含以知識份子作家爲言說主體的那一部分，只有對二者內在的關聯進行研究，才能立體地、完整地呈現農民工文學。本書以布迪厄的文學場域理論爲主要研究方法，論證在文學場中，知識份子作家的「農民工」話語與打工文學的「農民

〔註18〕底層文學不同於 1949～1976 年宏大的人民敘事，而強調個體性的人民敘事，對個體權利如自由、平等的爭取，或曰公民敘事。參見王曉華《人民性的兩個維度與文學的方向》，載《文藝爭鳴》2006 年第 1 期，第 23～30 頁。
〔註19〕參見楊宏海《文化視野中的打工文學》，載楊宏海主編《打工文學備忘錄》，社會科學文獻出版社，2007 年，第 4 頁。

工」話語的動態關係。國家主導話語並未明確倡導工農大眾寫作，現行文學制度也沒有專門設立對底層作者的培養扶持，這與十七年時期設立專門制度培養工農作家大不一樣，在這種情況下，打工文學作為「底層寫」如何可能？又如何與知識份子作家爭奪「農民工」敘事合法性，打破知識份子的底層話語的一元化格局？怎樣實現打工文學「自下而上」與知識份子話語的「自上而下」的對接？一方面是底層打工作家向精英作家的審美標準靠攏，一方面是精英作家的道德情感上的底層立場。知識份子作家的「農民工」話語與打工文學的「農民工」話語的共時並存，使農民工文學呈現多元化形態及複調式的美學特徵。

需注意的是，目前學術界存在著對兩種書寫主體──知識份子作家與底層書寫者之間關係的研究，主要集中於知識份子作家是否具備代言底層的合法性。一種觀點認為精英知識份子對底層的代言是有價值的，底層經驗並非只能由底層表述，知識份子視域使底層更加豐富，樸素的底層表述往往難以承擔如此複雜的美學效果〔註20〕。知識份子為底層代言是有意義的，底層的處境和問題需要被知曉。只有底層「被知道」，才有可能改變境況，獲取權利與機會〔註21〕；另一種觀點認為知識份子不具有代言的合法性，由於精英主義的立場，作家對底層的描述是扭曲的、虛假的，所以，讓底層享有平等教育權，具備自我表述能力十分重要〔註22〕；底層有能力表述自己，自詩經時代以來，底層表述就分為兩種：一個是底層的自我表述，一個是知識者的底層表述〔註23〕。這為本書的論述提供了理論參照。在「農民工」話語中，由於敘事主體的多元化，存在著對「農民工」話語合法性的爭奪，知識份子作家書寫與底層農民工書寫並非在文學場中靜止不動，也不是非此即彼的二元對立關係。由於市場、政府、傳媒，各種力量的參與，二者有交融的趨勢，這種交融主要體現為：一方面是精英文學的大眾化趨向，一方面是打工文學的精英化趨向。本書由文學生產機制到審美原則，由外及內地對這種趨向進

〔註20〕參見南帆《底層：表述與被表述》，載《福建論壇》（人文社會科學版）2006年第2期，第4～5頁。

〔註21〕參見顧錚《為底層的視覺代言與社會進步》，載《天涯》2004年第6期，第15～21頁。

〔註22〕參見劉旭《底層與精英主義討論》，載《中文自學指導》2005年第2期，第40～43頁。

〔註23〕參見南帆《底層經驗的文學表述如何可能》，載《上海文學》2005年第11期，第77頁。

行研究。

第三節　概念的闓定

　　本書研究的「農民工」話語，是以農民工為敘事客體的各種形式承載的文學話語成品，包括小說、詩歌、報告文學等，它們的生產機制，以及敘事視角、立場、文化意蘊與美學效果。「農民工」話語與「農民工」敘事密不可分，某種程度上等同於「農民工」敘事。

　　什麼是「農民工」話語？要對它進行概念界定，首先要弄清社會現實中的農民工與文學作品中的「農民工」。

　　農民工是農民在特定歷史階段的身份轉變，是中國現代化進程中的產物。可以說，沒有中國的現代化建設，沒有市場經濟，就不會有大規模的農民工出現。農民工為城市帶動鄉村，解決三農問題闖出一條新路，但也成為中國現代化進程中的陣痛，他們為城市建設以及現代化進程作出了巨大貢獻，卻沒有得到同等的回報，他們的工資收入低，社會地位低，面臨工資清欠問題，子女教育問題，社會保障問題。社會學家對農民工的定義為：「農民工指擁有農業戶口，被人雇用去從事非農活動的農村人口。」〔註24〕「農民工是指具有農村戶口身份卻在城鎮或非農領域務工的勞動者，是中國傳統戶籍制度下的一種特殊身份標誌，是中國工業化進程加快和傳統戶籍制度嚴重衝突所產生的客觀結果。」〔註25〕

　　在中國的現代化、工業化快速發展的階段，農民的職業與他們的戶籍身份發生了衝突。從事的非農工作，但戶籍身份仍然是農民。農民工就是中國城鄉二元制度的產物。「農民」身份，成為他們與市民的標誌性區別，也使他們成為一個身體困頓與靈魂裂變的存在。他們長期生活、工作在城市，但他們自己以及其他社會群體仍然認為他們屬於農村，應該回到農村去；而對於農村來說，他們已經接受了城市的一些生活方式與文化觀念，與農民有了根本的區別，很難再回到傳統農村的生活中去。他們在城與鄉之間徘徊，這種邊緣狀態，以及衝突、矛盾與憂慮，不但具有社會學、經濟學的研究價值，

〔註24〕陸學藝主編《當代中國社會流動》，社會科學文獻出版社，2004年，第307～308頁。

〔註25〕鄭功成、黃黎若蓮《中國農民工問題與社會保護》，人民出版社，2007年，第8頁。

也具有很強的文學性，被作家捕捉到並加以表現。

「農民工」是作家的想像，邊緣性是其主要的審美特性。他們身上體現著鄉村與城市、傳統與現代、農耕文明與工業文明的衝突。懷抱著夢想，懷著對城市的憧憬，懷著強烈的進城求生的願望，毅然決然地來到城市。但他們走出了鄉村，卻走不進城市，失落了鄉村傳統道德倫理，也無法接受現代道德價值觀，處於一種邊緣狀態。「農民工」與農民工有著不可分割的聯繫，農民工的生存現狀為農民工文學提供了豐富的敘事資源，文學中的「農民工」是對農民工的建構與想像。

關於「農民工」敘事，研究者所作的概念界定如下：

第一、認為它是鄉土文學或鄉土小說的一種或變種。

丁帆將「農民工」敘事視為鄉土描寫的轉型，他對「農民工」的定義為：

> 「農民工」是一個廣義的稱謂概念，它囊括了一切進城「打工」的農民，「農民工」的定義似乎還不能概括那些走出黃土地的人們在城市空間工作的全部內涵，因為游蕩在城市裡的非城市戶籍的農民身份者，還遠不止那些從事「打工」這一職業的農民，他們中間還有從事其他非勞力職業的人，如小商小販、中介銷售商、自由職業者、代課教師、理髮師、按摩師、妓女等許多不屬於狹義「農民工」範疇，他們比那些真正的「打工仔」更有可能成為城裡人。當然，在階級身份層面的認同上他們仍舊是屬於廣義的「農民工」範疇的。因此，無論從身份認同上來確定這些「城市游牧者」階層，還是從精神層面上來考察這些漂泊者的靈魂符碼，我以為用「城市異鄉者」這個書面名詞更加合適一些。〔註26〕

丁帆對「農民工」定義是在鄉土視野中進行的，所以又將其命名為「城市異鄉者」。作為寄身都市覓食的「另類」，被列入另冊的城市「游牧群體」，顛覆了千百年來恪守土地的農耕觀念，擴大了「鄉土」的外延邊界以及鄉土文學的內涵〔註27〕。認為「農民工」是在 1990 年代以來，隨著民工潮和農民職業向工業技術的轉換而大量出現的。其創作者僅指知識份子作家。

〔註26〕丁帆《「城市異鄉者」的夢想與現實——關於文明衝突中鄉土描寫的轉型》，載《文學評論》2005 年第 4 期，第 32 頁。

〔註27〕丁帆《中國鄉土小說生存的特殊背景與價值的失範》，載《文藝研究》2005 年第 8 期，第 5～13 頁。

　　賀仲明也是在鄉土文學的視野下來界定「農民工」敘事，認爲是鄉土文學題材的拓展與變異。「隨著越來越多的鄉村人來到城市謀生，90 年代以來鄉土小說的題材範圍有明確的拓展和變異，在呈現出更豐富多樣的生活畫面和生活世界的同時，對傳統『鄉土小說』概念也產生了衝擊。」〔註28〕

　　李莉的博士論文《論現代化進程中的新時期鄉族小說》，認爲在工業文明的衝擊下，傳統的鄉村發生了變化，結合現階段鄉土小說的新特點，用「鄉族小說」涵蓋那些與土地、農民有關的小說，「農民工」敘事（小說）也包括在其中，對「鄉族小說」的定義爲：

　　　　「鄉族小說」就是指以廣大鄉村社會（以及非鄉村社會中某些
　　　　雇傭農民工作的生活區域，如工礦企業、建築工地、城市家庭）爲
　　　　生存背景，以在這一背景下生活的廣大人們（主要是農民／變種農
　　　　民）以及他們的各種活動（歷史的／現實的、物質的／精神的）爲
　　　　書寫對象的小說。〔註29〕

以上學者的論述注重在現代化進程中的鄉土文學的新特點。

　　第二、認爲它是「農民進城」或「鄉下人進城」的延續；在現代性的視野下，從城市與鄉村的關係上來界定「農民工」敘事。

　　2007 年揚州大學召開的「鄉下人進城研討會」，將「農民工」作爲「鄉下人」的一種類型，放在現代化背景下，與中國現代文學中的「鄉下人進城」發生對接〔註30〕。徐德明對「鄉下人」與「民工」、「進城農民」作了區分，認爲「民工」作爲打工的勞動資源，代表社會學的概念，「進城農民」的身份比「民工」複雜，他們可以進城務工、爲傭、經商、拾荒，而「農民」曾經是帶有濃厚政治色彩的詞。「鄉下人」的概念則寬泛得多，它相對於城市／都市人，有身份懸殊及權利競爭，它還是一個悠久的歷史傳統的概念。他對「鄉下人進城」的解釋爲：

　　　　當下的鄉下人進城指 80 年代以來從有限的土地上富餘的農村
　　　　勞力中走進城來、試圖改變生活的帶有某種盲目性的上億計的中國

〔註28〕賀仲明《論 1990 年代以來鄉土小說的新趨向》，載《南京師大學報》（社會科
　　　　學版）2005 年第 6 期，第 138 頁。
〔註29〕李莉《論現代化進程中的新時期鄉族小說》，博士學位論文，山東師範大學，
　　　　2006 年，第 18～19 頁。
〔註30〕劉頲《文學應書寫變遷時代的民族心靈史——「鄉下人進城：現代化背景下的城
　　　　鄉遷移文學」研討會在揚州召開》，載《文藝報》2007 年 4 月 24 日，第 1 版。

農村人口。他們帶著夢想、帶著精力與身體、帶著短期活口的一點
用度本錢，到城裡來謀取一片有限而不無屈辱意味的生存空間。他
們無聲無息地爲一座座城市拓展著空間，其所有勞作的價值都在一
個堂皇的現代化社會命題下被悄悄地吞沒、消解了。〔註31〕

他將生命價值與現代化歷史進程之間矛盾對立視爲文學現代性在鄉下人進城
敘述中的體現。

　　然而，「鄉下人」的概念十分寬泛，「鄉下人是誰？可能是讀書上大學進
城的，可能是當兵轉業進城的，可能是改革開放以後買戶口進城的，可能是
在鄉鎮企業發了財進城炒房而進城的，當然也包括掙扎在社會底層的那種五
行八作、三教九流的進城務工人員」。〔註32〕在中國現代文學中，知識份子也
自稱爲「鄉下人」，表達對城市文化的輕蔑，有其獨特的美學含義，「『鄉下人』
是一種人格的、美學的甚至體魄的驕傲。」〔註33〕這不但帶來了敘事對象上
的含混，也造成了美學意義上的偏差。而且，不論是知識份子從反封建，國
民性批判的現代理性精神出發，還是鄉村文化的角度來觀照城市現代化過程
中的病態與畸變，充滿對鄉村如詩如畫美景以及純美人性的留戀的反思現代
性，與現階段「農民工」敘事中的底層立場、苦難敘事、權利籲請，對弱勢
群體的同情與悲憫都是有一定差異的。

　　逄增玉、蘇奎從城鄉二元對立的格局中，來看待現代城市文明、工業文
明對鄉村舊有的自然經濟與生活方式的衝擊，農民離開土地和鄉村進城謀
生。將五四以來的「進城農民」都納入「農民工」敘事〔註34〕。軒紅芹把農
民的「向城求生」作爲一種現代性訴求，城市是闡釋農民現代化過程中的鄉
村命運，1990 年代以來的「向城求生」是中國現代化與個體生命相聯繫的課
題，「農民工」敘事被納入其中〔註35〕。

〔註31〕徐德明《「鄉下人進城」的文學敘述》，載《文學評論》2005 年第 1 期，第 107
　　　頁。
〔註32〕參見劉頲《文學應書寫變遷時代的民族心靈史——「鄉下人進城：現代化背
　　　景下的城鄉遷移文學」研討會在揚州召開》，載《文藝報》2007 年 4 月 24 日，
　　　第 1 版。
〔註33〕南帆《啓蒙與大地崇拜：文學的鄉村》，載《文學評論》2005 年第 1 期，第
　　　100 頁。
〔註34〕參見逄增玉、蘇奎《現當代文學視野中的「農民工」形象及敘事》，載《蘭州
　　　大學學報》（社會科學版）2008 年第 1 期，第 110～117 頁。
〔註35〕參見軒紅芹《「向城求生」的現代化訴求——90 年代以來新鄉土敘事的一種考

現代性視野將五四、甚至晚清以來的進城農民都視爲「農民工」，雖然擴大了「農民工」的歷史縱深感，但「農民工」的當代特性模糊了。

第三、認爲「農民工」敘事是底層敘事的分支。

當前一些底層文學的研究者，如李雲雷、邵燕君等，雖然沒有對「農民工」進行界定，但都將它納入底層敘事的體系。邵燕君將賈平凹的「農民工」敘事作品《高興》視爲鄉土性向底層性的轉變〔註 36〕。馬超認爲農民工主題小說是底層敘事的一大分支〔註 37〕。

雷達認爲「農民工」敘事是底層發出的呼喊，反映了現階段「農民工」的問題，現階段中國的政治、經濟、道德、倫理、文化矛盾，勞動與資本、生存與靈魂、金錢與尊嚴、人性與獸性的衝突均得以表現，尤其反映了農民面對城市環境產生的緊張感、異化感、漂泊感。他將「農民工」概括爲兩個特點：一是無根的漂泊感、異鄉人，融入不了城市，也進不了鄉村；二是物質層面與精神層面的貧困帶來的苦難〔註 38〕。

雷達對「農民工」的界定兼容了鄉土性與底層性。並且將創作主體由知識份子作家擴大到打工作家。認爲敘事立場是作家主動站在底層「農民工」的立場上，向社會發出呼喊。

在將「農民工」納入底層敘事時，需注意無法將其鄉土性割裂開來。「農民工」之所以不同於「下崗工人」及其他城市無業及半失業者的「底層」，鄉村的存在是一個重要方面。在當下，他們所背負的鄉土印記，成爲一個類似於霍桑紅字的恥辱標記，城鄉二元結構中，鄉村比城市低一個等級，同爲底層，下崗工人的社會地位也在農民工之上〔註 39〕；但另一方面，鄉村也成爲他們的精神撫慰。無法忽略的是：農民工的城市化與鄉村的傳統倫理道德還形成了衝突。正因爲鄉村的存在，才使「農民工」具有了候鳥般的遷徙特徵，

察》，載《文學評論》2006 年第 2 期。

〔註 36〕參見邵燕君《當「鄉土」進入「底層」——由賈平凹〈高興〉談「底層」與「鄉土」寫作的當下困境》，載《上海文學》2008 年第 2 期，第 90～96 頁。

〔註 37〕參見馬超《徘徊在城鄉之間——近期農民工題材小說研究》，碩士學位論文，北京大學，2007 年。

〔註 38〕雷達《2005 年中國小說一瞥》，載《小說評論》2006 年第 1 期，第 7 頁。

〔註 39〕如《北京候鳥》，下崗工人王大哥雖然與進城農民來泰等人都成了靠蹬三輪車過活的底層，但他卻在外地人、進城農民面前表現出明顯的優越感：「都是一樣的人，怎麼著？哎，興你幹就不興我幹呀，你他媽不也是外地人嗎？北京人還沒說話哪，你丫抖什麼機靈？」，參見荊永鳴《北京候鳥》，載《小說選刊》2003 年第 9 期，第 13 頁。

他們的漂泊感，在城市的無根性以及「走不進城市，也回不去鄉村」的悲劇性命運。所以，「農民工」在具有底層性的同時，其鄉土文化內涵無法抹去。農民工的身體進入了城市，但精神卻羈絆於鄉村，時時處於城鄉文化衝突之中。農民工成為困頓的身體與游蕩的靈魂的悖論性存在。

　　綜合研究者的觀點，本書認為：「農民工」話語就是作家進行農民工敘事的產物，以 20 世紀 80 年代末民工潮的產生為社會背景，以離開土地的進城務工的農民為敘事資源，書寫者站在底層立場，反映個體生存的艱難，表達道德同情，批判社會不公，籲請個體的權利，同時蘊含鄉土文化內涵，在城市與鄉村之間，揭示農民工漂泊無根的悲劇命運。書寫主體既包括知識份子作家，也包括打工者自己，形成了「農民工」話語的複調式的審美特徵。

第一章 農民工話語場的政治邏輯

第一節 文化政策的「農民工」話語

一、國家的「農民工」話語

　　將「農民工」話語置於場域中來看，「農民工」話語被嵌入各種複雜的社會關係網絡中，不再僅僅是作家個人的審美想像、個性書寫與情感體驗，而是文學場內外多方力量參與並作用的結果。國家文藝政策，作協等組織機制則是重要的政治因素，對場域進行滲透，改變著場域的客觀結構。資本的擁有左右著話語主體在場中的特殊利益的獲取〔註1〕，而一系列制度則參與了藝術價值與符號資本的生產。場域實際上就是一個鬥爭的場所，一個永無休止的競爭場所。話語權就是行動者爭奪的對象。

　　　　本名：民工

　　　　小名：打工仔（妹）

　　　　學名：進城務工者

　　　　別名：三無人員

　　　　曾用名：盲流

　　　　尊稱：城市建設者

　　　　暱稱：農民兄弟

　　　　俗稱：鄉巴佬

〔註1〕 參見〔法〕皮埃爾・布迪厄《藝術的法則》，劉暉譯，中央編譯出版社，2001年，第279頁。

綽號：游民

爺名：無產階級同盟軍

父名：人民民主專政基石之一

臨時戶口名：社會不穩定因素

永久憲法名：公民

家族封號：主人

時髦稱呼：弱勢群體

——劉虹《打工的名字》

這是打工詩人對打工者的稱謂所作的集錦式的描述，語氣調侃，卻陳述了一個客觀的事實。既有官方的稱謂：盲流、三無人員、民工、弱勢群體、進城務工者、城市建設者等等，又有民間的稱謂：農民兄弟、鄉巴佬、游民……，名字的背後，是「農民工話語」的演變軌跡。

將進城農民稱為「盲流」，最早是在 1952 年，由於農民大量進城，使城市就業壓力加大，農村播種受到影響，《人民日報》上發表《應勸阻農民盲目向城市流動》的文章，隨後一連發了 9 個防止農民進城的行政法規，其中包括 1956 年 12 月 30 日由國務院頒佈的「關於防止農村人口盲目外流的指示」；1957 年 3 月 2 日由國務院頒佈的「關於防止農村人口盲目外流的補充指示」等；另有：1957 年 4 月 30 日由內務部頒佈的「關於受災地區農民盲目外流情況和處理辦法的報告」；1957 年 5 月 13 日由國務院頒佈的「批轉關於受災地區農民盲目外流情況和處理辦法的報告」；1957 年 5 月 27 日由公安部頒佈的「關於實施阻止農民盲目流入城市和削減城市人口工作所面臨的問題及解決辦法的報告」；1957 年 7 月 29 日由國務院頒佈的「批轉關於實施阻止農民盲目流入城市和削減城市人口工作所面臨的問題及解決辦法的報告」；1957 年 9 月 14 日由國務院頒佈的「關於防止農民盲目流入城市的通知」；1957 年 12 月 13 日由國務院頒佈的「關於各單位從農村中招用臨時工的暫行規定」；1957 年 12 月 18 日由中共中央、國務院頒佈的「關於制止農民盲目外流的指示」〔註2〕。盲流成為進城打工農民的官方稱謂。

由於戶籍制度的嚴格限制以及向農民招工的限制條件，進城農民大大減少，直到 80 年代末期，由於市場經濟體制的建立以及農村家庭責任承包制的

〔註 2〕 參見程歗《我們怎樣失去遷徙自由的——20 世紀 50 年代中國戶籍制度的形成與演變》，《當代中國研究》2007 年第 4 期。

實施，農村剩餘勞動力大量湧入城市，政府對他們採取計劃方式管理他們在城市的就業，與城市居民就業進行城鄉二元分割的方式，進城農民不但享受不到與城市居民同等的政治、經濟、文化權力，還被視爲城市工人的就業競爭對手與社會治安的不穩定因素，「盲流」一詞再次出現。「三無人員」是另一個稱呼，指無合法證件且無正常居所，無正當生活來源的人員，是被收容、遣返的對象。所以，凡是進城務工人員要按法律法規要求辦理暫住證明、用工證明等能證明自己在城市合法居住的證件。執法人員可對盲流、三無人員實施拘留、收容或強制遣返。2003 年的「孫志剛事件」〔註3〕引起國家高度重視，2003 年 6 月，國務院頒佈《城市生活無著的流浪乞討人員救助管理辦法》，廢止了收容遣送制度。「盲流」從此退出歷史舞臺。

「農民工」一詞，陸學藝認爲是中國社科院教授張雨林於 1984 年在《社會學研究通訊》發表的一篇文章中，首次提出「農民工」一詞〔註4〕。農民工代表了出現在農村勞動力市場與城市勞動力市場之間的第三元勞動力市場，他們雖然成爲工人，但是沒有城市戶口，無法享受與城市工人一樣的工資福利與社會保障。鑒於 20 世紀 80 年代末民工潮給城市帶來的就業壓力以及社會治安的不穩定因素，國家政策對農民工進行了限制。如 1989 年 3 月，國務院辦公廳就曾發出緊急通知，要求「嚴格控制民工外出」〔註5〕，作爲社會轉型期產生的新型的勞動者，農民工的身份既合法又非法，合法是因爲國家政策允許農民工進城務工、經商，非法則是在一段時期內國家並未出臺針對農民工的權益保護政策。現行《勞動法》中也沒有出現「農民工」的概念。由於農民工處於這樣一個行政法規未能涉及的真空地帶，農民工的權益受到雇主、以及地方執法者的侵害，地方政府對農民工採取「經濟上接納，社會上排斥」的政策。農民工與國家關係處於一種模糊狀態〔註6〕。

〔註3〕 孫志剛事件：2003 年 3 月，湖北武漢赴廣州打工者孫志剛外出未帶身份證，被執法人員作爲三無人員強制收容，在收容人員救護站遭收治人員毒打致死，4 月 25 日，《南方都市報》以《被收容者孫志剛之死》爲題，首次披露了孫志剛慘死事件。次日，全國各大媒體紛紛轉載此文，並開始追蹤報導。6 月孫案開庭，有關人員均被追究法律責任。資料來源：zhidao.baidu.com/question/6482959.html。

〔註4〕 參見陸學藝《農民工稱謂解析》，《人民日報》2007 年 4 月 30 日。

〔註5〕 參見陸學藝《農民工稱謂解析》，《人民日報》2007 年 4 月 30 日。

〔註6〕 鄭功成、黃黎若蓮《中國農民工問題與社會保護》（上），北京：人民出版社，2007 年，第 306～307 頁。

農民工與國家的這種模糊關係在進入新世紀後逐漸發生改變。2002 年，朱鎔基所做的政府工作報告中首次出現「弱勢群體」一詞，在談到就業的工作布署時，提出「對弱勢群體給予特殊的就業援助」。自此，「弱勢群體」一詞在新聞媒體中大量出現，成為一個熱門的詞語。「弱勢群體」主要指社會經濟利益與權力分配中處於弱勢地位的群體，下崗工人、殘疾人、農民工以及其體制內外的低收入群體均被涵蓋其中。《南方周末》將他們稱為「城市新貧困」的人群，對他們進行了如下描述：「在社會權力結構中他們所處的位置是最低的。弱勢，沒錢，身心素質都差，缺乏社會關係資源。」根據布迪厄的理論，不論是權力場還是知識場，還是其他場域，他們都是擁有資本最少的群體。政治資本、經濟資本、文化資本與社會資本十分有限。但由於國家、政府的關注，新聞輿論導向等因素，他們擁有的象徵資本卻不算少，而農民工，由於其身份的特殊性，作為中國工業化、城市化建設過程中的產物，作為農村剩餘勞動力在城市自謀職業的典型，為解決三農問題，進行城鄉統籌闖出了一條試驗性的路子，因此，「農民工」成為社會關注的對象，成為頻頻在新聞媒體亮相的「底層明星」。

2003 年 10 月發生了「總理為農民工討薪」事件：2003 年 10 月溫家寶總理下基層走訪三峽移民，重慶雲陽縣龍泉村農婦熊德明向總理反映了建築施工單位向農民工拖欠工資的情況，她愛人的兩千多元工資已被拖欠了半年。溫家寶總理當即表示：「欠農民的錢一定要還！」在總理的過問下，6小時之內，熊德明就拿到了被拖欠的工錢。經媒體報導後，立即成為席卷全國的熱點，這件事成為農民工與國家關係的一個轉折點。全國範圍內的清欠活動展開，刮起一股清欠風暴：2003 年 11 月 22 日，國務院辦公廳下發了《關於切實解決建設領域拖欠工程款問題的通知》，提出 3 年內基本解決建設領域拖欠工程款和農民工工資問題；2004 年 1 月 7 日，建設部會同國家發改委、財政部、勞動和社會保障部、最高人民法院等 8 部門，從政府投資工程入手，清理拖欠工程款，建立解決拖欠農民工工資的長效機制；2004 年溫家寶的《政府工作報告》中專門談到農民工工資的支付：「切實保障農民工工資按時足額支付」，「用三年時間基本解決建設領域拖欠工程款和農民工工資問題」。農民工作為弱勢群體，其權益保護正式納入國家行政法規。作為政府的「親民」工程，「執政為民」的思想的具體體現，不論是國家政府還是地方政府所採取的一系列保護農民工權益的措施都受到公眾與媒體的極

大關注，政治資本、經濟資本與文化資本都處於弱勢的農民工，象徵資本大大增加了。而各類資本之間可以相互轉換，象徵資本逐漸轉換成其他形式的資本。重慶農民工表演的「農民工之歌」經溫家寶總理特批進入 2008 年春節聯歡晚會，2008 年 3 月的全國人大、政協會議，首次出現 3 位農民工代表，成為國內外媒體焦點。這是中國農民工第一次進入國家最高權力機關。〔註 7〕

　　資本的數量與質量，決定了社會空間裏行動者的權力，資本的增加，證明農民工的權力逐漸提高，這是與國家話語分不開的。

　　2006 年 3 月《國務院關於解決農民工問題的若干意見》出臺，這是中央政府關於農民工的第一份全面系統的文件〔註 8〕，承認農民工是我國改革開放、工業化與城鎮化過程中的「新型勞動大軍」，「產業工人的重要組成部分」，從制度上保護農民工的合法權益：「堅持以人為本，認真解決涉及農民工利益的問題。著力完善政策和管理，推進體制改革和制度創新，逐步建立城鄉統一的勞動力市場和公平競爭的就業制度，建立保障農民工合法權益的政策體系和執法監督機制，建立惠及農民工的城鄉公共服務體制和制度，拓寬農村勞動力轉移就業渠道，保護和調動農民工的積極性，促進城鄉經濟繁榮和社會全面進步，推動社會主義新農村建設和中國特色的工業化、城鎮化、現代化健康發展。」

　　2004 年農民工一詞首次高密度出現在政府工作報告中，2005～2007 年，「農民工」在政府工作報告中出現的次數分別為 2 次、4 次和 8 次。

　　國家與農民工的關係發展到一個新階段，農民工話語進入一個新的語境。

　　在農民工權益保護提出後，農民工的政治權益、經濟權益、文化權益都受到關注，其中，文化權益是一個重要部分，它事關農民工的精神文化生活，尤其關係到社會主義精神文明的建設。農民工的文化權益、精神文化生活受到國家關注，國家有關文化政策中出現農民工話語。

〔註 7〕 第十一屆全國人大代表中，分別來自廣東、上海、重慶的胡曉燕、朱雪芹和康厚明三位農民工代表如明星般地被媒體追捧不休。中國平安網；他們已接受新聞媒體採訪超過百家，人民網。

〔註 8〕 參見鄭功成、黃黎若蓮《中國農民工問題與社會保護》，北京：人民出版社，2007 年。

二、文化政策的「農民工」話語

　　文學政策是國家與政黨意志在文學活動中的體現〔註9〕。以國家的農民工話語爲背景，通過對文化政策中的農民工話語考察，研究文學場中農民工話語的形成、變化，研究國家力量如何通過文學自主性原則對文學場域中的農民工話語產生影響。

　　文化政策是一些比較具體的指導性措施、意見。文化政策可分爲總政策與具體政策，綱領性政策與一般措施〔註10〕。具體措施是以總政策爲基礎爲背景的。胡惠林則把文化政策與文藝政策看成是母系統與子系統的關係，在當代中國，具有一身兩任，重構兼出的狀況〔註11〕。「文化政策既包括國家關於文化建設、文化發展的戰略性規定，即國家文化戰略，也包括關於實現這一系列戰略目標的階段性和手段性的選擇，即國家文化策略」〔註12〕，這裡所說的文化戰略相當於文藝總政策、綱領性政策；而文化策略則相當於一般措施、具體政策。而國家文化戰略與具體策略之間是相互作用的關係。農民工屬於特殊群體，針對他們的文化需求所提出的政策措施是在總的綱領性的文化政策背景下提出的，同時以國家的農民工話語爲背景。

（一）綱領性文學政策：從「二爲」方針到「三貼近」原則

　　1979 年底，鄧小平代表中共中央、國務院在第四次文代會的祝辭，宣佈「在文藝創作、文藝批評領域的行政命令必須廢止」，「寫什麼和怎樣寫，只能由文藝家在藝術實踐中去探索和逐步求得解決。在這方面，不要橫加干涉」。文學與政治的關係出現轉折。1980 年 7 月 26 日，《人民日報》發表社論《文藝爲人民服務、爲社會主義服務》，「文學爲政治服務」代之以「爲人民服務，爲社會主義服務」的「二爲」方針。文學不再作爲政治的附庸，在一個寬鬆的政治環境中逐漸獲得一定的獨立自主性，爲自主性文學場域的逐漸形成提供了可能。但另一方面，又要求文藝與時代緊密相聯，文藝反映現實生活。「文藝創作必須充分表現我們人民的優秀品質，讚美人民在革命和建設中，在同各種敵人和各種困難的鬥爭中，所取得的偉大勝利」，「我們的文藝，應當在描寫和培養社會主義新人方面，付出更大的努力，取得更豐碩的成

〔註 9〕王本朝《中國當代文學體制研究》，武漢大學博士論文，2005 屆，第 81 頁。
〔註 10〕王本朝《中國當代文學體制研究》，武漢大學博士論文，2005 屆，第 81 頁。
〔註 11〕胡惠林《文化政策學》，上海：上海文藝出版社，2003 年，第 2 頁。
〔註 12〕胡惠林《文化政策學》，上海：上海文藝出版社，2003 年，第 6 頁。

果」。爲新時期的文學發展提供了一個指導性的方向。現實生活題材仍然是主流所倡導的，並一直延續下來。

80 年代中期，改革開放全面展開，計劃經濟向市場經濟轉軌，文藝體制也開始向市場轉軌〔註 13〕。政治力量對文學的控制放鬆，在經濟力量向文學場全面滲透之前，文學獲得一段自主發展的空間，爲「藝術而藝術」的「先鋒派」、「尋根派」小說出現。隨著文學進一步的市場化，政治力量對文學的干涉由直接變成了一種間接的方式，比如，建立出版審查制度，對違規的出版單位實施懲罰，用罰款、「停業整頓」等方式使其經濟受損，以文學評獎等方式引導主旋律的創作等等。90 年代改革開放進一步深入，文學的市場化加快，文學由創作——出版——接受轉爲生產——經營——消費。大眾文化時代到來，影視、網絡傳媒、生活類、時尚類、娛樂性刊物的大量出現，網絡、電視、報紙等傳媒完全能夠承擔黨和國家的「新聞喉舌」的重任，成爲黨和國家的重要輿論工具，使得文學地位邊緣化，在市場語境下，已經成爲商業消費品。

但文學畢竟是一種重要的話語方式，而話語擁有權力的可能性，「在任何社會裏，話語在其產生的同時，就會依照一定數目的程序而被控制、選擇、組織和再分配，……」〔註 14〕文學敘事通過事件的組織，語言的選擇，人物的描寫，表達一定的價值觀念與判斷，從而對受眾的價值觀念與價值判斷起到潛移默化的作用。文學具有的合法性的權力，成爲政治場不可放棄的一塊陣地，不論是社會主義精神文明的建設還是和諧社會與和諧文化的構建，都需要文學發揮其應有的作用。江澤民 1996 年在第五次作代會上的講話重申了 1980 年鄧小平《目前的形勢和任務》中提出的「文藝是不可能脫離政治的」，將文藝作爲貫徹實施社會主義精神文明建設的重要戰線，並提出要「鄭重地考慮作品的社會效果」，「反對『一切向錢看』」。

隨著改革開放的進一步深入，經濟飛速發展的同時，貧富差距，東西部差距拉大，社會出現了較爲複雜的分層。縮小貧富差距，維持社會穩定成爲重要治國方略。2000 年 2 月 25 日，江澤民在廣東考察時提出三個代表思想：代表中國先進生產力的發展要求；代表中國先進文化的前進方向；代表中國

〔註13〕 1984 年，哈爾濱召開地方出版社工作會議，提出我國出版單位由單純的生產型轉向生產經營型。參見邵燕君《傾斜的文學場》，南京：江蘇人民出版社，2003 年，第 11 頁。

〔註14〕 參見朱國華《文學與權力》，上海：華東師範大學出版社，2006 年。

最廣大人民的根本利益。」江澤民在 2001 年七・一講話中指出：「我們黨要始終代表中國最廣大人民的根本利益，就是黨的理論、路線、綱領、方針、政策和各項工作，必須堅持把人民的根本利益作爲出發點和歸宿，充分發揮人民群眾的積極性主動性創造性，在社會不斷髮展進步的基礎上，使人民群眾不斷獲得切實的經濟、政治、文化利益。」

　　三個代表重要思想很快成爲指導文藝界政策制定與各項具體工作展開的綱領。先進文化的建設，廣大人民群眾的各項權益，與文藝工作聯繫在一起，也必然在國家文化政策中得到體現。2001 年 1 月 14 日至 1 月 16 日，中國作家協會第五屆全委會第六次會議在北京召開，會上提出要「努力推出更多貼近現實生活，富於時代氣息、謳歌社會進步的優秀作品」，「不斷滿足廣大人民群眾日益增長的精神文化需求」。〔註15〕在中國作協舉辦的七・一重要講話學習研討會上提出：「我們的作家必須緊緊地貼近時代、貼近人民、貼近生活，眞正認識到人民是文藝工作者的母親，人民的生活是一切優秀作品賴以生存的土壤，自覺地在人民的生活中汲取題材、主題、情節和語言、詩情和畫意，用人民創造歷史的奮發精神來哺育自己，始終代表先進文化的前進方向……」〔註16〕

　　由此可見，貼近人民生活的現實主義題材在體現國家意志、政策宏旨方面，仍然扮演主角，「爲藝術而藝術」處於文學場的一極，現實主義由於能夠滿足文學的社會與政治的功用，處於文學場中的另一極〔註17〕，但往往又容易將政治場與文學場混淆，需要的是一種純觀察報告式的、社會的、大眾的文學，把風格看成是次要的東西〔註18〕。無論如何，在政治語境下，「人民群眾」已經成爲一個核心的詞語，並與現實主義題材聯繫在一起。社會藝術（滿足文學的社會與政治功用的藝術）將政治場與文學場不加區分〔註19〕，政治

〔註15〕《堅持先進文化前進方向，開創文學事業的新局面》，《文藝報》2001 年 1 月 18 日，第 001 版。

〔註16〕《與時俱進，開拓創新，繁榮社會主義文學──中國作協舉辦七一重要講話學習研討班》，《文藝報》2001 年 9 月 13 日，第 001 版。

〔註17〕〔法〕皮埃爾・布迪厄《藝術的法則》，劉暉譯，中央編譯出版社，2001 年，第 88 頁。

〔註18〕〔法〕皮埃爾・布迪厄《藝術的法則》，劉暉譯，中央編譯出版社，2001 年，第 108 頁。

〔註19〕〔法〕皮埃爾・布迪厄《藝術的法則》，劉暉譯，中央編譯出版社，2001 年，第 108 頁。

因素更容易向文學場滲透。

在「三個代表」提出並在十六大確立其重要地位後，三貼近（貼近實際，貼近生活，貼近群眾）隨之提出，並作為宣傳思想一線的指導原則。三貼近原則在文藝出版工作方面的具體體現被強調為三個統一：「堅持弘揚主旋律和提倡多樣化的統一，堅持思想性、藝術性和觀賞性的統一，堅持社會效益和經濟效益的統一」，〔註20〕「多出群眾滿意喜歡、健康向上的精神產品，滿足人民群眾日益增長的多方面、多層次、多樣性的精神文化需求」。「社會效益」、「人民群眾」仍是關鍵詞。

在 2002 年舉行的「紀念延安文藝座談會上的講話 60 年」系列活動，可視為與「三貼近」的一個呼應。2002 年 5 月，《光明日報》、《文藝報》、《文學報》、《中國文化報》發表紀念延安文藝座談會上的講話 60 週年的文章，指出當前作家創作存在閉門造車、無病呻吟，關注個人情趣，沉浸在個人小圈子，日益走向小眾化。指出作家應深入群眾，關注現實、關注民生。應該調整自己的位置，「感應弱勢者的所思所想、所苦所樂、所痛所愛，文學應該做他們的喉舌，反映他們的生活，在文學生產與消費領域，困境中的弱勢者需要得到文學的關愛。」〔註21〕文學的社會效益，就是指向人民群眾，尤其是人民群眾中的弱勢者，要表現基層人民的生活，表達對底層的關懷。這是國家意志在文學中的表達。

江澤民在 2001 年 12 月 18 日第六次作代會上提出，「當代中國的文藝工作者，應該遵循先進文化的前進方向」，先進文化的前進方向，就是以人民群眾的根本利益為立足點與歸宿點，紀念延安文藝座談會上的講話 60 週年活動，以及「三貼近」的原則，都進一步突出人民群眾中的基層、底層民眾的文化權益與文化需求。

國家文化政策是國家意志與人民文化利益需求的統一，一方面，滿足政治需求，將國家意志貫穿到文藝中去，利用文藝的宣傳功能，讓文藝成為國家政策方針的輿論工具；另一方面，也是社會分配在文藝分配上的體現，通過對文學社會效益的強調，對人民精神文化需求的強調，兼顧文化分配的公平，並注重不同階級、階層、社會群體之間文化關係的組合與調整，達到維

〔註20〕《李長春同志在中央宣傳思想文化部門負責人會議上強調》，http://www.ccyl.org.cn/search/zuzhi/theory/leadertalk/2003/zttb20030404a.htm。

〔註21〕金永兵《給勞動者一份文學關懷》，《中國文化報》2002 年 5 月 21 日。

護社會穩定的需要〔註22〕。

胡錦濤在十六屆四中全會（2004年9月）提出「構建和諧社會」，正是針對我國出現的不和諧因素，諸如城鄉差距、地區差距拉大，一些社會群體的付出與得到的補償不對等，社會各階層利益矛盾複雜化等等。隨著改革開放的深入，要努力建立起「各儘其能，各得其所，和諧相處」的社會關係。「和諧社會」、「和諧文化」的理念很快引入文藝界。它並不是特定階段的獨立概念，而是與雙為方針，三個代表思想、先進文化等思想一脈相承的，都是圍繞國家意志與人民群眾文化利益需求的統一，更加關注工人、農民等底層民眾的文化需求，滿足這一部分社會群體的經濟、政治、文化權益，是構建和諧社會的重要目標與途徑。

2006年底，胡錦濤在中國文聯第八次代表大會，中國作協第七次代表大會上發表講話，將和諧文化提到戰略性的高度：「和諧文化既是和諧社會的重要特徵，也是實現社會和諧的精神動力。建設和諧文化，是構建社會主義和諧社會的重要任務，也是構建社會主義和諧社會的重要條件」，並按照和諧文化建設的要求，提出文藝創作應該深入到人民群眾當中去，「用自己熟悉和擅長的文藝形式，努力生產出為人民群眾喜聞樂見的文藝作品，努力創作出符合時代要求的精品力作」，文學作品要與人民血肉相連，反映人民群眾的心聲。

胡錦濤在作代會上發表講話後，中國作協與各地方作協展開了學習胡錦濤講話的活動。時任中國作協副主席的鐵凝發表了題為《創造中國文學的新輝煌——學習胡錦濤同志在中國文聯第八次全國代表大會，中國作協第七次全國代表大會上的重要講話》的講話，認為胡錦濤講話不但為中國文學發展指明了方向，同時也是「指導我們發展社會主義先進文化、建設和諧文化的綱領性文件。」鐵凝強調文學事業是和諧文化建設的重要組成部分，廣大作家、文藝工作者是構建社會主義和諧文化的重要力量。強調文學創作要堅持以人為本，以廣大人民群眾為服務對象及表現主體，要貼近實際、貼近生活、貼近群眾。〔註23〕

2011年，胡錦濤在中國文聯第九次代表大會，中國作協第八次代表大會上發表講話，仍然強調了「三貼近」原則，以及文學與人民之間的關係，強

〔註22〕參見胡惠林《文化政策學》，上海：上海文藝出版社，2003年，第8頁。
〔註23〕參見《文藝報》2006年11月30日，第002版。

調文學藝術要紮根人民，要以人為本。

從「二為」方針到三貼近原則，再到和諧文化的構建，黨和國家綱領性的文藝政策圍繞的重心一直是人民群眾，並逐漸以基層群眾為重心，維護這部分社會群體的文化權益，構建和諧文化，並希望文學藝術成為和諧文化建設的重要組成部分，促進全社會的和諧。在這些綱領性政策的指引下，農民工作為建設和諧社會過程中的一個重要問題，他們的政治、經濟、文化權益逐漸受到國家關注，在國家文化策略中，「農民工」話語漸漸浮現出來。

（二）一般性措施中的「農民工」話語

農民工居住在城市，但戶籍不在城市，他們既不同於城市居民，又不同於生活在鄉村的農民。由於城鄉壁壘尚未完全打破，農民工未納入城市管理體制，他們的文化需求也沒有納入國家管理體制，地方政府以及企業組織都不太注重農民工的文化需求。深圳的一些大企業由於建設企業文化的需要，比較注重企業的文化活動，比如辦一些企業內部刊物，不但成為企業宣講國家政策以及企業規章制度的重要窗口，也成為打工者與管理者、打工者之間的交流場地，發表打工者寫的一些關於打工生活的故事等文學性質較強的文章，滿足打工者的精神文化需求。華為、富士康等大企業都有自己的內刊〔註24〕。但是各地普遍缺乏相應的文化設施以及針對農民工的技術培訓。大部分農民工擁有較少的文化資本：受教育程度低，以初中、小學文化程度為主。家庭出身低微，文化資本通過家庭積累或傳承的可能性較小。社會交往範圍大多限於有血緣關係以及地緣關係的圈子，形成一個有別於城市主流文化的亞文化圈子。受教育程度低、文化資本缺失也是他們進入城市文化生活的一個阻礙。

2004年11月北京順義區發生民工觀黃事件在全國引起反響〔註25〕，農民工的精神文化需求、文化權益問題提上日程。農民工的權益保障引申出「工資清欠」、「子女上學」、「文化權益」三大中心問題〔註26〕。對四川、福建、

〔註24〕資料來源於2007年11月深圳寶安區的實地採訪。

〔註25〕2004年11月27日北京順義區白辛莊一小錄相廳，五六十名民工擠在一起觀看黃碟，突遭警察檢查，民工紛紛逃離，不慎跌入化糞池，造成3人死亡——《夜看黃色錄像避警慌不擇路20多名農民工跌入糞池3人死亡》，參見《北京晚報》2004年11月28日。

〔註26〕文化部文化司、華中師範大學、全國農民工文化生活狀況調查課題組《當代中國農民工文化生活狀況》，北京：中國社會科學出版社，2007年，第2頁。

深圳等地農民工文化生活進行抽樣調查的結果顯示，農民工的業餘文化生活占得最多的依次爲：看電視、睡覺、聊天，打麻將打牌、看錄像也占一定比例。〔註 27〕因此，專家提出的政策建議中將「政府要扶植文藝工作者創作貼近農民工生活的優秀文藝作品」列爲重要一條。

早在 2002 年 1 月，文化部、國家計委、財務部發佈《關於進一步加強基層文化建設的指導意見》，並由國務院辦公廳轉發，提出爲進一步落實江澤民三個代表思想，加強基層文化建設是加強中國先進文化建設的一個重要方面，也是推進生產力，實現廣大人民群眾最根本利益的重要方面。提出「積極繁榮社區文化」，「要高度重視並積極引導社會舉辦和群眾自發組織的各種文化活動」，以及「文化」、「科技」、「衛生」三下鄉，送戲、送電影、送圖書下鄉等。但並未專門針對農民工的文化建設問題。〔註 28〕緊接著發佈《文化部關於進一步活躍基層群眾文化生活的通知》，爲上一個文件的補充，其中提到文藝作品創作針對的對象爲基層群眾，將城市與鄉村的群眾涵蓋其中：「爲基層群眾提供優秀的文藝作品。各地文化部門要採取措施，有計劃地組織創作人員深入基層，創作反映城鄉群眾生活的文藝作品。要適應農民觀眾的審美需求，鼓勵創作面向農村的中小型劇節目」，在談到文化設施與文化活動時，提到「弱勢人群」：「爲流動人口、弱勢人群參加活動提供方便」，沒有直接針對農民工〔註 29〕。

2004 年 12 月，文化部下發了《關於高度重視農民工文化生活，切實保障農民工文化權益的通知》，提出各級文化行政部門必須高度重視農民工文化建設，要結合農民工的文化生活需求特點與消費習慣「積極探索適合於農民工文化生活的藝術形式」。要求文藝工作者深入農民工生活，創作反映農民工生活，爲農民工喜聞樂見的作品；同時鼓勵農民工創作，以及自編自導、自娛自樂的節目。對文藝生產單位也提出要求，要生產適合農民工，爲農民工喜聞樂見的節目〔註 30〕。2006 年，《國務院關於解決農民工問題的若干意

〔註 27〕 文化部文化司、華中師範大學、全國農民工文化生活狀況調查課題組《當代中國農民工文化生活狀況》，北京：中國社會科學出版社，2007 年，第 60 頁。

〔註 28〕 參見《國務院辦公廳轉發文化部、國家計委、財政部關於進一步加強基層文化建設指導意見的通知》，http://www.110.com/fagui/law_4183.html。

〔註 29〕 《文化部關於進一步活躍基層群眾文化生活的通知》，http://www.gov.cn/gongbao/content/2003/content_62415.htm。

〔註 30〕 參見《文化部關於高度重視農民工文化生活 切實保障農民工文化權益的通知》，http://www.chinabaike.com/law/zy/bw/gw/whb/1357134.html。

見》發佈後，立即得到文化部的響應，文化部辦公廳發佈了《關於貫徹落實〈國務院關於解決農民工問題的若干意見〉的通知》，切實落實各項政策措施，「積極穩妥地解決農民工文化生活中存在的困難和問題，活躍廣大農民工的文化生活，維護農民工的文化權益」〔註31〕。2006 年 9 月出臺的《文化建設「十一五」規劃》，也同樣提出切實維護低收入和特殊群體的基本文化權益，保障城市低收入者、殘疾人、老年人，與進城務工人員等社會群體的文化需求，還提出「支持進城務工人員自辦藝術團體，開展藝術創作演出活動」〔註32〕。

　　由此可見，文藝工作者創作反映農民工生活的作品，以及農民工創作作品，都具有了政策上的引導與鼓勵。而且，文藝工作者與農民工顯然是兩個不同範疇的概念，一個是表現者，一個是被表現者。農民工的創作與自娛自樂等是需要依靠用工單位的自身文化建設來推動的。

　　2006 年，文化部辦公廳發佈的《關於貫徹落實〈國務院關於解決農民工問題的若干意見〉》，則從文藝工作者與農民工兩個方面進行了活躍農民工文化生活，維護農民工文化權益的工作布署。從文藝工作者的角度來看，要「充分發揮政府的導向作用，引導和激勵文藝工作者和文化團體深入農民工生活，組織創作和生產農民工喜聞樂見的文藝作品」，從農民工的角度，提出「針對農民工的文化需求，開展形式多樣的文化培訓活動」，並「有計劃、有步驟地對農民及農民工進行農業科普知識，法律知識、文化藝術等方面的培訓」，加強農民工用工單位自身文化建設，促使用工單位提供文化場所，開展文化活動。這些政策表明，農民工的教育培訓，包括文化藝術方面的培訓，已經通過國家文件的方式給予了肯定，農民工的文化資本逐漸累積。反映農民工生活的現實主義文學藝術作品符合主流倡導的方向。〔註33〕

　　在建設和諧社會的大背景下，《國家「十一五」時期文化發展規劃綱要》出臺，指導思想即是：「以馬克思列寧主義、毛澤東思想、鄧小平理論和『三個代表』重要思想爲指導，以科學發展觀爲統領，牢牢把握社會主義先進文

〔註31〕《文化部辦公廳關於貫徹落實〈國務院關於解決農民工問題的若干意見〉的通知》，http://www.chinabaike.com/law/zy/bw/gw/whb/1357134.html。

〔註32〕參見《文化建設「十一五」規劃》，http://www.ccnt.gov.cn/zcfg/whbwj/P020061016532113034585.doc。

〔註33〕參見《文化部辦公廳關於貫徹落實〈國務院關於解決農民工問題的若干意見〉的通知》，http://www.chinabaike.com/law/zy/bw/gw/whb/1357134.html。

化的前進方向，緊緊圍繞實現全面建設小康社會宏偉目標和構建社會主義和諧社會的要求」，提出要將社會效益放在首位，並將社會效益與經濟效益相結合。「切實維護低收入和特殊群體的基本文化權益」，「保障和實現城市低收入居民、殘疾人、老年人和農民工等群體的基本文化生活需求」。〔註34〕2006年9月出臺的《文化建設十一五規劃》，指導方針為「堅持以鄧小平理論和『三個代表』重要思想為指導，以科學發展觀為統領，緊緊圍繞構建社會主義和諧社會的目標」。也同樣提出切實維護低收入和特殊群體的基本文化權益，保障城市低收入者、殘疾人、老年人，與進城務工人員等社會群體的文化需求，還提出「支持進城務工人員自辦藝術團體，開展藝術創作演出活動」。2011年9月，文化部、人力資源和社會保障部、中華全國總工會三部門下發《關於進一步加強農民工文化工作的意見》，提出到2015年，我國將形成相對完善的「政府主導、企業共建、社會參與」的農民工文化工作機制，建立相對穩定的農民工文化經費保障機制，農民工文化服務將切實納入公共文化服務體系。提高城市社區面向農民工的公共文化服務平臺。分析農民工的文化需求特點和文化消費規律，尤其是新生代農民工文化需求的新特點、新要求，積極探索適合農民工的文化活動形式〔註35〕。2012年，《國家「十二五」時期文化改革發展規劃綱要》將「三貼近」原則列入重要方針，並提出加快構建公共文化服務體系，保障人民群眾基本的文化權益〔註36〕。《文化部「十二五」文化改革發展規劃》在提出構建公共文化服務體系的同時，進一步提出推進公共文化服務均等化，「將進城務工人員納入城市公共文化服務範疇，合理配置公共文化資源。」創作農民工喜聞樂見的文藝作品，活躍農民工生活等已統一納入公共文化服務體系之中，以此實現農民工文化權利的公平、公正。〔註37〕

　　文藝政策中的農民工話語是以和諧社會為前提、為基礎的。文學藝術為人民群眾，為農民工等弱勢群體服務就是「社會效益」的體現。而社會的影

〔註34〕參見《國家「十一五」時期文化發展規劃綱要》，http://news.xinhuanet.com/politics/2006-09/13/content_5087533.htm。

〔註35〕《關於進一步加強農民工文化工作的意見》，http://www.gov.cn/jrzg/2011-09/26/content_1956306.htm。

〔註36〕《國家「十二五」時期文化改革發展規劃綱要》，http://www.ce.cn/culture/gd/201202/16/t20120216_23076264.shtml。

〔註37〕《文化部「十二五」文化改革發展規劃》，http://baike.baidu.com/link?url=Xz8ZVMe719yqdOzcQJHuJ5TEheQ-7pszSwYHq-H2QzJ0-coVx6YWVe22ocQ。

響、社會聲譽也可以增加社會資本，雖不能與直接的經濟效益相比，但由於符合國家意志，容易獲取國家支助，如進入文藝精品工程，「五個一工程」，或其他國家性質的文學評獎活動，積累文化資本、社會資本，提升在文學場中的位置，在特定條件下轉化爲經濟資本。

　　從要求作家深入群眾生活，尤其是深入基層民眾生活，關注民生，創作爲人民群眾喜聞樂見的作品到鼓勵農民工自己的創作及藝術活動，都可見出國家對農民工文化權益的重視，這也決定了在文學場域中，不論是「寫底層」，還是「底層寫」，都不可避免地受著政治場的影響。而在市場經濟條件下，文學場還受著經濟場的擠壓，這使得文學場域中的農民工話語更爲複雜。

第二節　作協與頭銜、資本及話語權力

一、文化體制改革背景下的作協去行政化

　　作家協會是顯在的文學制度，及時地傳達並體現黨和國家的文藝方針政策是它的主要任務。作協是人民團體，但又帶有行政性質。這是和歷史上作協的政治地位的確立分不開的。1953 年第二次會員代表大會上通過的《中國作家協會章程》中「中國作家協會是以自己的創作活動和批評活動積極地參加中國人民的革命鬥爭和建設事業的中國作家和批評家的自願組織」〔註 38〕，顯示出國家意識形態對文學的強烈的干預，作協的政治性、行政性特徵十分明顯。1984 年第四次作代會對《中國作家協會章程》作了修訂，將中國作協定性爲「中國各民族作家自願結合的群眾性的專業團體」，專業性加強，革命性、政治性減弱，這是以國家文藝體制改革爲背景的。〔註 39〕1983 年國務院《政府工作報告》就提出爲促進社會主義文藝事業的繁榮，需要進行有步驟、有領導的文藝體制改革〔註 40〕。1984 年，出版單位、期刊由生產型轉變爲經營性，除少數期刊由國家補貼外，其餘的都是「獨立核算，自負盈虧」。進入 90 年代，娛樂方式多樣化，大眾文化的興起，作協與文學的地位由中心轉向邊緣，作協對作家的創作不再起決定性作用，作家完全可以不通過作家協會，直接進入市場，獲取豐厚的經濟效益，產生社會影響。在這種背景

〔註 38〕《歷史資料》，http://www.chinawriter.com.cn/zxjg/xszl.shtml。
〔註 39〕《歷史資料》，http://www.chinawriter.com.cn/zxjg/xszl.shtml。
〔註 40〕羅爭玉《文化事業的改革與發展》，北京：人民出版社，2006 年，第 24 頁。

下，作協主要是發揮其橋梁和紐帶的作用，傳達黨和國家的文藝方針政策，繁榮作家創作，促進文化交流，保障作家權益。

在全國第五次作代會上，江澤民的講話沒有直接提到作協，但是提到「各級黨委」要加強和改善對文藝工作的領導，「從事文藝工作和在文藝部門工作的共產黨員」要用符合文藝規律的辦法來領導文藝，提高作家藝術家的思想業務素質，保護他們的合法權益。〔註41〕第六次作代會，江澤民的講話將作協定性為：「中國文聯和中國作協是黨領導下的人民團體和文藝工作者的群眾組織」，作協要發揮黨和政府與文藝工作者之間的橋梁紐帶作用，「做好聯絡、協調、服務工作」，「團結廣大文藝工作者為促進先進文化的發展而不懈努力。」〔註42〕在此，作協的服務協調職能得到加強，證明其群眾組織、人民團體的特徵被強化。《文藝報》2001年9月13日發表《與時俱進，開拓創新，繁榮社會主義文學》的文章，指出在「作家隊伍日益龐大，人員構成日益複雜，社會聯繫日益鬆散的條件下」〔註43〕，要進行體制創新、服務創新與活動方式的創新，以增加作協的吸引力與凝聚力，發揮作協的社會影響優勢，保證社會效益並抓好經營管理。

2006年第七次作代會上，胡錦濤指出：「中國文聯、中國作協是黨領導的文藝界人民團體」，並進一步強調其聯絡協調服務的職能，「各級文聯、作協要努力探索適應社會主義市場經濟體制、符合文藝發展規律和人民團體特點的管理體制、運行機制、組織形式、活動方式，不斷加強行業服務、行業管理、行業自律」。〔註44〕「群眾團體」的提法已然不見。曾經，「黨、政、群」三位一體是我國文藝體制管理模式，群眾團體是黨在實踐中摸索出來的群眾路線的體現，主要具有幾個特點：一是鮮明的政治性，一般是自上而下地成立，為黨和政府的工作助手；二是組織網絡龐大組織體系嚴密；中國作協到地作協，採取層級式的嚴密的行政管理模式，其組織方式與行政機構基本一致。三是組織動員能力強〔註45〕。進入90年代之後，隨著文化事業改革的進

〔註41〕江澤民在第六次文代會、第五次作代會上的講話，http://old.cflac.org.cn/wdh/cflac_wdh-6th_Article-01.html。

〔註42〕江澤民在全國文代會作代會上的講話，http://old.cflac.org.cn/zhuanti/7wendaihui/dbdh_a1_01.htm。

〔註43〕參見《文藝報》2001年9月13日，第001版。

〔註44〕胡錦濤在第八次文代會第七次作代會上的講話，http://news.xinhuanet.com/politics/2006-11/10/content_5315058.htm。

〔註45〕參見周建平《新時期中國文藝管理體制研究》，暨南大學博士論文，2003年4

一步深入，國家對文化產業發展的力度加大，以及文化娛樂方式的多樣化，作協中心地位的失落，其「群眾團體」的特性也在逐漸減弱。其號召力、影響力都不及從前。因爲作家可以直接通過市場擴大其影響力，市場的號召力與影響力大大強於作協。作家並不需要依賴作協才能創作，從前作家對作協的依賴關係差不多已經完全失去，所以才有了 80 後作家對作協的不屑一顧，韓寒聲稱絕不加入作協。張悅然、郭敬明都是在白燁、王蒙等著名文學批評家、作家的極力推薦下才入會。而隨著期刊與民間文學獎項的增多，通過文學評獎擴大作協影響力也日漸勢微了。

政治性與行政性特徵明顯的群眾組織顯然不再適合新的市場經濟條件下的文藝管理，第七次作代會「群眾組織」字眼消失，「行業」特性突出。鐵凝在「創造中國文學的新輝煌——學習胡錦濤同志在中國文聯第八次全國代表大會、中國作協第七次全國代表大會上的重要講話」的講話中作出了呼應：「當前，文學觀念、創作方式、隊伍構成發生了深刻變化，文學的生產、服務、傳播、消費形式日益多樣化，面對新情況新問題，中國作協要圍繞構建社會主義和諧社會這個主題和大局，堅持正確的文藝方向，發揮自身優勢，履行好聯絡協調服務職能，發揮好橋梁紐帶作用；要積極探索適應社會主義市場經濟體制、符合文學發展規律和人民團體特點的管理體制、運行機制、組織形式、活動方式，不斷加強行業服務、行業管理、行業自律」〔註46〕，不但強調了作協的行業特性，還將之與和諧社會的建設聯繫起來，更加突出了作協的服務職能。

行業協會不再是行政管理的主體，而是只行使服務、協調、監督與溝通職能。其實其他行業協會的相應改革在 20 世紀 80 年代就開始了，比如原爲行政管理部門的輕工業部改成了輕工業行業協會。由於文學具有精神產品與意識形態的特性，作協改革相對滯後，而且，由於歷史原因以及意識形態特性，作協的改革不可能一步到位，完全從行政體制中剝離出來還有待時日。

具有「行業」協會特點的作協，除了提供信息、培訓、發掘並培養青年作家以外，其橋梁紐帶職能仍然十分重要。圍繞構建和諧社會的目標，作協應發揮好政府與作家之間，黨和人民之間的紐帶作用，爲構建和諧社會、構建和諧文化做出貢獻。面對新時期新特點，以及作家隊伍的複雜性，中國作

月，第 30 頁。
〔註46〕參見《文藝報》2006 年 11 月 30 日，第 002 版。

協黨組書記金炳華提出「努力建設和諧作協」,將胡錦濤在作協七代會上的重要講話與廣大作家、文學工作者的思想實際以及廣大文學隊伍的建設結合起來,開創作協工作的新局面〔註47〕。在 2007 年 3 月的人大、政協兩會期間,當來自重慶、廣東、上海的三位農民工代表引起全國關注時,建設和諧社會進一步走向深入,作協也提出了農民工問題,除了響應作家應關注民生,創作反映底層民眾、農民工生活的作品以外,更提出了農民工作家(打工作家)的問題。廣東省作協副主席呂雷談到深圳寶安的一批熱心於文學創作的農民工,認為這些農民工作家已經在高級別的文學刊物發表了一定數量的作品,很有寫作才華,但由於戶籍、學歷、工作資歷等限制,不能被聘用到文藝單位和刊物中去。鑒於農民工同樣有參與建設和諧文化和共享文化發展成果的權利,於是他建議「對於一些特別出色的農民工作家,作協、高校,應對他們破格錄取,並形成機制。」〔註48〕

作家協會曾是登上文壇的一道必不可少的門檻,隨著文化事業單位改革,文化產業的發展,文學的市場化,社會對寫作者個性與創作的獨立性的充分尊重,作協對於寫作者來說,並不是那麼重要了。但作協仍然帶有官方機構的特性,象徵著政治資本、社會資本。而作協下屬的各大獎項,茅盾文學獎、魯迅文學獎等,以及旄下的《人民文學》雜誌社等,還是具有相當大價值的文化資本與象徵資本。所以,加入作協,代表著一種資格與頭銜,對於寫作者來說,不論是農民工作家還是其他什麼作家,都是積累文化資本的重要途徑。在作協領導看來,幫助農民工作家加入作協,無疑是實現農民工文化權益,努力建設和諧作協,構建和諧社會的一個重要途徑。

二、作協組織職能轉變與文化資本、社會資本轉移

體制內外的作家在身份、地位、自我認知等方面都是不一樣的。到目前為止,一批打工作家周崇賢、羅德遠、柳冬嫵、張守剛、謝湘南、王十月、何真宗等等,都已經加入了中國作協或省作協。但沒有產生一個領國家工資的專業作家。專業作家的身份與會員作家的身份差異被打工作家敏感地意識到,似乎已經成為文化資本的先天不足。

〔註47〕參見金炳華《努力建設和諧作協》,《文匯報》2006 年 12 月 29 日,第 009 版。

〔註48〕江任武《共同建設共同享有和諧社會,文學承擔重要責任》,《文藝報》2007 年 3 月 20 日,第 001 版。

　　文化資本的表現形態爲三種：其一，具體的狀態。以精神和身體的持久「性情」的形式；其二，客觀的狀態。以文化商品的形式（圖片、書籍、詞典、工具、機器等）其三，體制的狀態〔註49〕。家庭、文化教育、工作環境等因素沉澱到人的性情系統中，從而指導人的行爲。從家庭出身來看，進行「農民工」題材創作的不少專業作家與打工作家都出身於農村，賈平凹、孫惠芬、羅偉章、劉慶邦等都來自農村，不同的是，這些作家或者通過正規大學教育改變了自己的命運，或者進入作協，成了領國家工資的專業作家。賈平凹在長篇小說《高興》後記中寫到，小說原型劉高興是他兒時的玩伴，劉高興說了一句話：「我在學校的功課比平凹好，可一樣是瓷磚，命運把他那塊瓷磚貼在了灶臺上，我這塊瓷磚貼在了廁所麼！」是大學教育使得賈平凹不同於劉高興。羅偉章同樣是因爲考上大學而離開貧窮落後的山村。孫惠芬也曾說：「是這張文憑，改變了我的鄉村戶口，使我獲得了城市人的身份。」〔註50〕憑著文憑與作協的力量，孫惠芬不但獲得了城市戶口，還成爲遼寧莊河縣文化館的正式職工，就此進入體制內。而出身於農村的打工作家沒有受過正規大學教育，多爲高中、初中文化程度。周崇賢15歲就走上了漂泊的打工之路，王十月高中畢業後，從湖北鄉下來到深圳，羅德遠本是四川瀘縣某村的年輕村長，因爲熱愛詩歌，毅然南下；徐非與羅德遠同爲四川瀘縣的青年農民；何眞宗來自重慶萬州鄉下；鄭小瓊來自四川南充鄉下……，赤手空拳在南方闖蕩，餐風宿露，生活動蕩不安。沒有進入大學體制，沒有進入知識場，游離於體制之外。從體制上決定了專業作家與打工作家文化資本的不同。雖然他們中間的一部分也通過自考、函授的方式拿到大學文憑，或憑藉自己的努力轉爲城市戶口，但進入體制內，還是成爲遙不可及的夢想。

　　作爲改革開放的前沿，珠三角地區是較早打破舊體制、鐵飯碗的地方。文學體制也在改革之列，文化事業單位內早已沒有多少鐵飯碗可捧了。加上打工作家受到文憑與戶口的限制，進入體制，自然是一件十分困難的事。問題在於作協的改革滯後於其他部門的改革，就帶來了不少矛盾。

　　作協從新中國建立開始，直到現在，都是具有行政級別的組織。中國作協是正部級，省、直轄市、自治區作協是正廳級。其中，專業作家可以評定

〔註49〕　〔法〕布迪厄著，包亞明譯《文化與社會煉金術》，上海人民出版社，1997
　　　　　年，第193頁。
〔註50〕　孫惠芬《城鄉之間》，北京：崑崙出版社，2004年，第35頁。

中國作協機構設置示意圖

中國作家協會全國代表大會

全國委員會 → 名譽委員

主席團

書記處

辦公廳 | 創作聯絡部 | 對外聯絡部 | 人事部 | 機關黨委 | 創作研究部 | 作協機關服務中心

離退休幹部辦公室

中國作家出版集團

文藝報 | 人民文學 | 詩刊 | 民族文學 | 中國作家 | 小說選刊 | 作家出版社

作家文摘報 | 長篇小說選刊 | 環球企業家 | 校園文學

中國現代文學館

中國現代文學研究叢刊

魯迅文學院

中華文學基金會

中國文采實業總公司

中國文采聲像公司

作家活動中心

（上圖根據 2006 年 11 月中國作協發佈資料整理）〔註51〕

〔註51〕 參見中國作家協會 2006 年 11 月 3 日發佈《中國作家協會組織機構歷史沿革》，http://iel.cass.cn/news_show.asp?newsid=1846&detail=1。

職稱，分一級、二級、三級、四級作家，一級作家相當於教授職稱。現階段，中國作協的機構設置由行政機關部門、事業部門與企業部門三部分構成，地方作協的機構與中國作協類似，構成一個由上到下，層級式、網絡狀的組織。中國作協經費來源：2001 年 12 月 21 日中國作家協會第六次全國代表大會原則通過的章程規定：一、國家撥款；二、會員會費；三、本會舉辦各種文化企業、事業的收入；四、社會贊助。〔註52〕2006 年第七次作代會原則通過的章程規定：一、財政撥款；二、會員會費；三、社會資助；四、其他合法收入。〔註53〕

　　國家財政撥款都占經費來源的第一位，新章程規定的經費來源比以前的更靈活。舊章程第三條「本會舉辦各種文化企業、事業單位的收入」改為新章程第四條「其他合法收入」。從作協組織結構顯示，除了日常行政機關，就是幾個事業單位性質的部門：中國作家出版集團、中國現代文學館、魯迅文學院、中華文學基金會、作家活動中心。兩個企業性質的部門：中國文采實業總公司，中國文采聲像公司。

　　如圖所示，中國作協機關內設機構 6 個：辦公廳、創作聯絡部、對外聯絡部、人事部、機關黨委、離退休幹部辦公室（副局級機構人事部代管）；所屬企事業單位 13 個：創作研究部、文藝報社、人民文學雜誌社、詩刊社、民族文學雜誌社、中國作家雜誌社、小說選刊雜誌社、長篇小說選刊、作家出版社、現代文學館、魯迅文學院、中華文學基金會、作協機關服務中心。可見，作協是行政性質、事業單位與企業三者合一，體現出改革過程中機構呈現出來的複雜特點。根據 2009 年中國作協發佈的資料來看，其組織機構又作了較大調整，最大的變化在於下轄的企業消失了，可見，公共服務職能得到更大的強調。〔註54〕

　　計劃經濟時代，文藝作為意識形態的重要形式而被政府統一管理，形成以國家為主體的文藝管理體制，從中央到省（直轄市）、市、縣，甚至鄉，都設有管理文藝的行政機構，這些機構接受同級黨委宣傳部門的指導。作協雖

〔註52〕中國作家協會章程（2001 年 12 月 21 日中國作家協會第六次全國代表大會原則），http://www.docin.com/p-543466396.html。
〔註53〕中國作家協會章程（中國作家協會第七次全國代表大會部分修改），http://www.chinawriter.com.cn/2009/2009-05-31/33217.html。
〔註54〕參見中國作家網 2009 年 6 月 14 日發佈《中國作家協會組織機構圖》，http://www.chinawriter.com.cn/zx/2009/2009-06-14/2152.html。

然是群眾組織或人民團體，但從它與黨和國家權利的關係來看，其重要性早已超過其他群眾組織，帶有國家機構的性質，相當於半國家機構〔註55〕，建國初期，作協的一項重要職能就是將個性獨立、思想自由的作家納入行政管理體系，用正式編制使他們從自由人變成單位人，從而進行思想上的統一。20世紀80年代，文藝體制改革進行，文化市場的地位得到承認。2000年10月，中國共產黨第十五屆五中全會通過《中共中央關於制定國民經濟和社會發展第十個五年計劃的建議》，在中央正式文件中提出「文化產業」概念，表明國家對文藝的管理由行政逐漸向市場過渡，2004年，黨的十六屆四中全會通過的《中共中央關於加強黨的執政能力建設的決定》中提出：「深化文化體制改革，解放和發展文化生產力」，「進一步革除制約文化發展的體制性障礙」〔註56〕，作協作為國家管理文藝事業的輔助性單位，其行政性被削弱，其服務職能被加強，「行業」協會的特性被強調，在市場經濟的條件下，在文藝體制改革走向深入的背景下，作協被遮蔽多年的「行業」協會特性開始顯現，傳達黨和國家的文藝方針政策，組織作家開展創作研討會，為作家之間的交流提供平臺，發掘並培養文學新人，組織作家深入基層體驗生活等，成為作協的重要職能。

　　一直被社會詬病的作協專業作家制其實也呈逐漸沒落之勢。開始於建國之初的駐會作家制，將作家專業化。駐會作家領取國家工資，與當時的公務員一樣，劃分了等級，其文藝級別向行政級別靠攏，而且作家出差、深入生活產生的費用都由作協報銷。1978年為一批駐會作家落實政策，並發展了一批專業作家後，中國作協在長達28年的時間裏，沒有再發展新的專業作家。目前在編的專業作家只有一人，因為還沒到退休年齡。進入市場經濟時代，國家的文化事業體制改革力度加大，財政撥款有限，地方作協也加快了對專業作家制的改革。目前，上海的專業作家不到10人，重慶只有2人，北京市作協從1986年起，就沒有再發展過專業作家（但2002年，中斷了近20年的專業作家制在北京得到恢復。作家劉恆、劉慶邦成為北京作協新一代駐會作家。2003年，閻連科、鄒靜之、徐坤、曾哲加入駐會作家。與以前駐會作家有所不同的是，雖然人事關係調到作協，但實行的是聘任合同制，合同為五

〔註55〕周建平《新時期中國文藝管理體制研究》，暨南大學博士論文，2003年4月，第31頁。

〔註56〕羅爭玉《文化事業的改革與發展》，北京：人民出版社，2007年，第28頁。

年一簽，未達到合同規定任務的，不再續簽）。作家洪峰以上街乞討索要工資，要求回到吉林省作協當專業作家的行為被媒體曝光後，其處境並未得到改善，因為吉林省作協在近十年裏已經沒有發展過專業作家了。廣東省作協不但未發展專業作家，並且在 2004 年的合同聘任中，使原來的 6 名專業作家下崗。〔註57〕

處於改革前沿的廣東省作協吸收了一批打工作家為會員作家，第一代打工作家周崇賢 1994 年就加入了廣東省作協，安子也是 90 年代中期就加入了廣東省作協，第二代、第三代嶄露頭角的打工作家都陸續被吸納進廣東省作協。廣東省作協對部分打工作家進行文學方面的培訓，但沒有打工作家成為專業作家，簽約作家也幾乎沒有。

廣東省作協在 20 世紀 90 年代初期就開始醞釀改革。1993 年創辦青年文學院，面向全國招聘合同製作家，1994 年，經公開招標，委員會評審，余華、韓東、張旻、陳染、東西五名外地作家以及廣東本土三名作家被招為合同製作家，合同製作家每月可以領取 1000 元的工資，只需報一個創作計劃，每年開一次會〔註58〕。但老文學院的人並沒動。1999 年，在編的專業作家與全省業餘作家一起競聘 21 個簽約作家職位，三年一屆，聘上的專業作家每月可領津貼 1200 元，沒聘上的專業作家檔案由文學院調入作協人事部門，只領取基本工資。2003 年底，廣東省文學院（1980 年為擴大專業作家體制，由廣東省作協創建）出臺《第二屆合同簽約制改革的方案》，規定：一、不再對文學院的簽約作家發放創作津貼和出版補貼；二、所有進入文學院的作家都要經過選題申報、篩選、簽約才能獲得聘任；三、擴大招聘人數；四、所有簽約作家均享有平等待遇，不再設院外作家；五、健全激勵機制，重獎優秀作品。以前每月可固定領取的 1200 元津貼被取消，只有選題被列入扶持項目時才可獲得資金支持。〔註59〕同時對獲獎作品施以高額獎金：獲茅盾文學獎每部獎 20 萬元；獲中國作協魯迅文學獎、中宣部「五個一工程」獎作品每部獲獎 10 萬元；獲廣東省級文學獎一等獎作品每部獎 1 萬元到 3 萬元〔註60〕。改革後

〔註57〕上述資料來源於張英《專業作家的三部曲》，《南方周末》2006 年 11 月 30 日，第 D26 版。
〔註58〕參見張英《專業作家的三部曲》，《南方周末》2006 年 11 月 30 日，第 D26 版。
〔註59〕劉易《廣東改革專業作家制》，news.xinhuanet.com/newscenter/2003-12/21/content_1241314.htm。
〔註60〕張英《專業作家的三部曲》，《南方周末》2006 年 11 月 30 日，第 D26 版。

的制度只針對選題、創作成果，並不針對人。只養選題不養人。

但文學作品選題的優劣很難判斷，相對於已完成的血肉豐滿的文學作品來講，創作選題僅僅是一個抽象的意圖。更重要的是，當作協還擔當著創建和諧文化，建設和諧社會的重任時，如何扶持底層作家，爲他們創造良好的創作環境便提上日程。

與社會輿論聲稱的「廣東經濟發達，作家通過經商也能有較好的收入，要不要創作津貼無所謂」不同，廣東還有 1／3 的作家沒有穩定的收入，到處打工，單靠寫作的收入很難維持生計。這其中就包括身處底層的，來自農村，缺少文化資本的打工作家。他們大多擁有一份維持生計的職業：流水線工人，機械師、推銷員、裝修工、小報編輯記者等，也有一些從事自由寫作的，收入也十分有限。他們遇到的首先是生存問題，然後才是精神與文學。

「我認識一個「打工文學」的狂熱者，找了幾個月的工作，不是人家看不上他就是他看不上人家，高不成低不就地找了幾個月工。後來他乾脆不找了，專心地做起了自由撰稿人，一個月爲了等未知數的稿費，往往是飢一餐飽一餐的。有一天他跑來單位和我大談文學之眞諦和自己的懷才不遇，說自己是千里馬，就是沒有碰到伯樂。望著面黃肌瘦的他，我忍不住問他，你吃飯了沒有？他說沒有，昨天才吃了一餐。我說，如果你今天再吃一餐的話，到明天你肯定沒有力氣再談文學了，而是先想如何塡飽肚子。所以我覺得想辦法塡飽肚子才是打工者必須面對和解決的問題。」〔註61〕

這是廣東佛山《打工族》雜誌進行的打工文學專題討論中，參與討論的一名文化幹事眼中的打工作者。僅靠文學創作的收入是很難維持生計的，文學期刊的蕭條與稿費的微薄已成爲不爭的事實，而廣東省作爲農民工的主要流入地，擁有大量農民工，在他們中間，產生了文學愛好者、作家，在建設和諧社會的大環境下，扶持打工作家成爲作協當仁不讓的重任。專門針對打工作家的培訓、扶持主要集中在 2006 年以後。

廣東省作協舉辦作家培訓班，爲包括打工作家在內的青年作家進行文學理論基礎、文學創作技巧等方面知識的培訓，由知名作家或知名理論家進行授課。2006 年年底，深圳市文聯推薦打工文學作家秦錦屛、戴斌、葉耳、衛鴉等參加了廣東文學講習所第一期小說創作高級研修班，廖紅球、呂雷、謝

〔註61〕參見《打工路上如果沒有打工文學》，載《打工族》2004 年 4 月（下）。

有順、南翔、曹征路等名家進行授課並指導〔註62〕；廣東省作協將在「魯迅文學院」辦一個「廣東作家班」，對包括打工文學作家在內的廣東青年作家進行培訓〔註63〕。2007年，中國作協魯迅文學院廣東培訓班開課，參加學習的作家中，打工作家占60%～70%，獲得「人民文學新浪潮獎」的鄭小瓊就是其中之一〔註64〕。

2007年初，作協全國第七次代表會後，廣東省作協黨組書記，專職副主席廖紅球就談到要「將本次大會高揚的「和諧」觀念注入文學創作中去」，要爲培養有潛力的體制外青年作家探索一條新路，主要針對底層打工作家，「他們有激情，有豐富的底層生活的體驗，但視野還不夠開闊，對生活理解還不夠透徹，有些青年作家熱衷於寫個人的生活、情調，他們應當在生活中繼續鍛鍊。在這種情況下，廣東作協希望探索一種培養體制外作家的新形式。」新形式主要包括：一是促使當地黨委與政府在生活上對他們進行扶助，二是在寫作上對他們進行幫助、引導，三是創造機會幫助他們發表作品，讓他們引起全國文壇的關注。〔註65〕

2007年8月20日，「廣東外來青工文學創作中心」正式在廣東省作協掛牌成立。成爲全國第一個專門扶助外來工文學作家的機構，已籌集到百萬元資金，總部設在廣東省作協，還將在東莞等打工作家集中的城市設立分會，專門對打工作家進行生活支助、出版支助與創作培訓。這之前，廣東省作協通過調查問卷方式對打工作家的收入開支情況進行調查，發現大多數情況不容樂觀，雖然不少打工作家已經在全國知名文學刊物上發表文學作品，由於生活面臨困境，一些自由撰稿的打工作家也存在「蘿蔔快了不洗泥」的情況。因此早就萌生了對打工作家進行扶助的想法〔註66〕。這無疑是在對專業作家制進行大刀闊斧改革，只養選題不養人的改革之後的又一有力舉措，只不過，針對打工文學的舉措主要是爲了社會效益，是實現和諧作協的一個重要途徑。廣東省作協還打算今後開展各類文學班，提高打工作家的思想與文學素質，對打工作家要「加強正面的思想引導、生活上的關心愛護，組織上的團

〔註62〕 參見《力推打工文學登上主流文壇》，載《深圳商報》2007年8月15日。

〔註63〕 參見《打工文學，疼痛與夢想》，Law863.com，法信網，2007年7月1日。

〔註64〕 資料來源於2007年第三屆全國打工文學論壇期間楊宏海先生的採訪。

〔註65〕 參見《廣東將改變重點文學扶持資金操作方式》，www.guangzhou.gov.cn/node_510/node_511/2007-03/1175341368168097.shtml。

〔註66〕 參見《廣東文學的希望在外來作家身上》，載《南方都市報》2007年8月22日。

結凝聚」〔註67〕。

　　作為打工文學集中地的深圳，對打工作家的扶助也是不遺餘力。現任深圳市文聯副主席的楊宏海先生最早提出「打工文學」，從20世紀90年代早起就在為打工文學鼓與呼，籌劃並主持了四屆全國範圍的打工文學論壇。在深圳市委宣傳部的支助下，《打工文學作品精選》得以出版。深圳市在2005年提出建開放式文學藝術院，對全國有影響的作家藝術家進行開放式運作，具體操作方式有簽約制、客座制與工作室三種〔註68〕。

　　雖然未專門針對打工作家，但提供了一個總的氛圍與環境，那就是突破地域限制，廣納賢才，打造深圳文化品牌。隨後，又提出「採取政府採購、文藝家簽約制、客座制等辦法支持打工文學創作」〔註69〕。同時，深圳市文聯與作協承擔了基層作家的發掘與培養任務，推薦打工作家到廣東省作協舉辦的作家培訓班、魯迅文學院等進修。最重要的是加強打工文學的組織與聯絡工作，舉辦了四次全國打工文學研討會，邀請知名文學理論家、批評家出席，擴大了打工文學的社會影響。

　　在建設和諧社會的大背景下，廣東省作協、深圳市文聯、深圳市作協對打工作家的支助與培訓，有助於擴大其社會影響，提高文學修養，增加社會資本與文化資本，提高了打工文學在文學場中的位置，同時為打工作家與佔據文學主流地位的精英作家、文學理論家、批評家提供了交流的平臺與對話的可能。

三、作協與頭銜、資本及話語權力

　　儘管作協已經處於改革的風口浪尖，但到目前為止，它仍然保留著行政級別，專業作家以及每月領取創作津貼的簽約作家仍然存在。第三屆中國作協主席鐵凝在答記者問時說，在當下中國，作家供養制度是一時不能取消的。

　　「為什麼強調專業作家制度是必要的？我現在不是專業作家，不存在為自己說話。據我所知，像王安憶、張抗抗、劉恒他們都是專業作家，這樣一些頂尖的作家。怎麼配不上國家出一點錢，有一個相對體面和安定的生活

〔註67〕參見《給打工文學作者真正的心靈關懷》，載《文藝報》2007年8月18日。
〔註68〕參見《深圳市文聯將改制建開放式文學藝術院》，www.southcn.com/NEWS/dishi/shenzhen/ttxw/200506260237.htm。
〔註69〕參見《寶安區扶持打工文學發展暫行辦法》，資料來源於深圳市寶安區委宣傳部內部資料。

呢？……創造一個和諧寬鬆至少是小康的生活，有助於解除作家的後顧之憂，專心寫作。我們這樣一個大國，如果養不起幾個作家，可能就是一種悲哀。」〔註70〕

鐵凝對專業作家制度依然存在著一些浪漫的想像，首先，頂尖作家的判斷標準是什麼？其次，一些作家被養在「保溫箱」中，另一些作家卻要為生計而奔波，尤其是那些底層打工作家，既不能進入「保溫箱」，又不能掌握文學評價的話語權，只能被評介，正如楊宏海先生所說：「八十年代發軔的先鋒文學逐漸躋身文學主流，而打工文學卻始終被打入另冊。造成這種鮮明對比狀況的原因，當然絕不僅僅是所謂的文學價值的高下，而是長久以來把持著文學創作和評價的話語權力」〔註71〕。

國家倡導的文化事業體制改革，一是為了讓文化藝術得到更好的發展，另外也是使相關體制變得公平、合理。在此背景下，作協體制改革在所難免。而在變革過程中產生了多種作家身份：專業作家、合同製作家、簽約作家、自由作家、打工作家等等，不一而足。使作家都陷入身份的焦慮與混亂中。合同製作家、簽約作家對專業作家不滿，自由作家、打工作家對體制內作家的複雜情緒：嘲諷、豔羨、不滿……，而頗具喜劇意味的是，專業作家也在抨擊保護他們的作協體制。

2003年，是作協頗不平靜的一年，6、7月份湖南作家余開偉、黃鶴逸宣佈退出湖南省作協，退出的原因是因為作協的官僚作風與制度弊端。不久，上海作家夏商宣佈退出上海市作協，山西作家李銳辭去山西省作協副主席職務，宣佈退出中國作協。

對於自己的選擇，李銳在11月15日的《致文友公開信》中說：

「所以這樣做，是深感作協的日益官僚化，衙門化，日益嚴重的政黨化，在這種官本位的等級體制下，文學日益萎縮，藝術、學術無從談起。換屆成了被權力操縱的木偶戲，由此而引發的『換屆綜合症』已經成為由上到下的嚴重流行病。我深知作協的體制改革不應當是對文學和作家權力的進一步剝奪，我也和大家一樣深知體制改革為什麼多年來成為空話。我的退出是一種個人的選擇。」〔註72〕

〔註70〕參見《南方周末》2006年11月30日，第D25版。
〔註71〕楊宏海《打工世界：青春的湧動》，廣州：花城出版社，2000年，第20頁。
〔註72〕何平、賀仲明、張光芒、汪政《制度場域的文學存在》，《文藝評論》2004年

作家爲什麼要炒掉作協？首先應看到，進入市場經濟之後，「作家」這個頭銜的含金量大大降低了，政治、經濟、文化資本都遠不及建國之初。新聞傳媒的增多，娛樂方式的多樣化，大眾文化的興起，作家地位從中心降到邊緣，作家已不再成爲一個令人景仰的符號。

由於文學可以直接與市場建立關係，完全可以依靠市場或消費者而成爲被公認的作家，作家的稱號不必再如改革開放之前那樣由作協賦予。所以作家在作協內的寫作與作協外的獨立寫作區別並不大。專業作家已經得到文學機構、教育體制等各方面的承認，積累了不少的象徵資本，這些象徵資本很容易轉換成經濟資本，一兩千元的國家工資或創作津貼並不能對他們構成太大的吸引力。比如北京作協的簽約作家邱華棟，每月1000多元的創作津貼連他稿費收入的 1／20 都不到，因此他認爲，取消創作津貼，把作家完全推向市場未嘗不可。〔註73〕

但作協仍然是一個能夠提供社會資本的場所。因爲「社會資本是實際的或潛在的資源的集合體，那些資源是同對某種持久性的網絡的佔有密不可分的」〔註74〕，而這個網絡是大家共同熟悉的，得到公認的，形成體制化關係的網絡。作協作爲一個社會團體，就是社會資本形成的網絡，以集體資本的形式爲每個會員提供支持，是會員獲得聲望的憑證。作協的政治色彩逐漸減弱，作家由政治事務的參與到公共事務的參與，專業化特徵加強，社會資本仍然是他們獲得文學場中的有利地位的支持，聲望與頭銜也有利於幫助他們獲得公共空間的話語權力。

社會資本可以通過運用一個共同的名字被體制化並得到保障。每個團體都有制度化的代理形式，這種形式使得社會資本得以集中，代理權掌握在個別行動者或行動者小團體手中，他們成爲最接近權力的人，其擁有的權力使他們與行動者個人不相稱。因爲能夠調配或使用整個團體的社會資本，有時會爲了爭奪合法代理權在內部與其他成員展開競爭〔註75〕。

6 月，第 47 頁。

〔註73〕劉易《廣東首先「終結」專業作家制》，news.xinhuanet.com/newscenter/2003-12/21/content_1241314.htm。

〔註74〕〔法〕皮埃爾‧布迪厄《文化資本與社會煉金術》，包亞明譯，上海人民出版社，1997 年，第 202 頁。

〔註75〕〔法〕皮埃爾‧布迪厄《文化資本與社會煉金術》，包亞明譯，上海人民出版社，1997 年，第 202～206 頁。

　　作協是以體制化形式存在的社會團體，其成員為獲得更多社會資本，會通過競爭而成為代言人，或成為「被假定能代表團體的發言人」，這樣，就能「因為他的顯赫，他的『出眾』，他的『曝光率』而建構了權力的主要部分（如果不是這種權力的本質），這種權力因為完全設置在了瞭解和承認的邏輯的內部，所以它在本質上是一種象徵性的權力」〔註76〕。

　　宣佈退出作協的專業作家已被假定為這樣一種代言人。湖南作協的余開偉、黃鶴逸稱退出作協是為了「作家的尊嚴」，並歷數了省作協的六大罪狀：不能定期召開作代會，作協機關刊物停刊，入會門檻降低，終日無所事事，胡亂評職稱、官僚主義作風〔註77〕。李銳也直指作協的體制僵化與官僚作風。他們通過與作協的斷裂，順應了公眾對體制的逆反心理，得到認可，成為代表這一團體的發言人。他們既不會因為退出作協而失去作家頭銜，也不會因此而減少經濟資本、文化資本，反而增加了象徵資本。

　　除了官僚作風，引起專業作家不滿的是作協門檻的降低，以前加入省作協必須在權威文學期刊上發表一部長篇，而現在只需要在省報上發表一兩篇文章。長沙市作協一次性吸納 17 名網絡寫手，肯定他們的作家身份，以及中國作協將背負抄襲之名的 80 後作家郭敬明吸納入會都引起爭議甚至反對〔註78〕。

　　專業作家在力保作協的純粹性、神聖性的同時，也不能忽略另一個事實，那就是物質利潤和象徵利潤，也是建立在「物以稀為貴」的基礎上的〔註79〕。如果作協設置了「高準入」的門檻，當然能確保「物以稀為貴」的原則。「低準入」門檻使大量新來者湧入，行動者與其他資本的佔有者產生競爭關係，這種競爭關係是由於生產商品的雷同而帶來的。「作家」頭銜泛濫後，處於這個共同團體之中的人所能獲得的象徵利潤就減少了。

〔註76〕〔法〕皮埃爾・布迪厄《文化資本與社會煉金術》，包亞明譯，上海人民出版
　　　　社，1997 年，第 207 頁。
〔註77〕參見於振華《「為尊嚴」自動退出，兩作家牽出湖南作協「六宗罪」》，
　　　　http://www.qianlong.com/3413/2003-7-17/100@953339_1.htm。
〔註78〕2007 年 6 月，郭敬明經著名作家王蒙、評論家陳曉明力薦加入中國作協，引
　　　　發強烈爭議，中國作協主席團成員陸天明表示：雖然中國作協不是選道德模
　　　　範，但它也不能是小偷的天下，不能是賊的團體。參見張英等郭敬明能否加
　　　　入中國作協？http://www.infzm.com/content/9682。
〔註79〕〔法〕皮埃爾・布迪厄《文化資本與社會煉金術》，包亞明譯，上海人民出版
　　　　社，1997 年，第 201 頁。

　　另一方面，加入作協也是獲取象徵資本的手段。洪子誠在談到作協時說：「現在，作家不參加作協，也不妨礙其作品的發表、出版，並獲得很高的評價。當然，大多數作家還是想加入中國作協的，這仍代表一種資格和評價。」〔註80〕處於社會底層的，以農民工爲主體的打工者加入作協，由於打工者與作家身份的差異性，容易引起媒體關注。更重要的，打工作家獲得的象徵資本的依據也是「物以稀爲貴」原則。打工者在文化分佈中佔據較低的位置，家庭出身爲農民，不具有文化資本繼承的可能性，受教育程度較低，多爲小學、初中文化程度。在這樣一個群體中，能夠進行文學創作，無疑是打工者所具有的特定的文化能力。就打工作家而言，他們所處的社會地位以及有階級劃分的社會所保障的利潤份額，使他們的家庭不具有足夠的經濟手段和文化手段讓他們受到更多的教育，在這種情況下能夠具有寫作能力，就獲得了物以稀爲貴的價值。加入作協，成爲作家協會的會員，使這種稀缺的價值得到加強。

　　正是因爲與受過專業教育的精英作家的差異性，使打工作家在文學場內獲得稀缺價值。這種稀缺性還作爲符號資本不斷被強化，打工作家前面的「打工」二字，成爲一種烙印，成爲從鄉村到城市的精神胎記。打工作家周崇賢無奈地說：「很奇怪，我的作家名頭前多了兩個字：打工」，王十月在全國第三屆打工文學論壇的講話時稱：「如果不是因爲我是打工作家，也不會受到這麼多的關注」。文學機構、主流作家、批評家將打工作家具體化爲：「體制外作家」，「生活貧困者」，「生活與創作都需要幫扶」，「具有創作潛力的作家」，使打工作家稀缺性的符號資本被強化。

　　雖然不能成爲領國家工資的專業作家，但加入作協，也是一種聲望的憑證。參加這個團體，就與其他成員構成一種關係，「從一種關係中自然增長出來的社會資本，在程度上要遠遠超過作爲資本對象的個人所擁有的資本」〔註81〕。打工作家紛紛加入作家協會。周崇賢於1994年加入廣東省作協，並於2003年加入中國作協，而且是打工作家中第一個加入中國作協的〔註82〕；

〔註80〕張英《文學是組織出來的？》，載《南方周末》2006年11月30日，第D27版。

〔註81〕〔法〕皮埃爾·布迪厄《文化資本與社會煉金術》，包亞明譯，上海人民出版社，1997年，第205頁。

〔註82〕參見鄢文江《觸摸泣血的靈魂》，成都：四川美術出版社，2005年，第222頁。

安子於 1991 年加入廣東省作協，鄭小瓊 2007 年加入東莞市作協與廣東省作協。

專業作家一方面以退出作協引來關注，另一方面又因加入作協之舉成為稀缺性符號資本。2006 年先鋒派作家洪峰以上街掛牌乞討的過激行為，一是向他工作的瀋陽市文化局索要所扣的工資，一是要「提前退休，調到作協，維持以往現狀」〔註 83〕，要求調回吉林省作協任專業作家。引來全國媒體關注，這位久被人遺忘的先鋒派作家因為此舉而重新走紅。

當今作協對作家寫作的干預減少，獨立寫作與作協內寫作的界限越來越模糊，作家與作協產生了疏離，但作協仍然代表了一種社會資本與符號資本，決定著他們在文學場中的話語權力，不論是專業作家還是打工作家，都希望獲取更多的話語權力。由此構成了「農民工」話語場的動態格局。

第三節　本章小結

文化領域與社會空間具有結構性對應關係，擁有不同資本數量的社會行動者可被劃入不同的階層和集團，資本要與場域聯繫才能發揮功能，場域就是擁有數量與質量不同的資本的行動者的競爭場所，行動者不斷與他人爭奪更具權威性的資本。而資本與權力是相互聯繫的，擁有資本的數量與質量不同，在社會空間的位置就不同，這也決定了行動者的權力。「資本……意味著對於某一（在某種給定契機中）場域的權力，以及，說得更確切一點，對於過去勞動積累的產物的權力（尤其是生產工具的總和），因而，也是對於旨在確保商品特殊範疇的生產手段的權力，最後，還是對於一系列收益或者利潤的權力」〔註 84〕。在文學場域中，擁有文化資本的多少決定了文學行動者的位置，佔有較多文化資本的是文學場域中的統治者，享有壟斷文學合法性的權力。

文學場內，也存在資本分佈不等的情況，文學行動者根據擁有資本的多少，佔據不同的位置，但又不安於自己的位置，希望獲得更多的文化資本，於是產生了文學場內經典作家與新來者連續不斷的鬥爭。前者要維持原來的秩序，後者則要打破原來的秩序，建立一種新的秩序。「農民工」話語的言說

〔註 83〕張英《專業作家的三部曲》，載《南方周末》2006 年 11 月 30 日，第 D26 版。
〔註 84〕轉引自朱國華《習性與資本：略論布迪厄的主要概念工具》，載《東南大學學報》2004 年第 1 期，第 36 頁。

者之間，展開了這樣一場競爭。在文學場的次場內，一方是擁有較多文化資本的作家，與官方意識形態基本上保持一致，另一方是居於邊緣位置，以人民代言人自居，表現下層百姓情趣，採取下層百姓的姿態的作家。「農民工」話語成爲進行競爭的敏感區域，因爲在這個以採取現實主義創作手法爲主的敘事領域，爲未受過專業文學訓練的人進入文學門檻提供了可能，這部分人擁有與敘事客體「農民工」趨同的身份，進入文學場，由於文化資本的有限性，於是處於邊緣位置，與處於主流、中心位置的作家就「誰能夠成爲底層的合法代言人」展開話語權的爭奪。

　　文學場內，「農民工」話語存在多種發出方：文化政策及相關制度、文學理論、期刊與出版、讀者、作家等等，各種話語交織，構成一個位置不同，但相互影響，並不斷髮生變化的關係網絡。這樣一個關係網絡，實際上也是文學的生產機制。「農民工」話語被嵌入各種複雜的社會關係網絡中，不再僅僅是作家個人的審美想像、個性書寫與情感體驗，而是文學場內外多方力量參與並作用的結果。包括國家文化政策，作協等組織機制，作品生產與評價機制（創作——流通——消費——評價），政治因素與市場因素對文學場進行滲透，改變著文學場的客觀結構。不論是知識份子作家的「農民工」話語還是底層打工作家的「農民工」自我表述，都在這一網絡中產生、運動，資本的擁有左右著它們在場中的特殊利益的獲取，而一系列制度則參與了藝術價值與符號資本的生產。文學場實際上就是一個鬥爭的場所，一個永無休止的競爭場所。文學權威就是行動者爭奪的對象。政治因素無疑是一個增加權威的重要法碼。文藝政策的「農民工話語」以及文化體制改革、作協職能轉變，爲農民工話語場的形成以及打工作家的進入提供了可能。

第二章 農民工話語場的市場邏輯：
打工文學的生產機制

第一節　關鍵詞：打工文學

　　打工文學作爲一種現象的產生，是在改革開放之初，20 世紀 80 年代，主要借助於市場力量；但進入文壇主流的視野，是在底層文學的背景下，與精英作家的底層書寫的合法性之爭中發生的。它不但與底層文學一樣，反對純文學的狹隘的個人化寫作，呼籲關注更廣泛的底層民眾的生活，而且也反對底層書寫的精英作家高高在上，充滿優越感的寫作姿態。如果說，底層文學是對純文學的一次裂變，打工文學則是第二次裂變。底層文學的裂變主要體現在題材內容上，打工文學的裂變更多地體現在作家身份上。對作家底層身份的強調，打工文學具備了稀缺性，與「和諧社會」的主流意識形態契合，產生了極大的社會效應。但另一方面，正是來自社會與政治過於強大的聲音，掩蓋了打工文學的文學性。打工文學從邊緣向中心進發的過程中，在藝術上自發呈現的一些迥異於精英知識份子書寫的異質性元素，被社會意義與道德同情淹沒，藝術形式上的革命在社會新聞話語的覆蓋下難以進行，美學合法性地位無法確立，打工文學回溯到左翼文學的傳統〔註1〕，與「爲藝術而藝術」的純文學形成對峙，延續了中國現代文學史上工具論與藝術論二元對立的線索。這種非左即右、非審美即政治的二元對立的思維模式，使打工文學失去

〔註 1〕 李雲雷《底層寫作的誤區與新「左翼文藝」的可能性》，載《海南師範學院學報》（社會科學版）2006 年第 1 期，第 77～80 頁。

了可能存在的豐富內涵。

一、市場的力量：打工文學由邊緣趨向中心

　　1984 年林堅在《特區文學》發表《深夜，海邊有一個人》，這篇根據作者自身打工體驗寫成的小說被認為是打工文學的開山之作。隨後，林堅又在《花城》1991 年第 1 期上發表了《別人的城市》。另一個特區打工仔張偉明也在《大鵬灣》1989 年第 1 期上發表小說《下一站》，並在《青年文學》1989 年第 2 期上發表了小說《我們 INT》，這些都被視為打工文學早期代表作。打工文學在 1990 年代初已進入發展的黃金時期，取得了良好的市場效應，主要以安子的紀實文學作品《青春驛站》的暢銷，以及打工文學雜誌《佛山文藝》發行量高峰期達到 50 萬份為標誌〔註 2〕。1990 年代中後期打工詩歌逐漸發展，但都未能引起文壇的關注。進入 21 世紀，情況有所改觀，打工作家在《人民文學》等主流文學期刊上發表作品，並引起文壇關注，2007 年 5 月打工作家鄭小瓊獲得人民文學獎，成為打工文學被主流文學認可的標誌〔註 3〕。

　　1980 年代末至 1990 年代中期，是打工文學的黃金時期，其一，湧現了第一代打工作家，號稱打工文學「五虎將」的林堅、張偉明、黎志揚、安子、周崇賢。其中，安子的自傳體報告文學《青春驛站——深圳打工妹寫眞》出版並取得良好的市場效應，引來媒體的極大關注〔註 4〕，引發安子熱，稱為「安子現象」。《青春驛站》由 19 個親歷性的故事組成，缺乏敘事技巧，文筆稚嫩，藝術價值沒有被確認，也沒有引起主流文壇的關注，安子熱成為一種文化現象而非文學現象。其二，《佛山文藝》這份由佛山市委宣傳部主辦的地市級文

〔註 2〕 譚運長、劉寧、沈崇照《作為大眾傳播媒介的文學期刊編輯論》，百花文藝出版社，1997 年，第 218 頁。三位作者時任《佛山文藝》的正、副主編，在後記中提到《佛山文藝》發行量「目前已達到每期 50 萬冊」。

〔註 3〕 鄭小瓊的此次獲獎，被評論者認為「是打工文學受到主流認可的最高榮譽」。參見陳競《打工文學：疼痛與夢想》，載《文學報》2007 年 6 月 28 月，第 1 版。

〔註 4〕 其中代表性的文章有：潘家珺《打工妹躋身文壇》，載《光明日報》1992 年 6 月 18 日，第 1 版；李桂茹《安子：衣帶漸寬終不悔》，載《中國青年報》1992 年 7 月 10 日，第 3 版；周導《「打工妹」寫出「打工文學」，〈青春驛站〉走俏書市》，載《文學報》1992 年 8 月 6 日，第 8 版；司徒海文《打工文學的一朵報春花——〈青春驛站〉座談會紀要》，載《深圳特區報》1992 年 7 月 26 日，第 4 版；李小甘《青春沒有驛站》，載《文藝報》1992 年 9 月 19 日，第 2 版。

學期刊，在 1989 年調整辦刊方針，定位爲針對打工者的文學刊物〔註5〕，於 1992 年發行量達到 20 萬份〔註6〕，1993 年 5 月，推出「打工文學專號」。由於《佛山文藝》推出反映打工者生活經歷、眞情實感的文學作品，並搭建了打工作者──編者──讀者之間的交流平臺，受到打工者歡迎，於 1995 年發行量達到 50 萬份〔註7〕，爲中國第一打工文學大刊。

　　1990 年代中後期至 21 世紀，由於廣東民工荒的出現，以及受網絡、視圖等文化娛樂方式多樣化的影響，打工文學的讀者逐漸減少，打工文學的發展勢頭減弱，有影響力的作品乏善可陳。《佛山文藝》的打工文學定位也逐漸轉爲向純文學靠近。1997 年，主編劉寧宣佈了當年的發展戰略：與《大家》、《作家報》聯合舉辦「跨世紀批評」活動，與《小小說選刊》、《文學報》舉行全國徵文評獎等等〔註8〕。對打工文學的推介減弱。1990 年代中後期，打工詩歌逐漸發展。1994 年 9 月，《外來工》雜誌刊載打工詩人徐非的詩歌《一位打工妹的徵婚啓事》，引起較大的社會反響，《羊城晚報》等媒體報導了此事〔註9〕。1998 年 11 月、12 月，《佛山文藝》的子刊《打工族》（原《外來工》雜誌）先後刊出羅德遠《劉晃棋，我苦難的打工兄弟》〔註10〕和徐非《給打工者們塑像》〔註11〕。此間，還有一些打工詩人出版了詩集，如：安石榴、光子等 6 人合著《邊緣》，1996 年 2 月，黑龍江人民出版社；何眞宗《在南方等你的消息》，2000 年 8 月，中國文聯出版社等。打工詩歌呈零散的狀態發展。2001 年 5 月 31 日，《打工詩人》在廣東省惠州市創刊，發起人爲許強、徐非、羅德遠、任明友，創刊號即有 17 位打工詩人集體亮相，打工詩人群落逐漸形成〔註12〕。其中，羅德遠、柳冬嫵、徐非、沈岳明、張守

〔註 5〕資料來源於筆者於 2007 年 11 月 22 日第三屆全國打工文學論壇上對《佛山文藝》前執行副主編譚運長所作訪談。

〔註 6〕資料來源於《佛山文藝》內部資料：沈崇照《〈佛山文藝〉大事記》。

〔註 7〕資料來源於《佛山文藝》內部資料：沈崇照《〈佛山文藝〉大事記》。

〔註 8〕劉寧、譚運長《〈佛山文藝〉的名牌戰略》，載《佛山文藝》1997 年第 1 期上半月，第 14～15 頁。

〔註 9〕參見孫玉紅《徵婚之詩引得三千寵愛》，載《羊城晚報》1996 年 7 月 2 日，第 2 版。

〔註10〕參見遠翔（羅德遠）《劉晃棋，我苦難的打工兄弟》，載《外來工》1998 年第 11 期，第 8～9 頁。

〔註11〕參見徐非《給打工者們塑像》，載《外來工》1998 年第 12 期，第 36 頁。

〔註12〕參見《打工詩歌檔案──「打工詩歌」大事記》，載許強、羅德遠、陳忠村主編《中國打工詩歌精選》，珠海出版社，2007 年，第 497～501 頁。

剛、許強、許嵐、何眞宗、曾文廣等成爲主力。除許強爲西南財經大學畢業外，其他均爲內地偏遠鄉村來到廣東的農民工。他們的詩歌以描寫打工現場，情感直白宣洩爲特點，表現農民工艱辛的生存狀態，不少打工詩歌以現實主義態度切入日常生活場景，迥異於「技術主義」純詩，在藝術形式上呈現異質性元素，《詩林》、《詩刊》、《詩選刊》等主流文學刊物發表了一些打工詩作，2002 年 1 月《北京文學》特闢兩個專版刊發「打工者之歌」，刊發曾文廣、羅德遠、劉洪希、柳冬嫵、張守剛、徐非的 8 首詩作〔註 13〕。2004 年11 月，《讀書》雜誌刊發柳冬嫵的詩歌評論《在城市裡跳躍》〔註 14〕，2005年 2 月，《讀書》刊發柳冬嫵的另一篇詩歌評論《城中村：拼命抱住最後一些土》〔註 15〕，打工詩歌進入發展的黃金時期，但主流文學批評界仍然沒有給予關注。

2005 年，隨著國家首個針對打工青年文學愛好者的「鯤鵬文學獎」的頒獎，打工文學第二代作家「鯤鵬派」出現。鯤鵬文學獎是由團中央與全國青聯主辦，專門針對進城務工青年設置的文學獎項，也是我國首次針對進城務工青年群體設置的文學獎項。第二代作家的代表有：王十月（其長篇小說《煩躁不安》獲鯤鵬文學獎小說類的優秀獎，《深圳有大愛》獲報告文學類一等獎），何眞宗（《紀念碑》獲鯤鵬獎詩歌類一等獎），鄭小瓊（《打工：一個滄桑的詞》獲詩歌類鯤鵬獎優秀獎），趙美萍（散文《苦難，是一所人生的大學》獲鯤鵬獎散文類二等獎）等〔註 16〕。2005 年，當代文壇掀起底層文學熱潮，底層農民工出身的打工作家被納入底層文學的視野，受到部分主流文學批評家的關注。2007 年 5 月，鄭小瓊獲文學權威性獎項「人民文學‧新浪潮獎」，成爲打工文學被主流文壇認可的標誌。

從安子的《青春驛站》到打工詩歌，再到第二代鯤鵬派作家作品，都取得了較大的社會反響，新聞媒體積極介入其中，將打工文學作爲一件新奇的事物進行報導，引發一波接一波的「打工文學」熱。打工文學產生及發展過

〔註 13〕 參見曾文廣等《在城市裡跳躍——打工者之歌》，載《北京文學》2002 年第 1 期，第 106～107 頁。

〔註 14〕 參見柳冬嫵《在城市裡跳躍》，載《讀書》2004 年第 11 期，第 24～33 頁。

〔註 15〕 參見柳冬嫵《城中村：拼命抱住最後一些土》，載《讀書》2005 年第 2 期，第 155～165 頁。

〔註 16〕 參見《首屆全國進城務工青年鯤鵬文學獎獲獎作品及作者名單》，共青團中央社區和維護青少年權益部編《青春與夢想——首屆全國進城務工青年鯤鵬文學獎獲獎作品選集》，北京出版社，2005 年，第 413～417 頁。

程中，主流文學批評的集體缺席，使打工文學缺少根本性的文學意義上的思考。打工文學實踐中缺少內省式的藝術變革，同時缺少來自批評界的推動力量，一直沒有進入藝術自覺階段。打工文學從邊緣向中心進發的過程中，在藝術上自發呈現的一些迥異於精英知識份子書寫的異質性元素，也被社會意義與道德同情淹沒了。文學是人學，也是藝術，它要反映現實生活，也要昇華自身的經驗，經由藝術形式的層面到達精神內涵的層面，它與社會現實相互作用，既要從內容中的限制中解脫出來，又要防止藝術的自為存在而對現實漠不關心。但從文學史上的情況來看，我們總是習慣將社會性與藝術性一分為二，要麼陷入文學的功利主義，要麼陷入純文學的藝術觀。從梁啓超以小說開啓民智到左翼文學、革命文學、社會主義文學，與周作人對文學獨立性的追求，穆木天的「純詩」主張，再到 1980 年代的純文學主張，兩條線索雙軌並行，相互牴牾。對道德同情及社會責任的強調，打工文學被回溯到左翼文學傳統，審美性處於壓抑狀態。

二、地方性的文學批評的展開

　　關於「打工文學」這一名稱的提出，研究者認為是楊宏海。「1984 年，《特區文學》就陸續推出一些反映臨時工生活的作品。1985 年，本書主編、深圳青年評論家楊宏海最早提出『打工文學』這一命題。」〔註 17〕楊宏海是何時何地，以何種方式提出來的，目前尚沒有文字資料可考查。楊宏海對打工文學的研究主要集中在 1990 年代以後〔註 18〕，目前研究者、媒體等均採用「楊宏海最早提出打工文學這一命題」的說法。

　　什麼是打工文學？打工文學的界定，經歷了一個從模糊到清晰，從無意識到有意識，從邊緣向中心進發的過程。

　　由於林堅、張偉明、安子等打工作家的作品引起社會關注，1991 年深圳市作家協會舉行了「特區『打工文學』座談會」，從理論及實踐上對什麼是打工文學進行了探討，參加者既有楊宏海、陳秉安、楊作魁等研究者，也有安子、林堅、張偉明、黃秀萍等打工作家。這次座談會並沒有為打工文學提供

〔註17〕黃樹森、申霞豔、周婉琪《序》，見楊宏海主編《打工世界：青春的湧動》，花城出版社，2000 年，第 5 頁。

〔註18〕參見楊宏海主編《打工世界：青春的湧動》，花城出版社，2000 年：楊宏海主編《打工文學備忘錄》，社會科學文獻出版社，2007 年：其中收錄了楊宏海研究打工文學的主要論文，都是 1990 年以後所作的研究。

一個明確的概念或定義，但為打工文學定下一個基調：即反映打工生活的，在改革開放中產生的特區文學；底層打工者是創作者的重要部分，而藝術手法的稚嫩是打工文學的一個美學特徵〔註19〕。

1996 年，廣東中山大學的教授與學生舉行了一次打工文學的討論會〔註20〕，這是一次學院派的討論，中山大學中文系教授、廣東文藝批評家協會副主席黃偉宗主持，中山大學幾位中國當代文學專業的碩士參加。這次討論的主題為打工文學的泛化。將打工文學分為藍領時期與白領時期，認為產生於勞工階層的打工文學正在向白領階層擴散。打工文學的題材領域被擴大，並不是專門反映底層打工者生活的一種文學現象。打工文學是什麼的問題變得含混未明。

在地方文學研究者關於打工文學是什麼的討論中，體現出一種矛盾心態：一方面，希望從創作者、題材內容、時代意義等方面確定打工文學的獨特性及它在文學上的獨立地位，另一方面，並不滿意打工文學題材的窄化，希望擴大打工文學的內涵與外延，並藉此提升打工文學的文壇地位。

1998 年 12 月 1 日，《羊城晚報》花地副刊刊出打工文學的評論專版，包括黃偉宗的《一種泛化型的文化現象》，譚運長（時任《佛山文藝》副主編）的《打工文學與文學史》，鍾曉毅《走出「青春驛站」——「打工文學」的未來路向》，張檸《打工者的文學》，對打工文學題材的窄化，主題意識的狹隘及藝術水準的原地踏步作出批評，亮出「打工文學泛化」的旗幟〔註21〕。

廣東地方的文學研究者們之所以提出打工文學泛化的觀點，主要是這一階段打工文學創作進入蕭條時期。這一時期，打工文學沒有出現有影響力的作家與作品，研究者們急於為打工文學尋找出路的心情可見一斑。

對打工文學的內涵及外延的擴大還在繼續，不但將反映都市白領打工生活的題材納入打工文學之中，還將反映留學生在國外的打工生活題材也包括在打工文學之中，如楊宏海在《打工世界：青春的湧動》的前言中，將《北京人在紐約》、《上海人在東京》等小說都包含在打工文學中〔註22〕，打工文

〔註19〕參見楊宏海〈「打工文學」縱橫談〉，載楊宏海主編《打工世界：青春的湧動》，花城出版社，2000 年，第 763～770 頁。

〔註20〕參見李紅雨《一種走向泛化的文學現象》，載《南方日報》1996 年 2 月 7 日，第 10 版。

〔註21〕參見《羊城晚報》1998 年 12 月 1 日，第 14 版。

〔註22〕參見楊宏海〈《打工世界：青春的湧動》・前言〉，楊宏海主編《打工世界：青

學與都市文學、留學生文學的界限變得模糊起來。

2000 年 8 月，為紀念改革開放 20 年，廣東省文藝批評家協會、深圳市特區文化研究中心、寶安區文化局主辦了「大寫的二十年‧打工文學研討會」，這是第一次全國性的打工文學研討會，第一次有何西來、閻綱等主流文學批評家參加，同時，這也是一次有著明顯政府行為的文學研討會，中共廣東省委宣傳部副部長兼省文聯主席劉斯奮、深圳市文化局局長王京生都參加了研討會。打工文學是改革開放過程中在廣東萌生的文學現象，也是改革開放的標誌性的文學現象，因此在紀念活動中，成為不可或缺的一環，並賦予了重要的社會意義。與會專家的關注焦點再一次集中到創作者與題材內容上。認為打工文學的主要創作者是來自基層的打工者，記錄了從鄉村到城市，從農業文明到工業文明的巨大變遷，打工文學富有原創性，自己寫自己的生活，「我寫，寫我，我看」，從藝術上來看，則是「樸素到有些稚嫩的文字」，「毛茸茸的生活的感覺」。〔註23〕可見，相對於地方研究者的打工文學「泛化」觀，這是一次「窄化」過程，主要創作者、題材內容集中在藍領打工者。

無論是打工文學的泛化還是窄化，都沒有從文學意義上為打工文學尋找到獨特性價值。或者是將打工文學與其他文學形態的界限模糊化，或者是過於強調打工文學的社會效應，打工文學仍然處於文學末流的地位。創作者與研究者注重的都是如何提升它的社會地位，其藝術形式上自發呈現的異質性元素無人挖掘、無人引導。

三、進入主流文學批評視野：創作者身份價值的凸顯

廣東地方從事打工文學的研究者，一直在努力擴大打工文學的影響，希望打工文學得到主流文壇的關注。如何促進打工文學從邊緣走向中心，在主流文壇占一席之地，是打工文學的研究者以及作者共同的心願。不論是擴大打工文學的內涵與外延，還是縮小其內涵與外延，都是為打工文學爭取話語權的策略，希望促使打工文學從文學末流走向文學主流，但收效甚微。底層文學的出現，為打工文學提供了一個良好的機遇。

隨著農民工、下崗工人等弱勢群體逐漸引起社會關注並進入國家話語，農民工現象也成為文學無法迴避的一個問題。新世紀以來，孫惠芬、羅偉

春的湧動》，花城出版社，2000 年，第 14 頁。
〔註23〕參見劉斯奮、王京生、閻綱等《為打工文學立言》，載《深圳商報》2000 年10 月 8 日，第 A5 版。

章、劉慶邦、陳應松等作家反映農民工生活的底層敘事引起文壇關注，2004年 5 月曹征路反映下崗工人的小說《那兒》引起主流文學批評的強烈反應，引發了底層寫作與左翼文學的關係以及現實主義在當今文壇的可能性等一系列討論：2005 年 2 月，《文藝理論與批評》刊出《那兒》評論小輯，認為《那兒》是左翼文學傳統的復興，是「無產階級的傷痕文學」〔註 24〕。2005 年 6月，《當代作家評論》也刊出張軍等人對《那兒》的評論專輯，表達了相反的觀點：認為《那兒》並沒有表現出無產階級的意識，仍然是知識份子的精英意識，對底層民眾的隔膜想像〔註 25〕。2005 年 11 月，《那兒》的作品研討會在中國現代文學館舉行，奠定了其底層文學力作的地位〔註 26〕。底層文學是以純文學的對立面存在的，反對純文學脫離社會現實的、狹隘的個人寫作，倡導道德責任以及知識份子的底層人文關懷。2005 年 3 月至 2006 年 1 月，發生了純文學與底層文學的論爭〔註 27〕，自 1980 年代以來，純文學一直佔據著文壇的統治地位，底層文學要爭取自己的地位。曹征路直指純文學「沒有時代真相和生活邏輯，沒有道德判斷和公平正義，更沒有知識份子立場和人文關懷」，甚至是「虛假的文學」，「瞞和騙的文學」〔註 28〕。2005 年底圍繞南帆發表在《上海文學》的《底層經驗的文學表述如何可能？》引發了一次知識份子之間的論戰〔註 29〕，其範圍波及全國，進一步加大了底層文學的受關注程度。

　　雖然學術界一直圍繞底層文學進行熱烈的討論，但並沒有對底層文學作一個明確的定義，這就為打工文學進入底層文學體系提供了空間。從代表作

〔註 24〕 參見吳正毅、曠新年《〈那兒〉：工人階級的傷痕文學》，載《文藝理論與批評》2005 年第 2 期，第 14～16 頁。
〔註 25〕 參見張碩果《還是知識份子，還是困境》，載《當代作家評論》2005 年第 6 期，第 101～103 頁。
〔註 26〕 參見《曹征路小說作品研討會在京召開》，http://www.pkucn.com/redirect.php?fid=33&tid=158199&goto=nextoldset。
〔註 27〕 有兩場主要的論爭：一場是李陀與吳亮之間關於純文學的爭論，參見文新《李陀、吳亮網絡之爭》，載《天涯》2005 年第 4 期，第 186～191 頁；一場是 2005 年至 2006 年 1 月《文藝爭鳴》組織的關於純文學的論爭，參見孟繁華《中國的「文學第三世界」》，載《文藝爭鳴》2005 年第 3 期；郜元寶《〈中國的「文學第三世界」〉一文之歧見》，載《文藝爭鳴》2005 年第 5 期；曹征路《純文學「向上」了嗎》，載《文藝爭鳴》2006 年第 1 期。
〔註 28〕 曹征路《純文學「向上」了嗎》，載《文藝爭鳴》2006 年第 1 期。
〔註 29〕 參見本書緒論有關底層文學論爭的注釋。

家作品以及文學批評的所指來看，底層文學主要是由知識份子作家創作的反映底層民眾生活的作品，但由底層自己創作的作品，也隨著底層文學熱，進入主流文學批評家的視野。

2005 年 3 月，《文藝爭鳴》刊發了底層生存寫作的專題討論，張未民、張清華、蔣述卓等學者將打工文學作為「在生存中寫作」的一種現象進行討論〔註 30〕，打工文學被納入底層寫作，而且表現出與知識份子底層寫作的不同：它是底層打工者自己創作的，反映自己生活的作品。早期關於打工文學創作者及題材內容的界定在底層文學的背景下被強化，而且有了一個重要的參照物：知識份子的底層寫作。打工文學因而具備了革命性的意義：以農民工為主體的打工作家對底層生活的真實感受、真切體驗是知識份子作家無法替代的。底層文學是對純文學的挑戰與裂變，打工文學在底層文學中，從創作者的角度，進行了第二次裂變，並獲取稀缺性的價值及意義：「任何特定的文化能力（例如，在文盲世界中能夠閱讀的能力），都會從它在文化資本的分佈中所佔據的地位，獲得一種『物以稀為貴』的價值，並為其擁有者帶來明顯的利潤。」〔註 31〕

2005 年 7 月，深圳發生了較大規模的主流文學批評家、作家對打工文學的爭論〔註 32〕，這是打工文學研討會有史以來出席的主流文學批評家最多的一次，李敬澤、白燁、洪治綱、何西來、雷達等知名度高的文學批評家都參加了討論，是主流文學批評家首次集體介入打工文學定義的爭論，也是在底層文學熱逐漸形成的背景下開展的一次關於打工文學的爭論。雖然討論並沒有給打工文學一個明確的定義或邊界，但「原生態」、「底層自我意識」成為打工文學的重要特點，這其實已經暗示了主流文學批評家對打工文學的底層創作者身份的認可。

自 2000 年始，主要由楊宏海策劃並主持的全國性打工文學論壇，對打工文學走向全國起著極大的推動作用，引起學術界對打工文學的關注，打工文

〔註 30〕　參見蔣述卓《現實關懷、底層意識與新人文精神》；張清華《「底層生存寫作」與我們時代的寫作倫理》；張未民《關於「在生存中寫作」》；柳冬嫵《從鄉村到城市的精神胎記——關於「打工詩歌」的白皮書》，載《文藝爭鳴》2005年第 3 期，第 30～33、48～52、56～59、34～47 頁。

〔註 31〕　〔法〕皮埃爾・布迪厄《文化資本與社會煉金術》，包亞明譯，上海人民出版社，1997 年，第 196 頁。

〔註 32〕　參見黃詠梅《打工文學：在愛與痛的邊緣徘徊》，載《羊城晚報》2005 年 7月 30 日，第 B4 版。

學由地域性的名詞逐漸變成了全國性的名詞。

幾屆打工文學論壇的舉辦情況如下：

第一屆，2000 年 8 月，深圳，「大寫的二十年・打工文學研討會」；〔註33〕

第二屆，2005 年 11 月，深圳，「打工文學創作實踐與未來發展全國學術研討會」；〔註34〕

第三屆，2007 年 11 月，深圳，「第三屆全國打工文學論壇」；〔註35〕

第四屆，2008 年 1 月，北京，「第四屆全國打工文學論壇」；〔註36〕

從幾屆打工文學論壇的情況來看，主流文學批評家的評論存在以下特點：

第一、未將打工文學納入主流的文學空間

社會轉型，從農耕文明走向工業文明，進城務工青年等，成為打工文學的關鍵詞。一方面社會意義提高，另一方面缺少美學合法性認可。從藝術審美上看，它是「毛茸茸的生活的感覺」〔註37〕，「平民化、粗加工的文學類型」，「粗糲的、自然的風格」〔註38〕，至於打工作家的寫作技能、理論素養的不足，更是多次被提到〔註39〕，「需要提升其文學品位」甚至「打工文學首先是一個文化現象，然後才是一個文學現象。」〔註40〕2007 年 11 月第三屆打工文

〔註33〕 參見石一寧《文學界湧現一支新軍──打工文學》，載《文藝報》2000 年 9 月 12 日，第 1 版。

〔註34〕 參見小可《打工文學創作實踐與未來發展全國學術研討會召開》，載《文藝報》2005 年 12 月 1 日，第 1 版。

〔註35〕 參見陶滔《充分實現勞務工的文化權利》，載《中國青年報》2007 年 11 月 28 日，第 8 版。

〔註36〕 參見胡軍《「打工文學論壇」在京舉行》，載《文藝報》2008 年 1 月 15 日，第 1 版。

〔註37〕 參見劉斯奮、王京生等《為打工文學立言》，載《深圳商報》2000 年 10 月 8 日，第 A5 版。

〔註38〕 參見李桂茹《打工文學：草根階層的文化表達》，載《中國青年報》2005 年 12 月 12 日，第 9 版。

〔註39〕 例如：2005 年 11 月的打工文學論壇上，評論家提到「第一代打工作家的寫作素養與理論準備普遍不高，沒有與主流作家、評論家對話的實力」；參見李桂茹《打工文學：草根階層的文化表達》，載《中國青年報》2005 年 12 月 12 日，第 9 版。

〔註40〕 在 2005 年 7 月的一次打工文學研討會上，白燁提到打工文學有市場需求，應該被主流媒體和批評家更多地推廣，「需要提升其文學品位」；白燁、楊宏海等學者均認為打工文學首先是文化現象。參見黃詠梅《打工文學：在愛與痛的邊緣徘徊》，載《羊城晚報》2005 年 7 月 30 日，第 B4 版。

學論壇評論家也提出要儘快提高打工文學質量。〔註41〕

第二、文化意義大於文學意義

因爲打工文學首先是作爲地方文化品牌推出的，批評家一直在尋找它的文化體系，如，嶺南文化的 LOGO，移民文化，打工文化，草根文化等等。這個文化體系反而成爲打工文學的合法性存在，因此進一步消解了打工文學的文學性。在 2005 年 7 月楊宏海組織的主流文學評論家對打工文學的研討中，白燁認爲打工文學的出現是一種文化現象；何西來認爲打工文學首先是一種經濟現象；李敬澤認爲打工文學首先是一種政治現象；楊宏海認爲打工文學首先是一種文化現象〔註42〕。

第三、媒體的聲音大於批評家的聲音

批評家對打工文學的研討更多地限於簡短發言，對打工文學給予更多關注的是大眾傳媒。《光明日報》、《人民日報》、《中國青年報》、《南方都市報》、《深圳特區報》、《深圳商報》等媒體紛紛對打工文學加以報導。大眾傳媒更多關注的是打工文學的新聞性。如安子、鄭小瓊的新聞效應，打工作家因爲農民工身份與作家的雙重身份，而具有新聞價值，成爲媒體追逐的對象，造成「明星」效應，打工文學成爲造夢工場。一方面是由於大眾傳媒促進了當代文學批評空間格局的改變造成的，另一方面，也證明了主流評論家在積極爲打工文學生產符號價值時，更多地注入了社會性內涵，還沒有將打工文學納入學術體系。

這其中，書寫者的農民工身份受到主流文學批評者格外關注。

打工文學的書寫者底層身份成爲打工文學與精英寫作的區分標識。打工文學術語自產生以來，並沒有建立它的區分特徵，所以它的獨特性也無從談起。在底層文學的闡釋過程中，打工文學開始了一個有意識建構其獨特性的過程，並且成爲打工文學擁有文學場合法性地位的關鍵。這一過程，也是與精英知識份子的底層寫作的一種文學資源的爭奪。打工文學以「區別於文壇的常規寫作方式」，「逼近生活現場的意味」〔註43〕，進入主流文學批評的視

〔註41〕　參見曾祥書《評論家說打工文學要提高質量》，載《文藝報》2007 年 12 月 1 日，第 1 版。

〔註42〕　參見黃詠梅《打工文學：在愛與痛的邊緣徘徊》，載《羊城晚報》2005 年 7 月 30 日，第 B4 版。

〔註43〕　參見張未民《關於「在生存中寫作」》；載《文藝爭鳴》2005 年第 3 期，第 56～59 頁。

野，並在精英知識份子寫作爲主導的底層文學中分得一席之地。

　　但是，在藝術上打工文學與精英知識份子寫作的區分標識卻並沒有建立，而是採用了精英知識份子的藝術標準作爲衡量自己的標杆。在中國現當代文學史上，新的文學樣態的出現，幾乎都伴隨著藝術形式的革新：白話文運動、文藝的大眾化、純文學……，藝術性本身就被賦予了革命性。例如，1980 年代的先鋒派的成功，固然有政治因素的影響，但更多的是在藝術形式上的革新，與過去的藝術形式徹底的斷裂、反叛，完成了「爲藝術而藝術」的美學革命。而打工文學自產生以來，內部的創作實踐及外部的文學批評，都缺少對新的藝術形式的創建及推動。當文學批評家對創作者的「農民工」身份津津樂道的同時，對打工文學的異質性的藝術元素卻缺少認眞而深入的挖掘。其實，打工文學，尤其是打工詩歌，其原生性的極具張力的語言，現實生活的意象，小場景的安排以及貫穿始終的生命意識，都迥異於精英知識份子技術性的寫作。但這些異質元素被等同於藝術水準低，遭到打工作家的拋棄，而傾向於精英式的語言方式與美學特性，表現出向精英寫作的妥協與趨同。

　　新的文學形態的出現，必然是對原有的文學形態的挑戰與創新，劃定與其他文學樣態之間的界線。但隨著界線的明晰，新的文學形態中不純粹的，異質性的元素逐漸走向純粹，其活力也漸漸失去了。當年，純文學正是因爲包孕著反「工具論」的目的，顯得並不那麼純粹，才具有了活力；隨著針對的目標的消失，越來越走向純粹的技術主義，脫離社會現實，也就失去了活力。而今，打工文學站在純文學的對立面，成爲「底層的生存寫作」，作爲左翼文學的延續，被拋入工具性與藝術性二元對立的歷史軌道，並歸屬於「工具性」的一極，也由早先的「不純」走向純粹，其潛在的豐富性內涵逐漸消失。

　　打工文學作爲「底層的生存寫作」，以及「農民工的話語表達」、「草根階層的文化表達」等現象，在 2005 年 11 月、2007 年 11 月、2008 年 1 月舉行的，有眾多主流文學批評家、知名學者參加的全國打工文學論壇得到進一步確認〔註 44〕，並上昇到促進社會和諧進步、保障農民工文化權利的高度，與

〔註44〕參見鄧少玲、易貞、范明《打造「打工文學」品牌　促進社會和諧進步》，載《中國文化報》2005 年 12 月 12 日，第 6 版；鄭麗虹《「第三屆全國打工文學論壇」今舉行》，載《深圳特區報》2007 年 11 月 22 日，第 D1 版；胡軍《「打工文學論壇」在京舉行》，載《文藝報》2008 年 1 月 15 日，第 1 版。

國家的農民工話語達到一致，關於打工文學的學術話語也逐漸與政治話語趨近：勞動者文學、打工者的文化認同與社會認同、打工群體與各個主要社會群體的和諧關係等等都成爲雙方共同認可的打工文學的特性及意義。打工文學受到主流文學的扶植，成爲當代文壇上一個炙手可熱的關鍵詞。在取得轟動性的社會效應時，打工文學的美學合法性地位並沒有得到承認：原生態、草根性、粗糙、藝術水準有待提高等字眼，一直都和它如影相隨。而社會效應，又與注意力經濟不謀而合。

第二節　從文學社團到文學社區：打工文學的生產機制

　　打工文學作爲一種新的文學現象，在其產生與發展過程中，適逢國家文化事業體制改革。他們的創作呈現出自發、零散的狀態。爲促進文學交流，提高創作水平，充實業餘文化生活，打工者成立了一些文學社團，並自辦社刊，爲社團成員提供發表文章的陣地，這些打工作者及文學社團又是圍繞著主要的打工文學雜誌《大鵬灣》、《佛山文藝》呈衛星狀態分佈。打工文學雜誌團結了更多的打工作者，形成了「讀者——作者——編者」爲一體的生產流程，既是打工者的創作園地，又是他們的心靈憩息地、情感交流園地。隨著打工文學的逐漸發展，地方作協、文聯及其他組織的介入，以社團爲中心的創作機制逐漸轉向了文學社區，而主要採取省作協——市作協（文聯）——街道文學社區的模式，這樣，有利於文學管理部門對打工文學的管理與引導。打工文學獲得了自上而下的指導與支助，又能獲得自下而上的推薦與發展，得到與主流文學對話的資本，打工文學場域逐漸形成。而在此過程中，打工文學也產生了自我分化，一部分創作勢頭良好的打工作家擴大了創作視域，超越了打工題材，自覺接納了精英文學的審美標準，希望從打工文學中分離出去，進入主流文學；另一方面，打工文學的創作呈現出擴大的群眾化的趨勢，以深圳寶安龍華街道辦的「打工文學之窗」這樣的牆報方式，使打工文學創作向基層群眾創作的方向發展成爲可能。

一、文學社團的形成

　　打工文學在 20 世紀 80 年代中後期開始出現，取得不俗成就的是 1990 年代末的打工詩歌，21 世紀初一些打工作家的小說也開始引起關注。總的來說，

比起已經在文學場確立了經典地位的「堪稱化石」的作家，他們進入文學場的時間較晚，年輕，多出生於 1970、1980 年代。大多來自偏遠省份的農村、鄉鎮，帶著「農民」的烙印，在改革開放的前沿城市的工廠、服務業或其他行業承擔著一份維持生計的職業，利用業餘時間從事文學創作，缺乏經濟來源與必要的社會保護。同時，他們很少接受過正規的人文科學、修辭學方面的教育。在他們離鄉背井，處於艱難求生、青春困惑的時期，文學創作，成爲他們宣泄情感的一種方式。

打工作家擁有的文化資本是極其有限的，他們大多出生於農村的貧困家庭，中學甚至小學畢業，就走上了坎坷曲折的打工之路，他們當搬運、拉磚、當雇工、當車間流水線工人，幹重體力活，動不動被查暫住證、被收容……。家庭及學校提供的文學教育十分有限。安子，出身於廣東省梅縣農民家庭，只讀到初二就輟學了，從小接觸的書籍多爲小人書，武打、言情類小說〔註45〕；周崇賢出身於四川省合江縣堯壩鄉農民家庭，初中畢業，所受的文學啓蒙是鄉鎮茶館說書：「關雲長溫酒斬華雄」、「岳母刺字精忠報國」，母親講的「紅樓」、「西廂」、「花木蘭」，以及能夠找得到的《三國演義》、《水滸傳》、《說岳全傳》〔註46〕。家庭的貧寒與生計的艱難，使他年僅 15 歲，就走上了打工之路。鄭小瓊，從南充衛校畢業，家裏爲她上學已欠下幾萬元債務，只好南下打工，沒有機會接受專業的文學培訓〔註47〕。

在這樣一種情況下，寫作成爲打工者抒發苦悶情緒，或者改善自己生活境況的一種手段，他們的創作呈現出自發、零散的狀態，進入專業作家體制存在較大難度。隨著國家文化事業體制改革的深入〔註48〕，專業作家的名額

〔註45〕 參見傅加華《中國第一打工妹——安子傳奇》，湖北人民出版社，2007 年，第 24～28 頁。

〔註46〕 參見周崇賢《我的作家之路》，http://www.zgdgwh.com/html/2008/3/122.htm。

〔註47〕 參見鄭廷鑫、李劼婧《鄭小瓊：記錄流水線上的屈辱與呻吟》，載《南方人物周刊》2007 年第 14 期，第 47～49 頁。

〔註48〕 進入市場經濟時代，國家的文化事業體制改革力度加大，財政撥款有限，地方作協也加快了對專業作家制的改革。目前，上海的專業作家不到 10 人，重慶只有 2 人，北京市作協從 1986 年起，就沒有再發展過專業作家，作家洪峰以上街乞討索要工資，要求回到吉林省作協當專業作家的行爲被媒體曝光後，其處境並未得到改善，因爲吉林省作協在近十年裏已經沒有發展過專業作家了。廣東省作協不但未發展專業作家，並且在 2004 年的合同聘任中，使原來的 6 名專業作家下崗。參見張英《專業作家的三部曲》，載《南方周末》2006 年 11 月 30 日，第 D26 版。

減少，打工作家要進入專業創作機制就更難了。

　　民間的文學社團成爲一種重要的文學組織方式與生產機制。打工作家通過參加文學社團，促進會員之間的交流，提高文學創作水平，找到心靈的歸宿。1993年，打工作家郭海鴻在深圳寶安石岩鎮成立了「加班文學社」，創辦了社刊《加班報》，並寫下創刊詞：「我們剛剛結束給老闆的加班，現在，我們開始爲自己的命運加班」，成爲打工者之中廣爲流傳的詩句。郭海鴻在一篇回憶文章中寫到：

> 歷史的記憶讓我回到1993年，那時候，我來深圳大半年了，和幾個朋友合著搞了個文學社，叫做「加班文學社」，搞了文學社，就要出個社刊，我們就定爲「加班報」，創刊號是手抄複印的，當時編排時留下個報眼位置，不好處理，我說乾脆搞個宣言口號類的文字吧，那時腦子好用，直接就寫在上面，於是就有了這個東西——「我們剛剛結束給老闆的加班，現在，我們開始爲自己的命運加班」，以後，每期小報出來，就固定在那裡，像毛主席語錄一樣，畫個框框。〔註49〕

與此同時，還有成立於寶安公明鎮的「勁草文學社」，龍華的「打工文學社」等。出於對文學的共同愛好，以及身在異地他鄉，進行交流、情感慰藉的需要，打工者們走到一起，成立文學社。

　　20世紀90年代初，有著深圳後花園之稱的龍華鎮進入熱火朝天的開發建設階段，各個省市的打工者到來，其中，不少是懷著文學夢的青年，這些打工者以自己的打工經歷爲題材，創作了一些文學作品，投給當地報刊雜誌。當時，龍華鎮在五個地點設置了文化長廊「打工城」，也創辦了鎮級報紙《龍華報》，由於其優厚的稿酬及面向打工生活，吸引了一批打工仔打工妹寫稿，對文學的共同愛好使這些打工者走到一起，他們中間的代表人物：楊怒濤、孫小松（松籽）、尖山等人便尋思著成立一個「龍華打工文學社」，集結打工者中的文學發燒友。這一想法得到龍華文體站的張煌新與《龍華報》主編李春俊的熱心支持，李春俊以《龍華報》的名義向他們贊助了500元錢的活動經費。1994年8月，「龍華打工文學社」正式成立，孫小松任社長、楊怒濤與尖山任理事，吸收了一批愛好文學的打工者入會。文學社成立後，舉辦了一

〔註49〕郭海鴻《我當年是如何寫下「爲命運加班的」》，http://blog.sina.com.cn/s/blog_
　　　49a1bc77010091px.html。

系列活動，邀請一些知名作家來爲社團成員講課，舉辦詩會，以及與其他打工者的文學社團舉行聯誼會，如石岩鎮的「加班文學社」〔註50〕。

　　龍華的「打工文學社」形成了獨特的生產機制：幾個文學社的主要成員形成了「創作之家」與「打工之家」。「創作之家」集中了深圳市內外甚至海外的一些主要雜誌報刊、書籍。常見報刊的通聯處、欄目、內容、投稿要求等都貼在牆上，他們常常一起採訪、一起討論題材、欄目，交流創作心得，有的放矢給報刊投稿。「打工之家」是孫小松自籌經費創辦的，也以交流創作體會、提高寫作技巧爲目的，另外還是打工者聯誼之地。1995 年，文學社獲得龍華鎮的支助，龍華打工文學社成員結集出版了打工文學作品集——《南漂之夢》〔註51〕。

　　對於文化資本不足的打工者來說，通過自發籌辦文學社，有利於增長知識，擴大交際面，提高創作技能，激發創作熱情，將個體的、分散的創作活動變成有組織的形式，同時又保持了創作的相對獨立性。在一定意義上，打工者的文學社團具備了作協的部分功能：促進打工作者的文學交流、提供文學指導，爲成員出版發表作品提供幫助。但它作爲一個純粹民間的，鬆散型的文學組織，是完全不同於作協的。

　　文學社團對打工者的創作起到很大的促進作用，不少打工者經由文學社團，到公開發表、出版文學作品，然後加入作協組織，成爲作家，從而改變了自己的境遇。這些文學社團與文學史上的文人型文學社團的不同之處在於：其一，它具有重要的培訓功能，打工者在這裡接受文學教育與培訓；其二、必不可少的聯誼功能，擴大了打工者的交際面，成爲漂泊的，身處社會底層的打工者的心靈之所；其三、它還具備職介功能，在刊物上發表的文學作品成爲不少打工者求職的敲門磚，而社團的負責人也積極向當地企業及其他單位推薦社團成員就職。比如，與企業聯合組織一些文化活動，如詩朗誦、演講比賽等，讓企業瞭解社團成員的實力，吸納成員就職〔註52〕；其四、打工者流動性強，客觀上造成這些社團組織的鬆散；其五、沒有提出明確的文

〔註50〕參見楊怒濤《南漂之夢——記當年創辦龍華打工文學社》，載《龍華文藝》2002 年第 5 期，第 36～37 頁。

〔註51〕參見張煌新《尋夢的秀才聚龍華》，參見張煌新編著《出門在外》，九州出版社，2001 年，第 1～4 頁。

〔註52〕資料來源：對龍華街道文體中心張煌新的實地訪談。時間：2008 年 7 月 26 日，地點：深圳寶安區龍華街道文體中心。

學主張，因此也未能形成各具藝術特色的文學流派。

二、俱樂部式的打工文學雜誌

打工者創辦的社團刊物，由於經費不足，不定期出刊，影響力亦十分有限，遠遠不能滿足打工者發表作品的需求。一些公開發行的打工文學雜誌就成為打工者的文學創作上一臺階的突破口。

在珠江三角洲，對打工文學起重要推動作用的雜誌以《大鵬灣》、《佛山文藝》為代表，還包括《江門文藝》、《僑鄉文藝》、《南飛燕》等等。它們的定位就是打工者的雜誌，反映打工者的生活、情感，充實打工者的文化生活，成為打工者首選的創作園地，也成為打工者向主流文學雜誌挺進的橋梁。一些打工者因其在打工文學創作上的成就，從而引起主流文學的注意，得到作協等機構的扶持，由小範圍認可的文學社團轉向更大範圍認可及支持的文學社區。因此，這些打工文學雜誌對打工文學場域的形成，有著重要的促進作用。

中國現當代文學史上，文學期刊都承擔著培育文學新人、鼓勵創作的責任。但進入市場經濟以後，不少文學期刊為降低風險，在用稿上傾向於名家的作品。打工文學雜誌對新人稿件的使用卻是不拘一格的，不但自覺承擔著培育新人的責任，還兼有另一個重要職能——「俱樂部」的職能：集發表文章、文學技能培訓、情感交流為一體，使不少打工作家的創作從這裡開始起步，成為培養打工作家的搖籃。

以中國第一個打工文學雜誌《大鵬灣》為例，創辦於 1988 年的《大鵬灣》被譽為「打工文學的黃埔軍校」〔註 53〕，以扶持文學新人為己任，注重在打工者中發現人才。以「打工者寫、打工者讀、寫打工者」為辦刊宗旨〔註 54〕。培養了一批頗有建樹的打工作家：張偉明、周崇賢、黃秀萍、王十月等。並形成了獨特的「讀者——作者——編者」體系，從讀者中發現作者，從作者中選拔編者。這就為編者與作者、讀者創造了一個平等交流的條件，可以向作者保證每一篇投稿都不會石沉大海，完全不同於純文學期刊的高高在上，這一點對於以打工者為主體的作者與讀者來說都是至關重要的。

〔註 53〕楊宏海在談到目前打工文學的平臺減少時，認為：「像《大鵬灣》這樣被稱為『打工文學的黃埔軍校』的文學雜誌已經沒有了」。參見陳競《打工文學：疼痛與夢想》，載《文學報》2007 年 6 月 28 日，第 1 版。

〔註 54〕參見《編讀往來》，載《大鵬灣》2002 年第 8 期，第 72 頁。

《大鵬灣》在 1995 年就成立了文學創作培訓班，為作者點評作品、編寫教材，培養了不少打工作家〔註55〕。曾於 1990 年代中後期任《大鵬灣》編輯的打工作家安石榴談到當時文學培訓的情況：「做編輯的同時，我還擔任雜誌社培訓中心的輔導老師，負責小說及詩歌的批改，前後輔導了近三千名學員」〔註56〕，還與寶安區石岩鎮的「加班文學社」、公明鎮的「勁草文學社」等民間社團建立密切聯繫。〔註57〕

打工文學雜誌的編輯既是文學編輯，也是文學輔導老師，對打工者的作品進行修改、評價、指導。不少打工者都可以從編者這裡得到詳細的評價或修改意見。

從《大鵬灣》的一個欄目「編讀往來」可以看出，編者不但負責對作者的文學創作指導，還負責生活指導甚至心理撫慰。打工者不但在這裡找到了創作的動力，也有了情感的寄託。雜誌所特有的「讀者──作者──編者」機制，使編者對作者的情況更能感同身受，更能提出中肯的意見，進行平等的情感交流。張偉明、王十月、安石榴、郭海鴻等人都是從讀者、作者再到編者。編者的打工經歷十分重要，這意味著他對作者與讀者的需求更加清楚。所以，《大鵬灣》還有一個特點就是「打工者編」〔註58〕。

《大鵬灣》無疑具有極大的凝聚力，以編者為中心，聯絡了一批又一批的打工作家。文學社團、打工作家呈衛星狀分佈在雜誌周圍。以打工者的資歷，要發表文學作品是十分不易的。《大鵬灣》提供了這樣一個陣地，對打工者來說意義重大，類似《大鵬灣》這樣的文學雜誌已經超越了簡單的發表作品，而成為打工者獲取文化資本、改變命運、充實心靈、撫慰情感的空間。

不少打工作家以《大鵬灣》這樣的打工文學雜誌為平臺，引起主流文學的關注。如第一代打工作家張偉明，其代表作品《我們 INT》、《下一站》、

〔註55〕資料來源於對《大鵬灣》前主編張偉明的實地訪談，時間：2008 年 7 月 25 日；地點：深圳寶安區文化館。

〔註56〕安石榴《我的「失敗之書」》，http://www.zydg.net/magazine/article/1006-219X/2006/05/348296.html。

〔註57〕參見尹昌龍《〈大鵬灣〉的文學生產》，楊宏海主編《打工文學備忘錄》，社會科學文獻出版社，2007 年，第 271 頁。

〔註58〕打工作家張偉明、安石榴、郭海鴻、郭建勳、王十月等都任過《大鵬灣》編輯。資料來源於對張偉明的實地訪談以及對《大鵬灣》雜誌歷來年編輯的查詢。參見本書附錄一。

《對了，我是打工仔》都是首先由《大鵬灣》推出的。可以說，打工文學雜誌也具備了類似於文學社團的組織功能，只不過它的組織功能更加鬆散。相對於社團刊物而言，它們具有更寬的市場覆蓋面與更大的影響力，把打工者從相對狹小的文學社團輸送到更大的空間：文學社區中去。因此，打工文學雜誌與其他純文學雜誌相比，並不在於它所發表的文學作品的純度，而在於它的綜合性的、「俱樂部」式的功能，促進了打工作者的某種轉換：從無名者到聲名漸起，從零散創做到有組織的培訓，從自發性的創作到自覺性的創作。

在背後推動打工文學雜誌向「俱樂部」式發展的重要因素，正是市場。在純文學走向蕭條時期，《佛山文藝》達到 50 萬份的發行量，《大鵬灣》作為內刊發行量最高峰達到 10 萬份〔註59〕。其主要的消費群體，就是打工者。《大鵬灣》以「闖世界者的港灣」的溫馨面目出現，《佛山文藝》則提出「同是天涯打工人，相逢何必曾相識」，不但給打工者提供了展示自己的舞臺，更成為他們的心靈憩息之地，也是他們突破工廠流水線的狹小空間，擴大社會交往的場所，不少打工者節衣縮食也要買打工文學雜誌來看，將它們當作漂泊在外的情感寄託。1990 年代初，成千上萬的打工者湧入廣東等沿海發達城市，漂泊闖蕩，缺少親朋好友的關懷，工廠嚴格的規章制度，城市文化與鄉村文化的巨大差異，貧乏的文化生活，都使他們產生了孤獨不適之感。他們是一個巨大的潛在的文化消費市場。《佛山文藝》、《大鵬灣》等「打工者寫，打工者讀、寫打工者」的生產流程，正是應市場而生。誕生於改革開放前沿的珠江三角洲的文學期刊，較早地具備了市場意識，它們十分關注讀者的需求。對於打工者而言，能讀到反映他們生活與情感的文章，自己也能在上面暢所欲言，擴大交際面，展示自己的才華，有一個改變自己命運的機會，就是他們最大的需求。所以，是市場催生了一個新型的文學生產機制，打工文學雜誌成為培育作者的搖籃。如果不是因為市場，打工者恐怕沒有機會發出自己的聲音，也沒有可能打破精英文學的一體化格局。

三、從文學社團到文學社區

布迪厄在《藝術的法則》中談到一群進入巴黎的外省青年，他們沒有財

〔註59〕參見張偉明《向那些消失和沒消失的打工刊物致敬》，載《羊城晚報》2005
　　　年 7 月 30 日，第 B4 版。

產，處於社會中下層，生活困窘。由於缺乏必要的經濟來源與社會保護，被推向了文學的道路，因爲文學不需要任何學校保證的資歷。他們聚集在一起，逐漸形成了社會中的獨特群體，「不同尋常，前所未有」。他們落拓不羈的生活方式影響到藝術創造，與貴族、資產階級的藝術家完全不同，而他們也藉此創立落拓不羈這種觀念本身，促進新的社會實體的公開認可與身份、價值、規範、神話的構建。他們通過接近老百姓——因爲他們也有同樣的疾苦，對現存秩序進行挑戰。隨著時間流逝，他們的威望與幻象被固定下來，從而吸引更多的生活貧困的年輕人〔註60〕。這是文學場形成的重要階段。

打工文學社區的形成過程與此有一定的相似性，也有不同。打工作家是在文化事業體制改革的大背景下，再加上歷史原因，他們受戶籍與教育所限，文化資本不足，難以進入體制之中，因此自覺認同了自身與專業作家的差異，有時將這種差異擴大化，他們以自身爲書寫對象，遵循現實主義的創作道路，作品以貼近下層人的打工生活爲主。自覺地將自己定位爲打工者合法的代言人。他們並不認同專業作家創作的同類題材的文學作品。第一代打工作家張偉明在一次打工文學研討會上認爲主流作家所寫的同類題材是隔靴搔癢〔註61〕。王十月提到主流作家寫打工題材，自我感覺是同情與悲憫，實際上還是高高在上〔註62〕。柳冬嫵則對精英代言打工者的合法性提出質疑：「一些人爲追趕題材的時髦而寫作『底層』，或者將『底層寫作』虛化，在寫作時玩所謂的『美學脫身術』。『打工詩歌』也在精英知識份子的『學術圈地』中，被一些人急於轉化成『知識言說』的生產資料。」〔註63〕

打工作家處於專業作家體制之外，也不同於被市場接受、經濟狀況良好的自由寫作者。被市場接納的自由寫作者，依靠商業寫作，賺取大量經濟資本，獲取不小的社會影響力，當然可以蔑視作協，蔑視專業作家，要麼如韓寒聲稱絕不加入作協，要麼如張悅然、郭敬明被白燁、王蒙拉入作協。打工作家由於資本的缺乏，只能借助類似於「落拓不羈」這樣的觀念的創建，

〔註60〕 參見〔法〕皮埃爾・布迪厄《藝術的法則》，劉暉譯，中央編譯出版社，2001年，第68～70頁。

〔註61〕 參見黃詠梅《打工文學：在愛與痛的邊緣徘徊》，載《羊城晚報》2005年7月30日，第B4版。

〔註62〕 參見張賀敏《打工文學如何走得更好》，載《深圳商報》2005年11月27日，第A7版。

〔註63〕 柳冬嫵《從鄉村到城市的精神胎記・自序》，花城出版社，2006年，第5頁。

諸如：底層、貧困潦倒，建立被社會公開承認的身份以及文學的幻象——作爲場域中所有成員必須執守的集體信念〔註 64〕，這樣，與專業作家進行了區隔。

在這種情況下，打工作家對文學社團產生了一定的歸屬感。同時他們困窘的經濟狀況以及試圖通過文學改變自己境遇的渴望，使得他們並不拒絕來自作協等文學組織的支助與培訓。

由於打工者的高流動性，文學社團逐漸演變爲強調情感聯絡、並且導入行政力量的、相對穩定的文學社區。社會學意義的社區是指任何基於協作關係的有機組織形式，強調人與人的親密關係和共同的精神意識以及對社區的歸屬感和認同感，文學社區「是指在一定的地域界限裏，通過一些文學組織將該地區的作家凝聚在一起，相互之間形成良性互動的場域」〔註 65〕。周曉風也提出「區域文學」的概念，即突破地域文學的自然環境與歷史條件，關注社會條件與現實需要，以行政區劃爲前提〔註 66〕。所以，此處的文學社區是指具有歸屬感與認同感，導入行政力量的，相對穩定的文學組織形式。

打工者的文學社團缺少主要的文學主張及文學章程，自組織能力也比較缺乏，大家主要基於共同的興趣愛好集中在一起，文學社團承擔了一定的社會職能。這樣，就爲文學社團向文學社區的演化提供了條件。

這裡的文學社區並不僅僅是情感聯絡組織，而是與街道、社區相聯繫的文學組織。由於作協與文聯的地方組織、街道文化中心介入，完全遊移在體制外的文學創作力量有了一定的組織性，但又沒有歸屬於體制內，形式上與體制內的文學組織聯繫得更加緊密，並接受來自作協、文聯或其他類型的地方文學組織的支助與培訓。省作協——市作協——街道文學社區的創作模式得以形成。

以深圳市爲例，街道組織的打工文學活動十分活躍，目前，形成了寶安31 區、龍華街道、大浪、福田、沙井等多個文學創作中心。每個中心都有自

〔註 64〕參見朱國華《場域與實踐：略論布迪厄的主要概念工具（下）》，載《東南大學學報》（哲社版）2004 年第 2 期，第 41 頁。

〔註 65〕賀紹俊《「新世紀文學」的社區共同性——以湖北文學爲例》，載《文藝爭鳴》2007 年第 2 期，第 52 頁。

〔註 66〕參見周曉風《區域文學——文學研究的新視野》，載《中國文學研究》2004年第 4 期，第 7 頁。

己的代表作家，如龍華的李於蘭、孫小松等；大浪的鄔霞；31 區的王十月、葉耳、衛鴉等。

　　1996 年，龍華鎮文體站成立了文學創作協會，文學自組織模式逐漸演變為以政府支助為主，是目前龍華文學社區形成的關鍵。文學創作協會成立後，政府出資建設「打工文化長廊」、支助「打工文學社」，成立「打工作者周末接待日」，利用周末的時間請知名作家前來為打工者評講作品，提高創作水平，活躍創作氣氛。1999 年，由龍華街道黨工委、辦事處撥款創辦《龍華文藝》（季刊期間每年撥款 12 萬，雙月刊期間每年撥款 15 萬），成為發表打工文學作品的陣地，豐富打工者的文化生活〔註 67〕。龍華鎮與市文聯合力打造「打工文學」品牌，2005 年，全國打工文學研討會在龍華舉行。

　　31 區也是寶安區一個普通的城中村，一群青年作家因為對文學共同的愛好而聚居「握手樓」，大家一起買菜做飯，討論文學。王十月因在國家級文學期刊上發表多篇小說，出版長篇小說《煩躁不安》而獲得全國鯤鵬文學獎，成為 31 區當仁不讓的領軍人物，這裡的打工作家大多已經轉變為自由職業者，以寫作為生。省作協副主席呂雷這樣形容他們的狀態：「深圳『31 區』一些打工作家因為靠稿子吃飯，高級刊物稿酬低的現象，使得其作品來不及修改和提高就匆匆發給一些檔次不高但稿酬優厚的通俗刊物，從而無法向文學界更高、更核心的層面進軍」〔註 68〕，深圳 31 區已經超越了地域概念，成為文學概念，是打工作家新生代的聚集地，大家一邊打工，一邊創作，生活上相互幫補，文學上志趣相投〔註 69〕。這些作家群就存在於以寶安區為重心的文學社區之中，沒有固定的或正式的組織，只是因為認同感與歸宿感而產生凝聚力，文學成為聯結彼此的紐帶。

　　這些社區中湧現出來的打工作者，很容易受到作協的培訓與支助，而被納入作協旗下。龍華文學創作學會 200 多名會員中，加入中國作協 2 人，省級作協的有 12 人，市級作協的有 38 人〔註 70〕，2008 年，31 區的王十月被省

〔註67〕參見曉月《注入新理念，龍華成為打工文學創作的大本營——寶安區龍華街道打工文學創作現象概述》，載《龍華文藝》2005 年第 5 期，第 5 頁。

〔註68〕郭珊《「我們並不沉默，只是沒有人傾聽」》，載《南方日報》2007 年 6 月 17日，第 9 版。

〔註69〕參見陶滔、唐冬眉《寶安：中國「打工文學」的策源地》，載《中國青年報》2007 年 11 月 28 日，第 5 版。

〔註70〕參見溫蘇平《三代打工作家龍華尋夢》，載《深圳商報》2006 年 3 月 5 日，第A8 版。

作協選送到魯迅文學院接受專業文學培訓。

作為「體制外作家」、「生活貧困者」、「生活與創作都需要幫扶」、「具有創作潛力的作家」，打工作家受到格外關注。

廣東省作協舉辦作家培訓班，為包括打工作家在內的青年作家進行文學理論基礎、文學創作技巧等方面知識的培訓，由知名作家或知名理論家進行授課。2006 年底，深圳市文聯推薦打工文學作家秦錦屏、戴斌、葉耳、衛鴉等參加了廣東文學講習所第一期小說創作高級研修班，廖紅球、呂雷、謝有順、南翔、曹征路等名家進行授課並指導〔註71〕；廣東省作協將在「魯迅文學院」辦一個「廣東作家班」，對包括打工文學作家在內的廣東青年作家進行培訓〔註72〕，2007 年，中國作協魯迅文學院廣東培訓班開課，參加學習的作家中，打工作家占 60%～70%，獲得「人民文學新浪潮獎」的鄭小瓊就是其中之一〔註73〕。

深圳寶安作為打工文學的策源地，將打工文學納入文學產業的打造工程中，重點扶持打工文學創作。具體措施包括恢復《大鵬灣》雜誌，引進「鯤鵬文學獎」永久落戶寶安，籌辦寶安作家村，在有條件的街道設立創作之家，著重扶持打工作家的創作，為打工作家提供生活與創作上的方便〔註74〕。寶安對打工作家的扶持具體表現在：送出去學習，請全國知名作家一對一幫扶，舉辦全國性的打工文學論壇，資助出版作品集，獎勵優秀作品等，2008 年還開展了「作家明星展示」：舉辦「寶安區紀念改革開放三十週年作家成果展覽」以及「寶安區紀念改革開放三十週年文學和歌曲作品徵集」、「勞務工詩歌朗誦會」等活動〔註75〕。

除此之外，打工作家的戶口、社保、子女入學問題也受到格外關注。比如王十月，在一次體制外作家座談會上，他說由於自己沒有深圳戶口，給女

〔註71〕 參見張賀敏、徐憶銓《力推打工文學登主流文壇》，載《深圳商報》2007 年 8月 15 日，第 C3 版。

〔註72〕 參見陳競《打工文學：疼痛與夢想》，載《文學報》2007 年 6 月 28 日，第 1 版。

〔註73〕 資料來源於 2007 年第三屆全國打工文學論壇期間筆者對楊宏海的訪談，時間：2007 年 11 月 22 日，地點：深圳市寶安區碧海恒誠酒店。後來鄭小瓊因工廠不給假期而放棄了培訓。

〔註74〕 參見朱良駿《寶安將建文化產業六大基地》，載《深圳特區報》2006 年 3 月27 日，第 A8 版。

〔註75〕 參見潘暢、阿唐《寶安多舉措助推文藝發展》，載《中國文化報》2008 年 10月 24 日，第 10 版。

兒上學帶來很大困難。不久，寶安區就將他的戶口從湖北農村遷入〔註76〕。

可見，文學社區的硬件建設將在政府的扶助下逐漸完善，包括經濟條件、相關設施等等。廣東省作協的改革大刀闊斧地進行，連專業作家都要遭遇「下崗」，打工作家卻得到扶助。以打工作家爲中心形成的文學社區，由於地方政策的傾斜與支持，而成爲一個開放型文學社區，使得他們逐漸積累了與專業作家，甚至中心文化城市的主流作家、文學批評家對話的資本，部分地獲取言說農民工的話語權力。地域性慢慢被突破，打工文學逐漸由邊緣向中心進發，打工文學場域逐漸形成。

在這樣一種特有的生產機制下，打工文學逐漸出現了分化，一部分打工作家接納了主流文學的審美標準，努力進入主流文學秩序。從其創作題材以及風格特徵來看，已經脫離了打工文學的範疇。如王十月近年創作的「湖鄉紀事系列」，著力於表現鄉村的詩意與靜態的美，接近於知識份子敘事角度。另一方面，打工文學向基層群眾寫作發展。深圳的龍華、沙井、福田、大浪等街道、社區的文學創作，都表現出這一特點：由街道支持，創辦雜誌，組建文學創作協會，鼓勵基層打工者寫作。2006 年，龍華街道文體中心設立打工文化長廊，主要內容分爲打工文學作品、青春勵志、文化生活等幾個部分，主要設在龍華公園、文化廣場、龍華汽車站、路華工業區、油富工業區五個地點〔註77〕。讓更多的人接觸到打工文學，也激發更多的打工者參與到創作隊伍中來，寫出自己的生活。

四、體制外底層打工作家的培養機制

在文學社區模式中，對體制外的底層打工作家的培養機制逐漸形成。在專業作家體制已經形成的 20 世紀 50 到 70 年代，有過對「業餘作家」的系統性培養，各級作協、各級文學期刊編輯在工農兵群眾中挖掘、培養基層的業餘作家。體制內作家、編輯對業餘作者的作品進行指導、改寫，形成集體創作模式。

打工作家也是體制外的業餘作家。對打工作家的培養，是在中國專業作家體制逐漸解體的背景下，也是市場力量與政治力量的共同作用下進行的。

〔註76〕參見張賀敏、徐億銓《力推打工文學登主流文壇》，載《深圳商報》2007 年 8 月 15 日，第 C3 版。

〔註77〕2008 年 8 月筆者曾赴深圳龍華公園的打工文化長廊進行實地考察，內容以普法知識、貼近打工生活的短文、攝影作品爲主。

打工文學良好的市場效應與社會效應，地方作協將打工作家的培養逐漸體系化。

　　2007 年初，作協全國第七次代表會後，廣東省作協黨組書記，專職副主席廖紅球就談到要「將本次大會高揚的『和諧』觀念注入文學創作中去」，要爲培養有潛力的體制外青年作家探索一條新路，主要針對底層打工作家，「他們有激情，有豐富的底層生活的體驗，但視野還不夠開闊，對生活理解還不夠透徹，有些青年作家熱衷於寫個人的生活、情調，他們應當在生活中繼續鍛鍊。在這種情況下，廣東作協希望探索一種培養體制外作家的新形式。」〔註 78〕新形式主要包括：一是促使當地黨委與政府在生活上對他們進行扶助，二是在寫作上對他們進行幫助、引導，三是創造機會幫助他們發表作品，讓他們引起全國文壇的關注。

　　2007 年 8 月 20 日，「廣東外來青工文學創作中心」正式在廣東省作協掛牌成立。成爲全國第一個專門扶助外來工作家的機構，已籌集到百萬元資金，總部設在廣東省作協，還將在東莞等打工作家集中的城市設立分會，專門對打工作家進行生活支助、出版支助與創作培訓。這之前，廣東省作協通過調查問卷方式對打工作家的收入開支情況進行調查，發現大多數情況不容樂觀，雖然不少打工作家已經在全國知名文學刊物上發表文學作品，由於生活面臨困境，一些自由撰稿的打工作家也存在「蘿蔔快了不洗泥」的情況。因此早就萌生了對打工作家進行扶助的想法〔註 79〕。這無疑是在對專業作家制進行大刀闊斧改革，只養選題不養人的改革之後的又一有力舉措〔註 80〕，針對打工文學的舉措，提高社會效益的意圖十分明顯。廣東省作協的扶助形式主要有生活補助、文學培訓和出版資助三種形式〔註 81〕，還打算今後開展各類文學班，提高打工作家的思想與文學素質，對打工作家要「加強正面的思

〔註 78〕 蒲荔《重點選題簽約作家萬元「落袋」》，載《南方日報》2006 年 11 月 15 日，第 A15 版。

〔註 79〕 參見《廣東成立專門機構支助外來作家》，http://gb.chinareviewnews.com/doc/1004/3/8/7/100438719.html?coluid=55&kindid=1151&docid=100438719&mdate=0911123624。

〔註 80〕 2003 年 11 月底，廣東文學院公佈《第二屆合同簽約制改革的方案》，停止發放簽約作家的創作津貼及出版補貼，依靠選題獲得聘任。此舉被視爲專業作家體制在廣東首先終結。參見《廣東終結專業作家體制》，《文藝報》2003 年 12 月 4 日，第 1 版。

〔註 81〕 參見瑩瑩《廣東外來青工文學創作中心成立》，載《文藝報》2007 年 9 月 1 日，第 1 版。

想引導、生活上的關心愛護，組織上的團結凝聚」〔註82〕。農民工青年作家參加作協舉辦的學習班不但免交伙食費，還發放生活補貼。爲優秀的外來青工作家發放創作津貼，在《作品》雜誌出增刊刊登他們的作品，將他們的佳作結集出書〔註83〕。

作爲打工文學集中地的深圳，對打工作家的扶助培養也是不遺餘力。現任深圳市文聯副主席的楊宏海先生從1990年代起就在爲打工文學鼓與呼，籌劃並主持了四屆全國性的打工文學論壇。在深圳市委宣傳部的支助下，《打工文學作品精選》於2007年得以出版。深圳市在2005年提出建開放式文學藝術院，對全國有影響的作家藝術家進行開放式運作，具體操作方式有簽約制、客座制與工作室三種，變養人頭爲養作品，養事業〔註84〕。

雖然未專門針對打工作家，但提供了一個總的氛圍與環境，那就是突破地域限制，廣納賢才，打造深圳文化品牌。隨後，又提出「採取政府採購、文藝家簽約制、客座制等辦法支持打工文學創作」〔註85〕。同時，深圳市文聯與作協承擔了基層作家的發掘與培養任務，推薦打工作家到廣東省作協舉辦的作家培訓班、魯迅文學院等進修。最重要的是加強打工文學的組織與聯絡工作，舉辦了四次全國打工文學研討會，邀請知名文學理論家、批評家出席，擴大了打工文學的社會影響。

在這樣一種培養機制下，打工作家只能接受業已形成的審美形式，打工文學場域的獨立性很難保持。這是一個被規訓的過程，既定的文學規則被植入打工文學中，打工文學在強大的主流文學話語中，無法進行美學革命，並且，本身存在的異質性因素也難以保留。因爲打工作家的「農民工」敘事具有道德合法性，而被主流文學接納、認可，但在美學合法性地位獲得之前，打工文學只能被改造，於是也有了打工作家對自己這個階層的不得已的「背叛」〔註86〕。

〔註82〕參見胡軍、任晶晶《給打工文學作者眞正的心靈關懷》，載《文藝報》2007年8月18日，第1版。

〔註83〕參見熊元義《廣東作協：熱心扶持外來打工作家》，載《文藝報》2007年11月14日，第4版。

〔註84〕參見江強《全力扶持業餘作家創作》，載《南方日報》2004年7月29日，第C4版。

〔註85〕參見《寶安區扶持打工文學發展暫行辦法》（徵求意見稿）第三章第十一條。資料來源於2007年11月全國打工文學論壇會議資料。

〔註86〕李雲雷對打工作家王十月發表在《人民文學》2008年第4期的中篇小說《國

第三節　打工詩人與《打工詩人》

《打工詩人》的出現，標誌著打工詩歌的崛起，也標誌著打工文學的發展進入一個重要的階段。

打工文學經歷了 1990 年代初期的發展高峰之後，1990 年代中後期跌入低谷，代表性的作品乏善可陳，甚至一度淪為打打殺殺、情欲泛濫的地攤文學。《打工詩人》的崛起，使這一局面得到改觀。

創辦於 2001 年的《打工詩人》是中國當代眾多民間詩刊中的一種，時間不長，也沒有提出獨特的詩歌藝術主張，但它是第一份由中國底層打工者創辦的民間詩刊，集中地展示了打工詩歌，並引起主流文學界的關注。從刊名看，社會身份與詩人身份奇妙地結合在一起，《打工詩人》是最藝術與最生活的結合，高與低的結合、直抵心靈與生活現場的結合。《打工詩人》以最直白的方式，宣告了寫作立場：不但是民間的，而且是底層的。

打工詩歌是底層打工者最直接的吶喊，是打工文學中最具感染力的一種形式，它既來自生活現場，也是當代中國農民工群體的心靈史與精神史。《打工詩人》則是對打工詩歌的一次集結，打工詩歌不再呈零散的分佈狀態。作為民間詩刊，《打工詩人》讓底層打工者的聲音在主流話語之外具備了真實的穿透力。

新時期以來，隨著政治環境的鬆動，民間詩刊不斷出現，其相對自由的寫作形態，使詩歌不斷走向前沿，具有先鋒性與探索性，極大地推動了中國新詩的發展。從《天安門詩抄》到第三代詩歌的《他們》，到《詩生活》，從手抄本的形式到網絡空間，從知識份子寫作與民間寫作的對壘，再到底層寫作，民間詩刊與中國新詩的發展歷程緊密地聯繫在一起，從政治話語到藝術的高蹈再到進入底層生活現場，都有民間詩刊的加入。「事實上自新時期以來，大量嚴謹而有探索性的詩歌文本都是民刊提供的，可以說中國當代詩歌的發展是和民刊分不開的，甚至說民刊的歷史就是中國當代詩歌的發展史，至少具有社會學標本的意義。」〔註87〕

家訂單》的評價：「它以『打工文學』的名義背叛打工者的階級意識，為文學界所接受並高度評價，但它只是順應了當下的文壇與新意識形態，在美學與歷史中並沒有足夠的突破及新因素。」參見李雲雷《打工文學的全球視野與階級意識》，http://www.eduww.com/Article/200806/19652.html。

〔註87〕阿翔《民刊：隱秘的生長與現狀》，載《詩歌月刊》2003 年第 7 期，第 76 頁。

《打工詩人》從編者、作者都是打工詩人，是打工詩人對自己底層身份的確認，也是底層農民工的話語空間。但它缺少文學資本，組織者與作者大多是缺少社會地位的農民工。《打工詩人》是眞正屬於打工詩人的園地，通過《打工詩人》，打工詩人完成了底層身份的認同，打工詩人經由《打工詩人》，走向主流文壇。《打工詩人》並沒有提出太多的詩歌主張，更多的是記載了來自底層的吶喊。這也使得它對打工詩歌的推動基本上限於將它推入主流文學批評的視野，缺乏對打工詩歌的美學建構。但這也許是對《打工詩人》的苛求，它以打工者爲創作主體，對農民工群體的生活境遇進行了歷史性的呈現，讓詩歌的「民間寫作」繼續向下，與底層現實對接，不是空談民間性，而是以生命體驗的方式切入民間底層，以底層生存寫作的方式進入主流文學的視野，使打工文學成爲當代文壇的標誌性事件，就已經完成了一項重要的使命。

一、早期打工詩歌的青春症候

1980 年代末至 1990 年代初，南下的民工潮湧入改革開放的前沿地區：珠江三角洲，其中包括大批有文化的青年農民，因爲高考落榜，或對現實境遇的失望，他們離開土地，向城求生。但城裡的光景與 1980 年代初《人生》中高加林進城已經大不相同，他們的才能得不到賞識，更不可能得到有文化有地位的城市姑娘的青睞。他們經歷著離鄉背井的憂傷，掙扎在底層的泥淖，面對城裡人的呵斥與白眼，他們內心充滿著屈辱、悲憤以及對青春期夢想的渴求，種種情緒交織、膨脹，他們成爲文學的易感群落。而詩歌這種文學形式，成爲他們描摹生存境遇、抒情表意的首選。他們在詩行裡宣泄情感、籲請公正、爭取權利，也在詩行裡完成了自己的追夢人生，這就是打工詩人。與歷史上的「新民歌運動」不一樣，這不是有組織的政治話語，而是農民在社會轉型時期地位命運變化後，進行的自發的書寫。

在《打工詩人》創辦之前，打工詩人主要在珠江三角洲的打工文學雜誌上發表詩作。《大鵬灣》、《佛山文藝》、《江門文藝》、《嘉應文學》等打工文學雜誌都是他們的主要發表陣地，對「打工詩人」最初的命名，始於《佛山文藝》的「星夢園打工詩人流行榜」，該欄目專門刊發打工者的詩歌，並深受讀者歡迎，常常收到大量讀者來信。《佛山文藝》於 1991 年設「星夢園信箱」〔註88〕，

〔註88〕參見《94'奉獻》，載《佛山文藝》1993 年第 12 期，第 1 頁。

該欄目由「星夢園主」主持，打工者以詩傾心相訴〔註89〕。1994 年《佛山文藝》改爲半月刊，下半月推出「星夢園打工詩人流行榜」，面向工棚和流水線，刊載打工詩人的詩歌和散文〔註90〕。該欄目附有作者的通訊地址。其中，鄉愁，青春的思緒，打工生活的感悟是重要主題〔註91〕。《佛山文藝》的子刊《外來工》（1999 年更名爲《打工族》）的「青春驛站」也成爲重要的打工詩歌欄目〔註92〕，該欄目可視爲「星夢園打工詩人流行榜」的延伸，「讓青春更美麗，讓詩情更浪漫」是其題欄語，直接打出「青春驛站：毛聳聳〔註93〕的生活」之口號〔註94〕。刊發了徐非、羅德遠、何眞宗等詩人的詩歌，引起較大社會反響，徐非的《一位打工妹的徵婚啓事》引來 3000 多封讀者來信，並引起媒體關注〔註95〕。《外來工》1998 年 11 月發表了紀實報導《劉晃棋吐血身亡的前前後後》，同時配詩一首——羅德遠的《劉晃棋：我苦難的打工兄弟》〔註96〕，引起讀者強烈反響。除了反映打工者生存現狀的詩，這一時期，還發表了不少打工詩人的思鄉詩。〔註97〕

　　除《佛山文藝》對打工詩歌的大力推介以外，《大鵬灣》雜誌於 1995 年設「橄欖樹」欄目。該欄目前身爲「南海風景線」，於 1995 年改爲「橄欖樹」〔註98〕，主要刊登鄉愁、青春思緒以及打工生活的精短詩歌。1995 年主要推

〔註89〕 參見小雯、華諸理《〈佛山文藝〉的秘密武器是什麼？「星夢園主」何許人也？》，載《佛山文藝》1992 年第 1 期，第 27 頁。

〔註90〕 參見《星夢園重要啓事》，載《佛山文藝》1994 年第 1 期（下），第 39 頁。

〔註91〕 表現鄉愁的詩歌很常見：如：周武瓊《媽媽告訴我們》，載《佛山文藝》1994 年第 1 期下，第 39 頁；羅德遠《又一次把故鄉想起》，載《佛山文藝》1994 年第 5 期（下），第 47 頁；徐非《喊一聲老鄉淚汪汪》，載《佛山文藝》1995 年第 4 期（下），第 63 頁。

〔註92〕 1993 年 6 月《佛山文藝》的子刊《外來工》正式發行，設置了刊載打工詩歌的「青春驛站」。參見華諸理《〈外來工〉雜誌下月問世》，載《佛山文藝》1993 年第 5 期，第 20 頁。

〔註93〕 應爲：毛茸茸。屬於雜誌校勘錯誤。筆者注。

〔註94〕 參見《青春驛站》，載《外來工》1994 年第 2 期，第 32 頁。

〔註95〕 參見孫玉紅《徵婚之詩引得三千寵愛》，載《羊城晚報》1996 年 7 月 2 日，第 2 版。

〔註96〕 參見遠翔（羅德遠）《劉晃棋：我苦難的打工兄弟》，載《外來工》1998 年第 11 期，第 8～9 頁。

〔註97〕 例如：羅德遠《好久沒有回家鄉看看》，載《外來工》1995 年第 4 期，第 33 頁；何永志《想家的日子》，載《外來工》1995 年第 9 期，第 28 頁；何眞宗《夢回故鄉》，載《外來工》1997 年第 5 期，第 48 頁；徐非《南方的車站》，載《外來工》1997 年第 9 期，第 53 頁。

〔註98〕 參見《大鵬灣》1995 年第 5 期，目錄頁。

出打工文學社的詩作，1996 年推出打工人詩大展〔註 99〕，1997 年推出橄欖樹
——詩歌流水線，2000 年底推出「珠江三角洲打工群落詩歌擂臺賽」，包括
「東莞市詩群」（代表詩人龐清明）〔註 100〕，「寶安區詩群」（代表詩人何亮）
〔註 101〕，「南海市詩群」（代表詩人呂嘯天）〔註 102〕，「惠州市詩群」（代表詩
人任明友）〔註 103〕，「江門市詩群」（代表詩人鄔文江）〔註 104〕，「本刊編輯
部詩群」（代表詩人戈桑）〔註 105〕，「廣州市詩群」（代表詩人羅德遠）〔註 106〕，
「番禺區詩群」（代表詩人溫海旭）〔註 107〕。並從 2001 年第 9 期開始推出「未
名打工詩人新人新作大獎賽」〔註 108〕。

「橄欖樹」設置之初，1995 至 1996 年，由創辦《加班報》的打工詩人郭
海鴻主持，推出了松籽、安石榴、李晃等打工詩人，也集體推出一些打工文
學社的作品。於 1995 年第 7 期推出深圳石岩鎮加班文學社三位成員的詩作：
竟然的《打工哨音》，賴世業的《老賴感覺》，安石榴的《外省》，欄目主持人
以「打工詩歌三人行」爲名，鮮明地亮出「打工詩歌」的旗幟，並充滿感情
地對「加班文學社」進行了介紹：

> 一群帶著青春的夢想和詩歌的激情的打工仔，不約而同地聚集
> 在深圳市的石岩小鎮。因爲文學，使他們相遇，因爲詩歌，使他們
> 同途。他們結就了一個樸素卻令人激盪的群體——加班文學社。
> 〔註 109〕

1995 年第 12 期以「流浪的弦聲」爲主題，推出了深圳市三弦文學社的詩，這
是一個由流水線工人、酒樓服務生、廚師等人組成的文學社團，因爲對文學
的熱愛走到一起，因爲謀生，又很快離散。他們的這組詩以青春、愛情、思
鄉爲主題〔註 110〕。

〔註 99〕參見《大鵬灣》1996 年第 7 期，目錄頁。
〔註 100〕參見戈桑主持，載《橄欖樹》2000 年第 10 期，第 30～31 頁。
〔註 101〕參見戈桑主持，載《橄欖樹》2000 年第 11 期，第 28～29 頁。
〔註 102〕參見戈桑主持，載《橄欖樹》2000 年第 12 期，第 28～29 頁。
〔註 103〕參見戈桑主持，載《橄欖樹》2001 年第 1 期，第 36～37 頁。
〔註 104〕參見戈桑主持，載《橄欖樹》2001 年第 2 期，第 46～47 頁。
〔註 105〕參見戈桑主持，載《橄欖樹》2001 年第 3 期，第 46～47 頁。
〔註 106〕參見戈桑主持，載《橄欖樹》2001 年第 4 期，第 42～43 頁。
〔註 107〕參見戈桑主持，載《橄欖樹》2001 年第 8 期，第 48～49 頁。
〔註 108〕參見戈桑主持，載《橄欖樹》2001 年第 8 期，第 49 頁。
〔註 109〕郭海鴻主持《橄欖樹》，載《大鵬灣》1995 年第 7 期，第 24 頁。
〔註 110〕參見郭海鴻主持《橄欖樹》，載《大鵬灣》1995 年第 12 期，第 47 頁。

　　打工者創作的詩歌各有其主題，但漂泊卻是他們共同的經歷，也成爲他們詩歌的基調。以橄欖樹爲欄目名稱也是有其深義的，它與流浪、漂泊、遠方、故鄉等主題有關。橄欖樹欄目的意義被闡釋爲：

> 　　我站在天之涯，我立在海之角，我背著一把吉它，我彈奏著一曲《橄欖樹》。我邀明月一齊入夢，我與清風一起共鳴，呵，我的打工朋友，我知你心那麼疼，我知你思念那麼濃，我懂，我知道，我們的詩歌源自酸、甜、苦、辣……〔註111〕

可見，打工詩人於早期的打工詩歌，懷著青春浪漫與夢想，有一些青春的憂傷，也有面對挫折的失意苦悶，甚至有一些青春期的自我與任性。但苦難還沒有成爲沉重的底色。到 1990 年代末，空靈清新的青春詩情轉爲直面社會現實的沉重，詩歌裏不再只有淡淡哀愁，工傷、勞資矛盾、超時的勞動，以生存現場的方式直接進入詩歌，哀愁轉爲悲憤，輕靈轉爲滯重。打工詩人兼有文學青年、詩人與農民工三種身份，早期詩歌，更多地傾向於文學青年的身份：清風、明月、吉它、疼痛……，而《打工詩人》的出現，卻是對底層身份的自覺認同。

二、《打工詩人》：底層的發聲

　　1999 年，中國社科院文學所當代室、北京作家協會、《詩探索》編輯部、《北京文學》編輯部聯合舉辦「世紀之交：中國詩歌創作態勢與理論建設研討會」，會上發生了「知識份子寫作」與「民間寫作」的爭論。前者代表與西方知識體系對接的話語體系，是一種智性寫作，後者則消解西方知識體系，以日常生活、口語化形式出現。「民間寫作」提出的一個原因是詩歌越來越令人看不懂、語言沒有活力，越來越小眾化、經院化〔註112〕。然而，以「民間寫作」反對「知識份子寫作」，又陷入了二元對立的邏輯思維。從中國新詩史來看，「民間寫作」並不缺少，其中不乏知識份子的民間寫作，白話文運動就是要反對文學的貴族化，採取了通俗易懂的語言形式，白話詩貼近現實，貼近民眾，生活化、日常化，具有民間寫作的特點，但它仍然是知識份子「化大眾」的寫作。另一支知識份子的民間寫作則是進入意識形態與民族國家建構的「大眾化」的寫作。民間寫作的代表，對知識份子寫作發出尖銳批評的

〔註111〕郭海鴻主持《橄欖樹》，載《大鵬灣》1995 年第 11 期，第 44 頁。

〔註112〕參見孫基林《20 世紀末的詩學論爭綜述》，載《文史哲》2000 年第 3 期，第 124～126 頁。

於堅說：「詩人首先是一種異類、赤子，他要關心大地、關心環境、關心日常生活，在自己的母語之光的照耀下寫作。」〔註113〕當他反對西方文化，爲母語而戰時，並沒有脫離知識份子話語體系；當他以俯視的眼光注視大地時，也並沒有脫離知識份子立場。當佔據著文學主流地位的詩人們爭論著「民間寫作」的合法性時，眞正來自民間的，尤其是底層的眞實、樸素的詩歌寫作卻是缺席的，底層的聲音被詩人們的爭吵掩蓋了。

時間僅僅過去兩年，2001 年 5 月 31 日，由打工詩人自己創辦的《打工詩人》面世〔註114〕，宣告進入眞正的民間的底層寫作。將「民間寫作」從與「知識份子寫作」的無謂的對抗中拉出來，將之還原，並拉向底層，打工詩人藉此發出眞實的吶喊，讓人驚詫於除了知識份子的民間，還有另一種質樸的、來自泥土的民間。日常、民間不再是一種對抗工具，口語也不再是詩人們在孤芳自賞中製造的遊戲。打工詩人以群體的形式出現，原創性的詩句裏飽含著血與淚的生命體驗，以自己的鮮活與豐滿血肉，向蒼白、貧血的詩歌開戰。

創辦《打工詩人》的初衷，是有感於打工詩人的作品只能發表在有限的幾本打工文學雜誌上，不能全方位展示這一群體的精神世界，影響力也不夠。2001 年，徐非、許強、羅德遠、任明友四位打工詩人聚在一起，決定創辦一份屬於打工者自己的民間詩報。詩報的名字，是用來直接向外界表明打工者的立場和身份，團結、聚集和他們一樣身份的詩人，主創者之一許強說：「就叫《打工詩人》吧，它更直接地向外界表明我們鮮明的立場和身份。它更容易團結和聚積像我們一樣身份的打工詩人。……站在這個時代的肩上，發出自己的聲音！」〔註115〕以底層的身份，在中國當代詩壇佔據一席之地，發出自己的聲音。《打工詩人》的創刊詞爲：

> 我們的宣言：打工詩人：一個特殊時代的歌者；打工詩：與命
> 運抗爭的一面旗幟！我們的心願：用苦難的青春寫下眞實與夢想，
> 爲我們漂泊的人生作證！〔註116〕

〔註113〕張清華《一次眞正的詩歌對話與交鋒》，載《北京文學》1999 年第 7 期，第60 頁。
〔註114〕羅德遠《爲漂泊的人生作證》，載《打工詩人》第 2 期（2001 年 9 月），第 1版，記錄了《打工詩人》面世的過程。
〔註115〕許強《我與〈打工詩人〉》，www.qx2zx.net/ReadNews.asp?NewsID=265-66k。
〔註116〕《刊首語》，載《打工詩人》2001 年 5 月 31 日（試刊號，總第 1 期），第 1 版。

《打工詩人》創刊號以宣言的形式，表明他們不再沉默。創刊號刊出的代表性的詩歌有：羅德遠的《黑螞蟻》（組詩），柳冬嫵《試用》（組詩），張守剛《走在坦洲》，許強《現場招聘》，不再是個人的青春的憂傷，而是展示農民進城的生存境遇，城與鄉的文化衝突，打工者在底層的掙扎、奮鬥，詩歌貼近現實，詩風沉鬱，《打工詩人》的「使命性、責任性、記載性」〔註117〕，得到充分體現。

在中國的社會轉型時期，成千上萬的農民進入城市，成為農民工，他們以自己的辛勞、汗水、青春譜寫了一段歷史，打工詩人的使命即是記載這段歷史，讓人們更全面更深入地瞭解這個社會的邊緣群體，尤其是他們的精神世界與內心情感。「我們無法左右歷史，但我們有權記載。」〔註118〕正是由於這種記載性，使打工詩歌具備了更多的共同特徵。

《打工詩人》與其他打工文學雜誌不同，它不僅僅是打工者發表作品的陣地，以及相互交流與探討之地。它有自己的宣言、使命，主張，已經具有流派的性質。

第一、底層身份的確定：《打工詩人》是屬於底層打工者的詩報，打工者編、寫、讀，他們具有鮮明的底層立場，替底層打工者說話，為他們爭取合法權益，有著明確的底層身份。來自底層，和著泥土的詩報，與主流文壇的詩報、其他的民間詩報都不一樣。《打工詩人》不僅僅是詩報，還承擔著社會責任，那就是引起全社會對農民工這個社會邊緣群體的關注。這是與「躲進小樓成一統」的詩報大不一樣的地方。也正因為底層身份的確定，在底層文學熱興起時，首先進入主流文學批評視野的，就是打工詩歌〔註119〕。

在《打工詩人》的倡導下，打工詩人不但為底層寫作，而且作為底層來寫作。所以，這就決定了《打工詩人》的創辦是大於詩歌意義的。它並沒有提出明確的詩歌主張，也沒有進行詩學上的建構，它更多的是道德立場的堅

〔註117〕此宣言首次出現在《打工詩人》第3期第1版中縫。參見《打工詩人》2002年1月28日（總第3期），第1版。

〔註118〕許強、羅德遠、陳忠村《寫在前面的話：關於「打工詩歌」》；載許強、羅德遠、陳忠村主編《中國打工詩歌精選》，珠海出版社，2007年，扉頁。

〔註119〕以2005年第3期《文藝爭鳴》「在生存中寫作」專輯為標誌。參見蔣述卓《現實關懷、底層意識與新人文精神》；張清華《「底層生存寫作」與我們時代的寫作倫理》；張未民《關於「在生存中寫作」》；柳冬嫵《從鄉村到城市的精神胎記——關於「打工詩歌」的白皮書》，載《文藝爭鳴》2005年第3期，第30～33、48～52、56～59、34～47頁。

守，完成社會學的記載。

這是打工作家由被動到主動的身份確認。在《打工詩人》之前，打工文學是被命名，自《打工詩人》起，打工文學爲自己冠名。

第二、日常敘事的引入：由於缺少一個相對完整的知識體系以及相關理論的引導，打工詩歌往往注重對生活現場的原生態呈現，顯得語言粗放，意象零散。日常生活敘事比比皆是，但這並不是一種自覺的美學上的革命。1980 年代後期中國先鋒詩人曾致力於詩歌日常性的探索，尋求對早期朦朧詩派的突破，是藝術上的探索與風格創新，有著獨特而豐厚的文化內涵。打工詩歌的日常生活敘事則處於自發狀態，這是展示底層打工者眞實的生存境遇的一種便捷有效的方式。由於缺少自覺的、有效的、完整的理論推動，打工詩歌僅停留在日常生活的講述階段。打工詩人生活經歷類似，詩歌也出現大量的重複。如寫出租屋的，就有《出租屋人生》（雲瀟）（第 5 期）〔註 120〕，《帶著傢具出租房屋》（韓歆）（第 5 期）〔註 121〕，《一個人的租房》（李明亮）（第 6 期）〔註 122〕，《出租屋查夜》（葉才生）（第 7 期）〔註 123〕，《住在出租屋裏的人》（柳冬嫵）（第 9 期）〔註 124〕，《租房》（張紹民）（第 11 期）〔註 125〕等。

第三、有關生存的自我經驗的表達：《打工詩人》的詩歌基本上源於自我經驗，而自我經驗又源於現實生活。雖然文學、詩歌都可以說是自我經驗的表達，但打工詩人卻有其獨特性，既不同於象牙塔中的校園詩人，也不同於那些注重個人表達的民間詩人。打工詩人是在場的，他們的個人經驗與群體、歷史、現實發生了對接，表現的是一個時代中農民工的歷史命運。這種自我經驗落腳於現實，關乎生存，這是一種具體的生存，窘迫、壓力、艱辛、困境，來自進城、應聘、工棚甚至食堂裏的一條長凳……。《打工詩人》曾設「打

〔註 120〕參見雲瀟《出租屋人生》，載《打工詩人》第 5 期，2002 年 10 月 1 日，第 2 版。

〔註 121〕參見韓歆《帶傢具出租房屋》，載《打工詩人》第 5 期，2002 年 10 月 1 日，第 3 版。

〔註 122〕參見李明亮《一個人的租房》，載《打工詩人》第 6 期，2003 年 1 月 1 日，第 1 版。

〔註 123〕參見葉才生《出租屋查夜》，載《打工詩人》第 7 期，2003 年 11 月 30 日，第 1 版。

〔註 124〕參見柳冬嫵《住在出租屋裏的人》，載《打工詩人》第 9 期，2005 年 7 月 1 日，第 1 版。

〔註 125〕參見張紹民《租房》，載《打工詩人》第 11 期，2007 年 10 月 31 日，第 1 版。

工現場」（第 3 期）、「生存狀態」（第 6 期）、「打工回眸」（第 7 期）等專版來表現那些具體的生存場景。如徐非《一群告狀的打工者》〔註 126〕，柳冬嫵《懷揣暫住證的人》〔註 127〕、張守剛《我的身份證丟了》〔註 128〕等等，如果說1990 年代以來中國詩壇存在描寫外在事物的寫實詩，注重情感表達的情感詩與探討生命與宇宙的哲理詩〔註 129〕，打工詩歌則是一種體驗詩，對生存的體驗，對情感的體驗，直觀地呈現出來。對《打工詩人》而言，它所呈現的，就是打工人的生活，所表達的，就是打工人的心聲。避免了蒼白貧弱、無病呻吟，一掃詩壇的萎靡之氣與個人化寫作的狹小逼仄，有貼近現實的開闊大氣，血肉豐滿情感真摯，但情感的宣洩、無節制也在一定程度上傷害了藝術的美感。

以上三個方面表明，雖然《打工詩人》沒有直接提倡藝術風格與藝術主張，但從刊發的詩歌作品來看，已經表現出一定的共同性。《打工詩人》的誕生，是打工詩群出現的標誌，也是打工文學走出低谷，進入新的發展時期的標誌。

三、《打工詩人》與理論創建

《打工詩人》一直在努力推進打工詩歌的理論建設，設置了詩歌理論專版。

打工詩歌作為打工文學的一個亮點，卻比小說、紀實文學更缺乏文學理論界的關注與推動。2000 年以前，廣東地方的文學理論與批評，主要針對的是打工小說，這跟打工文學發展之初，打工小說的影響力有關。

在打工詩歌理論方面卓有建樹的是柳冬嫵，他本來是打工詩人，有打工詩歌的創作體驗，從自己對打工生活、以及農民工在社會歷史變遷中的命運的深切感受出發，對打工詩歌進行微觀的文本分析。柳冬嫵的文學評論源自生命體驗，與打工詩人共同的生存境遇，因此他的評論並非指導性的，而是理解性的，並具有超出文學之外的意義：對公平、正義等農民工權益的訴求，農民工由鄉入城的遷徙，城中村的形成，農民工在社會轉型中經歷的城

〔註 126〕參見《打工詩人》第 3 期，「打工現場」專版。
〔註 127〕參見《打工詩人》第 3 期，「打工現場」專版。
〔註 128〕參見《打工詩人》第 6 期「生存狀態」專版。
〔註 129〕參見王珂《詩是藝術地表現平民性情感的語言藝術——論現代漢詩的現實出路》，載《東南學術》2000 年第 5 期，第 103～106 頁。

鄉文化衝突以及精神之痛，等等。《打工詩人》連續發表了柳冬嫵打工詩歌評論：《打工詩：一種生存的證明》〔註130〕，《過渡狀態：打工一族的詩歌寫作》〔註131〕，《在城市裡跳躍：「打工詩人」筆下的動物形象闡釋》〔註132〕，《打工：一個滄桑的詞》〔註133〕，《「打工詩歌」，一個時代的精神傳記》〔註134〕等。他最重要的幾篇打工詩歌評論都在其中。

由於有關打工詩歌的詩評注重的是微觀、感性的文本分析，打工詩歌在中國新詩史中的地位並不明確，對打工詩歌缺少一個整體的理論框架構建。

《打工詩人》推出了打工詩人群，以詩歌的形式記載了一個特殊群體——農民工的生存境遇與情感歷程。打工詩人底層寫作狀態與生存狀態膠著的情形引起了主流文學批評界的注意，這也是與底層文學熱的興起相關的。

底層文學是在與純文學的對抗中產生的，反對純文學的脫離現實，越來越小眾化。而在底層文學的討論中，知識份子代言底層的合法性也是論爭的焦點。一些學者認為精英知識份子不具有代言底層的合法性，因為精英階層與底層掌握的資源不同，對底層的表述是扭曲的、虛假的，即使最善意的作家，表述出來的底層也是他者化的，結論是必須讓底層發出自己的聲音〔註135〕。另外一些學者認為，正因為底層缺少自我表述能力與話語權力，才需要知識份子代言〔註136〕。

《打工詩人》以不屈不撓的姿態，進行底層的自我表述，並終於讓微弱的聲音傳到主流文學批評界，通過實踐證明了底層到底能不能發出自己的聲音，能夠發出什麼樣的聲音。對於主流文壇來說，打工詩歌的出現是一件新事物，沒有文化背景，沒有理論主張，只有一聲血性的呼喊：為漂泊的人生作證！

2005年3月，《文藝爭鳴》發表了「在生存中寫作」專輯，打工詩歌以主

〔註130〕參見《打工詩人》第3期，2002年1月28日，第4版。
〔註131〕參見《打工詩人》第5期，2002年10月1日，第4版。
〔註132〕參見《打工詩人》第8期，2004年5月31日，第4版。
〔註133〕參見《打工詩人》第9期，2005年7月1日，第4版。
〔註134〕參見《打工詩人》第10期，2007年9月1日，第4版。
〔註135〕此觀點以《天涯》雜誌開闢「底層與關於底層的表述」欄目中，劉旭、蔡翔等學者為代表，如：劉旭《底層能否擺脫被表述的命運》，載《天涯》2004年第2期，第47～51頁。
〔註136〕參見南帆《曲折的突圍——關於底層經驗的表述》，載《文學評論》2006年第4期，第50～60頁。

流文壇之外的「另一個世界」進入主流文學批評視野〔註137〕，張未民認爲以「進城務工」的所謂「農民工」青年寫作者爲代表的「打工詩歌」、「打工文學」，連市場之夢也沒有，更在文壇之外。那麼，這樣一種「區別於文壇的常規寫作方式」，其存在的合法性便是「在生存中寫作」，以「逼近生活現場的意味」，「我手寫我口」，區別於專業作家的「在寫作中生存」〔註138〕。蔣述卓從底層意識的角度在知識份子寫作與打工者之間設置區隔，認爲按寫作者的身份區分，底層意識可分爲中等階層或知識份子寫作中體現出來的底層意識，與處於底層的打工作家體現出來的底層意識；這兩類寫作者的底層意識的區別在於：前者是「俯視」、「臆想」、「過於同情」，後者是「親歷」、「平實」、「更趨理想化」，又賦予打工文學以「新人文精神」，以證明其價值〔註139〕。張清華對這種以身份建構的區隔提出質疑，從當前的底層生存的寫作倫理中分析出兩個命題：一是寫底層，一是底層寫，將矛頭指向「中產階級趣味」〔註140〕。

　　這是主流文學批評對打工詩歌首次的、比較集中的一次關注。主要還是從道德立場來評析打工詩歌。從《打工詩人》的底層身份確認到主流文學批評界的底層身份指認，道德立場是一個核心部分，以打工詩歌現實的豐富性應對中產階級詩歌脫離現實的蒼白貧血，以打工詩歌真實樸素的風格應對中產階級的虛華浮靡，還沒有從知識份子寫作與民間寫作的二元對立思維中解脫出來，又陷入底層寫作與中產階級寫作的二元對立中。把打工詩歌簡單置入階級話語中，而不是放在更加豐富複雜的詩歌背景下來看待，缺少詩學建構與文化內涵的挖掘，忽略了它可能具備的豐富的美學意義。

　　主流文學界的詩歌批評沒有能夠突破打工詩歌的「身份」論，知識份子創作的反映底層打工生活的詩歌是否具備底層寫作的倫理，算不算打工詩歌

〔註137〕2005 年第 3 期《文藝爭鳴》共刊登 4 篇打工詩歌的批評文章：蔣述卓《現實關懷、底層意識與新人文精神》；張清華《「底層生存寫作」與我們時代的寫作倫理》；張未民《關於「在生存中寫作」》；柳冬嫵《從鄉村到城市的精神胎記——關於「打工詩歌」的白皮書》，載《文藝爭鳴》2005 年第 3 期，第 30～33、48～52、56～59、34～47 頁。

〔註138〕參見張未民《關於「在生存中寫作」》，載《文藝爭鳴》2005 年第 3 期，第 56～59 頁。

〔註139〕參見蔣述卓《現實關懷、底層意識與新人文精神》，載《文藝爭鳴》2005 年第 3 期，第 30～33 頁。

〔註140〕參見張清華《「底層生存寫作」與我們時代的寫作倫理》，載《文藝爭鳴》2005 年第 3 期，第 48～52 頁。

呢，詩歌批評家在這一點上也表示出猶疑，認爲「底層寫」的問題不那麼好界定，因此，「寫作者的身份固然是重要的，但也可以不那麼重要」〔註141〕。

四、「打工詩人」的自我命名：向主流文學進軍

如果沒有《打工詩人》，可能就沒有打工詩人這一正式的命名。雖然在1990 年代初的《佛山文藝》就出現過「打工詩人」的字眼，但並沒引起評論界的關注，「打工詩人」的特定內涵，是通過《打工詩人》來確定的，也是通過《打工詩人》得到主流文壇的承認。所以，打工詩人的群體性命名，是由《打工詩人》來完成的，主要體現在以下幾個方面：

第一、打工詩人的自我命名：《打工詩人》完成了打工詩人的自我命名。在《打工詩人》之前，打工詩人只是和著清風明月，撥著吉它淺吟低唱的漂泊者，在《打工詩人》裏，打工詩人才有了豐富的時代內涵：關於城市與鄉村，關於靈魂裂變與陣痛，關於失業、卑微、貧賤……，他們代表著一個特殊的社會群體，長期被忽略的，處於邊緣的一個弱勢群體——農民工。農民工群像，農民工的精神史，通過詩歌裏的建築工地、工廠流水線、工棚、春運的火車站等一一凸現。

第二、賦予打工詩人社會歷史的責任感：《打工詩人》主創者許強說：「站在中國這塊打工者熱血湧動的土地上，一種歷史的使命感和責任感激蕩著我們的內心：幾千萬打工者背井離鄉，在這個特殊時代的背景下譜寫著一個個可歌可泣的故事。作爲打工詩歌的寫作者，我們有理由用文字記錄下這段歷史，讓後來者更深刻、全面地瞭解中國一個眞實的時代！」〔註142〕打工詩人必須是那樣一個群體：記載歷史，用詩歌干預現實，表現自己的生存境遇，爭取自己的合法權益。他們的重點不在於探討詩歌的唯美形式，對藝術性的探索比較欠缺。記載性、眞實性、責任性，融入打工詩人的命名中。

第三、命名的被確認——打工詩人由無名者躍升爲「明星」：《打工詩人》對打工詩人的命名，不是小圈子中進行的，而是將之推廣，由珠三角推向全國，由邊緣推向主流文壇，打工詩人這個沒有文化背景，缺少文化資本的新來者，依靠「打工詩人」的命名，在詩歌界獲得一席之地，並得到一定的話

〔註141〕參見張清華《「底層生存寫作」與我們時代的寫作倫理》，載《文藝爭鳴》2005
　　　　年第 3 期，第 49 頁。
〔註142〕許強《打工詩人論壇》，載《歲月·燕趙詩刊》2007 年第 1 期，第 9 頁。

語權。這是在《打工詩人》之前，不遺餘力推動打工詩歌的打工文學雜誌沒有做到的。

需注意的是，《打工詩人》是由打工者編，打工者寫，但不完全由打工者讀的報紙。

首先，它的編輯隊伍主要由打工詩人構成。骨幹編輯為許強、羅德遠、徐非、任明友。這四人也是創刊號的創辦者〔註143〕。

《打工詩人》第1～14期的編輯隊伍構成情況

刊　　期	出版日期	編　委　會　成　員	執行編輯
第1期	2001-5-31		許強、羅德遠
第2期	2001-9	許強、徐非、羅德遠、任明友、龐清明、張守剛、許嵐	羅德遠、徐非、任明友
第3期	2002-1-28	許強、徐非、羅德遠、任明友、龐清明、張守剛、許嵐	許強、龐清明、張守剛、許嵐
第4期	2002-5-1	許強、徐非、羅德遠、任明友、曾文廣、張守剛、許嵐	羅德遠、徐非、任明友、曾文廣
第5期	2002-10-1	許強、徐非、羅德遠、任明友、許嵐、張守剛、曾文廣、沈岳明	許強、許嵐、張守剛、沈岳明
第6期	2003-1-1	許強、徐非、羅德遠、任明友、許嵐、張守剛、曾文廣、沈岳明、王甲有（家禾）	羅德遠、徐非、任明友、曾文廣、王甲有
第7期	2003-11-30	許強、徐非、羅德遠、任明友、許嵐、張守剛、曾文廣、沈岳明、王甲有	許強、羅德遠
第8期	2004-5-31	許強、徐非、羅德遠、任明友、許嵐、張守剛、曾文廣、沈岳明、王甲有、黃吉文、李明亮	
第9期	2005-7-1	許強、徐非、羅德遠、任明友、許嵐、張守剛、王甲有、黃吉文、李明亮、曾春祁	
第10期	2007-9-01	許強、徐非、羅德遠、任明友、張守剛、許嵐、王甲有、黃吉文、李明亮、張紹民、李笙歌	
第11期	2007-10-31	許強、徐非、羅德遠、任明友、張守剛、許嵐、王甲有、黃吉文、李明亮、張紹民、李笙歌	

〔註143〕羅德遠記載了與許強、徐非、任明友一起創辦《打工詩人》的過程，這四人是創辦者。參見羅德遠《為漂泊的人生作證》，載《打工詩人》第2期，2001年9月，第1版。

第 12 期	2008-1-31	許強、徐非、羅德遠、任明友、張守剛、許嵐、王甲有、黃吉文、李明亮、張紹民、李笙歌	
第 13 期	2008-5-31	許強、徐非、羅德遠、任明友、張守剛、許嵐、王甲有、黃吉文、李明亮、張紹民、李笙歌	
第 14 期（地震詩歌專號）	2008-5-31	許強、徐非、羅德遠、任明友、張守剛、許嵐、王甲有、黃吉文、李明亮、張紹民、李笙歌	

（根據《打工詩人》第 1～14 期整理，資料由羅德遠提供）

從編委會成員來看，基本上都是打工詩人。只有第 9 期編委會成員曾春祁爲報社主編〔註144〕，第 10 期到第 14 期編委會成員張紹民是資深出版人〔註145〕。這是一個典型的打工者寫，打工者編的民間詩刊。由於沒有公開發行，以內部交流爲主，它無法面向數量龐大的普通打工者，讀者只能是打工者當中的一小部分詩歌愛好者，然後就是主流的詩歌刊物、詩評家。

在《打工詩人》上印著「歡迎打工詩人參與，歡迎墨客騷人評說，歡迎企業個人贊助，歡迎報刊雜誌選載，歡迎文朋詩友索閱」〔註146〕。從第 5 期開始改爲：「歡迎打工詩人參與，歡迎評論家評說，歡迎報刊雜誌選載，歡迎新聞媒體關注，歡迎民間詩報刊交流」〔註147〕。這 5 個「歡迎」，表明《打工詩人》並不願將打工詩人局限在一個小圈子裏，渴望走出去，擴大與其他地域的打工詩人交流，與全國各地的詩人交流，提高創作水平，讓作品發表在全國性的詩歌刊物上。《打工詩人》第 5 期，頭版頁腳標出：「《打工詩人》：團結中國，一切具有打工身份的詩人；團結中國，一切寫作打工題材的人」〔註148〕。

與主流詩歌刊物、文學刊物的交流，以及引起新聞傳媒的關注，在主流文壇中發出自己的聲音，是一個重要的指導思想。

向各大主流詩刊贈閱《打工詩人》：《星星》詩刊、《詩刊》、《詩選刊》等都是贈閱對象。《星星》詩刊主編楊牧爲《打工詩人》刊名題字，《詩選刊》

〔註144〕 參見曾春祁《歲月短歌・附作者簡介》，載《打工詩人》第 9 期，2005 年 7月 1 日，第 3 版。

〔註145〕 參見張紹民《打工父母留守孩子（組詩）・附作者簡介》，載《中國打工詩歌》（內刊）2008 年 1 月（第 3 期），第 1 版。

〔註146〕 參見《打工詩人》第 3 期，2002 年 1 月 28 日，第 2 版。

〔註147〕 參見《打工詩人》第 5 期，2002 年 10 月 1 日，第 3 版。

〔註148〕 參見《打工詩人》第 5 期，2002 年 10 月 1 日，第 1 版。

爲《打工詩人》題寫賀詞〔註149〕。以上詩刊都選載了《打工詩人》上發表的詩作。其他由地方文聯主辦的刊物如《北京文學》、《四川文學》、《華夏詩報》等都整體或單個地推出打工詩人的詩作。

代表性的文學刊物選載《打工詩人》詩作的情況

期刊名	日期／頁碼（版次）	欄　目	作　者	詩歌名	原載地《打工詩人》
詩選刊	2002 年第 3 期第 49 頁	民間詩歌報刊主編詩選	羅德遠	黑螞蟻	第 1 期
詩選刊	2004 年第 7 期第 40 頁	廣東青年詩人專輯	羅德遠	黑螞蟻	第 1 期
詩　刊	2002 年 2 月下半月第 13 頁	新詩人	曾文廣	在異鄉的城市生活	第 1 期
星星詩刊（四川）	2002 年第 4 期第 39～41 頁		許　強	爲幾千萬打工者立碑	第 2 期
北京文學	2002 年第 1 期第 106～107 頁	「在城市裡跳躍─打工人之歌」	曾文廣、羅德遠、劉洪希、柳冬嫵、徐非	略	第 1、2 期
詩歌月刊	2001 年第 9 期	民間社團詩歌作品特別展	羅德遠柳冬嫵	1. 我的眼裏蓄滿巴山夜雨 2. 老鄉聚會 3. 試用	第 1 期
詩　林	2002 年第 2 期第 44～59 頁	打工詩人專欄	許強、張守剛、羅德遠、曾文廣、任明友、李笙歌等	略	部分選自第 3 期
詩　刊	2003 年第 11 期第 44～45 頁		許　強	在深圳流浪的日子	第 6 期
詩選刊	2003 年第 8 期第 56 頁		沈岳明	跟母親通電話	第 6 期
北京文學	2003 年第 4 期第 113 頁		羅德遠	用一生來等你吹簫	第 3 期
北京文學	2003 年第 11 期第 116 頁		羅德遠	與一隻蚊子同室而居	第 3 期

〔註149〕參見《打工詩人》第 3 期，2002 年 1 月 28 日，第 4 版。

詩選刊	2004 年第 2 期 第 56～57 頁		張守剛 羅德遠	1.1989：湖北 瓦廟 2.廣州生活	第 7 期
散文詩	2003 年第 11 期 第 45～48 頁		鄭小瓊	打工：一個滄 桑的詞	第 5 期 （原名《關於打工 這個詞》）
詩　刊	2005 年第 19 期 第 51 頁		羅德遠	1.同室而居 2.蚯蚓兄弟	第 3 期 （《與一隻蚊子同 室而居》），第 4 期

此外，廣州市文聯主辦的《華夏詩報》三次選載《打工詩人》的詩：2002年 2 月 25 日的「打工仔詩群」，2005 年 12 月 25 日「打工詩人新作選萃」，2006 年 11 月 25 日「中國打工詩歌選」〔註 150〕。

另一方面，《打工詩人》理論版也在邀請主流文藝批評家寫詩歌評論。《詩刊》編審、詩評家朱先樹的詩評《精神理想的追尋者》，發表在《打工詩人》第 7 期〔註 151〕；《詩選刊》副主編張洪波的詩評《蚯蚓兄弟：在別人的城市裡打洞》發表在《打工詩人》第 8 期〔註 152〕；《打工詩人》第 9 期頭版選載《文藝爭鳴》主編張未民發表在《文學報》2005 年 6 月 2 日的《生存性轉化爲精神性》〔註 153〕；北京師範大學教授、博導張清華《個體的命運與時代的眼淚——由「底層生存寫作」談我們時代的寫作倫理》發表在《打工詩人》第 11 期〔註 154〕；河南大學文學院博士研究生龔奎林《傷痕與反思：現代性話語裂隙的底層敘述》、湖南理工學院中文系講師何軒《「打工詩歌」與底層和諧》發表在《打工詩人》第 12 期〔註 155〕。

2007 年，《打工詩人》編委會編輯的《中國打工詩歌精選》出版，《詩

〔註 150〕 參見《華夏詩報》2002 年 2 月 25 日，第 3 版；2005 年 12 月 25 日，第 6 版；2006 年 11 月 25 日，第 1 版。

〔註 151〕 參見朱先樹《精神理想的追尋者》，載《打工詩人》第 7 期，2003 年 11 月 30日，第 4 版。

〔註 152〕 參見張洪波《蚯蚓兄弟：在別人的城市裡打洞》，載《打工詩人》第 8 期，2004 年 5 月 31 日，第 4 版。

〔註 153〕 參見張未民《生存性轉化爲精神性》，載《打工詩人》第 9 期，2005 年 7 月 1日，第 1 版。

〔註 154〕 參見張清華《個體的命運與時代的眼淚》，載《打工詩人》第 11 期，2007 年10 月 31 日，第 4 版。

〔註 155〕 參見龔奎林《傷痕與反思：現代性話語裂隙的底層敘述》，何軒《「打工詩歌」與底層和諧》，載《打工詩人》第 12 期，2008 年 1 月 31 日，第 4 版。

刊》、《詩選刊》、《星星》詩刊、《天涯》、《作家》、《作品》、《四川文學》等多家文學期刊的編輯題詞以示祝賀〔註156〕。

自 2005 年 3 月《文藝爭鳴》發表了主流文學批評家評論打工詩歌的「在生存中寫作」專輯之後，2008 年第 1 期《湛江師範學院學報》發表了高校文學理論研究者的一組「底層寫作與『打工詩歌』專題筆談」〔註157〕。這是學術界又一次對打工詩歌的集體性關注。

可以說，《打工詩人》的創辦，使打工詩人的讀者圈子縮小了，同時也擴大了。縮小了，是指自費印刷的《打工詩人》沒有公開發行的資格，只能內部交流，而交流的對象是以詩人、詩評家、詩歌刊物爲主，由於發行方面的限制，以打工者爲主體的大量普通讀者沒有太多機會看到《打工詩人》。《打工詩人》無法面向市場，也可能使打工詩人失去那些普通讀者，造成在詩歌界呼聲很高，但並不爲讀者所知的情況。說它擴大了讀者群，不是指數量的擴大，而是範圍的擴大，讀者不僅限於珠三角一帶的打工者，詩人、詩評家、詩歌刊物的編輯成爲重要的讀者。

由於 1990 年代後期南下廣東的農民工減少，加上網絡、文化娛樂多樣性的影響，《大鵬灣》、《佛山文藝》銷售勢頭減弱，打工詩歌的市場化道路也受阻了，打工詩歌離開了市場化、大眾化路徑向另一條道路進發：即得到文壇的承認，讓權威機構頒發進入文學場的許可證。《打工詩人》進行打工詩人的自我命名，並被主流文壇確認。打工文學也正是藉此進入主流文學批評的視野。可以說，主流文學理論與批評對打工文學眞正的關注是由打工詩歌開始的。在此之前，主要是廣東地方文學理論批評界對打工文學進行一些零散的研究，不成系統，缺少定位，影響力也十分有限〔註158〕。正是打工詩歌的出現，其底層生存寫作的方式，引起主流文學理論與批評界的關注，並以打工詩人的社會身份——「底層農民工」在打工作家與精英作家之間設置區隔，打工文學的道德合法性得到確認。也正因爲這樣，打工文學獲取了向主流文

〔註156〕參見《部分報刊主編爲〈中國打工詩歌精選〉題詞》，《打工詩人》第 10 期，2007 年 9 月 1 日，第 4 版。

〔註157〕參見張清華《底層爲何寫作》；趙金鐘《詩歌回鄉：底層寫作的現實意義》；何軒《「打工詩歌」與底層和諧》；張德明《論「打工詩歌」的話語譜系》；龔奎林《「打工詩歌」：底層述寫的緣由與意義》，載《湛江師範學院學報》2008 年第 29 卷第 1 期，第 31～34、34～36、36～38、38～41、41～43 頁。

〔註158〕參見本書第一章第一節有關論述。

學進發的合法路徑，迎來一次新的發展機遇。

第四節　本章小結

本章分析了打工文學作爲文學場的新來者，它的理論推動、創作機制以及代表性的自創刊物，以此呈現打工文學的基本形態，探討打工文學如何進入文學場並獲取一席之地，並具備了打破文學史上精英知識份子作家的「農民」、「農民工」話語體系的一元化格局的可能性。

在打工文學出現之前，「農民」、「進城農民」、「農民工」主要存在於精英話語體系之中。早在五四新文學時期，精英作家就將「農民」納入啓蒙話語體系，集理性的批判精神與人道主義的關懷爲一體。如魯迅的小說，「以一種超越悲劇、超越哀愁的現代理性精神去燭照傳統鄉土社會結構和『鄉土人』的國民劣根性。」〔註159〕「農民」敘事，是站在知識份子的立場上進行的，以現代西方的知識體系觀照傳統的農耕文明，以城市文化觀照鄉村文化。「農民」（包括進城農民），是現代性文學實踐的集體想像物。直到革命文學階段，「農民」逐漸被納入民族國家的建構之中。1942 年的延安文藝座談會上的講話，明確了文學的任務是爲工農大眾服務，農民是文藝工作服務的對象，也是文藝工作者學習的對象。知識份子的個體性、自主性融入國家機器的運轉之中。知識份子的現代理性精神，大眾啓蒙及對國民劣根性批判的哲學意識被大眾化、階級感情取代。

新時期文學開始了現代性工程的重建，知識份子主體性地位的獲得，使他們熱情高漲，充分發揮主觀能動性。西方思潮與各種學說的湧入，「新啓蒙」運動展開，農村與農民再次成爲現代性的焦點。「農民」從充滿革命激情的高大形象變爲凡俗平淡，並且存在與現代化進程格格不入的落後性，以及國民劣根性。「農民」的精英話語重現。

之前被鄉村敘事屏蔽的城市漸漸顯露出來，城市的發展與繁榮是現代化、工業化的必然環節，鄉村的城市化也是工業化、現代化不可避免的結果。中國的高速城市化階段，也是進入現代性全面發展的時期。從 1982 年到 1990 年，全國的市由 236 個增加爲 456 個，設區的市由 104 個增加到 188 個，不設區的市由 129 個增加到 268 個〔註160〕。城市與鄉村，標誌著現代文明與農

〔註159〕丁帆《中國鄉土小說史》，北京大學出版社，2007 年，第 29 頁。
〔註160〕參見陳曉明主編《現代性與中國當代文學轉型》，雲南人民出版社，2003

耕文明，現代與傳統，發達與落後的對立。農村面臨城市化浪潮的衝擊，農民的生活舞臺逐漸由鄉村轉移到城市。

「農民工」與「農民」有著天然的聯繫，從社會學意義上來看，農民工是農民的戶籍身份與職業身份的矛盾衝突的體現。從文化意義上來看，「農民」是「農民工」這個特殊群體的精神胎記；「工人」則是這個群體的身體特徵。農民工，體現著鄉村與城市、傳統與現代、農耕文明與工業文明的衝突，是農民在現代化進程中的命運遭際，當思想界對「三農」問題、「農民工」問題進行關注時，作家也捕捉到這一社會現象。

首先引起評論界關注的還是精英作家的「農民工」話語。以底層農民工為創作主體，反映自己生活的打工文學雖然早在 20 世紀 80 年代中後期就出現了，但並未引起評論界的關注。在 21 世紀初底層文學熱潮下，以及主流意識形態「關心弱勢群體」的話語引導下，加上打工文學雜誌良好的市場效應，以農民工為創作主體的打工文學才逐漸進入評論家的視野。

打工作家大多處於社會底層，經濟貧困，擁有很少的文化資本，他們沒有西方知識文化背景，也缺少全面、系統的知識體系以及訓練有素的專業培訓。文化能力、文化習性與經濟的、社會的條件相關。文學、繪畫等偏好，與教育水平、社會出身都有關係〔註 161〕。應該承認，打工作家的出現是中國改革開放湧現出來的新現象，與歷史上的高玉寶那樣的農民創作是不同的，他們的創作具有主動性、自發性與個人性。也就是說，是出於對打工生活的切身體驗，與農村截然不同的城市打工生活觸動了他們的心靈，才促使他們拿起了筆，寫自己的親歷的事件、抒發情感。由於文學場的低級章程化，不需要進入經濟場那樣的經濟資本，也不需要進入教育場那樣的教育資本〔註 162〕。但文化資本的不足直接影響到被已有的文學秩序的認可程度。與受過系統文學教育，生活在中心城市，居於文化中心的精英作家相比，處於天然的劣勢。

打工文學能夠獲得現有文學秩序的認可，打破精英作家「農民工」話語的一體化格局，市場因素起了決定性作用。

文學場的確立是以自主化為前提，基於對一種文學的集體幻象，如文學

年，第 35 頁。
〔註 161〕參見朱國華《習性與資本：略論布迪厄的主要概念工具（上）》，《東南大學學報》（哲學社會科學版）2004 年第 1 期，第 36 頁。
〔註 162〕參見朱國華《文學與權力》，華東師範大學出版社，2006 年，第 141 頁。

的神聖性、超驗性、崇高性，於是傾向於對外部社會世界的疏離，擺脫政治、經濟因素的制約〔註163〕。但外部因素總能通過文學的自主性原則滲透到文學場，而且，是通過把自己置換成文學的邏輯，從而實現對文學的干預〔註164〕。外部因素，如經濟資本往往借助一些中介來調和它與文學之間的關係，現代社會，大眾媒介就是一種比較普遍的方式〔註165〕。文學積累象徵資本可以通過大眾傳媒實現，引起傳媒關注，就可能被批評界重視，獲獎，進入教育機構等，這是一個途經大眾傳媒的經典化過程。即便是被文學體制認可的經典作家，也要通過傳媒來擴大公眾影響力，進一步積累文化資本。

打工作家存在農民工身份與作家身份的反差，容易引起傳媒的關注，形成新聞熱點。也使得打工文學在文學場中的道德合法性被確立，引起較大的社會效應，但在此過程中，打工文學缺少自覺的美學革命，獨特的審美原則沒有確立，因此造成社會效應與美學效應的反差。按照純文學的美學標準，打工文學只能屬於一種文化現象，但目前主流文學仍然是將打工文學作為文學現象來接納的〔註166〕。

打工文學作為新來者進入文學場，除了市場因素、政治因素，還具備了必要的美學條件。

大眾文化時代，精英主義的特權化的價值等級被民眾性的藝術代替，代表精英趣味的純文學壟斷地位受到衝擊。由於文學制度的武斷的權威，許多電影、哲學作品都被排斥在文學經典之外。作為社會意識形態，文學與哲學、語言學、心理學或文化和社會思想沒有明確的區分。在文化視野下，文學並不是賦予特權的對象，其審美性無法與社會因素分離。無論是說話還是寫作，詩歌還是哲學，小說還是歷史，都是社會之中的話語實踐領域〔註167〕。在機

〔註163〕 參見〔法〕皮埃爾·布迪厄《藝術的法則：文學場的生成和結構》，劉暉譯，中央編譯出版社，2001年，第93～102頁。

〔註164〕 參見朱國華《文學與權力——文學合法性的批判性考察》，華東師範大學出版社，2006年，第101～104頁。

〔註165〕 參見朱國華《文學與權力——文學合法性的批判性考察》，華東師範大學出版社，2006年，第138～143頁。

〔註166〕 2005年，雷達認為打工文學是「平民化、粗加工的文學類型」，參見李桂茹《打工文學：草根階層的文化表達》，載《中國青年報》2005年12月12日，第9版；2008年，陳建功認為打工文學是「不可低估的文學現象」。參見胡軍《「打工文學論壇」在京舉行》，載《文藝報》2008年1月15日，第1版。

〔註167〕 參見〔英〕特雷·伊格爾頓《二十世紀西方文學理論》，伍曉明譯，北京大學

械複製時代，印刷工業的發達，越來越多的讀者變成了作者，技藝的特權性質不存在了，文學成為共同的財富〔註168〕。純文學的審美原則受到挑戰：「在廣告、時裝、生活方式（lifestyle）、購物中心和大眾傳媒中，審美（aesthetics）與技術終於互相滲透了」〔註169〕。這使得草根性、原生態，缺少藝術加工的打工文學能夠被界定為「文學現象」，並對精英文學的特權地位構成挑戰。但對「文學」還是「非文學」的界定，以及文學經典的認定權，仍然控制在主流文學理論家、批評家、文學評獎、文學期刊等文學機構手中，它們具有劃定文學作品與非文學作品的話語權，代表精英趣味的純文學的審美標準仍然佔據主導地位。另一方面，以農民工為創作主體的打工文學也沒有確立自己的藝術風格，沒有與占統治地位的精英文學決裂，而是獲得國家機構的支助，並力圖進入學術界的視野。所以打工文學成為文學現象後，很快被主流文學「收編」，出現精英化傾向。

出版社，2007年，第207頁。

〔註168〕參見〔德〕阿倫特編《啓迪：本雅明文選》，張旭東、王斑譯，生活・讀書・新知三聯書店，2008年，第251頁。

〔註169〕〔英〕特雷・伊格爾頓《二十世紀西方文學理論》，伍曉明譯，北京大學出版社，2007年，第237頁。

第三章 「農民工」多元化話語空間的形成

第一節 《人民文學》：農民工話語的公共空間

　　「農民工」書寫者多元化格局的形成，《人民文學》起著重要作用。1949年創刊的《人民文學》，號稱「國刊」，是中國當代文學史上最重要，最有影響力，也是最權威，最有代表性的文學刊物，是當代文學的風向標〔註1〕。其發刊詞提到：「創造富有思想內容和藝術價值，為人民大眾所喜聞樂見的人民文學」〔註2〕，人民性，是它的一個重要特點，現實主義寫作，是《人民文學》基本的藝術品格。在市場經濟條件下，在文學商品化浪潮中，《人民文學》堅守自己的品格，關注現實性、當下生存，從1990年代中後期到21世紀以來，在相關理論的推動下，成為底層寫作的生產場，推出一批關注底層生活，表達社會責任及現實人文關懷的作家，以鬼子、孫惠芬、陳應松、荊永鳴、羅偉章等作家為代表，他們是當代文壇的新銳作家，底層農民工是他們重要的書寫對象，在「農民工」敘事中，表現出共同的向下的視域以及平等的底層人文關懷，既注重表達當下底層的生存狀態，也深入內心，進行靈魂拷問，他們是知識份子作家，但並不同於現代文學史上精英知識份子的高高在上的啟蒙姿態，在情感及視域上做到與書寫對象——底層農民工的平等。他們被

〔註1〕 參見吳俊《〈人民文學〉的創刊和復刊》，載《南方文壇》2004年第6期，第34～40頁。
〔註2〕 茅盾《發刊詞》，載《人民文學》1949年10月25日第1卷第1期，第13頁。

稱爲「底層作家」。同時，《人民文學》對打工作家的作品也表現出適時的關注，並推出王十月、鄭小瓊等打工作家，他們和著塵土與霜雪的文字，受到《人民文學》的肯定，在這一點上，《人民文學》體現其關注群眾寫作者，推出文學新人的辦刊傳統及辦刊方針，成爲各種類型的作家、書寫者話語的多元化公共空間，促進農民工文學多聲部的形成。

一、底層作家的推出

鬼子、孫惠芬、陳應松、羅偉章等一批新銳的底層作家，有影響力的作品都是在《人民文學》發表的。

鬼子的主要作品《被雨淋濕的河》、《上午打瞌睡的女孩》、《瓦城上空的麥田》、《大年夜》，分別發表於《人民文學》的 1997 年第 5 期、1999 年第 6 期、2002 年第 10 期、2004 年第 9 期，這些作品，都是表現底層小人物的悲歡以及生存境遇，從而深入到人性及靈魂的拷問。中篇小說《被雨淋濕的河》獲得第二屆魯迅文學獎（1997～2000），在獲獎中篇小說中，按得票數排序，僅次於葉廣芩的《夢也何曾到謝橋》位居第二〔註 3〕。《被雨淋濕的河》塑造了一個充滿叛逆與反抗精神的青年農民工形象——曉雷，表現出對底層人物命運及社會問題的關注。他的底層系列的小說，既充滿現實主義精神，又表現出敘述的獨特性，在場景和情節上遵循現實主義，又在語言敘述上突破現實主義。2002 年 10 月發表的《瓦城上空的麥田》，講述的也是一個農民進城的故事，編輯給予這篇小說較高的評價：「關注人的靈魂，關注人的精神狀況，讓我們習以爲常的生活邏輯經受一次檢驗、一次衝擊，這也許是《瓦城上空的麥田》的立意所在」。〔註 4〕這也可視爲鬼子對苦難主題的超越，追求直抵人的靈魂的力量。

孫惠芬是《人民文學》推出的又一位新銳作家，通過她的《歇馬山莊的兩個女人》完成了「歇馬山莊」的城鄉敘事的整體框架，獲得第三屆魯迅文學獎，於同年（2002 年）入選中國小說排行榜。之前，孫惠芬已經在文壇進行了近 20 年的默默無聞的耕耘〔註 5〕，可見，這篇作品發表在《人民文學》的重要意義。孫惠芬寫《歇馬山莊的兩個女人》的初衷，是因爲剛剛完成了

〔註 3〕 參見《第二屆魯迅文學獎各單項獎獲獎作品名單（以得票數爲序）》，中國作家網，http://www.chinawriter.com.cn/zgzx/zxzyjx/lxwxj/lxgjjx/190_28.htm。
〔註 4〕 編者《留言》，載《人民文學》2002 年第 10 期。
〔註 5〕 參見孫惠芬《城鄉之間》，崑崙出版社，2004 年，第 58 頁。

中篇小說《民工》，於是想寫寫民工的妻子，開始小說的名字叫《兩個人》，發表前被《人民文學》副主編李敬澤改為《歇馬山莊的兩個女人》〔註6〕。正是被改過的這個題目，對孫惠芬辛勤構築的「歇馬山莊」起到了化龍點睛的作用。李敬澤對孫惠芬的「歇馬山莊」作了高度評價，將「歇馬山莊」與莫言的「高密東北鄉」與韓少功的「馬橋」相提並論，並指出它們之間的不同〔註7〕。因為「歇馬山莊」在21世紀具備了獨特的內涵，是21世紀鄉土的歷史命運與美學命運所在，由於農民工的出現，鄉土在中國傳統小說的中心地位必將被打破。「歇馬山莊」，這一體現21世紀鄉村命運的世界，民工的出現，使得它不可能與歷史上任何一個鄉村世界重合。

　　《歇馬山莊的兩個女人》不具有情節的曲折性與激烈的矛盾衝突，基本上是一個女性心理描寫的小說：女性的攀比心理，對同性友情的渴求，同性之間的心理依賴，這種心理在外界刺激下的微妙變化，以及最終友誼的破裂……，如果僅僅將這篇小說視為女性意識、女性心理描寫的細緻入微、波瀾壯闊，並無獨到之處。其價值與意義就在「歇馬山莊」。歇馬山莊，就是時代的縮影，是「農民工」將它與外部世界聯繫起來，是城與鄉矛盾衝突的所在地，是21世紀農民命運的展示的場所。正是《人民文學》敏銳地發現了這一點，從而將孫惠芬從一般的女性寫作中區分出來，跨入關注社會現實及普通民眾生活的底層作家的行列。

　　陳應松、荊永鳴、羅偉章都是近幾年《人民文學》推出的重要作家。陳應松的重要作品《馬嘶嶺血案》、《太平狗》分別發表在《人民文學》2004年第3期與2005年第10期，這兩篇小說分別入選2004年、2005年的中國小說排行榜。《馬嘶嶺血案》獲得2004年度「茅臺杯‧人民文學獎」。《人民文學》現任主編韓作榮高度評價了這篇小說：「近一、兩年來的重要作品，首推陳應松的《馬嘶嶺血案》、是具有現實深度與人性深度的力作，其尖銳程度、藝術素質，明顯地高於同類作品。」〔註8〕。《馬嘶嶺血案》寫了神農架兩個農民被地質勘探隊聘去當挑夫，因感到待遇不公而引發內心仇恨，殺死了勘探隊的全部成員，其中包括專家、教授、博士。這篇小說介入了一個重要的社會

〔註6〕參見孫惠芬《城鄉之間》，崑崙出版社，2004年，第55頁。
〔註7〕參見李敬澤《孫惠芬的葬花辭》，載《中國圖書商報》2004年8月27日，第C03版。
〔註8〕韓作榮《答龍源期刊網記者問》，載《人民文學》2005年第10期，第95頁。

問題：城鄉差距與貧富差距，奠定了陳應松底層作家的地位。《太平狗》是另一篇底層敘事作品，農民程大種到武漢打工，在城市遭遇了種種磨難。編輯認為這篇小說與羅偉章的《大嫂謠》「都有血、有溫度、有汗味，有來自人民生活最深處的悲欣與疼痛」〔註9〕。陳應松構造了一個神農架的世界，但這個世界並不是封閉的，而是在現代工業文明的衝擊下，展示了城鄉文化的衝突，《人民文學》為從傳統農耕文化走向現代城市文明的「農民工」敘事提供了陣地。

同樣，羅偉章的《大嫂謠》（《人民文學》2005年第11期）、《變臉》（《人民文學》2006年第3期）、荊永鳴《北京候鳥》（《人民文學》2003年第7期）、《大聲呼吸》（《人民文學》2005年第9期）等都是介入社會現實的農民工文學，並引起較大的社會反響。

二、底層作家的理論聚焦及打工文學的進入：農民工話語多聲部形成

從以上代表作家作品來看，雖然具有各自不同的敘述風格，但也存在一些共同性。

第一、對社會問題的關注：農民工這一社會弱勢群體的生存境遇、生活現狀進入作家的視野，並注意挖掘背後的社會問題，如通過「農民工」折射出一些城鄉文化差異及貧富差距問題。但並不是停留在社會學層面，而是上昇到文學所要求的精神內涵與美學特徵。不但注重現實生活及當下生存，也注重對人性及靈魂的拷問。

第二、具有平等的敘述姿態：文學史上精英知識份子的啟蒙話語變成了一種平等交流及悲憫情懷。如鬼子就認為，作家的立場應該是平民的立場，情懷應該是悲憫的情懷〔註10〕，羅偉章的《大嫂謠》等作品中雖然是以知識份子視角來看待農民工，但並非高高在上的姿態，如作品中的知識份子「我」與農民工「大嫂」之間的關係平等而充滿親情的溫暖。孫惠芬則以對農民工身體的關注取消了他們與城裡人的差別，在身體需求方面，農民工與城裡人沒有什麼區別，她筆下對農民工身體欲求的詩意描寫以及幽深入微的心理探詢，顛覆了傳統農民的木訥、愚笨、甚至粗魯。孫惠芬採取了平等的敘事立

〔註9〕參見編者《留言》，載《人民文學》2005年第11期。
〔註10〕參見姜廣平《鬼子：文壇給我留下了一塊空地》，載《羊城晚報》2004年7月31日，第B5版。

場，她稱自己就是靈魂進城的民工〔註11〕。

第三、苦難主題：苦難主題在他們的作品中都有不同程度的表現，具有一個大體的模式：進城——奮鬥——受難——失敗。《被雨淋濕的河》、《馬嘶嶺血案》、《太平狗》、《大嫂謠》等都有身體在外在環境中的受難。尤其是《太平狗》，農民工程大種在城市的遭遇：冷漠的城裡人，流浪漢容身的橋洞，血腥的屠狗場，彌漫著毒氣的工廠車間……，城市簡直成了苦難的集中地。因此有評論家認為這種對城市的「惡」的誇大描寫，已經偏離了現實主義〔註12〕。鬼子認為苦難的書寫是給他留下的一塊文壇上的空地〔註13〕。羅偉章則認為這是作家良知的表達〔註14〕。陳應松認為文學有著悲憫的情懷與濟世價值〔註15〕。苦難敘事是作家的人文關懷及思考現代與傳統碰撞、斷裂的一種表徵，也符合知識份子對農民工的「他者」想像，即從知識份子的文化視角出發，對農民工弱小、受苦、需要保護的一種認識與想像。作家注入了較多的情感，同時也帶來在苦難描寫上的距離感的缺失，缺少節制，在一定程度上損害了藝術性。

第四、對人性的挖掘及反思：作家除了表現底層農民工的生存境遇，也通過生活現象挖掘人性。比如：人性的冷漠、自私、以及生命的孤獨感受，體現愛、真誠、關懷等人類的恒久命題。他們對左翼文學表現出來的樸素的階級性是有所超越的。

就這一批作家在題材及敘事立場上的共同性，以及作品所產生的影響力來看，「底層作家」已經逐漸形成。《人民文學》推出的這批作家作品，引起文學批評界的關注，標誌著底層作家在文壇上的地位被確認。

《人民文學》自 2002 年開始，至 2007 年，連續舉辦了六屆全國青年作家論壇，邀請全國較有影響力的青年作家及批評家參加。目的是對當今文

〔註11〕 參見楊鷗《孫惠芬：關注民工的精神世界》，載《人民日報海外版》2007 年 12 月 14 日，第 7 版。

〔註12〕 參見劉勇《從〈太平狗〉看底層敘述的偏離》，載《江漢大學學報》（人文科學版）2006 年第 25 卷第 6 期，第 28～30 頁。

〔註13〕 參見姜廣平《鬼子：文壇給我留下了一塊空地》，載《羊城晚報》2004 年 7 月 31 日，第 B5 版。

〔註14〕 參見羅偉章《我不是在說謊（創作談）》，載《四川文學》2006 年第 4 期，第 26 頁。

〔註15〕 參見陳應松《神農架和神農架系列小說——在武漢圖書館的演講》，載《長江文藝》2007 年第 6 期，第 58～62 頁。

學面臨的疑難問題進行探討,「爲中國當代文學提供一個重要的思考場所」
〔註16〕。鬼子(第二、三屆)、孫惠芬(第四屆)、盧衛平(第四屆)、胡學文
(第五屆)、羅偉章(第五屆)、喬葉(第六屆)、映川(第三屆)等青年作家
都應邀參加了論壇,還有李敬澤、施戰軍、謝有順、郜元寶等知名文學批評
家。六屆論壇雖然主題各異,但基本上是圍繞現實生活與文學的關係、現實
經驗如何進入文學經驗進行探討。「寫什麼」的問題,「向內轉」還是「向外
轉」的問題、以及鄉村經驗及城市經驗等等,都是探討的重要主題。論壇通
過文學爭鳴、自由交流的方式進行,肯定了文學對現實的關注及作家的社會
責任感:「人的生存境遇、人的苦難、尊嚴、罪惡,道德感與倫理意識,這些
看起來是文學以外的問題,恰恰是文學得以存在的根基。愛、對眞的追尋、
終極關懷應當有著比『文學價值』更爲重要的價值。」〔註17〕奠定了底層作
家、底層敘事的地位。

陳曉明於 2005 年第 2 期在《文學評論》上發表《「人民性」與美學的脫
身術》,分析了鬼子、映川、陳應松等作家發表在《人民文學》的底層敘事作
品,概括出這些作品的共有的現實主義精神及「苦難」的審美特徵。這是一
次對《人民文學》近年來的底層文學作品的較爲集中的檢閱,並概括出它們
的美學特徵,分析了在現實主義、現代主義多種話語交織的情況下「晚生代」
獨闢蹊徑,獲取文學合法性地位的過程〔註18〕。

此外,針對單個的作家作品的評論也頻頻出現,2006 年第 3 期《當代文
壇》刊發「羅偉章評論小輯」,聚焦於作家的底層關注〔註19〕。《當代作家評
論》2004 年第 5 期、2005 年第 2 期分別刊發對孫惠芬的《上塘書》的評論文
章,批評家著重從新的鄉村視角進行評論〔註20〕。《文藝理論與批評》、《江漢

〔註16〕 參見畢飛宇、李洱、李元勝等《文學的前沿——首屆青年作家論壇上的對話》,
　　　 載《人民文學》2003 年第 1 期,第 88 頁。
〔註17〕 此處爲《人民文學》主編韓作榮發言。參見《2004・反思與探索——第三屆
　　　 青年作家批評家論壇紀要》,載《人民文學》2005 年第 1 期,第 87 頁。
〔註18〕 參見陳曉明《「人民性」與美學的脫身術》,載《文學評論》2005 年第 2 期,
　　　 第 112~120 頁。
〔註19〕 參見石鳴《底層關注與邊緣目光——羅偉章小說解讀》;陳祖君《底層農民生
　　　 活的詠唱——試論〈大嫂謠〉的「謠」體特徵》;王文初《剛性的吶喊與柔性
　　　 的呵護——讀羅偉章小說〈我們的成長〉》,載《當代文壇》2006 年第 3 期,
　　　 第 42~44、45~46、47~49 頁。
〔註20〕 參見賀紹俊《鄉村的倫理和城市的情感》,載《當代作家評論》2004 年第 5
　　　 期,第 158 頁;楊揚《一部小說與四個批評關鍵詞》;周立民《隱秘與敞開:

大學學報》、《福州大學學報》等分別刊發對陳應松的《馬嘶嶺血案》與《太平狗》的評論文章〔註 21〕。這些批評文章深入到文本細部，關注作家對底層的敘述視角及小說敘事技巧。

2007 年《文藝理論與批評》連續推出底層敘事的代表作家的評論：胡學文（第 3 期）、羅偉章（第 4 期）、陳應松（第 5 期）。從如何採用敘事手法、如何保持文學與生活的距離、以及作家的感情的投入等方面進行探討，從藝術形式上重申底層文學的價值及地位〔註 22〕。

這些文學批評，既有從宏觀的文學史的角度進行分析，也有深入文本內部的分析。底層「農民工」敘事作品的思想內涵、美學特徵都受到關注。

《人民文學》推出的底層作家作品受到評論界關注的同時，《人民文學》主辦的「人民文學獎」也對底層作家的「農民工」敘事進行了關注。

農民工文學獲「人民文學獎」情況

年　　度	作　者	作　　品	體　　裁
2003	荊永鳴	北京候鳥	中篇小說
2004	映　川	不能掉頭	中篇小說

上塘的鄉村倫理》，載《當代作家評論》2005 年第 2 期，第 87～91、92～96 頁。

〔註21〕 參見魏冬峰《一幅慘烈的圖景——關於〈馬嘶嶺血案〉》，載《文藝理論與批評》2004 年第 6 期，第 18～19 頁；劉勇《從〈太平狗〉看底層敘述的偏離》，載《江漢大學學報》（人文科學版）2006 年第 25 卷第 6 期，第 28～30 頁；許貴重、莊金寶、陳金友《劃破城市邊緣人的生存面具——關於〈太平狗〉的社會學想像》，載《福州大學學報》（哲學社會科學版）2006 年第 4 期，第 60～64 頁；魏冬峰《評陳應松〈太平狗〉》，載《文藝理論與批評》2006 年第 1 期，第 32～33 頁；李敬澤《羅偉章之信念》，載《當代文壇》2006 年第 6 期，第 9～11 頁；雷達、李建軍等《那些年輕的新生的力量——四川省青年作家羅偉章、馮小涓、駱平研討會紀要》，載《當代文壇》2006 年第 2 期，第 136～138 頁；王曉明《紅水晶與紅髮卡》，載《讀書》2006 年第 1 期，第 3 ～12 頁；邵燕君《放棄耐心的寫作》，載《文學報》2006 年 7 月 27 日，第 1 版。

〔註22〕 參見胡學文《小說的丈量》；金赫楠《獨特的底層敘事》，載《文藝理論與批評》2007 年第 3 期，第 56、57～62 頁；羅偉章《真實、真誠與迷戀》，張宏《分裂的鏡城與無望的鄉村》，載《文藝理論與批評》2007 年第 4 期，第 47 ～49、50～53 頁；陳應松《作家的立場塑造作家》；李雲雷《陳應松先生訪談》，載《文藝理論與批評》2007 年第 5 期，第 40～42、43～47 頁。

2004	陳應松	馬嘶嶺血案	中篇小說
2007	鄭小瓊	鐵‧塑料廠	散　文
2007	喬　葉	鏽鋤頭	小　說

（資料來源於 2003～2007 年《人民文學》雜誌）

　　人民文學獎由《人民文學》雜誌社設立，是以繁榮文學創作，扶持文學新人為宗旨。評委由知名作家、編輯家、評論家組成，具有嚴格的評獎程序，對思想性、藝術性均有較高的要求。2006 年設置的人民文學利群獎，更是以獎勵文學新人為主要目的，要求參加評獎的作者在發表作品時的年齡不能超過 40 歲〔註 23〕。從近年來「人民文學」獎的評選結果來看，「農民工」敘事作品獲獎頻率較高，密度較大，反映出《人民文學》對一批新銳的底層作家的推舉力度是比較大的。

　　文學批評與文學評獎對底層作家作品的關注與評價，都顯示出這些新銳的底層作家在文壇地位的上昇，他們被《人民文學》逐一推出，又受到評論界的關注，在底層文學熱的背景下獲得話語權力。

　　在推出「底層作家」的同時，《人民文學》也對打工作家予以關注。新世紀以來，刊發了周崇賢、安石榴、戴斌等打工作家的作品。2006 年開始，加大了對打工作家的推介力度，2006 年第 4～6 期，王十月在《人民文學》設「打工紀事」專欄，發表反映打工生活的紀實散文《爛尾樓》（第 4 期）、《尋親記》（第 5 期）、《冷暖間》（第 6 期）。2007 年，推出另一個打工作家鄭小瓊，她發表於 2007 年第 5 期的散文《鐵‧塑料廠》獲得當年度的「人民文學‧新浪潮獎」，這是打工作家第一次獲得主流文學獎，引起較大的社會反響，並被視為打工文學被主流文學認可的標誌〔註 24〕。

　　「人民文學‧新浪潮」獎是專為文學新人設置的獎項，值得注意的是，獎項設置中對新浪潮獎的規定為：「小說新浪潮獎、散文新浪潮獎和詩歌新浪潮獎的獲獎者，應自 2006 年第 1 期到 2007 年第 3 期期間，在《人民文學》發表重要作品，其作品發表時年齡不超過 40 歲。」〔註 25〕《鐵‧塑料廠》發

〔註 23〕　參見趙素《〈人民文學〉構建評獎體系，斥資設大獎推舉文學新人》，載《出版參考》2006 年第 8 期（上旬刊），第 26 頁。
〔註 24〕　參見陳競《打工文學：疼痛與夢想》，載《文學報》2007 年 6 月 28 日，第 1版。
〔註 25〕　《人民文學利群（陽光文化傳播）文學獎評獎公告》，載《人民文學》2006

表在 2007 年第 5 期，應該不在評獎範圍，但仍然獲獎，可見《人民文學》對打工作家的扶持力度。出生於 1980 年代的鄭小瓊作品中表現出來的與 80 後寫作的異質性是獲獎的一個重要原因，對現代工業制度的人性反思與質疑是完全不同於 80 後的都市記憶的〔註 26〕。

　　進入新世紀以來，《人民文學》將視域成功地拉向了社會底層，知識份子作家眼裏的農民工，打工作家眼裏的農民工，進行了一個全景式的，立體交叉的呈現，不同層面的話語相互交織，形成了一個文學的公共空間，打破了一直以精英知識份子為話語主體的局面，來自底層的打工作家的進入，農民工文學多元化格局正在呈現。在文學生產的民主化進程中，《人民文學》起到了重要作用。

　　這些立體交叉呈現農民工生活的文學作品，具有一個共同的美學基礎：現實主義。反映複雜社會生活、重大社會問題的現實主義文學作品一直是《人民文學》所推崇的。十七年文學時期、新時期，現實主義文學作品都在《人民文學》佔有極大的比重。雖然新時期也出現了一些具有藝術探索性質的先鋒文學作品，如劉索拉《你別無選擇》、徐星《無主題變奏》、莫言《紅高粱》等，但這些並不代表《人民文學》的主流。進入 1990 年代，面對消費者的市場需求，《人民文學》更是將現實性與可讀性結合在一起〔註 27〕，在文學商品化浪潮中，充斥著時尚寫作、胸口寫作、下半身寫作等吸引著讀者的眼球，刺激著消費者的神經，《人民文學》如何在長期以來形成的穩健求實的現實主義風格中導入可讀性呢？筆者認為，在文學性中導入新聞性，文學性與新聞性相結合的泛文學途徑，是吸引消費者的有效手段。鬼子的《被雨淋濕的河》，曉雷及其工友被外藉老闆罰跪的情節，可以看到「珠海罰跪事件」〔註 28〕的影子；底層敘事作品中呈現的農民工被騙到地下黑工廠打工、討薪、礦難等情節都與新聞、消息如此吻合，至於打工文學，其親歷性、現場感也十分接近新聞特徵。「顯而易見，人們最喜聞樂見的不是來自遠方的報導，而是使人

年第 4 期。

〔註 26〕參見謝有順《分享生活的苦——鄭小瓊的寫作及其「鐵」的分析》，載《南方文壇》2007 年第 4 期，第 25～28 頁。

〔註 27〕參見王勇軍《時代‧生活‧讀者‧文學——本刊讀者調查綜述》，載《人民文學》1998 年第 10 期，第 127 頁。

〔註 28〕珠海某電子廠韓國女老闆金珍仙喝令一百多名打工者下跪，只有一個叫孫天帥的打工者拒不下跪，從而名聲大噪。參見《95 年孫天帥拒絕下跪事件》，http://news.sohu.com/20050420/n225268134.shtml。

瞭解近鄰情況的消息。」〔註29〕小說藝術在報紙、電視、網絡等大眾傳媒佔據人們眼球的時代，不能不受到新聞、消息的衝擊，大眾文化時代，文學由狹窄的精英藝術走向寬泛的大眾藝術，使文學性與新聞性的參雜成為可能，泛文學、雜文學出現。這是被詬病為藝術性不足的農民工文學，包括被評論家認為藝術上粗糙、原生態，只能算作文化現象的打工文學登上《人民文學》的一個美學方面的原因。

三、政治與市場：兩個重要的影響因素

《人民文學》對底層作家及農民工敘事作品的推介，政治與市場是兩個重要的影響因素。

（一）政治因素的影響

作為中國作協的機關刊物，以及新中國的第一個文學期刊，與新中國一起誕生的「國刊」，《人民文學》承擔著一份歷史使命與社會責任，也是國家文藝政策的具體體現者與執行者。從創刊開始，《人民文學》就是主流意識形態的體現者。它的誕生，「簡單地說，它是新政權、新政治、新政策為建構新的文藝和意識形態而進行的一次制度化、組織化的具體（程序）運作的產物。換言之，它是被賦予了應當代表新中國新文藝的最高（政治文化）使命。」〔註30〕雖然進入市場經濟時代後，政治形態減弱，但作為國家級文學期刊、中國作協機關刊物的《人民文學》，仍然要體現主流意識形態。

文藝為人民服務，為大眾服務，是我們文藝政策的一個傳統，從毛澤東提出的「文藝為工農兵服務」，到「二為」方針的「為人民服務，為社會主義服務」，到「遵循先進文化的前進方向」，「充分認識最廣大人民群眾的根本利益，充分認識人民群眾對文藝發展的基本要求」〔註31〕，再到「三貼近」原則（貼近實際，貼近生活，貼近群眾）〔註32〕，到「和諧文化的構建」〔註33〕。

〔註29〕〔德〕阿倫特編《啟迪：本雅明文選》，張旭東、王斑譯，生活・讀書・新知三聯書店，2008年，第100頁。

〔註30〕吳俊《〈人民文學〉的創刊和復刊》，載《南方文壇》2004年第6期，第34頁。

〔註31〕江澤民在第七次全國文代會上的講話，http://view.news.sohu.com/05/96/news147459605.shtml。

〔註32〕中國作協舉辦的七・一重要講話學習研討會上提出：「我們的作家必須緊緊地貼近時代、貼近人民、貼近生活，真正認識到人民是文藝工作者的母親，人民的生活是一切優秀作品賴以生存的土壤，自覺地在人民的生活中汲取題

在這些綱領性政策的指引下，農民工成為建設和諧社會中的一個重要問題，他們的政治、經濟、文化權益逐漸受到國家關注，在國家文化策略中，「農民工」漸漸浮現出來，《人民文學》必然對此有所體現。即使是在商品化浪潮中，《人民文學》也應該體現相關的文藝政策，注重社會效益與經濟效益的結合，而不是唯經濟效益是圖。

1987 年發生的「舌苔事件」〔註34〕，是《人民文學》偏離人民性與現實性的沉痛教訓，《人民文學》立即調整辦刊方針，重申社會主義方向與人民性，「我們誠摯地懇求人民的支持、人民的監督；……把《人民文學》辦成一個真正無愧於人民的刊物」〔註35〕。《人民文學》一直是政治氣候的晴雨錶與意識形態的風向標，即使在市場經濟時代，也要把握住主流方向。

1998 年，文學期刊整體面臨市場危機時，《人民文學》提出「三性」（時代性、權威性、群眾性）、「三史」（編年史、心靈史、風俗史）、「三意識」（政治意識、精品意識、市場意識），以弘揚主旋律、提倡多樣化為指導思想〔註36〕。為新世紀《人民文學》的發展定下基本方向。

2001 年中國作協舉行了學習「三個代表」重要思想的座談會，並提出「三

材、主題、情節和語言、詩情和畫意，用人民創造歷史的奮發精神來哺育自己，始終代表先進文化的前進方向。」「三貼近」原則是「三個代表」重要思想在文藝政策上的體現。參見《與時俱進，開拓創新，繁榮社會主義文學——中國作協舉辦「七一」重要講話學習研討班》，載《文藝報》2001 年 9 月 13 日，第 1 版。

〔註33〕2006 年 11 月 10 日，胡錦濤在中國文聯第八次代表大會，中國作協第七次代表大會上發表講話，將和諧文化提到戰略性的高度：「和諧文化既是和諧社會的重要特徵，也是實現社會和諧的精神動力。」提出文藝創作應該深入到人民群眾當中去，「用自己熟悉和擅長的文藝形式，努力生產出為人民群眾喜聞樂見的文藝作品，努力創作出符合時代要求的精品力作」，體現出對工人、農民等底層民眾文化需求的關注。參見《胡錦濤：在中國文聯第八次全國代表大會中國作協第七次全國代表大會上的講話》，http://cpc.people.com.cn/GB/64093/64094/5026509.html。

〔註34〕《人民文學》1987 年第 1、2 期合刊上發表了馬建的中篇小說《亮出你的舌苔或空空蕩蕩》，因涉及污衊西藏人民而遭到嚴厲批評，《人民文學》為此作出檢討，主編劉心武停職檢查。參見「本報評論員」《接受嚴重教訓，端正文藝方向》，載《人民日報》1987 年 2 月 21 日，第 1 版；《人民文學》編輯部《嚴重的錯誤　沉痛的教訓》，載《文藝報》1987 年 2 月 21 日，第 1 版。

〔註35〕本刊編輯部《九十年代的召喚》，載《人民文學》1990 年第 7、8 期合刊，第 4 頁。

〔註36〕參見編者《新年寄語》，《人民文學》1998 年第 1 期。

貼近」原則後，當年第 10 期《人民文學》舉行了紀念魯迅先生誕辰 120 週年的活動，「紀念魯迅，學習魯迅，正是學習江澤民同志在慶祝中國共產黨成立八十週年大會上的講話，落實江澤民同志提出的『三個代表』重要思想的一個生動而深刻的體現。」〔註37〕2002 年 1 月《人民文學》增加反映現實生活的小說的份量，文化散文大幅減少，爲期不到兩年的綜合性文化刊物的改版嘗試基本結束。2005 年，現任主編韓作榮重申《人民文學》的辦刊宗旨：即具體地體現「二爲方向」和「雙百方針」〔註38〕。

在此背景下，底層作家與農民工文學作品的推出，是《人民文學》政治意識的體現，歸位到人民性、現實性，著手於對現實的深度與廣度的把握，並保障農民工等弱勢群體的基本書化權益，滿足他們的文化需求。

可見，《人民文學》推出底層作家與打工作家，是與國家話語相符合的。

（二）市場因素的影響

對農民工文學的推動，市場是另一個重要因素。進入 20 世紀 90 年代中後期以來，國家文化事業體制改革，文學期刊進入市場，必須適應市場競爭。1998 年，是文學期刊市場形勢十分嚴峻的一年：《崑崙》、《灘江》等在全國有影響力的文學期刊停刊；不少文學期刊失去了國家的財政撥款；《人民文學》也傳來將在 1999 年領取最後一筆政府撥款 10 萬元的消息。是年，《人民文學》舉辦了「全國文學期刊主編研討會」，《人民文學》副社長杜衛東提出市場運作是使文學期刊走出低谷的途徑，強調了現實題材作品在讀者心目中的地位〔註39〕。這一年《人民文學》所作的讀者調查，顯示出現實性、可讀性、藝術性是左右文學期刊走勢的三大重要因素〔註40〕。因此，《人民文學》一以貫之的現實性與可讀性成爲政治意識與市場意識的結合點，並成爲《人民文學》在新世紀發展的指導思想。在 1999 年《人民文學》成立 50 週年的紀念文章中，提出政治意識、市場意識與精品意識相結合的「全方位的群眾性」〔註41〕。

〔註37〕編者《紀念魯迅先生誕辰 120 週年》，載《人民文學》2001 年第 10 期。

〔註38〕參見韓作榮《答龍源期刊網記者問》，載《人民文學》2005 年第 10 期，第 93 頁。

〔註39〕參見郭曉力《文學期刊的生存與出路》，載《人民文學》1998 年第 10 期，第 125 頁。

〔註40〕參見王勇軍《時代・生活・讀者・文學——本刊讀者調查綜述》，載《人民文學》1998 年第 10 期，第 127 頁。

〔註41〕參見本刊編輯部《絲路花雨 歲月流金——〈人民文學〉五十週年》，載《人

　　在這個背景下，《人民文學》嘗試了「跨文體」寫作的實踐。打破傳統的小說、散文、詩歌、報告文學的界限，鼓勵各種風格雜糅的文體，增加報告文學、紀實文學的份量，注重文學的新聞性、可讀性，標誌著純文學向泛文學、雜文學進行轉化的嘗試〔註42〕。從 2000 年第 10 期開始，大幅縮小了小說版面，加大了散文與紀實文學版面。出現了一些跨文體的作品，兼具散文、隨筆、小說的特點，根據文體分類設置的欄目消失了，《人民文學》看上去更像一個文化類刊物。2001 年開始了改版的全面實踐，縱觀 2001 年的總目錄，其欄目多達 21 個（特稿、特輯除外），包括：小說、新小說、現場、視聽、專欄、記憶、圓桌、十二月、漢詩、新散文、2001 年的愛情、交點、舊體詩、天下、新詩人、食譚、寓言、萬象、民間史、心與物、評論。根據筆者的統計，整個 2001 年共發表文章 202 篇，散文 103 篇，占一半還多，而且以各種名目出現。從欄目設置以及文章選擇來看，迎合市場的目的十分明顯。一些文章具有很強的時尚感，或帶有濃厚的文化休閒意味〔註43〕。比例最小的是文學批評，全年一共只有 3 篇。

　　但 2001 年底所作的讀者調查顯示，藝術性與現實性強的作品仍然是讀者最歡迎的。改版後的綜合性文化欄目並不很受讀者歡迎。受讀者喜歡的欄目依次為：小說、新小說、新散文、留言、美術、新詩人、專欄、視聽、記憶、漢詩、交點、現場、圓桌、十二月、天下、萬象、報告、寓言、舊體詩、食譚。對刊物需改進的方面所作的調查結果顯示：認為應該增強作品的藝術性的讀者最多，占人數的 17%，其次是認為應該增加可讀性的讀者，占 16%；認為應該增強作品的現實感的讀者占 15%。〔註44〕《人民文學》2002 年第 1 期開始，推出孫惠芬、閻連科、劉慶邦、梁曉聲、謝挺五人的現實主義風格突出的小說。

　　2003 年 12 月全國「文學期刊改革與發展研討會」在河南鄭州召開，《人民文學》、《當代》、《十月》、《鍾山》、《天涯》、《萌芽》等近 60 家期刊負責人參加會議，集中探討文學期刊體制如何創新，推進文化產業化進程；以及文

　　　　民文學》1999 年第 10 期，第 5～7 頁。
〔註42〕 參見尚曉嵐《生存壓力沉重　〈人民文學〉改版走向市場》，http://www.book
　　　　tide.com/news/20001007/200010070002.html。
〔註43〕 例如，楊少波《電影中的「奔跑」》，轟惠霞《網絡貓》，英若誠《演藝生涯》，
　　　　載《人民文學》2001 年第 1 期、第 2 期、第 3 期。
〔註44〕 參見洪波《讀者調查綜述》，載《人民文學》2001 年第 12 期，第 136 頁。

學期刊如何貼近生活、貼近讀者、貼近市場〔註45〕。1990年代末的文學期刊盲目改版，不少已經宣告失敗。純文學期刊如何在市場環境下求得生存，保持其品牌的核心價值是一個重要方面。盲目跟風已成為不少文學期刊失敗的根源，那麼，如何在眾多文學期刊中保持自己的特色，成為一條出路。對《人民文學》來講，「現實性」、「人民性」就是其特色，體現在辦刊實踐中，就是恢復現實主義題材小說的份量。

2005年《人民文學》主編韓作榮對文學脫離群眾的「小眾化」進行了批評，並認為這是造成文學期刊不景氣的重要原因。同時也肯定了文學與流行文化的區別：「小說和通俗故事，詩與流行歌曲，散文與流行酒桌子上的段子相比，永遠也流行不起來」〔註46〕。

既要滿足老百姓的需求，又要體現純正的文學品位，現實主義的力作最能體現《人民文學》這一辦刊方向。

四、多元話語交織的公共空間

2005年及2006年，正值「底層文學熱」，《人民文學》以較大篇幅集中推出底層農民工敘事作品。如下表所示

2005年發表的農民工題材的文學作品表

作　者	篇　名	體　裁	期　數	欄　目
項小米	二的	中篇小說	第3期	小　說
荊永鳴	大聲呼吸	中篇小說	第9期	小　說
陳應松	太平狗	中篇小說	第10期	小　說
羅偉章	大嫂謠	中篇小說	第11期	小　說

（以上資料來源於2005年第1～12期《人民文學》）

2006年，推出了羅偉章的《變臉》，喬葉的《鏽鋤頭》，張銳強的《在豐鎮的大街上嚎啕痛哭》等，還推出打工作家王十月專欄「打工紀事」，《爛尾樓》、《尋親記》、《冷暖間》。

〔註45〕參見術術《中國文學期刊現狀報告》，載《西藏日報》2004年2月15日，第2版。

〔註46〕韓作榮《答龍源期刊網記者問》，載《人民文學》2005年第10期，第95頁。

2006 年發表的農民工題材的文學作品表

作　　者	篇　　名	體　　裁	期　　數	欄　　目
羅偉章	變臉	中篇小說	第 3 期	小　說
喬　葉	鏽鋤頭	中篇小說	第 8 期	小　說
張銳強	在豐鎮的大街上嚎啕痛哭	中篇小說	第 7 期	新浪潮
王十月	爛尾樓	紀實散文	第 4 期	專　欄
王十月	尋親記	紀實散文	第 5 期	專　欄
王十月	冷暖間	紀實散文	第 6 期	專　欄

（以上資料來源於 2006 年第 1～12 期《人民文學》）

　　這期間，社會、文學理論界、新聞媒體對「底層」、「農民工」十分關注，在這種情況下，《人民文學》在 2005 年第 11 期，編者對「農民工」作了如下闡釋：

　　　　我們當然知道「農民工」——這個難稱準確的名詞指代著龐大的人群，在城市和鄉村之間，在中國的過去和現在之間，這個龐大的、面目模糊的人群在漂泊。

　　　　他們是誰？對經濟學家而言，他們是幾乎無限供應的廉價勞動力的來源，是中國「世界工廠」之夢的基石；對歷史學家和社會學家而言，他們的境遇體現了中國社會轉型期中幾乎所有基本困難——「三農」問題、城鄉二元結構問題、經濟結構問題、社會公平與正義問題，等等，「問題」與他們連在一起。

　　　　而對於生活在城市的普通大眾來說，「農民工」是一種明確的身份，它劃分開了「我們」和「他們」，隔著這道身份的牆，我們的態度矛盾曖昧：在公共話語中，他們被憐憫、被同情，被廣泛地打抱不平，但在私人交往的領域，界限依然被敏感地意識到、被保持著。〔註 47〕

《人民文學》的「農民工」的獨特之處就在於：首先，不是拉開距離對農民工進行審視與憐憫，而要讓農民工問題成為「我們」自身問題的一部分。其次，要站在他們之中，和他們一起體驗和想像，而不是站在他們之外，流著

―――――――――――――――――
〔註 47〕《留言》，載《人民文學》2005 年第 11 期。

廉價的淚水；總之，將那些農民工由「他們」變成「我們」〔註48〕。

　　21 世紀以來，隨著國家政策對農民工的傾斜，社會對農民工群體的關注程度大大提高，有關農民工的新聞報導也隨處可見：2003 年 10 月發生的「總理為農民工討薪」事件〔註49〕，經媒體報導後，立即成為席卷全國的熱點。2004 年溫家寶的《政府工作報告》中專門談到農民工工資的支付，「切實保障農民工工資按時足額支付」，「用三年時間基本解決建設領域拖欠工程款和農民工工資問題」〔註50〕。2004 年農民工一詞首次高密度出現在政府工作報告中，2005～2007 年，「農民工」在政府工作報告中出現的次數分別為 2 次、4 次和 8 次〔註51〕。不論是國家政府還是地方政府所採取的一系列保護農民工權益的措施都受到公眾與媒體的極大關注，「農民工」成為頻頻在新聞媒體亮相的「底層明星」。

　　不論是社會領域，還是文學領域，「農民工」均成為熱點。既能體現構建和諧社會的主流意識形態，又具有吸引公眾的眼球經濟，《人民文學》在此期間大力推出底層文學，農民工文學，可以視作政治意識形態與市場意識巧妙的合謀。也可以說，《人民文學》在底層敘事熱中，找到了良好的市場空間。

　　2007 年《人民文學》副主編李敬澤對文學期刊的市場作出了比較樂觀的分析，認為文學期刊通過 1990 年代末 21 世紀初的摸索，大家對文學期刊的市場前景有了信心。隨著經濟的發展，大眾的精神生活需求還會越來越大。「這種情況下，對我們的考驗，不再是出花樣，主要的、根本的還是要抓內容，真正提供能夠滿足大眾精神需求的高品質文學作品。這應該是大家主要努力的方向。」〔註52〕走出小眾化的孤芳自賞，以反映時代生活的作品滿足

〔註48〕 參見《留言》，載《人民文學》2005 年第 11 期。

〔註49〕 2003 年 10 月溫家寶總理下基層走訪三峽移民，重慶雲陽縣龍泉村農婦熊德明向總理反映了建築施工單位拖欠農民工工資的情況，她愛人的兩千多元工資已被拖欠了半年。溫家寶總理當即表示：「欠農民的錢一定要還！」在總理的過問下，六小時之內，熊德明就拿到了被拖欠的工錢。參見徐庶、李文娟《雲陽農婦熊德明：一句真話感動全中國》，http://www.cctv.com/tvguide/tvcomment/special/C22318/20081011/103495.shtml。

〔註50〕 溫家寶在十屆人大二次會議所作政府工作報告，第八條：加大就業和社會保障工作力度，進一步改善人民生活，http://news.xinhuanet.com/newscenter/2004-03/16/content_1369379.htm。

〔註51〕 參見劉東凱、劉健、李亞彪《從民生熱詞內涵深化看政府執政理念之變》，http://www.gov.cn/2008lh/content_910274.htm。

〔註52〕 舒晉瑜《中國文學期刊生存狀況調查》，載《中華讀書報》2007 年 1 月 17 日，

大眾化需求,才是通往市場的途徑。

正是市場,為多元話語交織的公共空間的出現提供了可能。市場使文學在一定程度上擺脫了「恩主」的控制,為文學的自主性的實現提供了可能,圍繞文學與藝術作品展開的討論更加自由,文學刊物、報紙雜誌、文學俱樂部成為不同階層的人平等交流的場地。十七世紀西方社會的咖啡館,成為文學的交流場所,向貴族、知識份子乃至小手工業者、貧民自由開放,大家平等相處、相互交往,形成文學領域內的公共空間〔註53〕。《人民文學》在市場競爭中,成為「底層農民工」文學的生產場,也為精英知識份子作家與打工作家、讀者、批評者等提供了一個相互交流的場地,多元話語交織的公共空間逐漸形成。

在此過程中,文學的新聞化傾向提供了美學條件。現實性、可讀性通過新聞性實現。在大眾文化時代,文學期刊也不可避免地具備大眾傳媒的特徵,《人民文學》已經流露出記載中國人生存真相的新聞性傾向,比如在2006年第4期中選登的一封讀者來信中說:

> 《人民文學》每期都能見到一兩篇作品精彩耐讀,感染力較強,社會人文意識濃厚。總體上看,《人民文學》的作品比較深刻地描寫了正處於大轉型時期中國當代社會的基本特徵,特別是反映了普通老百姓的生活、社會底層群體的呼聲。本來,小說允許虛構,新聞必須客觀、真實,這是一個常識,但是《人民文學》上刊登的某些小說所涉及到的問題,比一些新聞媒體顯得更真實、準確、客觀、公正。要瞭解絕大多數中國人的生存、生活、發展的實際狀況,知曉他們的喜怒哀樂,洞悉急劇變化的中國社會,《人民文學》是一個好的參照體系。〔註54〕

當文學成為社會生活與時代變遷的記載文本,比新聞報導更加真實客觀時,意味著純文學向泛文學的轉向不可避免。即便是《人民文學》這樣保持純正的文學品質的文學期刊,也不能不從孤芳自賞的小眾化走向大眾化。這也為《人民文學》接納文學品質不那麼純粹的打工文學提供了美學上的可能。在大眾傳媒時代,新聞、消息對虛構敘事產生了較大的影響,虛構敘事所需要

第19版。

〔註53〕參見尤根·哈貝馬斯《公共領域的社會結構》,曹衛東譯,汪暉、陳燕谷主編《文化與公共性》,生活·讀書·新知三聯書店,2005年,第134～162頁。
〔註54〕編者《留言》,載《人民文學》2006年第4期。

的技巧，如羅列細節、描摹世態人情、洞察生命哲理與人生命運的能力在消息時代都變得簡單化，消息將事件講述得合情合理，通體透澈，不需要敘述的玄妙、充實與豐滿〔註55〕。打工文學注重親歷性，現場感，注重對事件本身的描述，很多就是作者親歷的真實事件，經過粗加工後成為作品，並不講究藝術技巧，由於缺少文化資本，缺少專業的文學訓練，也沒有條件進行敘事技巧的探索（如西方現代主義文學的敘事技巧，對作家、讀者的文化水平都有較高的要求，即便是受過一定訓練的讀者也未必看得懂）。《人民文學》在推出專業作家具有新聞特徵的農民工文學作品後，又大力推介打工文學。大眾文化時代的泛文學趨勢，為農民工文學書寫者的多元化提供了美學條件。需注意的是，現實主義、新聞敘事，都是知識份子作家內部進行的、針對先鋒文學的一次革新，先鋒文學的審美原則並未失去其統治地位，依然是文學性的評判標準，只不過被導入了現實性、新聞性等一些新質。

第二節　《佛山文藝》：無名者的寫作實踐之地

如果說《人民文學》是以「國刊」地位及影響力推動「農民工」話語多元化格局的形成，是一種自上而下的生產機制，《佛山文藝》則是依據市場，自打工者而精英作家，自下而上地推動「農民工」話語的多元化。

在中國的文學體制中，文學期刊依照中央——省——地市級的層級設置。《佛山文藝》為地市級刊物，是培養地方作家的陣地，有明顯的地域性。與國家級的聲名顯赫的純文學期刊相比，具有邊緣性的特徵：讀者對象主要為中下層打工者，發行區域主要是珠江三角洲，在主流文壇不佔據主導地位。但作為地方性的文學期刊，它又獲得了許多全國性的榮譽與成就：被評為全國百佳重點期刊，入選中國「第二屆百刊工程」，發行量高峰期達到 50 萬〔註56〕，為中國發行量最大的文學期刊，被期刊界稱為「《佛山文藝》現象」〔註57〕，取得了令人矚目的市場成就。從對文學的推動來看，由刊載深受打工者喜愛的打工文學作品、鼓勵打工者「我手寫我心」到「新市民小說」

〔註55〕參見〔德〕阿倫特主編《啟迪：本雅明文選》，張旭東、王斑譯，生活・讀書・新知三聯書店，2008 年，第 95～118 頁。
〔註56〕參見譚運長、劉寧、沈崇照《作為大眾傳播媒介的文學期刊編輯論》，百花文藝出版社，1997 年，第 218 頁。
〔註57〕劉寧《為了鼓吹的回憶》，載《佛山文藝》2007 年第 11 期（下），第 43～44 頁。

聯展，再到近年來的「新鄉土文學」的提倡，一方面將龐大無名的打工者的寫作推向更高的文學殿堂，另一方面，吸引精英作家對農民工群體的關注，生產機制上實現「自下而上」與「自上而下」的連接，在美學形式上實現雅俗交融。《佛山文藝》將市場理念與文學理念相結合，由地方性走向全國，由早期「打工者寫，寫打工者，打工者讀」到有精英知識份子參與的寫。不但是無名者的寫作實踐之地，也突破了打工文學的狹小內涵，將打工者的「農民工」話語與知識份子的「農民工」話語共同容納其中，成為「寫底層」與「底層寫」的連接地。

　　而《佛山文藝》「自下而上」與《人民文學》等純文學期刊「自上而下」的生產方式的對接成為可能，是以大眾文化為背景的。文學融入新聞、紀實、時尚等日常審美經驗，狹窄的文學走向泛化。《佛山文藝》開放式的發表機制，關懷底層民眾的人文精神，使「農民工」的自我敘事成為可能，也使知識份子的「農民工」敘事方式發生了變化。

一、自下而上的生產機制

　　1980 年代末至 1990 年代初，正逢廣東民工潮，百萬民工湧入廣東，形成了一個龐大的打工群體。這些打工者具有一定的文化知識，年輕，離鄉背井，漂泊在外，工作時間長，文化生活貧乏。由於文學具有抒發情感、撫慰心靈的作用，因此成為不少打工者的愛好與追求。1990 年代初期電視劇《外來妹》的熱播，證明反映打工者生活的文學藝術具有良好的市場效應。作為地市級文學刊物的《佛山文藝》，抓住了這一時代特點，定位為打工者的雜誌，提出「同是天涯打工人，相逢何必曾相識」的口號，滿足打工群體獨特的文化需求，為漂泊無定的打工者提供了溫馨的心靈港灣。

　　1991 年，《佛山文藝》推出「眾生一族」與「星夢園信箱」欄目，主要反映包括打工者在內的各個民間群體的生活，「眾生一族」主要為小說，「星夢園」則以詩歌為主。1992 年，《佛山文藝》擴版，由 64 頁增設至 96 頁，將反映打工生活的作品從「眾生一族」中分離出來，增設了「打工 OK」欄目，又設置了與讀者直接交流的「華先生有約」欄目，受到讀者歡迎，為《佛山文藝》成為「中國第一打工文學大刊」奠定了基礎。

　　《佛山文藝》以「貼近現實生活，關懷普通人生，抒寫人間真情」為宗旨，以「清新活潑、平易親切、情趣盎然、可讀性強」為特色，堅持「讀者

參與互動攜手共進」的作風〔註 58〕。不但注重讀者的接受，更注重讀者的互動參與。

《佛山文藝》的現實精神及民間情懷是對當時文學界的虛華浮靡之風的一個反撥。1990 年代，市場經濟的深化與大眾文化的興起，文化界眾聲喧嘩，知識份子主流地位旁落，作家的寫作向內轉，轉向「個人化」、「私人化」，走向形式主義，或成為「時尚」，或成為「消遣」，或成為「裝飾」，內容蒼白，作家的社會責任感日益缺少，文學日益脫離民眾，成為貴族、白領的消遣。脫離了現實的文學處於一種貧血狀態，越來越陷入一種孤芳自賞的境地。《佛山文藝》對寫作的現實精神的提倡，不僅是順應市場的需求，也是文學發展的需求。

《佛山文藝》不但要求精英知識份子作家寫出貼近現實，反映小人物、打工者生活的作品，也鼓勵打工者拿起筆來寫出自己的生活，提倡「生活現場」的寫作。作品具有真情實感，真實生活，就是重要的選稿標準〔註 59〕。雜誌倡導「三鮮」特色：鮮活的語言，鮮活的題材，鮮活的思想，很好地體現了日常生活經驗與美學結合的泛文學特徵。

《佛山文藝》刊登了不少來自生活現場的打工作品，真實反映了打工者的生存境遇及酸甜苦辣，培養了一批知名的打工作家。周崇賢的《打工妹詠歎調》、海珠的《打工妹「啞玲」》，黎志揚的《禁止浪漫》、鄢文江的《彷徨在三叉路口》等作品，反映了外來打工者的遭際命運，具有濃烈的生活氣息，同時表現了傳統農耕文化與現代工業文明之間的衝突，廣受讀者歡迎，成為打工文學的代表作家作品。1993 年第 5 期，《佛山文藝》推出「打工文學專號」，刊出鄢文江的《彷徨在三叉路口》，李堅的《「臺辦」小姐》，呂嘯天的《鴨子巷的衝動》，編輯為此寫下推薦語：「本期『打工文學專號』不可不讀，尤其是對於打工的朋友來說。它呈現的是一種甜酸苦辣五味俱全的人生。」〔註60〕這是《佛山文藝》第一次集中推出打工文學作品。

《佛山文藝》也是打工詩歌的搖籃。當時雜誌社打工者的來稿中，打工詩歌比打工小說更多，詩歌更適於表達打工者的情感心緒，篇幅短小，字數不多，對工餘時間有限的打工者來說，是更適宜寫作的一種文體。《佛山文藝》

〔註 58〕 參見《94'奉獻》，載《佛山文藝》1993 年第 12 期，第 1 頁。
〔註 59〕 資料來源於筆者對《佛山文藝》前主編劉寧的訪談記錄，參見附錄二。
〔註 60〕 《本期奉獻》，載《佛山文藝》1993 年第 5 期，第 1 頁。

的「星夢園」，推出大量打工詩歌，子刊《打工族》（原《外來工》）設置的「青春驛站」欄目，推出了徐非的《一位打工妹的徵婚啟事》，羅德遠的《劉晃棋，我苦難的打工兄弟》、《黑螞蟻》等，引起較大反響。打工詩人何真宗、柳冬嫵、曾文廣、許強等都在《打工族》發表過代表詩作。「星夢園」、「青春驛站」的打工詩歌貼近打工者的生活與情感，因而受到他們的歡迎。

1999 年，《佛山文藝》的子刊《外來工》推出「打工小說聯展」，希望從敘事技巧、審美形式上推動打工文學的發展，打造更精深、更美妙的打工文學，挖掘打工文學的純正的文學品質〔註61〕。這是一次將無名者的現場寫作推向美學性寫作的活動。

當時打工文學作品的缺陷已經日益凸顯，文學審美性欠缺，不少作者的視野局限在狹小的車間、流水線、出租屋，缺少對生活的提煉與超越，打工文學作品成了情感宣泄和現實生活場景的展示。一些地方文學批評也認為打工文學心浮氣躁、病相叢生〔註62〕。1990 年代中後期打工文學正經歷著斷代之憂，以林堅、張偉明、安子為代表的第一代打工文學風光已過，新一代的打工文學作家作品尚未湧現出來，打工文學的發展面臨著一個十字路口。部分打工文學作品正在淪為低俗的「地攤文學」，挖掘打工文學獨特的審美內涵成為必要。《外來工》推出「打工小說聯展」正值其時。

市場性、民間性與審美性必須很好地結合，這是《佛山文藝》一直關注的問題。「自下而上」的文學生產反映在審美上主要有兩個方面：一是打工者的書寫必須進行「自下而上」的藝術提升，使俗文學雅化。因為，日常感性經驗與美學的結合併不等於藝術水準的低下，泛文學也有自身的審美特性。就好像傳統藝術具有「靈韻」，而現代藝術具有「震驚」的審美特性〔註63〕；一是將「民間情懷」自下而上地帶到知識份子作家的書寫中去，讓他們的書寫具備一種民間的、平民的立場以及適合大眾口味的美學特徵，使雅文學俗化。

〔註61〕　參見粵東《受點冷水不應感冒——「打工文學」作者要正視自己的不足》，載《外來工》1999 年第 11 期（上），第 64 頁。

〔註62〕　參見斯英琦《文學的巫術》，載《平安保險》1993 年 11 月 6 日，第 4 版；呂嘯天《打工文學：讓人失望讓人憂》，載《外來工》1998 年第 6 期，第 13～15 頁；阿文《心浮氣躁的打工文學》，載《大鵬灣》2001 年第 1 期，第 34～35 頁；龐清明《打工文學：重拾高拔的理想與堅韌的精神》，載《大鵬灣》2001年第 1 期，第 35 頁。

〔註63〕　參見〔德〕阿倫特編《啟迪：本雅明文選》，張旭東、王斑譯，生活·讀書·新知三聯書店，2008 年，第 231～264 頁。

　　但是，這樣一種大眾文化背景下的泛文學的審美特性並未取得合法性地位，所謂的藝術水準仍然依照純文學的審美標準來判定。所以，在《佛山文藝》的發展軌跡中，在經歷了 1990 年代中期「打工文學」雜誌的輝煌後，1990 年代末至 21 世紀，隨著打工文學市場的萎縮，又轉向了白領趣味。

　　通過比較，可以發現《佛山文藝》「自下而上」的生產機制與《人民文學》「自上而下」的生產機制有著明顯不同：

《佛山文藝》的生產機制與《人民文學》的生產機制的比較表（1990 年代中後期）

期刊名	定價	讀者定位	發行區域	發行量	期數	作品風格	銷售方式	發行地點	廣　告
人民文學	8 元以內	文學批評者、文學愛好者	全國各地	10 萬以內	月刊	現實性嚴肅性	郵局訂閱、零售	圖書館書店	高檔酒類、煙草、旅遊勝地等
佛山文藝	3 元左右	打工者（藍領為主）	佛山、廣州、深圳、東莞、南海等珠三角地區	最高峰 50 萬	半月刊	民間性通俗性	書商二渠道發行、零售	車站、路邊攤為主	百元以下的小商品、醫療保健、徵婚交友

（以上資料來源於對《人民文學》、《佛山文藝》的閱讀，以及對相關人士的訪談及廣州、深圳、佛山等地的實地調研）

　　1990 年代中後期，隨著大量綜合文化類刊物的湧現，文學期刊邊緣化，不少文學期刊採取文學命名的方式作為面對市場的應急措施〔註 64〕，是文學期刊市場行為比較顯著的時期，純文學期刊面對市場，焦急地尋求出路。而《佛山文藝》於 1994 年 9 月改為半月刊，發行量達到 50 萬〔註 65〕，取得市場上的成功。

　　《佛山文藝》的發行主要集中在打工者聚集的地方，工廠聚集地、車站旁、兼賣香煙、飲料的路邊攤。筆者於 2007 年 11 月隨機走訪了深圳市寶安區（打工者集中地）幾個零售報刊攤點，都有當月的《佛山文藝》、《打工族》以及其他受歡迎的打工文學雜誌如《江門文藝》等。深圳龍華也能在公園門

〔註64〕　例如：1994 年 4 月，《鍾山》與《文藝爭鳴》合作「新狀態文學」；《北京文學》1994 年 1 月「新體驗小說」；《上海文學》與《佛山文藝》「新市民小說聯展」；《青年文學》1994 年起開設「60 年代出生作家作品聯展」，參見黃髮有《九十年代以來的文學期刊改制》，載《南方文壇》2007 年第 5 期，第 81 頁。

〔註65〕　參見《佛山文藝》內部資料：沈崇照《〈佛山文藝〉大事記》。

口或車站買到《佛山文藝》與《打工族》。沒有《人民文學》、《收穫》、《花城》等文學雜誌售賣。而關內，如福田區的書報零售攤點則可以見到《人民文學》等文學雜誌。四川大學、重慶大學、重慶師範大學、西南大學、華南師範大學等高校圖書館都沒有《佛山文藝》、《打工族》；重慶市圖書館藏有 2007 年的部分《打工族》（《打工族》的歸類爲綜合文化類），廣東省立中山圖書館有 2001 年以後的《佛山文藝》與《打工族》，四川省圖書館沒有《佛山文藝》與《打工族》。2000 年以前的《佛山文藝》、《打工族》在上述高校以及省市圖書館都沒有收藏，但從建國起的《人民文學》、《收穫》等主要文學期刊圖書館基本上都有收藏。

　　以下是隨機選取的大學圖書館對《佛山文藝》與《人民文學》的收藏情況：

大學圖書館對《佛山文藝》與《人民文學》的收藏情況表

	《佛山文藝》	《打工族》	《人民文學》
西南大學圖書館	無	無	有（1950～1966，1976～2008）
華南師範大學圖書館	無	無	有（1949～1966，1976～2007，1986 年前不全）
中山大學圖書館	有（沒有目次信息）	有（沒有目次信息）	有（1950～1966，1976～2008，1999 年前不全）
四川大學圖書館	無	無	有（1949～1966，1976～2008，有缺刊）
清華大學圖書館	無	無	有（1949～1966，1976～2008）
北京大學圖書館	無	無	有（1950～1966，1976～1977，1979，2000～2008）
復旦大學圖書館	無	無	有（1999～2008）
南開大學圖書館	無	無	有（1976～2008）
南京大學圖書館	無	無	有（1976～2008，有缺刊）
貴州大學圖書館	無	無	有（1949～1966，1976～2007）
河北大學圖書館	無	無	有（2001～2008）
華中師範大學圖書館	無	無	有（1949～1966，1976～2006，不全）
中南大學圖書館	無	無	有（1984，1987～2002，不全）
南昌大學圖書館	無	無	有（1949～1966，1976～2008）

（注：以上查詢手段均爲網絡查詢：進入各單位的圖書館的館藏目錄搜索。以上信息均爲網絡搜索引擎顯示的結果）

可見，《佛山文藝》與《人民文學》有著不同的發行圈子。《佛山文藝》價格低廉，集中在路邊攤，屬於以藍領打工者爲主的大眾圈子，是被打工仔塞到褲兜裏的雜誌〔註66〕。《人民文學》則屬於作家、文學理論家與批評家、文學愛好者的文人圈子。《佛山文藝》具有十分明顯的大眾傳媒的特點，精英階層的文學趣味、美學標準不再適用。泛文學的美學標準得到打工者的認可，但並沒有被文學的權威機構接受：《佛山文藝》一直不被大學圖書館訂閱，且被稱爲「文學期刊界的另類」〔註67〕。當市場空間萎縮，廣告收入無法提高之時〔註68〕，《佛山文藝》希望打破大眾圈子，進入消費力強的精英圈子。文學趣味及美學標準當然會以具有合法地位的精英文學爲準，自下而上變成了自「平民」而「精英」。《人民文學》在一個相對封閉的圈子裏，要實現「自上而下」，必然吸收一些泛文學的美學原則，以可讀性爭取大眾消費者。純文學的美學原則只是吸收了一些異質性的美學元素，其根本地位並未被撼動。

二、「編讀寫」一體化的生產流程

《佛山文藝》這份文學期刊與一些國家級、主流的純文學期刊不同，它是將文學期刊作爲大眾傳播媒介，而不是將文學期刊小眾化、貴族化。因此，它體現的不是高高在上的精英意識，而是面向大眾的市場意識。也正是這種市場意識，決定了它的平等姿態。

《佛山文藝》的編者與《大鵬灣》不同，《大鵬灣》的編者很多是從打工作者中來，而形成打工讀者——打工作者——打工編者的一體化；《佛山文藝》擁有一個精英知識份子的編者隊伍，但這並不妨礙「編讀寫」一體化的形成。它的編輯工作是開放式的：以讀者爲中心，將讀者視爲創造性的反饋者而不是被動的接受者；編輯具備文藝學和編輯學的雙重專業知識，對作者文本進行藝術加工及藝術處理活動，包括策劃、組稿、編排等；而對作者文本的再創造必須結合市場特點。在編輯過程中應有隱含讀者的存在，時時培育讀者

〔註66〕 參見曾繁旭等《像愛上一個人那樣愛一份雜誌——雜誌的擁躉》，http://tech. sina.com.cn/other/2003-09-02/1652228472.shtml。

〔註67〕 參見劉寧《爲了鼓吹的回憶》，載《佛山文藝》2007年第11期（下），第43～44頁。

〔註68〕 由於《佛山文藝》、《打工族》的消費群體以購買力低下的農民工爲主，難以吸引高檔商品的廣告，以小商品的廣告爲主，廣告收入受到極大影響，筆者注。

群並引導讀者參與〔註69〕。另外，編者雖然是知識份子，但大多來自外省市，也有遠離家鄉的漂泊無依之感，在情感上與底層打工者有相通之處，也有利於編讀寫一體化的形成。

《佛山文藝》面對的讀者主要是打工者，它所需要的不少作者也從打工者中間產生，這些讀者看了雜誌，引起強烈的傾訴欲望，再加上《佛山文藝》的互動環節，讀者很容易加入到作者隊伍，與編輯就寫作、辦刊等問題進行交流，傾訴他們的希望與失望。不論是讀者還是作者，都是雜誌的重要參與者。

《佛山文藝》的「華先生有約」、「癡人知語」是編者與讀者進行交流、溝通的欄目。如「華先生有約」，開設以後，立即受到讀者歡迎，信件如雪片一樣飛來，有要求編者為自己指導文學創作的，有要求解答人生困惑的，他們在生活中遭受冷漠，被人白眼，在這裡卻受到熱情的歡迎，讓他們暢所欲言，得到心靈撫慰，極大地滿足了打工者的精神需求。《華先生有約》常常刊登一些打工者寫的短詩、短文〔註70〕，這些文章並不規範，但十分率性，這些五花八門，個性紛呈、風格各異的短文，充當了現在網絡博客的作用，極大地推動了無名者的寫作。

《佛山文藝》給了無名者一個話語空間。打工者有了通向文學的路徑，文學從高不可攀的神聖殿堂落到了實地。

在我國，文學報刊一直都是精英知識份子的陣地，是知識份子介入公共事務的空間，包括《新青年》在內的現代傳媒，主要傳播知識份子話語與精英文化。即便是面向大眾的通俗文學期刊，也包含著知識份子的現代文化思想。以報刊為中心，形成了知識份子群體。如現代文學史上的知識份子同人刊物，成為知識份子之間彼此聯繫與活動的中介。1980 年代，剛剛從政治話語解放出來的知識份子，以文學期刊為陣地，積極建立公共領域，參與公共事務，開展新啟蒙運動。進入 1990 年代，大眾文化興起，知識份子的中心地位旁落，但發行量日益減少的純文學期刊仍然是知識份子作家的陣地，儘管不少文學期刊也在順應市場進行改版，但商業化的結果並沒有使它們降尊紆貴，也沒有為草根階層留出一席之地。愈是商業化，愈是需要那些名流大腕

〔註69〕 參見譚運長、劉寧、沈崇照《作為大眾傳播媒介的文學期刊編輯論》，百花文藝出版社，1997 年，第 74～91 頁。
〔註70〕 參見《華先生有約》，載《佛山文藝》1992～1997 年。

爲自己撐門面。

　　作爲國刊的《人民文學》，雖然定位於大衆，努力使自己的視域向下，但其純文學期刊的編輯體例使文學仍然局限在精英的小圈子當中，與普通作者、讀者交流不多。作者自然來稿若未被採用，則不退稿，不接受查問。三個月未接到通知可自行處理〔註71〕。雖然在卷首設置了「留言」，以期達到讀者、編者、作者的交流。但其中主導話語是編者。相對於《人民文學》封閉的編輯體例，《佛山文藝》的編輯體例表現出開放性的特徵，它是以讀者爲中心而不是以編者爲中心。

《人民文學》與《佛山文藝》編輯體例比較表

	編者隊伍構成	編者年齡	編制	編輯流動性	互動欄目	覆稿周期	回覆稿件方式	用稿標準	對未採用稿件的處理
人民文學	知名作家、文學批評家	中青年爲主（35歲以上）	文化事業單位編制	隊伍穩定	留言（介紹作品、刊物活動、處理讀者意見）	3個月	信件爲主	好的內容與藝術特色	不回覆
佛山文藝	出版人、職業編輯	青年爲主（30歲以下）	招聘制	流動性強	星夢園、華先生有約、癡人知語（交流互動）	半個月	電子郵件、QQ	鮮活、生動	回覆

（以上資料來源於對《人民文學》、《佛山文藝》的閱讀及對相關人士的訪談、對《佛山文藝》編輯部的實地考察）

　　《佛山文藝》「自下而上」的生產機制爲無名者的寫作提供了可能。大量無名者寫作的出現打破了知識份子寫作的一體化格局。我們從《佛山文藝》上看到的，是新鮮的生活經驗，面向現實的精神，那些隱忍的、無名的眾生，在這裡發出自己的聲音。

三、「自下而上」與「自上而下」的對接

　　《佛山文藝》倡導底層打工者的自我書寫，但這並不等於否認知識份子「農民工」話語的合法性。在推動打工文學的同時，也在推動知識份子寫作的民間化，將知識份子作家的視域向下拉動。同時，與主流文學期刊合作，假純文學名刊之力，擴大影響，實現「自下而上」與「自上而下」的對接。

〔註71〕參見編者《留言》，載《人民文學》2001年第2期。

1995 年，《佛山文藝》與《上海文學》聯合舉辦「新市民小說聯展」，關注市場經濟條件下的社會變化，以及在社會結構及運行機制變化中，形成新的生存狀態與價值觀念的社會群體——新興的市民群體〔註72〕。這在實踐上起到了對知識份子寫作的民間立場的推動作用。

「新市民小說聯展」關注普通人的生存境遇與精神狀態，充滿了調侃、反諷、戲謔，有世俗的享樂與都市的欲望，逃避崇高、轉向世俗是新市民小說的核心，雖然沒有直接將農民工作為敘事對象，但對知識份子寫作立場的轉變有著重要影響。

但農民工終將成為由鄉入城，由舊而新的「新市民」中的一員：他們將接受新的生存方式，具備新的價值觀念。這是一個獨特的群體，《佛山文藝》也致力於將他們引入知識份子寫作之中，成為知識份子作家的敘事對象，突破打工文學的狹小內涵，增加文化內涵，推動美學形式的發展與完善。

1997 年，主編劉寧明確提出《佛山文藝》的名牌戰略，提倡編輯的名刊意識，與《上海文學》、《中國作家》、《大家》等期刊合作，打造全國性的影響〔註73〕。爭取優秀作家的高質量稿件是非常重要的一個方面，同時要體現《佛山文藝》的現實精神與底層關懷的人文精神。

2006 年，《佛山文藝》攜手《人民文學》、《莽原》、新浪網聯合舉辦「新鄉土文學徵文大賽」。既是名牌戰略的體現，也是社會責任的承擔，更是「自下而上」的生產機制與「自上而下」的生產機制的對接。

「新市民小說」、新寫實主義雖然體現反崇高的民間立場，但也表現出對於現實的冷漠與社會責任的逃避。「新鄉土文學」是對鄉土文學的延續，也是對它的變革，它將視角放在城市化進程中的鄉村，反映在城市化、工業化進程中農民的命運。《佛山文藝》現任執行副主編王薇薇女士說：「半個世紀前的鄉土文學創作，從《李有才板話》、《山鄉巨變》到《創業史》，作家們關注的是土地改革、社會制度的轉變和合作化運動；半個世紀後的『新鄉土文學』，它必定也根植於種種社會轉型期發生的鄉村事件。農民的打工潮、進城潮、農村的招商引資、農民工的遷移潮等等，都是值得當今作家們去密切關

〔註72〕 參見《「新市民小說聯展」徵文暨評獎啟事》，載《上海文學》1994 年第 9 期，第 80 頁。

〔註73〕 參見劉寧、譚運長《〈佛山文藝〉的名牌戰略》，載《佛山文藝》1997 年第 1 期（上半月），第 14～15 頁。

注的變化。」〔註74〕可見,「農民工」敘事是新鄉土文學中的一個重要方面,它需要作家的平民立場、底層關懷以及社會擔當意識。

「新鄉土文學徵文比賽」吸引了眾多的作家參加,其中有不少是關注底層、在文壇嶄露頭角的新銳作家,如徐則臣、范穩、陳繼明、曹多勇、李銳、胡學文等。這些作家在《人民文學》上發表過重要作品。青年作家徐則臣是《人民文學》的編輯。

在 2007 年的「新鄉土文學徵文大賽」中,遲子建的《花匠子的春天》反映鄉村倫理、農民命運在新形勢下的變遷,以細膩溫婉的筆觸、悲憫的情懷打動評委與讀者,拔得頭籌。

舉辦新鄉土文學徵文比賽的 2006 年,底層文學已經形成文學熱點,《小說選刊》2006 年第 1 期以手裏捧滿饅頭、臉上綻放樸實笑容的農民工為封面,引起文壇的震動,《人民文學》也在這一年推出系列「農民工」敘事作品。在底層文學熱的背景下,《佛山文藝》與《人民文學》實現了「自下而上」與「自上而下」的對接。這是由於對「農民工」敘事的共同關注而形成的邊緣與中心,非主流與主流的一次互動。

《佛山文藝》倡導的「鮮活的語言」這樣一種導入日常經驗的藝術形式,確立了泛文學、雜文學的美學標準,但其非主流地位使它不斷推動俗文學雅化,融入了純文學的美學元素;《人民文學》則在純文學的美學經驗中,融入泛文學的審美特徵,使雅文學俗化。在此過程中,純文學的審美標準仍然佔據權威性地位,泛文學的審美特徵只是作為一種新質被吸納、消融於其中。所以,底層文學熱形成時,對其美學上的質疑一直都存在。〔註75〕

《佛山文藝》的平民姿態與民間情懷,既鼓勵了打工者的親歷性寫作,也推動了知識份子的「農民工」敘事,作為大眾媒介化的文學期刊,它促進了「農民工」文學敘事特色的形成:

第一、「民間語文」體出現:打工日記、札記、家書這些文體篇幅短小,適合閱讀,也方便展現打工場景、抒發感情;不需要複雜的敘事技巧,截

〔註74〕 王薇薇《讓鄉土之風再次吹起》,載《佛山文藝》2006 年第 8 期（上）,第 74 頁。

〔註75〕 底層文學美學上的缺陷也被批評家所詬病,認為底層文學熱衷於苦難敘事,脫離了具體語境,抽象化、概念化、寓言化、極端化,底層敘述變成了功利敘述。參見邵燕君《「底層」如何文學?》,載《小說選刊》2006 年第 3 期,第 26~27 頁。

取一個生活片斷，就能寫成一篇文章，它們有時並不完整，也不太講究謀篇佈局，但生動鮮活，親切平和，娓娓道來，適合文化水平不高的打工者寫與讀。

第二、口語化敘事：進入 1990 年代以後，文學的個人化、私人化寫作，日益脫離現實生活，先鋒文學遠離賴以產生的時代背景，陷入對形式追逐的敘事迷宮之中，語言晦澀難懂，文學失去了活力。《佛山文藝》提出「鮮活」的特色，就是針對這一文學現象，文學性並不等於讓人看不懂，不等於故作高深。所以《佛山文藝》定位爲「通俗的文學期刊」，針對草根階層。它的眾多欄目：眾生一族、打工 OK、風味街、新民間話本等，都是突出來自民間的鮮活語言，強調口語化敘事。

對於文學創作的口語化趨向，我們並不陌生，胡適曾經倡導：文學創作「不避俗語俗字」〔註 76〕，但語言的淺顯易懂，是爲了對民眾的啓蒙，是知識份子的啓蒙工具；解放區文學，號召學習人民群眾的語言，創建爲人民群眾喜聞樂見的形式，是爲了將知識份子納入民族國家的構建之中。《佛山文藝》倡導的口語敘事，是草根階層的自發的書寫，他們以自己的話語方式進入文學期刊，發表對社會、人生的看法，也可以說，是趨近原生態的語言形式。

第三、敘事風格的雅俗交融：《佛山文藝》定位爲「通俗的文學期刊」，但也從未放棄過對雅文學的倡導，其欄目設置中，名家長廊、趣雅新套餐、品味小築、惜夢軒筆記，都十分強調文學的雅，要求文學精品。圓融、成熟的文學技巧與稚拙、原生態的書寫相交融，高雅的敘事風格與通俗的敘事風格相交融、精美的書面語與生活化的口語相交融。文學的高雅，並非高深，仍然是爲大眾喜聞樂見的形式。

第四、敘事立場的平視：《佛山文藝》就像一個打工大家庭，編者、作者、讀者之間平等交流，對於打工作者而言，更多的是親歷性的敘事，講述來自生活現場的故事，抒發眞摯的感情，但作者很難與自己書寫的對象拉開距離，而是你中有我，我中有你，融爲一體，對所寫對象缺乏必要的思考與審視，也缺少歷史的、社會的全局性視域。知識份子作家的「農民工」敘事，不再是高高在上的啓蒙姿態，敘事立場向底層民間轉換，傾注樸素眞摯

〔註76〕胡適《文學改良芻議》，歐陽哲生編《胡適文集》第 2 卷，北京大學出版社，1998 年，第 14 頁。

的感情。

1990 年代以後，雖然文學主導地位失落，但純文學期刊仍然以知識份子作家寫作爲主，表現出文學的精英化、小眾化特點。《佛山文藝》的市場性、民間性，以及獨特的生產流程，使底層打工者的書寫成爲現實，成爲廣大無名者的寫作實踐之地，農民工文學的書寫者多元化格局形成。打工者書寫的雅化與知識份子寫作的俗化在《佛山文藝》實現了「自下而上」與「自上而下」的對接，形成了一套獨特的美學經驗。但遺憾的是，這套獨特的美學經驗並未以文學命名的形式加以推廣，也沒有得到文學的權威機構的合法性認可。不論是「新市民小說」，還是「打工文學聯展」、「新鄉土文學」，都帶有市場應急的成份，而不是進行美學革命。在目前仍以純文學的美學原則作爲標準的情況下，「寫底層」與「底層寫」無一例外地被斥爲藝術水準低下。而在固有的文學等級秩序下，「寫底層」屬於知識份子作家陣營，還具有一定的美學合法性；「底層寫」連美學合法性地位也不具備，藝術水準被視爲低下的低下。所以，打工文學雖然獲得了「文學」的命名，但它又是文學中的一個另類。倡導打工文學的《佛山文藝》，也被視作文學期刊界的另類。當消費能力強的精英群體被視爲市場的寵兒，消費能力低下的農民工的文學需求卻被漠視。《佛山文藝》針對精英趣味，進入純文學體系，也是必然的了。

第三節　文學評獎與農民工話語的多元化格局

在文學的生產機制中，文學評獎是評價機制，通過權威機構設定特定的評價標準，文學作品得到承認，被公眾熟知，使作家與作品產生價值。「藝術品要作爲有價值的象徵物存在，只有被人熟悉或得到承認，也就是在社會意義上被有審美素養和能力的公眾作爲藝術品加以制度化」〔註 77〕。文學評獎爲作家、作品頒發象徵資本。文學場的自主性是在與市場、國家的疏離過程中形成的，遵循「輸者爲贏」的遊戲規則。越是保持藝術性，可能就越偏離大眾口味，就越沒有經濟效應。但這恰好成爲象徵資本的積累過程〔註 78〕。在文學自主性原則下，文學評獎就是對象徵資本的認可。市場經濟時代，經

〔註77〕〔法〕皮埃爾·布迪厄《藝術的法則：文學場的生成和結構》，劉暉譯，中央編譯出版社，2001 年，第 276 頁。
〔註78〕參見〔法〕皮埃爾·布迪厄《藝術的法則：文學場的生成和結構》，劉暉譯，中央編譯出版社，2001 年，第 98～102 頁。

濟因素滲透到文學場的自主性原則中，作家的創作，出版機構的生產都傾向於迎合大眾口味，目標直指商業利潤。出版商感興趣的「不是收益持久可靠但並不高的『耐久的』成功，而是在幾個星期內收益可以很高但很快就降下來的『突擊性的』成功」〔註79〕。文學評獎確立了作家的聲望與作品的神聖，在市場原則的支配下，擴大了作家的社會影響，不但賦予作家象徵資本，也賦予作家經濟資本，文學評獎對公眾接受作品以及發行量的上升，無疑具有刺激作用。

近年來，在中國作協設置的文學獎項或其他性質的文學獎項中，「農民工」敘事作品頻頻出現，標誌著各類文學獎項對現實主義作品的倚重，而「農民工」敘事作品，以其社會責任感、歷史厚重感以及現實主義的美學特徵，在當代文壇佔有一席之地。各類文學獎項對「農民工」敘事作品的認可，在一定程度上推動了這一文學類型的發展，也確立了一批新銳作家在文壇上的地位。他們具有一定的專業知識背景，但進入文學場的時間晚於經典作家，文學地位與影響力亦不及經典作家。他們成為「農民工」等底層題材的創作主力，被稱為「底層作家」。另有一些先鋒作家、女性主義文學的代表作家也涉足農民工題材並獲獎。打工作家在各類文學獎項中較少出現，但2004年國家專門針對進城務工青年的創作設置鯤鵬文學獎，對打工文學產生了很大的推動作用。2007年5月打工作家鄭小瓊獲得「人民文學獎」，成為打工文學被主流文學承認的標誌〔註80〕。打工文學的獲獎，打破了精英知識份子作家把持文學獎的單一局面，使打工文學在當代文壇的地位逐漸得以確立，也推動了農民工文學書寫者的多元化格局的形成。

1990年代以來，文學評獎呈現多元化形態，出現了政府、中國作協、小說學會、文學期刊、大眾媒體等機構設置的多種文學獎項。近年來，「農民工」敘事作品頻頻問鼎各類文學獎項，不但反映了「農民工」文學創作勢頭的旺盛，也反映出官方、專家、市場、讀者對農民工文學的共同關注與推動。這些獎項分別代表權力場的邏輯、文學場自身的邏輯與市場邏輯，可見，不論是從政治的角度，還是美學的角度，市場的角度，農民工文學〔註81〕都得到

〔註79〕〔法〕羅貝爾・埃斯卡皮《文學社會學》，於沛選編，浙江人民出版社，1987年，第144頁。
〔註80〕參見陳競《打工文學：疼痛與夢想》，載《文學報》2007年6月28日，第1版。
〔註81〕此處主要指精英作家創作的農民工文學。

了認可。就評獎情況來看，精英作家的獲獎份量、數量、頻率遠遠高於打工作家，精英作家的農民工文學作品，獲得了官方獎、專家獎、市場獎，被賦予象徵資本與經濟資本。打工作家主要獲得的是官方獎〔註82〕，被頒發的是政治資本。打工作家難以獲得代表藝術權威的主流文學獎與代表市場邏輯的傳媒獎，證明象徵資本與經濟資本嚴重不足，徘徊於主流文學之外，不但沒有獲得美學合法性地位，市場的認可程度也十分有限。

一、從官方到市場：各類文學獎項對農民工文學的關注

在國內較有影響的文學獎項中，魯迅文學獎、中國小說排行榜、華語文學傳媒獎都表現出對農民工文學的關注。

魯迅文學獎為中國作協的四大重要獎項之一，與茅盾文學獎一樣，是代表我國最高榮譽的文學大獎。它堅持政治性與藝術性的雙重標準，一方面代表官方的認可，另一方面嚴格地把握文學的審美原則，代表主流文壇的認可。因此它頒發的是文學的象徵資本，頒發對作家的「認可權」，但這一象徵資本帶有政策導向性。由中國小說學會主辦的中國小說排行榜是民間文學獎，評委長期從事小說研究及創作，他們擁有著雄厚的文化資本。他們力圖減弱權力場與經濟場的影響，突出其專業性、民間性，實現文學場的自主性。在此過程中，他們以知識權威向他人施加影響。「它是中國小說學會以排行榜的方式建立起的一種對當前小說創作的民間學術團體的學術評估體系。」〔註83〕它頒發的也是象徵資本。但由於大眾傳媒對中國小說排行榜的高度關注，以至於這樣一個屬於文人圈子的專業獎與社會場域聯繫起來，因而具有市場導向性。由大眾傳媒《南方都市報》主辦的華語文學傳媒獎是與市場接軌的文學獎，它頒發高額獎金，首屆「華語文學傳媒大獎」頒發了總額 15 萬元的獎金，2004 年獎金總額提升至 20 萬，為當時中國年度獎金最高的文學大獎〔註84〕，它頒發的是經濟資本。

在魯迅文學獎中，鬼子的表現進城打工者生活的《被雨淋濕的河》獲得第二屆魯迅文學獎（1997～2000），孫惠芬的寫農民工家屬的《歇馬山莊的兩個女人》獲得第三屆魯迅文學獎（2001～2003），遲子建《世界上所有的夜晚》

〔註82〕鯤鵬文學獎由共青團中央主辦，體現的是政治權威性。
〔註83〕盧翎《「重構」中的文學版圖》，載《小說評論》2006 年第 1 期，第 47 頁。
〔註84〕參見黃兆暉《第二屆華語文學傳媒大獎啓動》，載《新京報》2004 年 1 月 7 日，第 T00 版。

獲第四屆魯迅文學獎（2004～2006）〔註85〕。「農民工」敘事作品頻頻獲得魯迅文學獎，一是由於社會現實原因：改革開放以來，中國現代化進程加快，農民生活發生巨變，農民工成為鄉村向城市遷移的特殊群體，不但給都市生活注入新鮮血液，也給封閉寧靜的鄉村生活帶來衝擊。作家或將他們放在城市背景下，或將他們放在鄉村背景下進行審視，反映了中國在轉型時期的社會現實及農民工的精神狀態。二是魯迅文學獎的評獎指導思想與評獎標準，也是強調政治性與藝術性的結合，堅持文藝的「二為」方針，貫徹雙百方針，要求弘揚主旋律，反映現實生活，決定了對現實生活題材的作品的倚重，再加上中國作協本身就是傳達國家文藝政策的中介機構，國家文藝政策指向基層，指向農民工〔註86〕，也會部分地在作協的文學獎中得到反映。各屆魯迅文學獎農民工題材小說所佔的比例見下表〔註87〕：

各屆魯迅文學獎農民工題材小說所佔的比例表

	第一屆	第二屆	第三屆	第四屆
時間	1995～1996	1997～2000	2001～2003	2004～2006
農民工題材作品篇數	0	1	1	3
類型		中篇小說	中篇小說	中短篇小說
篇目		被雨淋濕的河	歇馬山莊的兩個女人	1. 世界上所有的夜晚 2. 明惠的聖誕 3. 城鄉簡史

〔註85〕 參見《第一屆至第四屆魯迅文學獎各單項獎獲獎作品名單》，中國作家網，http://www.chinawriter.com.cn/zgzx/zxzyjx/lxwxj/lxgjjx/190_28.htm。

〔註86〕 2004 年 12 月，文化部下發了《關於高度重視農民工文化生活，切實保障農民工文化權益的通知》，是為專門針對農民工文化生活的政策。提出各級文化行政部門必須高度重視農民工文化建設，「把活躍和繁榮農民工的文化生活納入小康文化建設的總體目標，納入政府文化部門服務和管理的基本範疇」，要結合農民工的文化生活需求特點與消費習慣「積極探索適合於農民工文化生活的藝術形式」。在文藝創作方面，提出文藝工作者深入農民工生活，創作反映農民工生活，為農民工喜聞樂見的作品；同時鼓勵農民工創作，以及自編自導、自娛自樂的節目。對文藝生產單位也提出要求，要生產適合農民工的節目。參見本書第二章第一節注釋。

〔註87〕 資料來源於《第一屆至第四屆魯迅文學獎各單項獎獲獎作品名單》，中國作家網，http://www.chinawriter.com.cn/zgzx/zxzyjx/lxwxj/lxgjjx/190_28.htm。

獲獎小說 篇目總數	中篇 10 短篇 6	中篇 5 短篇 5	中篇 4 短篇 4	中篇 5 短篇 5
所佔比例	0	1／10	1／8	3／10

（由於魯迅文學獎的獎項涉及範圍寬泛，此處僅指小說的比例）

第二、三、四屆魯迅文學獎，在有限的獲獎中篇小說中，農民工題材小說都佔了一席之地。並在第四屆總數達到最多，獲獎小說中，兩個短篇、一個中篇爲農民工題材。這些獲獎小說，既展示了農民工的生存現狀、勾勒了他們的歷史命運，也具有自身獨特的文化內涵與美學特性。鬼子的小說不是現實主義就能夠完全涵蓋的，他特有的「鬼氣森森」的敘事方式及敘事語言，表現出他獨特的藝術追求。孫惠芬的小說既有對變動中的鄉村世界的整體把握，也有對人物心理的精細描摹；孫惠芬對於《歇馬山莊的兩個女人》的獲獎感言：「我認爲最重要的是寫了她們在日常生活中內心的鬥爭。日常對女人很重要，因爲她們的世界相對男人來說要更小。一個鄉村女人的日常生活是是緩慢的，悠長的，在時光流逝中她們內心的鬥爭變得很重要。……她們的內心是波瀾壯闊的，這種內心的波瀾也許比任何故事都要精彩。」〔註88〕遲子建的《世界上所有的夜晚》則以哀婉與溫情雜糅的美學內涵取勝。

《世界上所有的夜晚》雖然是遲子建第三次摘得魯迅文學獎桂冠，但還是第一次獲得中篇小說獎〔註89〕。

魯迅文學獎的獎金並不高，第二屆魯迅文學獎的獎金爲 2000 元，第三屆爲 1 萬元。但作家注重的是文學獎的文化含量而不是獎金數額〔註90〕。作爲中國文學最高獎項之一，它是對作家的權威性認可。魯迅文學獎爲「寫底層」的新銳作家頒發了象徵資本，他們因此在主流文壇佔據一席之地。不可否認的是，在大眾傳媒主導下的眼球經濟時代，文學也不一定遵循「輸者爲贏」的遊戲規則，獲獎作品能夠很快獲得出版以及影視改編帶來的商業利潤。

「農民工」敘事作品也頻頻登上中國小說排行榜。

〔註88〕何文琦《孫惠芬：寫作不是獲獎，是生命》，載《深圳商報》2005 年 6 月 29 日，第 C3 版。

〔註89〕遲子建憑藉短篇小說《霧月牛欄》、《清水洗塵》連續獲得第一屆、第二屆魯迅文學獎。參見《第一屆至第四屆魯迅文學獎各單項獎獲獎作品名單》，中國作家網，http://www.chinawriter.com.cn/zgzx/zxzyjx/lxwxj/lxgjjx/190_28.htm。

〔註90〕參見石寒《魯迅文學獎爲何無人喝彩》，載《文化報》2005 年 2 月 24 日，第 5 版。

中國小說排行榜是中國小說學會主辦的。中國小說學會是中國目前唯一的小說研究專業性民間學術團體，主要進行中國當代小說創作的研究，該學會的主要成員為從事小說研究或創作的專家、知名作家，中國小說排行榜的評選活動由中國小說學會會長馮驥才任評委會主任，雷達，陳駿濤、湯吉夫任副主任。評委會成員以老、中、青不同年齡結構的專家組成，教授、評論家與作家相結合，高校、研究所和作家協會三方面成員相結合。這些評委長期從事小說研究及創作，在小說領域享有很高的聲望，藝術本體、歷史深度、人性內涵一直是其執守的評獎標準〔註91〕。在評選中，堅持藝術性、學術性、專業性、民間性的原則與立場，不考慮作家名氣，不考慮作品的銷售情況，不考慮作者年齡、性別、來源地，甚至作品題材、商業效益都不在考慮之列〔註92〕。貼近現實的作品是中國小說排行榜所倡導的。據統計，從2000年至2004年，上榜作品共計124篇，現實題材的70篇（部），占56.5%的比例。124篇上榜作品中，鄉村題材占63篇（部），占50.8%的比例〔註93〕。其中，反映農民工生活的占一定數量，其中包括：孫惠芬《歇馬山莊的兩個女人》（2002）；林白《萬物花開》（長篇）、陳應松《望梁山》（2003）；陳應松《馬嘶嶺血案》，孫惠芬《一樹槐香》（2004）；陳應松《太平狗》、遲子建《世界上所有的夜晚》、羅偉章《我們的路》、荊永鳴《大聲呼吸》（2005）；喬葉《鏽鋤頭》（2006）。

近年來中國小說排行榜的農民工題材中篇小說的統計表（2002～2007年）

年　度	2002年	2003年	2004年	2005年	2006年	2007年
篇　目	1. 瓦城上空的麥田 2. 歇馬山莊的兩個女人	望糧山	1. 一樹槐香 2. 馬嘶嶺血案	1. 太平狗 2. 世界上所有的夜晚 3. 我們的路 4. 大聲呼吸	鏽鋤頭	0
比例（在中篇小說中）	2／10	1／10	2／10	4／10	1／10	0

（根據「中國小說排行榜」獲獎名單統計）

〔註91〕參見盧翎《緊密聯繫創作實際　跟蹤研究創作現狀》，載《文藝報》2005年10月20日，第6版。
〔註92〕參見馮驥才《學者視野中的年度小說》，載《文學報》2001年7月5日，第2版。
〔註93〕參見盧翎《「重構」中的文學版圖》，載《小說評論》2006年第1期，第50頁。

　　從上榜情況來看，農民工文學在 2005 年最爲集中。近年來農民工題材小說頻頻上榜，意味著其文學價值從專業性的角度被肯定。中國小說排行榜由於其專家陣容，以及評獎的專業性，決定了它頒發的是象徵資本，但也存在引導讀者消費的目的，中國小說學會會長馮驥才也承認中國小說排行榜是對商家排行榜的借用，推薦眞正的好作品，引導讀者的閱讀〔註 94〕。所以象徵資本中也參雜著經濟資本。中國小說排行榜對現實題材的倚重，也在一定程度上體現出對消費者口味的迎合。

　　華語文學傳媒大獎是由媒體主辦的文學獎項，2003 年 3 月 3 日《南方都市報》正式設立「華語文學傳媒大獎」，首屆「華語文學傳媒大獎」頒發了總額 15 萬元的獎金，其中獲年度傑出成就獎的個人獲 10 萬元大獎，是當時中國獎金額度最高的文學大獎，第二屆華語文學傳媒大獎將獎金總額度提高到 20 萬元〔註 95〕，它爲作家頒發的主要是經濟資本。強調「民間立場，專業眼光」，評委由文學傳媒的負責人擔任。這一與市場接軌的文學獎項也表現出對農民工文學的關注，集中體現在：其一，女性寫作的代表林白反映農民及打工者生活的《婦女閒聊錄》獲取第三屆華語文學傳媒年度小說獎〔註 96〕。其二，第五屆推薦評委增加了《文藝爭鳴》主編張未民與《佛山文藝》主編文能〔註 97〕。張未民對「底層寫作」頗有研究，《文藝爭鳴》曾開闢專欄討論底層文學、打工文學。《佛山文藝》本爲地市級文學期刊，憑藉「打工文學」而知名。其三，第六屆華語文學傳媒獎，劉震雲憑反映農民工在京經歷的《我叫劉躍進》入圍年度傑出作家獎，這部小說被認爲關注底層人困境，淋漓盡致地展示了小人物的悲喜劇〔註 98〕；鄭小瓊憑其打工詩人的銳利、對底層生活的眞切體驗獲得最具潛力新人獎的提名，這是鄭小瓊繼 2005 年獲得提名之後的第二次提名〔註 99〕。華語文學傳媒大獎的目的就是將高雅文學拉向公

〔註 94〕參見馮驥才《學者視野中的年度小說》，載《文學報》2001 年 7 月 5 日，第 2 版。

〔註 95〕參見黃兆暉《第二屆華語文學傳媒大獎啓動》，載《新京報》2004 年 1 月 7 日，第 T00 版。

〔註 96〕參見《第三屆「華語文學傳媒大獎」揭曉》，http://www.southcn.com/nfsq/ywhc/ds/200504110548.htm。

〔註 97〕參見田志凌《第五屆「華語文學傳媒大獎」啓動》，http://blog.sina.com.cn/s/blog_59380f50010007xe.html。

〔註 98〕參見田志凌《「年度傑出作家」提名》，載《南方都市報》2008 年 3 月 16 日，第 GB18 版。

〔註 99〕參見黃長怡、鄭如煜《「年度最具潛力新人」提名》，載《南方都市報》2008

眾，體現大眾傳媒的公共精神，滿足民眾的文學渴求〔註100〕。

值得一提的是，全國唯一一個由讀者投票評選的獎項——《小說月報》百花獎，「農民工」敘事作品也榜上有名，遲子建的中篇小說《踏著月光的行板》與短篇小說《採漿果的人》同時獲得第十一屆《小說月報》百花獎，李肇正反映進城打工妹生活的小說《傻女香香》獲得第十一屆《小說月報》百花獎〔註101〕。《世界上所有的夜晚》以得票數最高獲得了第十二屆《小說月報》百花獎的中篇小說獎，這一屆還有數篇農民工題材的小說獲獎，包括：劉慶邦《臥底》，陳應松《太平狗》，孫惠芬《天河洗浴》〔註102〕。

從「農民工」敘事作品的獲獎情況來看，表現出一定程度的重合，《歇馬山莊的兩個女人》、《世界上所有的夜晚》既獲得魯迅文學獎，也上了中國小說排行榜，還獲得《小說月報》百花獎；《馬嘶嶺血案》獲得了「人民文學獎」，又上了中國小說排行榜。

代表性的農民工文學作品的獲獎情況表

作　者	篇　名	所　獲　獎　項
孫惠芬	歇馬山莊的兩個女人	第三屆魯迅文學獎、2002 年中國小說排行榜
陳應松	馬嘶嶺血案	2004 年中國小說排行榜、2004 年人民文學獎
陳應松	太平狗	2005 年中國小說排行榜、《小說月報》第 12 屆百花獎
遲子建	世界上所有的夜晚	第四屆魯迅文學獎、2005 年中國小說排行榜、《小說月報》第 12 屆百花獎
喬　葉	鏽鋤頭	2006 年中國小說排行榜、2007 年人民文學・新浪潮獎

（以上結果根據 2002～2007 年魯迅文學獎獲獎名單、中國小說排行榜獲獎名單、人民文學獎及《小說月報》百花獎獲獎名單統計）

另外，存在同一個作家連續獲獎的情況。陳應松 2003～2005 年，連續 3 年上了中國小說排行榜，林白的兩部象徵著風格轉變的小說《萬物花開》與

年 3 月 16 日，第 GB23 版。

〔註100〕參見李文凱《華語文學傳媒大獎：為公共精神加冕》，載《新京報》2004 年 4 月 18 日。

〔註101〕參見周潤健《〈小說月報〉第十一屆百花獎在津揭曉》，載《中華新聞報》2005 年 9 月 21 日，第 B02 版。

〔註102〕參見曾祥書《〈小說月報〉第 12 屆百花獎揭曉》，載《文藝報》2007 年 5 月 29 日，第 1 版。

《婦女閒聊錄》分獲 2003 年度中國小說排行榜與 2004 年度華語文學傳媒獎。荊永鳴 2003 年以《北京候鳥》獲人民文學獎〔註 103〕，2005 年以《大聲呼吸》登上中國小說排行榜。遲子建憑藉短篇小說《霧月牛欄》、《清水洗塵》、中篇小說《世界上所有的夜晚》連續獲得第一屆、第二屆、第四屆魯迅文學獎，短篇小說《踏著月光的行板》、《採漿果的人》同時獲得第十一屆《小說月報》百花獎，《世界上所有的夜晚》獲得第十二屆《小說月報》百花獎。

從以上獲獎情況來看，官方獎、專業獎、市場獎，頒發的都不再是單一的政治資本、象徵資本或經濟資本，它們表現出相互參雜的特徵，作家被賦予的，是政治資本、象徵資本、經濟資本的復合體。只不過，其中有一個起主導作用的資本，即核心資本，顯示出各類獎項之間的差異。魯迅文學獎與中國小說排行榜以象徵資本為核心資本，華語文學傳媒大獎以經濟資本為核心資本。農民工文學的獲獎，標誌著被賦予了各種類型的資本。

二、文學評獎與「農民工」書寫者多元化格局的形成

從官方性質到專業性質到市場性質的獎項，都表現出對農民工文學的關注，極大地推動了農民工文學的發展，促成了當代文壇上新銳的底層作家的產生。不但文學新人的創作受到肯定，一些已成名作家的轉型也受到肯定，他們作品的現實意義與美學特徵均得到認可。

文學新人荊永鳴因為塑造了一批由鄉下進入北京打工的小人物形象，獲得文壇的承認。他在創作談中說：「北京很大，外地人很多，多到數百萬計。在加速城市化建設的進程中，鄉村人口紛紛湧向都市，這是社會結構變化的標誌，也是歷史進步的必然。新移民在進入都市之後，由於環境的巨大反差而構成的精神世界，應該說，已成為一種新的寫作資源。」〔註 104〕他的《保姆》、《抽筋兒》、《有病》、《北京候鳥》、《白水羊頭葫蘆絲》、《大聲呼吸》等等，描繪了從鄉下來到北京的小人物的生存狀態，伺候癱瘓男人的保姆，終於養活了男人的一隻手，這隻手卻要伸向她的羞處；用菜刀趕跑了撒野的老男人，而從此握菜刀的手老是抽筋兒的賣燒餅的小夥子，被警察查證嚇得尿褲子的餐館小夥計；試圖在北京大幹一番卻遭遇失敗，在城市的雨夜裏找不到棲身之所的來泰；唯恐驚動城裡人，在出租屋裏連大氣都不敢出的餐館小

〔註 103〕參見《茅臺杯〈人民文學〉獎揭曉》，載《人民文學》2003 年第 11 期，第 140 頁。

〔註 104〕荊永鳴《在尷尬中堅守》，載《小說選刊》2003 年第 9 期，第 5 頁。

老闆劉民……，居於城市與鄉村尷尬地位的小人物，其生存狀態及精神世界都是作者關注的對象，而且作者力求故事的「原生」，「用『小人物』的『原生』故事去點亮讀者的目光」〔註105〕。

《小說選刊》副主編馮敏進一步談到荊永鳴小說的意義：

> 上世紀90年代以來的城市化進程造就了一個新的生存群體，
> 即流動於全國各地的成千上萬的打工族，其主體是來自農村的青壯
> 年勞力，也稱「農民工」。這些年來反映這一題材的文學影視作品不
> 少，但能與這一群體息息相關感同身受的作品並不多……好在文壇
> 湧現了一位荊永鳴，他不但豐富了當代小說的寫作資源，拓寬了文
> 學反映社會生活的視野，更以普羅式的道義同情喚醒人們的良知，
> 以更為客觀的態度理性分析和對待這一新的生存群體。這是從認識
> 論和反映論的角度分析作者的文化立場，強調的是文學與生活的關
> 係這一基本問題。〔註106〕

《北京候鳥》獲2003年度「人民文學獎」，其授獎辭為：「荊永鳴的《北京候鳥》具有如同生活本身的質樸和生動」，與熊正良的《我們卑微的靈魂》、池莉的《有了快感你就喊》三篇作品「致力於認識和表現人民生活中的基本經驗，且達到了相對完善的藝術水平」〔註107〕。可見，荊永鳴的獲獎，在於他對鄉村人口的城市生活的發掘，農民工尷尬處境的展示以及歷史命運的揭示。不論是編輯，還是評委，都對他在作品中表現出來的對生活的密切關注進行了肯定。

而作為女性主義文學、私人化寫作的代表人物林白，表現底層生活的《婦女閒聊錄》與《萬物花開》的獲獎，是對她轉型的一個肯定。林白的《婦女閒聊錄》獲得第三屆華語文學傳媒獎被認為是個奇跡。雖然它出自私人化寫作的代表作家林白，但並不是一部私人化寫作的代表作，這部作品，使林白從幽暗私蔽的寫作狀態中走了出來，貼向了大地，貼向了底層的民眾。在2005年7月新浪網讀書頻道與新星出版社舉行的題為「多重視角，縱深對話」，關注中國農村婦女問題暨《婦女閒聊錄》座談會上，評論家們肯定了這部小說

〔註105〕參見荊永鳴《在尷尬中堅守》，載《小說選刊》2003年第9期，第5頁。
〔註106〕馮敏等《烹飪高手荊永鳴》，載《文化藝術報》2005年12月14日，第A2版。
〔註107〕《茅臺杯〈人民文學〉授獎辭》，載《人民文學》2003年第11期，第141頁。

的現實意義，認爲它呈現了流動的中國社會農村的歷史〔註 108〕，充分尊重了大地上的言說者〔註 109〕。農民工讀者代表則認爲這部小說的價值在於讓社會各屆瞭解到農民工群體眞實的生存狀況〔註 110〕。從個人私密空間走向農民，土地上的農民、進城打工的農民，這種意義對林白是革命性的。

《婦女閒聊錄》的藝術性並沒有被評論家完全肯定，它零碎的、追求現實感的口語式的敘述方式缺少藝術的提煉與必要的雕琢，是一種文學的仿眞術〔註 111〕。那麼，在藝術技法上並沒有可圈可點之處的作品何以得獎？還是只有從題材的現實轉型對於個人化寫作的領軍人物的重要意義上來看。也可以看出不論是官方獎，還是專家獎、市場獎，對現實主義題材的重視與肯定。文學從高蹈於生活之上的藝術形式的先鋒探索下降到與生活的血肉相融，直至「原生態」的追求。有趣的是，曾經在藝術形式上進行先鋒探索的作家，又將藝術下降到生活視爲另一種先鋒探索，並因此獲獎。不論是藝術形式的先鋒轉型還是內容上的現實轉型，都進行得如此純粹而絕決，這也造成了作家創作的另一種封閉性。曾經祭起個人化寫作的文學旗幟是對宏大敘事的消解，而具有反叛性的意義。現實轉型也可視爲對極端個人化寫作的反撥，但反叛得如此徹底，可能存在的異質性因素被清除，藝術的追求也很可能滑入工具論的軌道。

第三屆華語文學傳媒大獎，林白的授獎辭爲：

> 林白是當代中國女性經驗最重要的書寫者之一。她的小說獨異而熱情，她的語言自由而妖嬈。她多年來的寫作實踐，一直在爲隱秘的經驗正名，並爲個人生活史在寫作中的合法地位提供新的文學證據。她對自己所創造的盛大而豐盈的內心景觀，深懷變革和擴展的願望，她近年的寫作也因接續上了一種樸素、複雜的現實情懷，得以進入一個更爲廣大的人心世界。她在 2004 年度發表的《婦女閒聊錄》，有意以閒聊和回述的方式，讓小說人物直接說話，把面對邊

〔註 108〕 參見荒林《以一種溫和的方式見證歷史的流動》，http://book.sina.com.cn/author/subject/2005-07-21/2033187134.shtml。

〔註 109〕 參見雷達《林白的作品打通了一堵牆》，http://book.sina.com.cn/author/subject/2005-07-21/2033187135.shtml。

〔註 110〕 參見《關注中國農村婦女 暨《婦女閒聊錄》座談會實錄》，http://book.sina.com.cn/author/subject/2005-07-21/2033187133.shtml。

〔註 111〕 參見孟繁華《文學仿眞術》，載《文藝報》2005 年 3 月 8 日，第 3 版。

闊大地上的種種生命情狀作爲新的敘事倫理，把耐心傾聽、敬畏生
活作爲基本的寫作精神，從而使中國最爲普通的鄉村生活開始發出
自己的聲音，並被這些眞實的聲音所重新塑造。〔註112〕

作爲女性主義文學的代表，林白一直以來憑藉個人化私密經驗在文壇上獨領
風騷，《婦女閒聊錄》卻表達了現實情懷。授獎辭對她的個人化寫作的成就進
行了肯定，對她在藝術形式上的探索給予讚賞，但其獲獎理由卻與個人化寫
作無關。作品中表現出來的現實情懷，描述的當代社會中的鄉村生活，才是
獲獎理由。《婦女閒聊錄》藝術形式上的直白粗糙被視爲一種先鋒試驗而獲得
象徵資本與經濟資本，藝術形式上同樣粗疏的打工文學卻不能得到認同。打
工文學的美學合法地位並沒有得到掌握文學評價標準的權威機構認可。

　　而遲子建的獲獎，更多的是從美學上被肯定。《世界上所有的夜晚》詩性
的敘述語言，悲涼的心緒，溫暖的希望等都受到了肯定。尤其是超越了苦難
帶給人安慰與光明，更是受到高度評價。

　　小說通過還未從喪夫之痛中走出的「我」的旅行，描繪了烏塘鎮與三山
湖兩地底層人物的生活。烏塘是一個偏遠的鄉鎮，那裡有遭遇不幸的各種小
人物：遭遇礦難的礦工，死於庸醫之手的小食攤主，前來「嫁死的」農村姑
娘；還有三山湖給南方老闆放禮花被炸掉一隻胳膊的雲領爸。小說通過「我」
的視線把各種人與事聯繫在一起，除了挖掘人性，也暴露了社會問題。沒有
主要的情節與人物，顯得有些凌亂。評委胡平認爲：「這篇小說至少值得讀三
遍，看到結尾才能發現作家是在用小說的結構敘事，雖然表面上看像散文。
它妙就妙在作家不受小說傳統的局限，眞摯有深度。」〔註113〕第四屆魯迅文
學獎的授獎辭爲：「《世界上所有的夜晚》踏出了一行新的腳印：在盈滿淚水
但又不失冷靜，處處懸疑卻又率性自然的文字間，超越了表象的痛苦，進入
了大悲憫的境界。」〔註114〕

　　可以看出，授獎給《世界上所有的夜晚》，是從藝術手法上對農民工文學
進行肯定。這篇小說，既有個人的悲涼心緒，又有底層生存的展示，還有對

〔註112〕《第一至第四屆「華語文學傳媒大獎」授獎辭》，http://blog.sina.com.cn/s/blog_
　　　　59380f50010007xi.html。
〔註113〕《遲子建以〈世界上所有的夜晚〉三捧魯迅文學獎》，http://www.chinanews.
　　　　com.cn/cul/news/2007/10-26/1060179.shtml。
〔註114〕《世界上所有的夜晚·第四屆魯迅文學獎獲獎中篇授獎辭》，載《北京文學》
　　　　（中篇小說月報）2007年第12期，第68頁。

溫情與詩意的追求，將苦難、悲涼、溫情奇妙地雜糅在一起，體現出一以貫之的遲子建風格。李建軍在對獲獎小說進行評論時，認爲「優雅的浪漫」賦予了遲子建小說感人的力量，豐富的詩意使《世界上所有的夜晚》成爲一曲莊嚴的安魂曲。而優雅的浪漫與豐富的詩意均已成爲我們的文學敘事中久已匱乏的品質。李建軍還在文章的末尾列出「好小說」的七大標準，第五條便是：「好小說是在『世界上所有的夜晚』尋找光明、給人安慰的小說」〔註115〕。2005 年的底層文學熱以來，苦難敘事頻頻出現，遭到一些批評家的質疑。遲子建以充滿溫情與詩情畫意的敘事方式來直面底層的苦難生存，超越那種表象的痛苦，進入大悲憫的境界，給人心靈的撫慰與光明美好的嚮往，更符合積極向上的時代精神。爲了證明其藝術的合法性，評委、評論家並不吝惜讚美之詞，不夠緊湊的情節、缺少節制的感情都被忽略。一方面是爲農民工文學尋找藝術合法性，另一方面，也是對苦難敘事加以反撥。

所以，她的第三次獲得魯迅文學獎，是具有獨特意義的。

農民工文學作品的獲獎具有如下意義：

第一、從題材上爲「農民工」書寫者的多元化格局的形成提供了道德支持：農民工文學反映了農民工在中國社會轉型期的現實境遇：城鄉文化衝突，階級主體地位失落，經濟的貧困。不論是官方性的文學獎項，還是專業性的，或市場性的文學獎項，都體現出對這一現實題材的重視。一方面，是因爲這些作品本身產生了較大的社會影響力，另一方面，也體現出在文學與生活的關係上，肯定文學作品對社會現實生活的反映，再一次回到「寫什麼」的問題。爲書寫現實，反映弱勢群體的文學確立了道德合法性地位。對作家「下生活」具有激勵作用，鼓勵作家體驗底層民眾的生活，創作反映底層民眾生活的作品。「底層寫」也具有了天然的道德合法性，獲得進入文學場的許可證，有利於打破精英作家一體化寫作的格局。

第二、爲「農民工」書寫者多元化格局的形成提供了藝術上的準備：從農民工文學作品的獲獎可以看出，現實主義創作技法及其創新在文學獎中得到肯定。曾經，官方獎因堅守傳統現實主義創作技法，對先鋒文學、現代派技法的忽略而遭到詬病，例如，一些批評家詬病茅盾文學獎中現實主義審美原則依然占壟斷地位，大量的優秀現代派作品失去證明自身藝術價值的機會

〔註115〕李建軍《什麼樣的小說才是好小說》，載《北京文學》（中篇小說月報）2007 年第 12 期，第 117 頁。

〔註116〕。近年來，現實主義作品在各類文學獎中獨佔鰲頭，連過去進行先鋒探索的作家也憑藉現實主義獲獎。在「怎麼寫」的問題上，文學評獎也為現實主義確立了合法性地位。一些評論家認為，包括「農民工」敘事在內的底層文學蘊含著一種新的美學原則，在形式上以現實主義為主，同時進行藝術上的創新及探索〔註117〕。這種認識在文學評獎上得到了比較充分的體現。相對於現代派的藝術技法來說，現實主義更容易被理解，被掌握，不需要創作者接受專業的、系統的文學訓練，也不會成為受過學院系統教育的精英作家的專利，為打破精英知識份子一體化寫作提供了藝術形式上的可能。

第三、對一批新銳作家的推動，有利於形成創作的多元化局面：各類文學獎項都十分注重對新人的推舉。同樣是「農民工」題材的小說，賈平凹的《高興》卻無緣2007年中國小說排行榜，理由是作為已有成就的專業作家，賈平凹並未突破自身〔註118〕。文學獎不計作家名氣、年齡，資歷，對文學新人敞開大門，推出了一批新銳作家，他們關注底層，勇於在藝術形式上進行創新，有利於「農民工」書寫格局多元化的形成。

三、鯤鵬文學獎：權力場的邏輯

不論是官方的，還是專業的，或是以商業利益為主的文學獎，都難覓打工作家的影蹤。當精英作家憑藉農民工題材的作品被各類文學獎賦予政治資本、象徵資本與經濟資本，在生存中寫作的打工作家卻與此無緣。在現存的文學格局下，打工作家並沒有被主流文學接納，他們是主流文學秩序之外的「異類」。由團中央設立的鯤鵬文學獎，從元權力一方扶持打工文學，賦予打工作家政治資本，擴大了打工文學的社會影響力，使打工作家與精英作家的對話成為可能，推動「農民工」書寫多元化格局的形成。但政治場的干預，也容易使打工文學失去其獨立性。由於缺乏美學合法地位的認可，打工作家必然向精英文學靠攏，因而逐漸被分解，一部分進入主流文學秩序，一部分認為難以在文學上取得成就，棄文轉行。「農民工」書寫可能由多元化再

〔註116〕參見洪治綱《無邊的質疑——關於歷屆「茅盾文學獎」的二十二個設問和一個設想》，載《當代作家評論》1999年第5期，第107～123頁。

〔註117〕參見劉繼明、李雲雷《底層文學，或一種新的美學原則》，載《上海文學》2008年第2期，第74～81頁。

〔註118〕參見《賈平凹無緣07年度中國小說排行榜，〈高興〉未能超越》，http://cul.cnwest.com/content/2008-04/01/content_1196584.htm。

次一元化。

2007 年 5 月，打工作家鄭小瓊的散文《鐵‧塑料廠》獲得「人民文學‧新浪潮」獎，是打工文學的一個標誌性事件，它意味著打工文學被主流文學的正式承認〔註119〕。這也是打工文學首次獲得全國性的主流文學獎項。鄭小瓊的授獎辭爲：「正面進入打工和生活現場，眞實地再現了一個敏感的打工者身置現代工業操作車間中，細膩幽微的生命體驗和感悟，比較成功地揭示了鐵和塑料的現實與隱喻，爲我們對現代工業制度進行反思提供了個人的例證。」〔註120〕

鄭小瓊的獲獎不但被賦予象徵資本，而且隨著傳媒的介入，社會名聲迅速擴大，象徵資本很容易轉化成經濟資本。打工作家出現明星化傾向，並不利於對其創作的引導，反而可能導致象徵資本的喪失。

打工文學不論是在獲獎數量，還是獲獎頻率，獲獎級別，都無法和主流精英文學相比。打工作家獲獎少，與打工文學的特點有關係。對於遵循傳統現實主義的官方獎或官方專業獎來說，打工文學多記錄生活第一現場的感受，新鮮、鮮活、原生態，但同時它的「現時性」、片斷性，使它很難具備官方文學獎所要求的恢宏的史詩氣概，以及總攬全局的歷史縱深感。另一方面，文學專業培訓的缺少與文學素養積澱的欠缺，使它在藝術手法上也缺少創新，與鼓勵創造的民間文學獎項也很難結緣。總之，文學評獎既定的藝術原則難以將打工文學納入其中。

打工文學存在創作活躍，但獲獎不多，影響力不夠的情況。2004 年鯤鵬文學獎的設置使這種局面得到改觀。

鯤鵬文學獎是由團中央與全國青聯主辦，專門針對進城務工青年設置的文學獎項。也是我國首次針對進城務工青年群體設置的文學獎項。其評獎目的就是爲了「活躍打工文化、發掘文學新人，詮釋奮鬥歷程、體現人文關懷，向社會推薦一批思想性、文學性、現實性相結合的優秀務工文學作品，展示進城務工青年勤勞樸實、誠實勞動、奮發有爲的群體形象，喚起全社會對進城務工青年的理解與關懷。」〔註121〕

〔註119〕參見陳競《打工文學：疼痛與夢想》，載《文學報》2007 年 6 月 28 日，第 1 版。

〔註120〕《利群（陽光文化傳播）人民文學獎授獎辭》，載《人民文學》2007 年第 6 期，第 142 頁。

〔註121〕《我國首個面向打工青年開設的鯤鵬文學獎評選工作日前啓動》，http://cyc7.

　　獎項的名稱選擇「鯤鵬」，寓意爲進城務工青年遠離土地，卻能奮發向上，展翅高飛，該文學獎項的勵志之意以及取得社會效益的意圖十分明顯。主辦單位對獎項名稱作了比較清楚的闡釋：「進城務工青年鯤鵬文學獎評選活動，簡稱鯤鵬文學獎，寓意著當代進城務工青年通過奮鬥去實現人生理想，通過拼搏去改變人生軌迹，通過錘鍊提高自身素質。」評獎的指導思想爲：堅持「三貼近」原則，發展健康有益，充滿活力的進城務工青年文化〔註 122〕。

　　團中央設置這一文學獎項，不僅是要通過文學塑造積極向上的進城務工青年的形象，發掘文學新人，加強進城務工青年文化建設，更重要的是，引起全社會對這一群體的關注，優化進城務工青年創業成才的社會環境，最終達到建設和諧社會的目的〔註 123〕。

　　團中央權益部負責人進一步闡明了評獎活動的目標：「我們的目標不單單是評文學獎，而是想透過這些文章，瞭解打工青年在現實生活中的需求，以便確定下一步的工作目標和制定措施，從而有針對性地服務進城務工青年。」〔註 124〕在首屆鯤鵬文學獎的頒獎活動中，評獎目的進一步被闡釋爲：「活躍打工文化、發掘文學新人、詮釋奮鬥歷程、體現人文關懷，展示進城務工青年勤勞樸實、誠實勞動、奮發有爲的群體形象，喚起全社會對進城務工青年的理解與關懷。」〔註 125〕可見，評文學獎並不是最終目的。

　　於是評獎標準也與其他文學獎項有一定差異，共青團中央，全國青聯頒發的文件《關於開展首屆鯤鵬文學獎評選活動的通知》（中青聯發〔2004〕32）規定評選標準爲：體現思想性，體現文學性，體現現實性，反映進城務工青年現實生活〔註 126〕。評委之一，作家陸天明將「來源於生活的眞人眞事」作爲評判的主要標準：「陸天明認爲，雖然這些作品的技巧和形式略顯

　　　　cycnet.com:8090/cycnews/index_3.jsp?n_id=88777&s_code=0205。

〔註 122〕參見中青聯發〔2004〕32《關於開展首屆鯤鵬文學獎評選活動的通知》，
　　　　http://www.ccyl.org.cn/documents/zqlf/200705/t20070514_26390.htm。

〔註 123〕參見周強《加強進城務工青年文化建設　促進進城務工青年創業發展》，載共
　　　　青團中央社區和維護青少年權益部編，《青春與夢想──首屆全國進城務工青
　　　　年鯤鵬文學獎獲獎作品選集》，北京出版社，2006 年，第 1～2 頁。

〔註 124〕林潔、王丹陽《讓打工族走向自己的文學殿堂，首屆鯤鵬文學獎爲打工文學
　　　　正名》，載《中國青年報》2005 年 1 月 24 日，第 A4 版。

〔註 125〕《首屆「鯤鵬文學獎」在廣州揭曉》，載《青年文學》2005 年第 7 期，第 80
　　　　頁。

〔註 126〕參見中青聯發〔2004〕32《關於開展首屆鯤鵬文學獎評選活動的通知》，
　　　　http://www.ccyl.org.cn/documents/zqlf/200705/t20070514_26390.htm。

粗糙，但作品中流露出的當代青年對人生、世界、社會、歷史轉變的積極關注和來源於生活的眞人眞事，是最能打動評委的，也是評判的主要標準之一。」〔註127〕

可見，藝術標準並不是首要的，最重要的評選標準。首屆鯤鵬文學獎的獲獎作家很多。收到稿件 1445 篇，經初步篩選，符合評選標準的稿件有 961 篇：其中散文 390 篇，詩歌 362 篇，小說 192 篇，報告文學 17 篇〔註128〕，最後評選出優秀小說、散文、詩歌各 30 篇，報告文學 8 篇〔註129〕。獎項大面積的覆蓋，在文學獎中十分少見。就文學場所遵循的物以稀爲貴的原則來看，也使得獲獎作品的價值在一定程度上被降低。

從評獎的組織者、評獎目的以及評獎標準來看，鯤鵬文學獎體現的是政治場的邏輯，文學的審美原則沒有得到相應突出，雖然被頒發了獎項，但獲獎者仍然很難得到現有文學秩序的認可。文學權威性的缺乏，使得鯤鵬文學獎與官方專業文學獎、專業性的文學獎，市場性的文學獎之間都設立了區隔。不少打工作家獲得了鯤鵬文學獎，但仍然在質疑自己的文學地位，何時能夠進入主流文學圈成爲一個被追問的問題。政治地位的提高，反而帶來文學地位的降低。一些打工作家因此急於洗脫作家前的「打工」二字，力圖去掉這種區隔。

雖然鯤鵬文學獎的文學權威性不足，但它對打工文學的推動仍然具有重要意義：不但給了打工文學合法性的承認，也有利於打工文學迅速獲取其他資本。政治資本作爲一種元資本，能夠對其他資本以及它們之間的兌換比率實施支配的權力，能賦予支配不同種類的資本及其再生產（特別是通過學校系統）的權力〔註130〕。比如，鯤鵬文學的設置，使得中國作協與地方作協對打工文學更加重視，加強對打工作家的文學專業培訓；打工文學不但被大眾媒介關注，也引起文學批評界的關注。不少打工作家的名氣大增，影響範圍

〔註127〕林潔、王丹陽《讓打工族走向自己的文學殿堂，首屆鯤鵬文學獎爲打工文學正名》，載《中國青年報》2005 年 1 月 24 日，第 A4 版。

〔註128〕參見林潔、王丹陽《讓打工族走向自己的文學殿堂，首屆鯤鵬文學獎爲打工文學正名》，載《中國青年報》2005 年 1 月 24 日，第 A4 版。

〔註129〕參見《首屆全國進城務工青年鯤鵬文學獎獲獎作品及作者名單》，載共青團中央社區和維護青少年權益部編，《青春與夢想——首屆全國進城務工青年鯤鵬文學獎獲獎作品選集》，北京出版社，2006 年，第 413～417 頁。

〔註130〕參見〔法〕皮埃爾·布迪厄、〔美〕華康德《實踐與反思：反思社會學導引》，李猛、李康譯，中央編譯出版社，2004 年，第 156 頁。

超出珠江三角洲，傳向全國。

在此過程中，政治因素的滲透，也會在一定程度上影響文學場的自主性。打工文學過多地體現出權力場的邏輯，那麼文學場自身的邏輯仍會受到質疑。如何保持打工文學的獨立品質就成為一個值得關注的問題。打工文學被視為「勞動者的文學」，是勞動者的創作，充滿了血和淚的真情實感。隨著一些打工作家身份的變化，或創作視域的擴大，對打工者生活的「自我敘述」慢慢地「他者」化了。打工作家內部也出現了分化：一部分試圖脫離打工文學圈，以期獲得純粹的文學品質，一部分甘心以打工作家自居，進行資本之間的兌換，有些乾脆放棄創作。

各類文學獎項對農民工文學的關注，表明農民工文學在當代文壇地位的被認可。但各類主流文學獎項的評選標準的趨同性，對敘事立場、敘事角度迥異於知識份子作家的打工文學，並未完全接納其異質性的美學品質。打工文學不斷向主流文學獎項趨近，以期獲得主流文學的承認，這也是逐漸消解自身特質，接受精英文學標準的一個過程。

第四節　文學批評空間：農民工話語的多重鏡象

農民工文學作品一方面頻頻獲得各類獎項，一方面也引起文學批評的關注。如尤鳳偉的《泥鰍》，孫惠芬《歇馬山莊的兩個女人》與《民工》，荊永鳴的「外鄉人」系列，陳應松的《馬嘶嶺血案》、《太平狗》等；也包括經典作家賈平凹的《高興》，女性寫作的代表作家林白的《婦女閒聊錄》，先鋒派作家殘雪的《民工團》等。由於媒體批評的推動，打工文學引起較大的社會效應，逐漸受到主流文學批評界的關注，取得文學場的合法性地位，打破了知識份子書寫的單一格局。

批評界關注主要表現在以下幾個方面：其一，對具體作家作品的關注與批評；其二，從文學史的角度，將農民工文學納入鄉土文學、「農民進城」、「鄉下人進城」的框架中；其三，從文學社會學的角度，將「農民工」敘事視為底層文學的一個分支。這幾個方面的批評主體均以學院派為主，但又不可避免地加入了媒體批評。在推動「農民工」書寫向多元化格局的發展中，大眾傳媒的作用不可或缺，它打破了主流文學批評界、文學期刊、精英作家形成的封閉的文學圈，促使主流文學批評界關注打工文學，擴大了打工文學的社

會影響力。

一、文學批評對知識份子作家「農民工」話語的關注

批評界對知識份子作家的「農民工」話語十分關注。2002 年，尤鳳偉在《當代》發表長篇小說《泥鰍》後，在上海開了兩次作品討論會，主要由復旦大學與上海大學的學者參加〔註131〕。《當代作家評論》2002 年第 5 期組織了《泥鰍》的評論專輯，有陳思和、王曉明、郜元寶、葛紅兵等文學批評家以及復旦大學、上海大學的博士、碩士研究生進行評論，被認為是體現中國當代文壇變化的，貼近現實，「關懷社會底層、體現當代人道精神的一部力作。」〔註132〕，《文藝爭鳴》於 2002 年也組織了「《泥鰍》三人談」，由復旦大學中文系的鄭堅、劉戀、孫燕華三位研究生參加評論，主要從審美角度進行文本分析〔註133〕。2003 年 1 月，陳思和在《杭州師範學院學報》上主持了對《泥鰍》的討論，認為《泥鰍》是繼 1990 年代以來文學與社會生活的一大轉折，進一步擴大了《泥鰍》的影響，認可了尤鳳偉在底層敘事方面的成就〔註134〕。

孫惠芬、陳應松、荊永鳴、羅偉章等新銳作家的「農民工」敘事作品，也受到批評界的關注，應該說，是文學批評促進了新銳的「底層作家」的產生。《當代作家評論》於 2004 年第 5 期，2005 年第 2 期刊發對孫惠芬《上塘書》的評論文章〔註135〕，《當代文壇》於 2006 年刊載「羅偉章評論小輯」〔註136〕，《當代作家評論》2005 年第 1 期刊出對林白《婦女閒聊錄》及林白寫作的評論專輯〔註137〕，《小說評論》2007 年第 5 期刊載陳應松的評論及訪

〔註131〕參見尤鳳偉、王堯《一部作品應該有知識份子立場》，載《當代作家評論》
　　　　2002 年第 5 期，第 22 頁。

〔註132〕參見陳思和、王曉明等《〈泥鰍〉：當代人道精神的體現》，載《當代作家評論》
　　　　2002 年第 5 期，第 23 頁。

〔註133〕參見鄭堅《現代說書者與都市游民傳奇》；劉戀《變動中的浮世繪》；孫燕華
　　　　《寫真文學的真作家》，載《文藝爭鳴》2002 年第 6 期，第 55～56、56～57、
　　　　58～59 頁。

〔註134〕參見陳思和、聶偉等《文學如何面對當下底層現實生活——關於長篇小說
　　　　〈泥鰍〉的討論》，載《杭州師範學院學報》（社會科學版）2003 年第 1 期，
　　　　第 70 頁。

〔註135〕參見本書第二章第一節相關注釋。

〔註136〕參見本書第二章第一節相關注釋。

〔註137〕參見張新穎、劉志榮《打開我們的文學理解和打開文學的生活視野》；施戰軍
　　　　《讓他者的聲息切近我們的心靈生活》；林白《低於大地——關於〈婦女閒聊

談專輯〔註138〕。

　　另一些文學批評是從文學史的角度對「農民工」敘事作品進行評論與研究。軒紅芹指出以純鄉土爲描寫對象的鄉土小說已不能成爲有效的敘事資源，向城求生成爲鄉下人強烈的生存方式，折射著現代化的選擇，承擔著巨大的文化矛盾，包含著極其現實的文化內容，不同於傳統鄉土敘事維度。並稱這種新鄉土敘事帶來中國文學的內在轉變。對新鄉土文學敘事作了界定：打破鄉土文學在描寫對象上的自我限制，關注農裔進城的當代生存境遇，把「向城求生」作爲現代化的訴求方式。歸納了新鄉土文學敘事的特點：雖然寫的是農民在城市裡的生活，但仍然是鄉村命運的展示者，城市是用來闡釋他們在農村現代化過程中的命運。農民工是其中的主要話題，並認爲在21世紀初形成聲勢〔註139〕。

　　2007年4月，在揚州大學召開「鄉下人進城」文學研討會，梳理晚清以來的「鄉下人進城」的文學現象，將「農民工」敘事置入其中。徐德明將「鄉下人進城」的主題從鄉土文學中提煉出來，認爲當下「鄉下人進城」的文學敘述與20世紀中國現代文學中的鄉下人進城構成對話關係。它對都市與農村之間的人的命運的表現，已構成當下小說敘述的亞主流敘事。之所以稱爲亞主流而不是主流，是因爲：一、不是倡導的產物；二、敘述主體的意識水平不一致而缺乏整體感；三、創作量還不夠豐富。將鄉下人、民工與農民的概念進行了區分，認爲民工是一種打工的勞動資源，是社會學的專有名詞；農民是一個帶有政治色彩的身份標誌；鄉下人則是一個寬泛的概念，是相對於都市／城裡的概念；有其傳統的歷史意味，含有社會構成的一端對另一端的優越性。將民工、農民的概念包含其中，並認爲當下小說民工佔了主流，鄉下人的概念與民工有重疊性〔註140〕，「原先在鄉的人們天然地比在城

　　　　錄〉》；陳曉明《不說，寫作和飛翔──論林白的寫作經驗及意味》，載《當代作家評論》2005年第1期，第35～44、44～47、48～49、23～34。

〔註138〕參見於可訓《主持人的話》；周新民、陳應松《靈魂的守望與救贖──陳應松訪談錄》；陳應松《小說是一種學問》；周新民《自然：人類的自我救贖──陳應松神農架系列小說論》，載《小說評論》2007年第5期，第38～39、40～47、48～50、51～57頁。

〔註139〕參見軒紅芹《「向城求生」的現代化訴求──90年代以來新鄉土敘事的一種考察》，載《文學評論》2006年第2期，第160～166頁。

〔註140〕參見徐德明《「鄉下人進城」的文學敘述》，載《文學評論》2005年第1期，第106～111頁。

的人們距離現代化遠得多,他們入城後同存的生活狀態距離消費甚遠,也不具備公民的自我定義能力,其獲得權力認可的身份暫時性地被定義為『民工』」〔註141〕。

不論將當下的「農民工」敘事置入鄉土文學的框架也好,看作「鄉下人進城「的歷史延續也好,都是對知識份子作家作品進行的批評、研究。對知識份子作家的「農民工」敘事的批評從個人的風格特徵、寫作構架到以文學史的角度進行透視,具有了歷史縱深感。

再就是將「農民工」敘事作為底層文學的一個分支。底層文學主要指作家對底層民眾的生活與情感的表現,作家站在底層立場,充滿同情與悲憫,農民工作為底層民眾的一部分而成為作家的敘事資源。從底層文學的討論來看,其矛頭主要指向純文學越來越走向個人化寫作的偏狹,脫離現實生活而自我封閉,失去了活力,表明當下文學需要一種現實生活、社會責任的擔當。它與純文學仍然在一個體系框架之中,那就是知識份子寫作,同屬精英話語,只不過問題集中在「寫什麼」與「怎麼寫」的問題上。圍繞南帆的《底層經驗的文學表述如何可能》進行的關於底層問題的大討論〔註142〕,底層文學與純文學之間的論爭也在展開〔註143〕,這些都是學院派知識份子的話語,所指

〔註141〕徐德明《鄉下人的記憶與城市的衝突》,載《文藝爭鳴》2007年第4期,第14頁。

〔註142〕2005年11月,因南帆主持的關於底層文學的專題談話《底層經驗的文學表述如何可能》在《上海文學》上發表,吳亮寫了《底層手稿》,直指這篇專題對話,認為「用晦澀空洞的語法去代言底層正在成為一種學術時髦」。陳村將兩篇文章貼在他主持的99讀書論壇的小眾菜園上,從而引來一場熱烈的論爭。另有《東方早報》刊出文章《為底層代言:新的學術資源爭奪戰?》,《陳思和:文學雜誌怎麼走?》的報導,羅四鴒的《學術文章請勿「黑話」連篇》、張閎的《底層關懷:學術圈地運動》等文章就此進行爭論,南帆在《底層問題、學院及其他》一文中為自己進行辯解。參見南帆《底層經驗的文學表述如何可能》,載《上海文學》2005年第11期,第74～82頁;吳亮《底層手稿》,載《上海文學》2006年第1期,第96～97頁;徐德芳《為底層代言:新的學術資源爭奪戰?》,http://www.dfdaily.com/ReadNews.asp?NewsID=78039;陳佳《陳思和:文學雜誌怎麼走?》,http://www.gdzuoxie.com/zppl/200512150007.htm;羅四鴒《學術文章請勿「黑話」連篇》,載《文學報》2005年12月22日,第1版;張閎《底層關懷:學術圈地運動》,載《天涯》2006年第2期,第25～26頁;南帆《底層問題、學院及其他》,載《天涯》2006年第2期,第21～24頁。

〔註143〕李陀《漫說「純文學」》在《上海文學》2001年3月號刊出,對純文學脫離社會現實提出批評。吳亮於2005年在《我對文學不抱幻想——致李陀》一文

向的也主要是精英知識份子的寫作。

　　針對精英知識份子的底層話語、「農民工」話語，是以學院派批評爲主，被納入歷史上的知識份子寫作格局之中，相對於純文學而言，敘事客體、敘事態度、立場與敘事方式有了改變，但敘事主體並未變化。其敘事客體「農民工」相對於知識份子敘事主體，是以異己的他者存在的。從知識份子的社會責任擔當來看，也可以回溯到左翼文學傳統中去——文學成爲替工農群眾爭取合法權益的工具，知識份子具有代言的合法性，這也是學院派批評家努力在做的一項工作。

二、傳媒批評對打工文學的關注

　　大眾媒介面對的是普通民眾，具有傳播信息的迅捷性、廣泛性，連續不斷等特點，目的是使受眾接受傳播者要表達的內容，並通過各種方式影響受眾。不但直接參與到文學生產過程中，改變了中國當代文學理論與批評的構成〔註144〕，對作家、作品的知名度的擴大，也有著直接的影響。

　　戴安娜・克蘭則把大眾傳媒分爲：全國性的核心媒體，包括電視、電影、網絡、重要報紙；邊緣媒體，包括圖書、雜誌、其他報紙、廣播、錄像

中，反駁李陀的觀點，強調文學寫作的自然性、偶然性，無計劃性；李陀對此進行回應，形成李陀、吳亮關於純文學的網絡之爭。參見：文新《李陀、吳亮網絡之爭》，載《天涯》2005 年第 4 期，第 186～191 頁。另一場爭論在《文藝爭鳴》上開展：2005 年第 3 期孟繁華的《中國的「文學第三世界」》，提出文學應將底層生活聯繫起來；2005 年第 5 期郜元寶發表《〈中國的「文學第三世界」〉一文之異見》，對此加以反駁，從藝術自律的角度捍衛純文學的合理性。2006 年第 1 期曹征路的《純文學「向上」了嗎》，與郜元寶的觀點針鋒相對，認爲脫離社會現實的純文學已經成了虛假的文學。另：2006 年錢文亮等學者在《江漢大學學報》（人文社科版）上展開了底層生存與純文學的討論，希望在底層生存與純文學之間，尋找到新的生長點。參見楊劍龍、薛毅、錢文亮等《底層生存與純文學：面對時代的問題》，載《江漢大學學報》（人文科學版）2006 年第 25 卷第 2 期，第 25～31 頁；張寧《底層與純文學：兩個不相關事物的相關性》，載《江漢大學學報》（人文科學版）2006 年第 25 卷第 5 期，第 25～28 頁；李亞婭《底層敘事：言說的理路與歧途》，載《江漢大學學報》（人文科學版）2006 年第 25 卷第 6 期，第 22～27 頁；李建立《批評與寫作的歷史處境》，載《江漢大學學報》（人文科學版）2007 年第 26 卷第 1 期，第 88～91 頁。

〔註144〕由於市場機制的作用，中國當代文學批評分爲主流批評、學院批評和媒體批評。參見邵燕君《傾斜的文學場——當代文學生產機制的市場化轉型》，江蘇人民出版社，2003 年，第 239 頁。

〔註 145〕。依據於此，這裡所指的大眾媒介包括電視、電影、網絡、報紙、雜誌、圖書等。

對打工文學而言，學院派的文學批評長期以來是缺席的。在這種情況下，媒體批評對打工文學起到了重要的推動作用。經過大眾傳媒的報導，打工文學逐漸引起主流文學批評的關注。

1992 年，打工妹安子的紀實文學作品集《青春驛站》出版後，引來媒體的爭相報導。如《中國青年報》、《光明日報》、《工人日報》、《深圳特區報》、《文學報》等報刊雜誌都以「打工妹作家」、「打工文學作品」對安子及其《青春驛站》作了報導〔註 146〕。大眾傳媒的報導關注的是安子由村姑到工廠流水線的打工妹，再躍身成為作家的傳奇經歷，對她的作品本身的文化內涵、審美特性缺少應有的關注。對安子的報導，其目的是青春勵志。這就使安子的寫作成為一個新聞事件而非文學事件。

如，1992 年 6 月 18 日《光明日報》刊出《打工妹躋身文壇》的標題新聞，對安子的創作事迹進行了簡要報導：

> 二十五歲的臨時工安子，最近出版了長篇系列報告文學《青春驛站——深圳打工妹寫真》。幾年來，她堅持業餘寫作，在深圳報刊上發表了詩歌、散文和紀實文學近百篇，共二十多萬字，被稱為深圳文壇「明星級打工妹」。去年她被吸收為深圳市作家協會會員。〔註 147〕

相似的內容以《安子：衣帶漸寬終不悔》為題刊載於 1992 年 7 月 10 日的《中國青年報》〔註 148〕，1991 年《南方周末》以《深圳文壇「打工妹」》為題對安子進行報導，主要內容是針對她的創作經歷而非作品本身，涉及安子的傳奇經歷：從廣東梅縣鄉下到深圳做流水線上的打工妹，再到賓館服務員，到印刷廠製版工、寫字樓文書、總經理助理、再成為作家〔註 149〕。其他媒體對安子的報導大多如此。

〔註 145〕參見〔美〕戴安娜·克蘭《文化生產：媒體與都市藝術》，趙國新譯，譯林出版社，2001 年，第 42～49 頁。
〔註 146〕參見本書第一章第一節相關注釋。
〔註 147〕潘家琤《打工妹躋身文壇》，載《光明日報》1992 年 6 月 18 日，第 1 版。
〔註 148〕參見李桂茹《安子：衣帶漸寬終不悔》，載《中國青年報》1992 年 7 月 10 日，第 3 版。
〔註 149〕參見朱德付《深圳文壇「打工妹」》，載《南方周末》1991 年 12 月 6 日，增刊。

　　媒體對打工作家的關注基本上都集中在打工者身份以及他們的奮鬥成功的經歷。農民工身份與作家身份的巨大反差，就是媒體尋求的新聞熱點。在市場條件下，大眾傳媒的文學批評主要目的並非對文學作品本身進行品鑒，作出評價，推動文學發展，而是造成社會效應，引導消費。

　　時隔 15 年之後，又一位打工妹作家鄭小瓊引來傳媒熱捧。2007 年 5 月，鄭小瓊獲得人民文學獎被視爲打工文學獲得主流文壇認可的標誌。對鄭小瓊及其作品作出熱烈反應的不是主流批評、學院批評，而是媒體。多家媒體以「80 後打工妹作家」爲題進行報導，如《南方周末》、新華網、網易、《新京報》、鳳凰衛視等知名媒體〔註150〕。比當年安子更具新聞熱點的是打工妹鄭小瓊不但成爲作家，還獲得了主流文學獎。但本質上與安子當年沒有太大區別，都是將文學事件變成了新聞事件。

　　打工文學知名度的逐漸擴大是和大眾傳媒分不開的。雖然打工文學於1980 年代末至 1990 年代初就發端於廣東，但一直比較沉寂。隨著連續幾屆打工文學論壇的召開，打工文學的名氣慢慢擴大，媒體對打工文學的關注一方面是由於其本身的新聞性，另一方面則是打工文學論壇的籌劃者對媒體作用的重視。幾次打工文學論壇，都邀請了新聞記者參加，並及時進行報導；請文學評論界的大腕極人物：白燁、李敬澤等，以及知名作家如莫言等，造成轟動效應；將打工文學論壇的召開時間定在有特殊意義的日子，如第一屆打工文學論壇的召開是在慶祝改革開放與紀念深圳建市 20 週年；第二、三屆則在深圳的讀書月舉行，第四屆打工文學論壇的舉行是在紀念改革開放 30 週年的 2008 年；在對打工文學的推動中，廣東、深圳地方傳媒起到很大作用。在全國重要報紙全文數據庫輸入「打工文學」進行檢索，得到的相關條目爲：

〔註150〕參見成希、潘曉凌《鄭小瓊：在詩人與打工妹之間》，載《南方周末》2007年 6 月 7 日，第 B13 版；鄭廷鑫、李劼婧《鄭小瓊：記錄流水線上的屈辱與呻吟》，載《南方人物周刊》2007 年第 14 期，第 47～49 頁；卜昌偉《鄭小瓊：「左手打工右手寫詩」》，新華網：http://news.xinhuanet.com/book/2008-03/24/content_7845445.htm；韓浩月《打工妹維護了詩的尊嚴》，載《工人日報》2007 年 7 月 6 日，第 7 版。

全國重要報紙數據庫檢索「打工文學」得到的相關條目表（2000～2008年）

時　　間	總條目	地方報紙條目	時　　間	總條目	地方報紙條目
2000年	5條	1條	2005年	27條	9條
2001年	1條	0條	2006年	12條	6條
2002年	2條	0條	2007年	26條	7條
2004年	4條	1條	2008年	11條	1條

（以上資料根據 CNKI 搜索引擎顯示結果統計）〔註151〕

　　打工文學就其消費性與娛樂性來說，顯然不及美女文學、身體寫作、時尚寫作等商業化寫作。大眾傳媒為什麼熱衷於報導打工文學呢？筆者認為有以下幾個原因：其一，打工作家具有農民工與作家的雙重身份，二者身份的懸殊本身就具有新聞性。召開的幾屆全國打工文學研討會，學院派的理論家、批評家與打工作家共同出席，雙方的身份差異也是新聞熱點。其二，打工文學所反映的農民工生活，已經成為新聞關注的熱點問題。隨著社會各界對農民工的關注，作為弱勢群體的農民工，也越來越多地佔據大眾媒介的空間，農民工討薪、礦難、春運，成為媒體追逐的新聞熱點。2003年底，重慶市雲陽縣的普通農婦熊德明因通過溫家寶總理為農民工追討工錢而成為明星人物，被人民網、新浪網、華龍網等各大門戶網站以及報刊雜誌爭相報導，並獲得央視經濟年度人物社會公益獎。〔註152〕

　　農民工文學，雖然不具備身體寫作、美女寫作、時尚文學的娛樂性、消費性，但它具有新聞價值，進入了大眾傳媒的生產環節。在大眾文化語境中，文學生產方式已經發生改變，傳媒的出版、宣傳已進入文學生產環節，並發揮著重要作用。不論是「底層寫」還是「寫底層」，都離不開大眾傳媒的參與。「底層」、「農民工」既是大眾傳媒表達社會關懷與社會責任的想像物，也是與市場和拍的一個途徑。

　　傳媒批評缺少歷史性的、有深度的批評，缺少文本的詳細分析，對打工

〔註151〕CNKI 顯示結果，包括個別地方報紙，如《河南日報》、《湖北日報》對打工文學的報導或相關報導，也包括個別與打工文學無關的報導，為方便統計，筆者並未將其排除。《深圳商報》、《深圳特區報》是報導打工文學的地方新聞媒體的主力。

〔註152〕參見《熊德明獲 2003 CCTV 中國經濟年度社會公益獎》，http://www.people.com.cn/GB/jingji/8215/31132/31133/2269617.html。

作家的創作缺少指導性的作用，但擴大了打工文學的社會影響，並成為主流文學批評由沉默到發聲的催化劑。主流批評、學院批評不得不介入其中。以鄭小瓊為例，海內外大眾傳媒爭相報導她的獲獎及成功經歷，同時，主流文學批評也表現出對她的關注。批評家謝有順、張清華等都撰文從文化內涵、審美特性等方面評價她的創作〔註 153〕。雖然數量不算太多，規模也不算太大，但與 15 年前安子出版《青春驛站》時，主流文學批評界的寂寥無聲相比，已經大不相同了。

三、打工文學雜誌的文學批評

除大眾傳媒以外，打工文學雜誌也在一定程度上承擔了對打工文學批評的任務，除了集結地方的文學理論工作者對打工文學進行批評，也組織打工作者、讀者進行文學評論，他們擅長從微觀、感性的角度對文本進行分析，彌補了理論界與大眾傳媒對打工文學的微觀分析的不足，對打工作者的創作也有直接的指導作用。而且，以打工文學雜誌為陣地，憑藉打工文學雜誌激增的發行量，造成社會影響力，引起主流文學批評的關注，使打工文學進入主流文學批評的視域。從這個意義上來說，他們起到了媒體批評的部分作用。另一方面，從打工作者中也出現了成就斐然的批評者，直接將打工文學引入主流文學批評界，推動打工文學與精英文學的交流與對話。

從早期的打工文學雜誌如《大鵬灣》、《佛山文藝》來看，它們都按傳統文學期刊設置為小說、詩歌、散文、批評四大塊，如《大鵬灣》早期的欄目設置為：小說、報告文學、散文、詩歌、評論〔註 154〕。批評這一塊主要由當地的文學理論工作者寫一些關於打工文學的批評文章。如張偉明的小說《我們 INT》在《大鵬灣》創刊號上發表後，引起讀者的強烈反響，評論者及時對這篇小說進行了評論，詳細分析了作品的思想內容、藝術特色〔註 155〕；1991年第 2 期《大鵬灣》「評論」欄目發表了溫波的《鮮明的提倡 豐富的收穫》，針對 1990 年《大鵬灣》上發表的打工小說，從時代意義、敘述特點、藝術特

〔註 153〕 參見謝有順《分享生活的苦——鄭小瓊的寫作及其〈鐵〉的分析》，載《南方文壇》2007 年第 4 期，第 25～28 頁；張清華《當生命與語言相遇》，載《詩刊》2007 年第 7 期（上半月刊），第 37～39 頁。

〔註 154〕 參見《大鵬灣》1991 年第 2 期欄目設置。

〔註 155〕 參見薛丁奎《打工仔逆境和心理的呵抒》，載《大鵬灣》1989 年第 1 期（總第 2 期），第 46 頁。

徵等角度進行綜合述評〔註156〕。《佛山文藝》則在「華先生有約」、「論壇不設訪」等欄目鼓勵讀者對雜誌上所發表的作品進行評價。這些批評文章不具有很強的專業性，注重對文本的細讀，建立了一個作者——讀者——批評者有效溝通的評價機制。

打工文學雜誌不時組織編者、作者、讀者對打工文學進行綜合述評。1998年第6期《外來工》發表了呂嘯天的《打工文學，讓人失望讓人憂》，呂嘯天是打工文學作者，後來成為打工文學雜誌的編者，他從自己的切身體會出發，指出打工文學的種種病相〔註157〕。2001年第1期《大鵬灣》組織了打工文學專論，刊發了署名阿文的《心浮氣躁的打工文學》與龐清明的《打工文學：重拾高拔的理想與堅韌的精神》〔註158〕。這些評論從作者的角度談打工文學的現狀，雖然沒有深奧的理論，而且也只涉及一些淺表的現象，但具有親歷者的視角，從自己的感受去談，也不乏一些真知灼見。這些評論主觀上是為了促進編者與作者、讀者更好地溝通，把握讀者的消費需求與消費動向，由編者引導作者寫出滿足讀者需求的作品，可以說也是一種市場策略。對打工文學批評的無意識承擔，客觀上起到推動打工文學的作用。

打工文學雜誌也對打工文學批評進行有意識的承擔。《佛山文藝》的子刊《打工族》於2004年集中推出「特別策劃·文學新境界」欄目〔註159〕，對打工文學進行評論。這些文學評論沒有邀請知名的文學批評家撰寫文章，而是採取座談、閒聊的方式，由打工文學雜誌的編輯、打工作家參加。探討的主題既有打工文學的宏觀問題，如打工文學的總體特徵、發展歷程；也有打工作家的創作談，還有對打工詩歌，對女性打工作家寫作的關注。這些文學評論缺少系統的梳理，也沒有理論的建構，是一種「散打」式的批評，善於抓住熱點，也善於抓住特點，其言說方式以隨筆、雜談的方式出現，隨意而感性，但並不缺少敏銳的感覺與思想的火花。由於該欄目邀請的大多是打工作家，因此，對打工文學，多為經驗之談，有很深的體會和感觸，處處閃耀著

〔註156〕參見溫波《鮮明的提倡 豐富的收穫》，載《大鵬灣》1991年第2期，第47～48頁。

〔註157〕參見呂嘯天《打工文學：讓人失望讓人憂》，載《外來工》1998年第6期，第13～15頁。

〔註158〕參見阿文《心浮氣躁的打工文學》，載《大鵬灣》2001年第1期，第34～35頁；龐清明《打工文學：重拾高拔的理想與堅韌的精神》，載《大鵬灣》2001年第1期，第35頁。

〔註159〕參見《打工族》2004年第1～12期（上、下半月）。

靈感，但由於理論素養的缺乏，導致理論深度不夠，沒有高屋建瓴的氣勢，不利於打工文學整體性、歷史性地呈現。

《打工族》刊出的這一批文學評論，對打工文學具有很大的推動作用：首先，第一次集中盤點、審視了打工文學，對打工文學近二十年的發展歷程進行了一個比較全面的梳理，立體地呈現了打工文學、打工詩歌以及打工文學的女性寫作等。其次，不但梳理了打工文學的發展歷程，還將打工文學的主題精鍊地概括爲：逃離與守據；失落與尋找；掙扎與希望〔註160〕；其三，旗幟鮮明地提出第二代打工文學，並從時代背景、文化內涵、美學特徵等方面對第二代與第一代打工文學進行了區分〔註161〕。但遺憾的是概括性不夠，因此「第二代」打工文學的總體特徵顯得模糊。其四，推出了一系列較有影響的打工作家，既有始創意義的打工作家如林堅、張偉明、安子等，也有近年來才嶄露頭角的第二代打工作家，如王十月、李於蘭、葉耳等。

打工文學雜誌所承擔的文學批評，雖然不如學院派批評那麼具有理論深度與高度，不那麼具有系統性，但它卻深入到作家創作與文本內部，而不是站在作品之外不著邊際地發一通高深的理論。由於其發行量較大，它擴大了打工文學的社會影響。打工文學雜誌由編輯、作者，以及讀者所作出的評論，由於評論者對打工文學十分熟悉，所以更切合打工文學的實際，也比大眾傳媒的簡單報導及評論更具有文學意義。它所採取的編者——作者——讀者之間交流的方式，也形成了打工文學的生產流程，與市場結合，讓主流文學批評注意到底層農民工寫作存在的意義與價值，「農民工」的自我敘事不再是孤獨的、微弱的發聲。

四、無名者自己的命名

農民工群體始終處於被命名的狀態，被視爲沒有能力言說的，沉默的無名者，所以他們只能被命名，被言說。

文學批評也是這樣，主流文學批評的漠視，大眾傳媒對文學意義的偏離，打工文學雜誌的邊緣地位，導致它們承擔的文學批評影響力有限。在文學批

〔註160〕參見王十月、溫木樓、葉耳《打工文學：城市上空的麥田》載《打工族》2004年第 11 期（下），第 28～31 頁。

〔註161〕參見王世孝、張偉明等《在打工文學的旗幟下：第一代 VS 第二代》，載《打工族》2004 年第 2 期（下），第 12～15 頁。

評這一領域，打工文學處於「無名者」的狀態，它們等待著被命名，被言說。然而，打工詩人柳冬嫵所作的文學批評，打破了這一狀態，可以說是無名者自己的發聲，直接進入主流文學批評界，並分得一席之地。

2005 年前後，在當代文壇掀起底層文學熱之時，打工詩人柳冬嫵連續在《讀書》、《文藝爭鳴》等雜誌上發表詩歌評論，並頻頻被《新華文摘》、《文學評論》轉載，在批評界掀起波瀾。一個沒有任何理論基礎，來自農民工階層的詩人，卻頻頻攻佔重量級文學理論期刊的位置，靠的是什麼呢？

柳冬嫵的評論沒有系統的、深厚的學理，主要從文本出發，注重感性的、微觀的分析。但這些分析與評論來自一個打工詩人深切的感悟，他將生命體驗融入評論之中，評論文章不再是冷冰冰的學理性的分析，而是一聲深入骨髓的悲憤的吶喊，徹底打破了主流文學批評界面對打工文學的沉寂。

柳冬嫵，來自安徽農村，1990 年代初來到廣東打工，經歷了被人打罵，遭人白眼、挨餓受凍、流離失所的慘痛經歷，在底層的掙扎、呼號、辛酸血淚，不但轉化成了詩句，也融入他的詩歌評論之中。因此，他的詩歌評論絕不是冰冷麻木地堆砌學術術語，而是充滿了生命之痛。

這種痛感貫穿在傳統鄉村面對現代工業文明的衝擊下，農民命運的遷徙之中，貫穿在農民工的棲居之地——位於城市邊緣的城中村中，也貫穿在打工詩人由鄉村到城市的心靈經歷、文化價值衝突之中。他對詩人張守剛的評論：

> 他熟悉坦洲屋檐下驚魂未定的瞌睡，他熟悉出租房夜半查暫住證時粗暴的敲門聲，他熟悉流水線上組長例行公事惡聲惡氣的嘴臉，他熟悉每個打工妹陰晦的心事，他熟悉兩塊錢的炒粉，他熟悉七角錢一包的快餐面，他熟悉飯堂里長凳上十分鐘短短的夢，他熟悉宿舍裏鐵架床板著臉孔的輪廓，他熟悉機器的轟鳴穿過肋骨的聲音。〔註162〕

批評者一口氣列出 9 個「他熟悉」，9 個排比句表達出的強烈感情是有很大衝擊力的。「他熟悉」的，也是批評者自己所熟悉的，自己經歷過的，因而感同身受：出租房、夜半查暫住證、廉價的炒粉、長長的流水線、機器的轟鳴……，構成了他們共同的生存境遇。

〔註162〕柳冬嫵《從鄉村到城市的精神胎記：中國「打工詩歌」研究》，花城出版社，2006 年，第 126 頁。

柳冬嫵這樣評論打工詩歌：生活真實、內心真實、寫作真實〔註163〕。「生活並不在別處，就在我們自己的生命現場。寫作就在他們的生活之內。」〔註164〕他的詩評也是基於這樣一種真實。生活的漂泊、失業的恐懼、孤獨、尊嚴、屈辱、卑微⋯⋯，他將自己浸入詩歌當中，他的評論，來自生存體驗，來自生命現場：城中村、打工的滄桑、奔走在城鄉之間的盲流，這些體驗，是遠離技術主義的，它的獨特與新鮮，以及真實、痛感，是由內向外，而不是由外向內，因此，它具有生命的重量，具有直擊靈魂的力量。這是主流批評、傳媒批評無法代替的。

也可以說他的評論是經驗主義的，感情傾向太明顯，缺少客觀冷靜的述評，缺少學理性的分析。縱觀現在的文學批評，冷靜得近乎冷漠，客觀得事不關己，或是無關痛癢，輕描淡寫，或是為了某種利益，大肆吹捧，或者賣弄學術術語，故弄玄虛，能夠尊重內心體驗的，已經太少。在被商業利益侵襲的文學批評中，還能聽到這樣真實的聲音，看到這樣將生命、血肉融築在文字之中的評論，令人感動，也令人警醒，讓我們知道，文學批評不是工具，而是精神創造。

柳冬嫵也對打工詩歌作了美學上的分析，如語言、意象、主題、結構等等，但並不是一種遠距離的遙望式的分析，而是對評論對象非常熟悉，不但深入到詩歌的文字裏、深入到詩歌構築的意境裏，還深入到詩人的內心，他說，「每一個詩人的寫作都和一個秘密的精神世界相通。⋯⋯讀『打工詩人』寫的『打工詩歌』，我強烈感覺到一種『精神磁場』的存在」〔註165〕。他找到了這一個秘密的精神通道，進入其中，直抵詩人的靈魂深處，感受他們的痛、快樂、悲傷。如他對鄭小瓊詩歌的評論：

> 活在異鄉的村莊，活在不自由不自主的流浪中，鄭小瓊彷彿是被動的，是一個「物」。她無奈於其中，無言於其間。她的詩夜涼如水，舒緩婉約，是迴旋的傷感的，是激情消退後的茫然。這是鄭小瓊的個人情緒，但也觸動了時代的敏感神經。〔註166〕

〔註163〕參見柳冬嫵《從鄉村到城市的精神胎記：中國「打工詩歌」研究》，花城出版社，2006年，第40～79頁。

〔註164〕柳冬嫵《從鄉村到城市的精神胎記：中國「打工詩歌」研究》，花城出版社，2006年，第52頁。

〔註165〕柳冬嫵《從鄉村到城市的精神胎記：中國「打工詩歌」研究》，花城出版社，2006年，第138頁。

〔註166〕柳冬嫵《從鄉村到城市的精神胎記：中國「打工詩歌」研究》，花城出版社，

他的評論，感受著詩人所感受的，迸發出由內向外的力量。他反對形式主義與技術主義，希望做一個詩歌再現論者，描述詩歌與社會的關係，破碎的生存圖景在打工詩人多棱鏡下顯示的結果。這一意圖使他超越了對詩歌簡單的技術分析，具備了更加寬闊的視域，這就是時代變遷，帶給打工詩人的心靈衝擊與震撼。農民問題、農民與土地的問題、現代工業文明與傳統農業文明的衝突等等，構成了一個宏闊的背景。來自鄉村的農民工，是城市裡的無根者、漂泊者、邊緣群體；打工詩人，是這個龐大無名的群體中的一分子，他們雖然來到城市，甚至還能拿起筆寫下詩篇，但他們仍然是農民，這個難以超越的身份指認，讓他們一直背負著鄉村的精神胎記。他們代表這個龐大無名的群體發出呼喊，但是聲音太微弱了，遭遇的是主流文壇對他們的漠視。而現實的地位令他們還無法為自己命名。柳冬嫵的出現使這一局面得到改觀，他在主流文學批評家佔據的陣地上，發出了悲憤的吶喊，用充滿痛感的文字為打工詩人所代表的這一群體命名。雖然勢單力薄，雖然聲音依然微弱，而不能說有效性到底達到幾何，但已經做出了巨大的努力。他對打工詩人如是評價：「當他們真正地用他們的信仰、心靈甚至忍辱負重肩負起寫作的旗幟時，也許他們的聲音在世俗的狂風中細若遊絲，但卻讓我們覺得彌足珍貴。」〔註167〕這樣的評價，也同樣適用於他自己作為一個批評者的影響與作用。

　　當主流文學批評、學院文學批評給予精英知識份子作家的「農民工」敘事極大的關注之時，由於大眾傳媒、打工文學雜誌以及打工作家的文學批評的推動，以農民工為書寫者的打工文學進入主流文學批評、學院批評的視野，打工文學成為一個無法忽略的文學現象，與精英知識份子的「農民工」敘事並行不悖，文學批評對「農民工」書寫者多元化格局的形成起到了重要的推動作用。

第五節　本章小結

　　本章主要從文學生產機制分析「農民工」話語多元化格局的形成，認為在文學期刊、文學評獎、文學理論與批評的共同推動下，「農民工」話語多元

2006 年，第 119 頁。
〔註167〕柳冬嫵《從鄉村到城市的精神胎記：中國「打工詩歌」研究》，花城出版社，2006 年，第 4 頁。

化的格局得以形成。

在此過程中，市場是一個根本要素。文學的生產模式、發表原則都在市場條件下發生了變化，正是因爲市場需求，才有了《佛山文藝》面向珠三角龐大的打工者群體的定位，把文學從高高在上的殿堂拉向了平實的大地。《人民文學》針對讀者需求所作的調查，是重回現實主義的重要依據，而市場需求及市場推動下，日常生活經驗融入審美原則，爲純文學期刊接納打工文學提供了美學條件。

另外，文學評獎、文學理論與批評，也多少會考慮到讀者的需求。在市場經濟中，創作者與接受者的關係轉變成生產者與消費者這樣一種新的對應關係，文學期刊、文學評獎、文學理論與批評甚至文學組織都成爲生產環節。而這其中，文學消費者又居於中心地位。

被小資情調、中產階級趣味、身體寫作狂轟濫炸的讀者，表現農民工生活、底層生活的文學作品當然會給他們帶來一種新鮮感。農民工的討薪、礦難、春運、甚至個人奮鬥史對其他階層而言都是新鮮的，甚至充滿戲劇性、傳奇性。「農民工」在政府工作報告與新聞媒體中高頻率出現，成爲底層明星〔註168〕。大眾傳媒時代，「農民工」、「底層」成爲知識份子表達社會責任感與社會關懷的想像物之時，也不可避免地成爲一種消費符碼，滿足看客的窺視欲。「底層成了『流行詞』之後，底層再次面臨著消費社會符號生成邏輯的危機，有可能演變爲一種符號或標籤而進入被消費的商品之列。」〔註169〕

趙本夫的小說《天下無賊》中，傻根即爲被廣大消費者接受的農民工形象，擁有廣泛的消費者基礎。傻根單純、憨厚得近乎「傻」，根本不相信世上有賊，這個不合生活邏輯的形象竟然受到公眾的追捧，在同名電影首映時，導演馮小剛就預言：這部影片要火也就火傻根一個。爲什麼這個近於無知的農民工形象竟然大受歡迎，一是滿足了觀眾對弱者的憐憫心理，傻根因爲傻，需要受到保護，在閱讀與觀看的過程中也完成了觀眾對於自己的強者的想像。另外，憨厚、癡愚、弱小，也符合公眾一直以來對農民、農民工的想像。

文學在生產過程中，存在著理論上的讀者群。出版商根據這些可能存在

〔註168〕參見本書第二章第一節相關注釋。
〔註169〕劉桂茹《底層：消費社會的另類符碼》，載《東南學術》2006 年第 5 期，第13 頁。

的讀者大眾挑選符合他們消費需求的作品〔註170〕。在農民工成爲新聞熱點之時，農民工文學也存在著想像中的廣大讀者群，農民工文學的生產就是針對這些理論上的讀者大眾的消費需求進行的。另一方面，文學存在著發行圈子的界限，按照文化群體來分，可分爲文人圈子與大眾圈子。文人圈子裏集中著作家、大學裏的文學史家、出版商、文學批評家；大眾圈子與文人圈子對立，主要包括職員、體力勞動者、農業工人，有限的經濟收入以及生存條件不利於他們的閱讀〔註171〕。農民工文學在生產過程中，也形成了這樣兩個發行圈子。一是由精英作家、純文學期刊、文學評獎、文學批評家、文化程度較高的讀者構成的文人圈子，一是由打工作家、打工文學雜誌、以打工者爲主的讀者構成的大眾圈子。前者針對的讀者對象主要是文學愛好者及研究者，後者針對的是打工群體的消費需求。

打工文學的讀者，很大一部分是進城務工者，打工文學作品取自打工生活現場，爲農民工所熟悉：勞資糾紛、奮鬥經歷、生活際遇、愛情婚姻……，就是發生在他自己身上或老鄉、工友身上的事，容易產生親切感。而一些奮鬥史、成功史，是關於打工者的強者的想像，能夠滿足他們的集體的夢幻。

打工文學雜誌爲打工者提供心靈交流的平臺。編者、作者、讀者互動的欄目，打工者遇到的工作、生活、感情中的難題與困惑都可以在此傾訴、交流，參與性很強。這類雜誌提供法律咨詢，生活指南等。貼近打工者生活與心理的打工文學作品在某種程度上也可視爲一種生活指南：如何戰勝專橫習蠻的老闆，如何獲得俊男或美女的愛情，如何在陌生的城市裡活下去並活得更好……，在打工者中暢銷的安子的《青春驛站》，就是這樣一個文本：奮鬥——挫折——成功，是故事的基本模型。深圳勞務工明星祝日升的自傳體紀實文學作品《感恩》也採用了同樣的敘事模型〔註172〕。

這種功能性閱讀指導了打工者的生活，也滿足了他們的心理需求。打工文學的市場需求，客觀上推動了打工文學的創作與研究。「讀者群體的特徵往往能造就一批作家及其創作。」〔註173〕在這當中，文學出版起到重要作用。

〔註170〕〔法〕參見羅貝爾・埃斯卡皮《文學社會學》，於沛選編，浙江人民出版社，1987年，第43頁。
〔註171〕〔法〕參見羅貝爾・埃斯卡皮《文學社會學》，於沛選編，浙江人民出版社，1987年，第53～54頁。
〔註172〕參見祝日升《感恩》，海天出版社，2007年。
〔註173〕參見盛榮素《論接受主體對文學的意義》，載《中共浙江省委黨校學報》1999

在市場機制下，文學出版必然考慮到消費者的需求量，農民工題材的文學作品，存在顯在或潛在的隊伍龐大的讀者對象。文學出版掌握讀者的消費需求與心理，在文學生產環節中，推動了這一類型文學作品的生產。

打工文學更容易受到農民工讀者的歡迎，精英文學更多地處於文學期刊、文學評獎、文學批評與文學愛好者的循環系統中。

在文學的市場化環境下，精英文學由於已經獲得教育機構、文學機構、文學評獎等的認可，可利用象徵資本獲得商業利潤。他們更容易被媒體關注，獲得被影視改編的機會，從而為大眾熟悉，也更容易為大眾接受。同樣寫農民工題材的小說，賈平凹 2007 年 8 月才出版的長篇小說《高興》，甫一問世就受到媒體與文學批評界的極大關注，劉震雲的《我叫劉躍進》也一樣受到批評界與讀者熱捧，這些作品很快與影視聯姻，擴大了受眾面及影響力。而打工作家所寫的農民工題材的小說，卻無法獲得更多的關注。這是由於精英文學已經在文學場中佔有較高的地位，在社會上享有較高的聲譽。而且，農民工讀者的消費能力嚴重不足，無法與精英文學的讀者的消費能力相比。精英文學面向的是消費能力更強的、範圍更廣的群體。大眾圈子的讀者「沒有任何辦法讓負責文學生產的作家或出版商了解自己的反應」〔註174〕，農民工讀者由於其消費力不足，很容易被作家與出版商忽略。

這就使得打工作家主觀上更願意接受精英文學生產機制的收編，趨向於精英文學的藝術趣味與審美原則，甚至躋身於精英文學之中。只有這樣，才能獲得更廣闊的市場空間。打工文學的市場空間逐漸萎縮已成為事實〔註175〕，在這樣一種情況下，打工文學趨向精英文學，才可能獲得更多的象徵資本與經濟資本，在此過程中，它的獨立品格其實很難保持，「農民工」話語的多元化格局可能再次走向一元化。

年第 3 期，第 80 頁。

〔註174〕〔法〕羅貝爾·埃斯卡皮《文學社會學》，於沛選編，浙江人民出版社，1987年，第 54 頁。

〔註175〕《大鵬灣》於 2004 年停刊，《佛山文藝》近年來也減少了打工文學的發表量。參見張偉明《向那些消失和沒消失的打工刊物致敬》，載《羊城晚報》2005年 7 月 30 日，第 B4 版。

第四章 「農民工」的他者想像

第一節 《泥鰍》：知識份子立場與「農民工」他者想像

　　《泥鰍》是新世紀以來反映農民工生活的一部長篇力作，是知識份子關懷社會底層以及人道主義精神在文學中的體現。陳思和將 1980 年代以來的文學發展分為三個階段：一是 20 世紀 80 年代，作家懷抱理想抱負，與時代共名，與國家話語一致；第二階段是進入 1990 年代，作家理想受挫，由時代共名轉向無名；第三階段以 21 世紀為起點，在市場經濟大潮浮沉的社會底層人物逐漸彙聚於作家的筆端〔註1〕。

　　這也反映了知識份子作家的創作軌迹：由理想主義與社會宏大敘事，到理想的失落。市場經濟、大眾文化使知識份子精英地位失落，在眾語喧嘩時代，聲音變得模糊，作家迴避現實生活，「躲進小樓成一統」，進入狹小的個人寫作空間。1990 年代末到 21 世紀，一批作家的責任感、道德感被嚴峻的社會現實喚醒，以悲憫、同情的目光注視社會底層。

　　尤鳳偉的創作也符合這樣一個軌迹：他的寫作始於新時期，是知識份子的理想時代，創作了一批「傷痕」、「反思」文學作品。進入 1990 年代，知識份子作家崇高的使命感、責任感被政治與經濟消解。尤鳳偉創作了遠離社會現實生活的《石門夜話》系列，以期回歸文學的本土；21 世紀，文學的眞實

〔註1〕 參見陳思和《文學如何面對當下底層現實生活》，載《杭州師範學院學報》(社會科學版) 2003 年第 1 期，第 70 頁。

與血性的缺乏使他開始了重新思考，「倒退」到創作的「初級階段」，回到現實生活，創作了《泥鰍》等一批現實主義力作，將視域向下，反映社會底層民眾的生活，傾聽他們，充當他們的代言人。對這一點，作家有著清醒的認識：「作家的職業角色卻是篤定的，這就是知識份子寫作。作家也不必將自己混同於普通的老百姓。不是說作家比老百姓『高級』到哪裏去，而是作家畢竟可以做一些百姓做不到的事。」〔註2〕可見，知識份子作家的角色認知己發展到自覺階段。

《泥鰍》雖然寫的是進城的農民工，知識份子的敘事立場卻是篤定的，作家力圖還原真實，但真實的背後，是知識份子的冷靜思考、社會批判以及對底層民眾的深深同情及悲憫。但這種知識份子的敘事立場並不同於「初級階段」的《人生》及「陳奐生」系列。其一、作家面對的「農民工」不再是單獨的、偶爾的現象，而是社會經濟結構變化以後，社會的普遍現象。其二、作家的道德審判以及啓蒙話語，被道德同情所代替；作家站在社會正義的立場上，在宏大敘事與大眾文化之間尋找一個空隙，這就是一種民間的、或者說平民的、底層民眾的立場。其三、作家作爲代言人，退居到故事或人物的背後，不再時不時地跳出來干預、評判人物的行爲，給了人物較大的活動空間。

一、「多聲部」

泥鰍是一個象徵或隱喻，指在城市底層泥垢裏苦苦掙扎的民工的生存境遇。它們被農民工國瑞從鄉下帶來，作爲吉祥魚養在玻璃瓶中，最後還是被做成一道菜，送入宮總等一干高貴的城裡人的口中。青年農民工國瑞們也是這樣：在城市裡拼命奮鬥，卻擺脫不了自己的宿命：或者生存於泥垢之中，或者成爲他人口中的美食。

對這一過程，作家力圖做到客觀、真實的再現。小說一開頭，敘述者就出現了，以平和的語境來陳述農村青年國瑞光怪陸離的人生閱歷。將公眾知情人，案犯本人的供述、案件相關人的證詞，當然還有審判者（代表權力者）的審訊，原原本本地告訴讀者。由此，決定了這部小說是由敘事者、權勢者、弱勢者多種聲音交織的「多聲部」，弱勢者國瑞們的聲音十分的微弱以至於最後完全消失，國瑞掉進一個貪污挪用公款的圈套，被判死刑，行刑前左右看

〔註2〕尤鳳偉《我心目中的小說》，載《當代作家評論》2002年第5期，第12頁。

看一起被執行死刑的犯人，發現自己稍有落後，「便蠕動著身子向前挪了挪，成爲一條線。這時槍就響了。」〔註3〕一切歸於沉寂，國瑞再也無法開口說話了。國瑞很快就會被人遺忘，這椿案件就像沒有發生過一樣。在相互交織的多種聲音裏，國瑞由微弱的發聲到聲音完全消失，不僅讓讀者去思索背後的原因，也實施了作家的社會批判的職責。

敘事者的聲音冷靜而客觀，其任務是原原本本地交待事件的來龍去脈，呈現一種眞實。通過敘事者的介紹，國瑞、陶鳳、蔡毅江、小解、王玉城、寇蘭等人物及其相互關係一一呈現在讀者眼前。通過對判案卷宗的閱讀，交待國瑞們進城，在搬家公司下苦力，由於蔡毅江的受傷暫告一段落，此爲小說的上部；中部以陶鳳的變故爲中心，國瑞等人被逼上絕境。陶鳳在酒店反抗村長兒子陶東的凌辱，卻以賣淫之名被拘。國瑞爲陶鳳報仇，打傷陶東而被拘留；蔡毅江輸掉與搬家公司的官司後，由善變惡，拉皮條、走上黑道。小解與王玉城的出國中介費被騙，小解鋌而走險，決定赴上海搶劫，以獲得原始資本；王玉城充當工廠的「內奸」，被憤怒的工人打殘。這些青年民工恰似泥淖中苦苦掙扎的泥鰍，在底層尋求生路。下部交待國瑞與玉姐的性交易，並落入宮總設置的貪污挪用公款的圈套，走上不歸路。至此國瑞案件的始末完整地呈現在讀者面前。這一切都是在敘事者冷靜、平和的敘述下進行的，其中穿插辦案卷宗，不但對卷宗進行了編號，甚至連佚失的卷宗也一一寫出，表現出小說的紀實特性。看不出強烈的感情傾向，也未直接進行價值評判。

另一個比較明顯的聲音是權勢者的。它們不容辯駁、勿庸置疑。以貫穿始終的審訊者的聲音，以及小說下部出現的宮總的聲音爲代表，當然還有其他城裡人的聲音：醫生、市政府的官員等等。有一段審訊者與國瑞的對話：「又幹了什麼？／又去一家建築隊當小工。／還是職介所介紹的？／我自己找的。／這樣做違規，你懂不懂？／懂。／懂爲什麼不去職介所？／我一直沒拿到工資，拿不出中介費。」〔註4〕規則掌握在審訊者手裏，由他們對國瑞的行爲作出評判。因此審訊者的聲音強大威嚴，國瑞必須順著審訊員的思路作出回答。他即使作出了申辯，也無人傾聽。審訊者要國瑞交代犯罪事實，當國瑞喊冤時，審訊者說：「所有的犯人都說自己冤枉。我們不聽，我們的原

〔註3〕尤鳳偉《泥鰍》，載《當代》2002年第3期，第126頁。
〔註4〕尤鳳偉《泥鰍》，載《當代》2002年第3期，第5頁。

則是以事實爲根據，以法律爲準繩。」〔註5〕在這些強大威嚴的聲音之下，國瑞們的聲音十分微弱，不是語塞，就是囁嚅，結巴。當醫院的女大夫直言不諱地對國瑞說：「我見了你們這號人就犯噁心。」國瑞結結巴巴地吐出一句孩子氣的話：「我……我恨你……」〔註6〕而國瑞平時並不是口拙的人。蔡毅江住院要交押金，無奈之下國瑞找到當上市政府官員的老鄉國通借錢，但借錢二字還沒出口就被國通打發走了。「想不是自己不說話是人家不讓你張口」。〔註7〕面對體面光鮮的城裡人，尤其是那些權勢者，國瑞們除了口訥、結巴，不可能有理直氣壯的辯解、傾訴。宮總這個人物著墨不多，卻時時顯露威嚴，說一不二。他說讓國瑞擔任獨立公司的法人、總經理，國瑞儘管有顧慮，但還是接受了；宮總說公司的一切事務都聽匡副總的安排，國瑞也接受了。宮總要拿國瑞養的泥鰍嘗鮮，國瑞儘管不捨，但除了服從，別無他法。

在各種各樣，相互交織的聲音裏，有國瑞們微弱的發聲存在著，除了國瑞的囁嚅，還有陶鳳的呼號、寇蘭的哭泣，但隨著一聲槍響，這些聲音都沉寂了。

二、知識份子立場

這樣一個「多聲部」裏，其實最主要的還是強與弱兩種聲音。小說進入強／弱，城／鄉的二元對立之中，可闡釋的空間變得狹小。在強與弱對比明顯的聲音背後，進行著社會問題的設置與回答，隱藏著的是知識份子的立場與判斷。

卡爾‧曼海姆將同情與質疑視爲知識份子將自己與他人、社會進行聯繫的方式。同情不僅僅是心理學現象，「用他人的立場來看」，「洞察陌生的或令人困惑的觀點的渴望」，是將知識份子與經院學者、隱居的賢哲區分開來的重要特徵〔註8〕。但另一方面，同情容易變成唯知性主義，使人喪失判斷力，阻礙人接近深奧事物的起源。所以，質疑絕對事物，擱置自己、重新思考自己是必要的〔註9〕。

〔註5〕尤鳳偉《泥鰍》，載《當代》2002年第3期，第123頁。
〔註6〕尤鳳偉《泥鰍》，載《當代》2002年第3期，第14頁。
〔註7〕尤鳳偉《泥鰍》，載《當代》2002年第3期，第16頁。
〔註8〕參見〔德〕卡爾‧曼海姆《卡爾‧曼海姆精粹》，徐彬譯，南京大學出版社，2005年，第139頁。
〔註9〕參見〔德〕卡爾‧曼海姆《卡爾‧曼海姆精粹》，徐彬譯，南京大學出版社，

在《泥鰍》中，在強與弱、城鄉文化二元對立之中，狹小的空間雖然無益於發展國瑞們的心理與性格，卻有利於擱置作家自己的同情與質疑。

對底層的同情是作家的知識份子立場的體現之一。他並不是站在國家話語一邊，也不是持審視的敘事姿態，而是對底層民眾的疼痛感同身受，給予底層農民工以道德同情，展示底層民眾的悲劇性生存境遇。泥鰍象徵著農民工的悲劇性的生存狀態，也寄託著作家自己的道德同情：泥鰍長相醜陋，黑不溜秋，卻具有極強的生存能力，小說中還引用了關於泥鰍的民間傳說——黃河發大水，泥鰍堵壩救人，成千上萬的泥鰍口含砂石堵住泄漏的堤壩，為救人全部死去。以此來說明看上去醜陋、低賤的東西卻極富犧牲精神與傳統美德。同時又以「雪中送炭」這道菜來展示泥鰍的悲劇性命運：滾燙的水裏不是泥鰍的生存之地，逃入豆腐之中，豆腐卻成為泥鰍的葬身之地。這就是農民工的境遇：為給自己的父親當村委主任拉選票，陶東情願讓自己的媳婦跟選民陶龍睡覺，父親當選後又覺得不合算，要討還公道，其方式竟然是要睡了陶龍的妹妹陶鳳，還理直氣壯地告訴陶鳳：「你哥睡了我家的人，我也得睡你家的人」，而且「這事我問了別人，都說這樣公平合理。」〔註10〕國瑞的哥哥被陶東打了，兩邊都找人去派出所通了關係，派出所不知抓誰，竟將前去打探消息的國瑞抓了起來。這樣一種鄉村現實，使得國瑞、王玉城等青年農民出來了，死也不願回去。而城裡又是怎樣一種光景呢？燈紅酒綠、香車別墅，都是屬於別人的，國瑞住的地方，連窩都稱不上，只能叫「穴」。他與蔡毅江、小解、王玉城同住一室，每當蔡毅江的未婚妻寇蘭來後，其他三人只好讓出這個地方。三人流浪到廣場後，看到周圍幾幢花園式的樓房，他們在蓋樓時的工地上幹過活，替那樓裏搬過家、安裝過三通，但樓裏沒有一盞燈光屬於他們。他們看得見樓房的燈光，樓房裏的人卻看不見他們。他們就處於這樣一個被漠視的境地。在不屬於他們的城市，他們只能發出弱小的，容易被忽略的聲音。

對社會現狀的質疑，是作家體現出的知識份子立場的另一方面。作家必須表現出自己的思考及判斷力，由此進入社會問題的探尋。國瑞們為什麼只能發出弱小的聲音？國瑞其實是很有抱負，有上進心的青年農民，長相英俊，酷似明星周潤發。被宮總任命為總經理後，他主動要求參加高級經理培訓班

2005 年，第 140 頁。

〔註10〕尤鳳偉《泥鰍》，載《當代》2002 年第 3 期，第 39 頁。

的學習，並給自己制定了嚴格的作息制度與行為規範的「八要十不」，積極籌辦美食城，以期為打工的兄弟姐妹們解決飯碗問題。這樣一個有理想有抱負的青年卻走上不歸路。還有小解、蔡毅江、王玉城的由善變惡，找到底層生存的邏輯：或者不擇手段，積累原始資本，然後金盆洗手，隱姓埋名；或者棄善從惡，報復社會，欺凌更弱小者。而發出強大聲音的一端，如宮總，仰仗其當高官的老子，動輒就拿到上億元的大工程，將國瑞們玩弄於股掌之中。這樣一個強弱的對比，表現出作家對一些不正常的社會現狀的質疑，並引導讀者對其背後的原因掩卷深思。

作家還表現出強烈的自省意識，展開對知識份子自身的批判。小說中的作家艾陽，表現出對社會現實的迴避以及無能為力。不說假話，也不說真話，更多的是對現實緘口不言，明哲保身。他寫的反映鄉村現實的小說《兇手》，在國瑞看來，根本沒有觸及真正的社會問題，是無關痛癢的。艾陽在小說裏所寫的作惡的村長，與現實中的村長相比，簡直就是個好人。記者常容容上門採訪艾陽，艾陽卻對她的問題三緘其口，理由竟是「所有的問題都不好回答」〔註11〕。他同情國瑞們的處境，但也僅僅是同情而已，不能伸出手來幫助他們。小說對知識份子的軟弱、無能進行了尖銳的批評。

在批判與追問中，是作家對社會公正的維持。因此小說帶有很強的社會學意義。對城市及鄉村的權勢者進行了批判，著力表現弱者的苦痛、憤懣。「知識份子無疑屬於弱者、無人代表者的一邊。」〔註12〕價值評判標準也在弱者一邊。在強者的聲音之下，更顯出弱者聲音之微弱，藉此實現作家的批判與同情。在強與弱的聲音對比之下，作家的價值判斷也進入二元對立模式：善與惡、誠實與偽詐、正義與邪惡，人物變得簡單化、臉譜化，在這種二元對立模式中，存在著對立雙方的抵抗、鬥爭，小說時間匆匆前行，從頭一年秋天到第二年秋天，國瑞就走完了生命歷程，蔡毅江也完成了由善至惡的質變，小解從「下水」到上岸的金盆洗手，隱姓埋名。缺少對人物的活動及心理進行渲染、描述的空間。人物非善即惡，非正即邪，宮總的偽詐與國瑞的忠厚對比，蔡毅江的強橫與寇蘭的無助對比；城市男性的好色與陶鳳的貞潔對比……，缺少小說應有的模糊意義，也缺少美學內涵的挖掘。作家對弱者無

〔註11〕參見尤鳳偉《泥鰍》，載《當代》2002年第3期，第113頁。
〔註12〕〔美〕愛德華‧W‧薩義德《知識份子論》，單德興譯，生活‧讀書‧新知三聯書店，2002年，第25頁。

邊的同情與悲憫，使得對弱者身上的「惡」及其固有弱點批判乏力。如蔡毅江，由弱者變成強橫的皮條客，以及欺行霸市的黑社會老大，作家將這些全部歸結於外部環境，對弱者欺凌更弱小者，執行「大魚吃小魚，小魚吃蝦」的生存邏輯表現出一定的理解與同情，單純的道德同情減弱了作品應有的批判力度。因此，小說也缺少「匕首與投槍」那樣的尖銳與犀利，以及讓人警醒的力量。

「知識份子既不是調解者，也不是建立共識者，而是這樣一個人：他或她全身投注於批評意識，不願接受簡單的處方、現成的陳腔濫調，或迎合討好、與人方便地肯定權勢者或傳統者的說法或做法。」〔註13〕《泥鰍》對權勢者，即貫穿小說中的那個強大的聲音加以批評，但對弱小者卻是迎合的，對他們身上的「惡」持曖昧不明的態度，所以也很難引起人們療救的注意了。

三、「農民工」：被同情的「他者」

在知識份子作家的同情中，「農民工」無一例外地弱小、善良、甚至愚笨。

國瑞是高中畢業生，在農村也算得上精英了，倒退二十年，他也能像高加林那樣弄個記者的差事當當。但在故事發生的 1990 年代中後期，他只能在城裡的搬家公司下苦力。城裡的女醫生可以用極其蔑視的語氣對他說：「我見了你們這號人就犯噁心」。在市政府吃公家飯的老鄉國通也可以不給他開口說話的機會。長相雖然英俊，但並未引來女性的崇拜，除了髮廊女對他的調笑，就只有做男妓的份。當他與玉姐進行性交易，玉姐的丈夫宮總回家後，國瑞以為東窗事發，哭咧咧地給吳姐打電話求助，結結巴巴地說：我是……第三者……，吳姐卻在電話裏撲哧笑了：「你算個啥第三者？你不夠那個格，你只是個幫工，幫工，懂嗎？」〔註14〕國瑞連做第三者都不夠格，只是一個卑微的幫工而已。

蔡毅江、小解、王玉城、寇蘭、陶鳳等等進城民工，都是弱小無助的，面對命運，他們缺少反抗的力量，只有逆來順受，或者變質為惡。對此，李敬澤認為《泥鰍》中，作家對現實的批判是以對小人物的貶抑為代價的，作

〔註13〕〔美〕愛德華・W・薩義德《知識份子論》，單德興譯，生活・讀書・新知三聯書店，2002 年，第 25 頁。
〔註14〕尤鳳偉《泥鰍》，載《當代》2002 年第 3 期，第 83 頁。

家對底層的生存境遇是隔膜的，小說中充滿生硬的巧合〔註 15〕。這些小人物
是那麼蒼白無力，被外力摧毀，被外力塑造。缺少自我塑造的力量，作家倒
是很容易地歸咎於現實，但人物的豐富內心卻被屏蔽了。他們只是任人擺佈
的傀儡，沒有能力識破城裡人的騙局——幾千萬的資金貸款詐騙，作爲高中
畢業生的國瑞還是只知道盲目地簽字，而不探究一下資金的來龍去脈？公司
裏除他之外，全是宮總的親信，何況還有玉姐等人對他的提醒，居然都可以
完全喪失警惕？更蹊蹺的是，東窗事發，國瑞已經知道自己身處危險境地，
竟然爲了一百萬的冥幣，回到四周布滿警察的住所，而束手就擒。

　　與其說是國瑞們愚笨，不如說是國瑞們充當了作家放置同情與憐憫的容
器。在布景周全的舞臺上，國瑞們活動著，身後的細線卻拉在作者的手上，
在作者的意圖的控制下，國瑞們很難成長爲血肉豐滿、有著獨立意識的個人。
因此，國瑞們在舞臺上的活動，如同薄薄的剪紙。

　　除了弱小，小人物們表現出的另一個特徵是善良，富有犧牲精神。國瑞
一心想著如何借宮總之力，開美食店幫助弱小的打工兄弟姐妹。在自己「飛
黃騰達」之時，還不忘幫助進了精神病院的陶鳳；爲了保護玉姐，在審訊者
面前，不願承認與玉姐的性關係，只承認他與她之間是友誼。同樣的善良與
犧牲精神也表現在寇蘭身上，爲了替男友蔡毅江籌錢治病，她做了爲人所不
齒的妓女；爲救國瑞，她以自己的身體爲籌碼，忍受辛酸與屈辱；包括蔡毅
江、小解等人，在變質之前，他們都是善良的，善、弱小、愚笨成爲他們的
共同特徵，臉譜化、似曾相識，同爲年輕的男性民工，國瑞與蔡毅江、小解
們的區別僅在於國瑞比他們「好運」；同爲青年女性民工，寇蘭與陶鳳的區別
主要在於「不貞」與「貞潔」。

　　這是因爲人物都活在作家的設計裏，沒有一個供他們自由活動的空間以
超出這種設計。知識份子作家的智慧遠遠超出了他筆下的小人物，於是，國
瑞們只好一步步走向預先設計好的圈套。

　　爲避免平面化的人物帶來的乏味，作家將更多的精力放在情節的傳奇，
以及悲劇性的命運上。

　　農民工國瑞的傳奇經歷主要發生在小說的下部，由於與貴婦玉姐之間的
性交易，國瑞進入了上流社會。在紫石苑別墅看到的排場：氣派的房間、豪

〔註15〕參見李敬澤《失蹤的生活，可疑的景觀》，載《當代作家評論》2002 年第 5
　　　　期，第 156～157 頁。

華的裝飾，還有花工、車夫、廚師、女傭……，國瑞就在這裡住下了，除了陪玉姐，每天也沒有什麼具體的事情做。很快又被玉姐的丈夫宮超委以重任：擔任新成立的公司的法人及總經理。交往的人也不再是那些打工的兄弟姐妹，而是市長秘書、市裏各個企業的老總、廣告片的導演等頭面人物，而且，國瑞還被年輕漂亮的女記者常容容愛上，國瑞從底層的泥垢飛入了上流社會的富麗堂皇，一夜之間就從農民工變成了公司的法人、總經理，由一個成天盤算著如何把女朋友陶鳳「睡了」的打工仔，變成一個讓貴婦、女記者主動委身於他的英俊瀟灑的有為青年。這樣的傳奇經歷相對於上部國瑞等農民工集體在狹小的生存空間苦苦掙扎，以及中部他們面臨生存的艱難不得不作出選擇的平淡無奇，在情節上無疑是一個較大的宕蕩起伏，使讀者對新奇的追求勝過了對審美的追求。

但情節的傳奇卻無助於人物性格的成長與發展，只是為了使人物乖乖落入一個圈套。在這樣一個富於傳奇色彩的情節中，國瑞還是弱小、忠厚、愚笨，老老實實地上了別人的大當。以此來反襯權勢者的強大、詭詐、老奸巨滑。

悲劇性的命運則是以「掙扎——絕境」這樣一個模式來體現。每一個小人物在掙扎之後，都被作者送入設置好的絕境：蔡毅江受傷後，搬家公司的老闆黃天河不付醫療費，卻躲了起來，蔡毅江被耽誤了治病的最佳時期，喪失了性功能，他最後的希望是通過打官司為自己討還公道，讓黃天河受到應有的懲罰。然而，令他萬萬沒想到的是，在莊嚴的法庭上，輸掉官司的是他這個受害者。身體殘了，連個說理的地方也沒有。一場輸掉的官司把蔡毅江推到了絕境。絕處逢生的方法就是以暴制暴，糾集蓋縣幫報復延誤他病情的「破貞女」大夫與搬家公司老闆黃天河。一心想在城市維護自己貞潔的打工妹陶鳳，被周圍虎視眈眈的城裡男人逼得進了精神病院；想通過自己的辛勤勞動改變處境的小解，被騙取幾千元的出國中介費後，走投無路，只好去打劫。打工妹寇蘭被刻畫得有情有義，為了籌錢給未婚夫蔡毅江治病，她不得不賣身，為救出被拘留的國瑞，她忍受屈辱將自己獻給一個關鍵人物。她還有可能在事件的繼續發展中形象更加豐滿、個性更加突出，更加栩栩如生，呼之欲出，然而作家似乎並沒有這個耐心等待她進一步「成長」起來，沒有耐心搭建人物的立體性格，很快地將她推入絕境：她被未婚夫蔡毅江逼迫賣淫積累原始資本，曾經的愛人變得冷酷無情，寇蘭已是無處可去。作家乾脆

讓她消失無蹤,不再出現。

國瑞走向絕境要更加曲折,更富傳奇一些。作家設置的是一個拋物線式的情節,從最低谷到最高峰,再從最高峰跌落到最低谷。這樣一個極富戲劇性的情節更注重的是小說的時間推進,以及事件的突發性及轉折點,沒有一個空間讓國瑞的性格慢慢成長,作家也來不及對人物豐富的性格進行透視。國瑞們還沒有「成長」起來,就被傳奇性的經歷以及設置好的「絕境」摧毀了。當國瑞的案件塵埃落定之時,我們除了對這起案件嘖嘖稱奇,或者為國瑞們掬一把同情之淚,還能怎樣呢?來自心靈深處的悸動,直達靈魂的悲劇力量是缺失的。

即便如此,《泥鰍》的文學意義仍然十分重要。它首次描繪了一幅栩栩如生的農民工群像圖,表現社會轉型時期城與鄉的文化衝突。正是國瑞進入上層社會的傳奇經歷,突破了單純的底層生存圖景的呈現,成為權力、金錢與下層生活交織的立體交叉的世相全景,揭示了國瑞們悲劇命運的深層的社會因素。具備了特有的文化意蘊以及歷史厚度、思想深度。它的出現,使主流文學積極介入農民工這一新的生活空間,農民工成為主流文學新的描寫對象〔註16〕,突破了打工文學單純地、微觀地描寫農民工生活的局限性。另一方面,還體現出精英知識份子寫作在當今的獨特意義:與歷史上精英作家的啟蒙話語不同,以《泥鰍》為代表的作品沒有高高在上的俯視,敘事立場是民間的、底層的,站在底層人物的一邊,對他們的悲劇命運表示同情。雖然並不具備農民工敘事的親歷性,但對漂流在城鄉之間的農民工現象有了更多的全局性的展示以及歷史性意義的思考,表現了知識份子作家在經歷了1990年代的「失語」之後,社會責任感與使命感的回歸。

尤鳳偉在《我心目中的小說》中談到:青島一家報紙刊出一位市民的建議:在公交車上將城市人將鄉下人隔開,理由是他們身上髒,有臭味。那麼,如果將打工者全部隔離出城市,會怎樣呢?恐怕城市的建設行業、工廠、服務行業等都要陷入停頓狀態。城市已經對打工者產生了很大的依賴,只是很多城市人還沒有意識到。所以,他承認《泥鰍》是在為農民寫作,並且懷著深深的情感來書寫他們〔註17〕。

〔註16〕 參見郜元寶《評尤鳳偉的〈泥鰍〉兼談「鄉土文學」轉變的可能性》,載《當代作家評論》2002年第5期,第30~35頁。

〔註17〕 參見尤鳳偉《我心目中的小說》,載《當代作家評論》2002年第5期,第11

在欲望時代，充斥著商業寫作之時，一個知識份子作家懷著深深的、眞摯的情感書寫農民，是值得人尊重的。

第二節　《高興》：「農民工」的城市身份認同與鄉村身份認同

《高興》是《秦腔》的後續之作。《秦腔》寫了農民怎樣一步步從土地上走出來，《高興》寫了他們走出土地後的城裡生活〔註18〕。

在賈平凹的創作歷程中，《高興》並不是第一次寫進城農民。《浮躁》、《土門》、《高老莊》等，都已經寫到，不過視點仍然是自己熟悉的鄉土。《高興》將視點移入城市，將進城農民的活動完全放在了城市之中。這是與故鄉告別之後對農民的城市命運的書寫〔註19〕，也是作家在城市生活三十年來，與西安城拾破爛的農民工形成「雲泥之別」的兩個階層後，直面底層人生。邵燕君認爲《高興》站在鄉土文學與底層文學的交匯處，不但壯大了「底層文學」的隊伍，也可以歸之於魯迅先生的「鄉土文學」的脈絡中去〔註20〕。

魯迅對鄉土文學作了如下界定，一是作家身份特徵，離開故鄉的都市「僑寓者」，二是內容：回憶故鄉；獲得某種地方色彩、鄉土風情；三是情感基調：隱現著鄉愁。〔註21〕

從作家身份、鄉土風情以及情感基調來看，以故鄉商州爲視點的小說帶有明顯的鄉土文學特徵，賈平凹也已經被視爲新時期鄉土小說的領銜人物，「而賈平凹之所以成爲新時期鄉土小說創作的領銜人物，其根本原因就在於他不斷地修正『自我』的審美藝術觀念。」〔註22〕

對於一個農裔作家來講，鄉村與城市，是一對充滿悖論的命題。尤其是在都市化進程中，這種城與鄉之間的矛盾、焦慮表現得更爲突出。在《廢都》

　　～12頁。
〔註18〕參見賈平凹《高興》，作家出版社，2007年，第450頁。
〔註19〕《秦腔》後記裏，作家寫到：我以清風街的故事爲碑了，行將過去的棣花街，故鄉啊，從此失去記憶。參見賈平凹《秦腔》，作家出版社，2005年，第566頁。
〔註20〕參見邵燕君《當「鄉土」進入「底層」——由賈平凹〈高興〉談「底層」與「鄉土」寫作的當下困境》，載《上海文學》2008年第2期，第90頁。
〔註21〕參見魯迅編選《中國新文學大系・小說二集》，上海良友圖書印刷公司印行，1935年，第8～11頁。
〔註22〕丁帆《中國鄉土小說史》，北京大學出版社，2007年，第267頁。

之前，作家還沒有好好地寫一部關於城市的小說，而《廢都》這一部關於城市的小說，卻是以「廢都」爲背景，充滿了頹廢與幻滅。是骨子裡的農民文化與生活中的城市文化之間的交鋒使得知識份子作家的靈魂無法安寧，並一直希望找到一個地方安頓破碎的靈魂，《廢都》就是這樣一次尋找〔註23〕。

當田園牧歌式的農業文明已成爲過去，城市文明又無法完全接受之時，這種尋找十分無奈。在對「廢鄉」作了一次盤點後，作家終於進入到都市裡「廢人」的生活。《高興》就是在「廢都」、「廢鄉」之後，對「廢人」的生活的一次展示〔註24〕。這次展示是在作家進城三十年後，與進城農民已經形成雲泥兩個階層後進行的，作家已經是進城農民的他者。農民工是在他者視域下被展示的。

與以往進城農民對城市文化的懷疑、疏離不同，農民劉高興對城市充滿主動性，主動認同，主動融入，認爲自己就是一個城市人，死也要死在城市裡。這由以前：被動的認同——抗拒——矛盾、焦慮轉變成爲：主動的認同——被拒——失落。由在鄉村裡的尋根變爲城市裡的尋根，最後變爲無根的漂浮物。而作爲劉高興的反面，農民五富卻表現出對鄉村身份的主動認同，他從來就沒有接受過城市，生前他就跟劉高興交待，如果他死在城裡，一定要把他的屍體送回鄉下。一邊是城市身份認同，一邊是鄉村身份認同，劉高興的城市認同抽象爲一種城市精神，五富的鄉村身份認同還原爲一種鄉村現實。城鄉文化的衝突不是集中在一個人的身上，而是分化在兩個不同的人身上。

劉高興只想留在城市裡，「我活著是西安的人，死了是西安的鬼」〔註25〕，「城裡給了咱錢，城裡就是咱的城，要愛哩！」，「咱要讓西安認同咱，要相信咱能在西安活得好」〔註26〕。沒有了對鄉土的回憶與眷顧；有，也是通過粗俗、沒文化的五富來表現鄉里的貧窮、落後、愚昧甚至低級趣味，在現代性的觀照下，批判鄉土落後性；另一方面，又表現出無法皈依城市的痛苦：「你愛這個城市，這個城市卻不愛你麼！」〔註27〕「農民性就像烏雞，烏到骨頭

〔註23〕參見賈平凹《廢都》，北京出版社，1993年，第519～527頁。
〔註24〕參見張英《從「廢鄉」到「廢人」》，《南方周末》2007年10月25日，第D21版。
〔註25〕賈平凹《高興》，作家出版社，2007年，第146頁。
〔註26〕賈平凹《高興》，作家出版社，2007年，第121頁。
〔註27〕賈平凹《高興》，作家出版社，2007年，第147頁。

裡」〔註28〕。但這和之前那些以商州爲視角的鄉土小說表達的困惑不太一樣，《高興》不僅僅是鄉土文學，它還是底層文學，懷著對底層人文關懷的精神，眞實反映底層民眾的生活。作家甚至希望，它就是一個社會記錄，「而在這個年代的寫作普遍缺乏大精神和大技巧，文學作品不可能經典，那麼，就不妨把自己的作品寫成一份份社會記錄而留給歷史。」〔註29〕因此，以往的文人式的鄉土情結就從劉高興的身上剝離下來，對鄉土的懷戀與回望都給了五富，這種懷戀與回望不再是詩性的，而是充滿了粗俗。對城市也不再是恐懼或仇恨，而是充滿了主動融入的精神。城市精神給了劉高興，鄉土現實給了五富，這兩者無法在一個人身上重合，文人式的矛盾、猶疑、徘徊、焦慮就少了許多，變成了底層農民工單向度的思考，去除複雜的精神矛盾，底層人的形象顯得更爲眞實，更接近社會記錄。但這在客觀上造成了一種分裂，城市精神與鄉土現實的分裂。

一、城市人的身份認同與城市精神——劉高興

劉高興就是城市精神的代表，或者，外來者的城市精神的化身，他有著強烈的融入城市的欲望，比如他進城後對五富說的一番話：

> 五富，咱要讓西安認同咱，要相信咱能在西安活得好，你就覺得看啥都不一樣了。比如，路邊的一棵樹被風吹歪了，你要以爲這是咱的樹，去把它扶正，比如，前面即便停著一輛高級轎車，從車上下來了衣冠楚楚的人，你要欣賞那鋥光瓦亮的轎車，欣賞他們優雅的握手、點頭和微笑，欣賞那些女人的走姿，長長吸一口飄過來的香水味⋯⋯〔註30〕

這表明他對城市的主動認同。

從個體上看，劉高興「和城市人沒什麼區別」〔註31〕，他具有城裡人的外表，長相好，愛乾淨；有知識，愛整潔、還有文化雅趣——讀書、看報、吹簫；還具有城市知識份子的一些特徵，比如神經衰弱、失眠；甚至有城裡人的維權意識。比如，剛進城不久，他因隨地吐痰被罰款，不但沒繳罰款，

〔註28〕參見賈平凹《高興》，作家出版社，2007年，第119頁。

〔註29〕賈平凹《高興》，作家出版社，2007年，第440頁。

〔註30〕賈平凹《高興》，作家出版社，2007年，第121頁。

〔註31〕參見蒲荔子《賈平凹：在骯髒中乾淨地活著》，載《南方日報》2007年10月17日，第A15版。

反而把要罰他款的市容糾察員教訓了一番，並說出了如下一番理直氣壯的話：「袖筒應該戴在胳膊上，你為什麼裝在口袋？你們的責任是提醒監督市民注意環境衛生，還是為了罰款而故意引誘市民受罰？」「你態度嚴肅些！你是哪個支隊的，你們的隊長是誰？」〔註32〕很難想像，一個身處底層的農民工，竟能如此和一個執法人員叫板。他還帶著五富去和門衛交涉，讓門衛允許五富進小區收破爛；幫保姆翠花向雇主討還身份證與工錢。

劉高興是有知識文化又不安分的新一代農民，不想回農村，而是想在城市安家落戶〔註33〕，在城市裡紮下根來，認同城市人的身份。因此他要盡量尋找自己作為城裡人的理由。在鄉裡一直光棍，這是與傳統農村價值觀相違背的，卻成為劉高興做西安人的一條充足的理由。在農村沒有家，沒有老婆孩子，就沒有根，也就無可留戀。

懷著自己「活該是西安人」的認識，劉高興進了城，當了撿垃圾的農民工。從生理上，他與城市已經有著一種聯繫，因為有一個城裡人移植了他的腎，他的腎在他所不認識的某個城裡人的身上。心理上，他愛上了妓女孟夷純，孟夷純成為他在城市拼命賺錢的理由，為了早日湊足為孟夷純輯凶的錢，他白天拾垃圾，晚上拉煤球，一個智慧上與城裡人沒有兩樣的人，竟然被韓大寶騙去下苦力挖地溝。這樣一種不計物質利益的愛情至上的價值觀，在現代人身上，已很難找到了。這或許是劉高興與城市的關係的一種暗喻：為了城市，他可以不顧一切。小說裡出現的與劉高興有關的兩個女人，一個是保姆翠花，一個是妓女孟夷純；翠花長得黑胖黑胖的，銀盆大臉，大屁股大奶大骨腳，是典型的農婦相貌：能幹活，能生養；孟夷純又瘦又高，肩寬脖子長，腿長腳小，典型的城市女性的形象。愛穿高跟鞋，她能穿上劉高興買的一雙高跟尖頭皮鞋，從一開始，劉高興就認定，「能穿高跟尖頭皮鞋的當然是西安的女人」〔註34〕，所以，孟夷純其實是城市的象徵。雖然是妓女，但交際範圍都是城裡的大款老闆。對代表著鄉村的翠花，他看不上，保持著禮節上的客氣，感情上卻拉得很遠；而對孟夷純的態度，就是劉高興對城市的態度：癡迷、執著、主動。

〔註32〕賈平凹《高興》，作家出版社，2007年，第71頁。
〔註33〕參見張英《從「廢鄉」到「廢人」》，載《南方周末》2007年10月25日，第D21版。
〔註34〕賈平凹《高興》，作家出版社，2007年，第5頁。

劉高興主動認同城市人身份，充滿了融入城市的主動精神。從生理上、靈魂上，都與城市有著不可分割的聯繫。

二、鄉村身份的主動認同與鄉村現實——五富

一方面是劉高興對城市身份的主動認同，另一方面是五富對鄉村身份的主動認同。五富代表的是鄉土現實。他對城市沒有興趣，心裡只有老婆孩子熱炕頭，他認為自己就是一個離不開土地的農民。可以說，他就是劉高興的反面：劉高興長得俊，五富醜；劉高興有城裡人的行為舉止，五富並不具備，比如，他剛進城時，扯著劉高興的衣襟，前腳碰著劉高興的後腳跟，過馬路「總是猶豫不決，而一旦車輛全沒了，又跑得像狼在攆」〔註35〕，「他天生沒有城裡人的氣質」〔註36〕。五富胃口好，一次可以吃十斤熟紅苕，力氣大，能背一百五十斤柴草趟齊腰深的河，喜歡豐乳肥臀，能生養孩子的女人：「喝酒圖個醉，娶老婆圖個睡，胖老婆睡著像鋪了棉花褥子。」〔註37〕；劉高興聰明，五富愚笨，老實，「你扇他，他還給你笑」〔註38〕；劉高興有知識有文化，五富沒文化沒見識；他排斥城市，初來西安，看見城中村蓋的樓房出租，他說：「坍下來就好了，都是農民，他們就能蓋這麼多房出租？！」〔註39〕看見城市的美女，他不屑一顧地哼著鼻子：「城裡的女人哪裏有清風鎮的女人好呢？」〔註40〕門衛不讓他進小區裏面去收破爛，他就夥同黃八，在門衛坐的小板凳上塗膠水以示報復；收取破爛時，他看見城裡人家的擺設，要啥有啥，連拖鞋上都綴了珍珠，「他沒有產生要去搶劫的念頭，這他不敢，但如果讓他進去，家裏沒人，他會用泥腳踩髒那地毯的，會在那餐桌上的咖啡杯裡吐痰，一口濃痰！」〔註41〕「城裡不是咱的城裡，狗日的城裡！」〔註42〕

這種對城市的排斥甚至仇視，在黃八身上也有充分的體現。黃八與五富交好，有許多和五富類似的特徵：長得醜，鄉下人的習性，沒文化，排斥城市，可視為五富這一形象的延伸。黃八經常詛咒城市，「罵人有了男有了女為

〔註35〕 賈平凹《高興》，作家出版社，2007年，第17頁。
〔註36〕 賈平凹《高興》，作家出版社，2007年，第17頁。
〔註37〕 賈平凹《高興》，作家出版社，2007年，第30頁。
〔註38〕 賈平凹《高興》，作家出版社，2007年，第9頁。
〔註39〕 賈平凹《高興》，作家出版社，2007年，第13頁。
〔註40〕 賈平凹《高興》，作家出版社，2007年，第30頁。
〔註41〕 賈平凹《高興》，作家出版社，2007年，第119頁。
〔註42〕 賈平凹《高興》，作家出版社，2007年，第227頁。

什麼還有窮和富，罵國家有了南有了北為什麼還有城和鄉，罵城裡這麼多高樓大廈都叫豬住了，罵這麼多漂亮的女人都叫狗睡了，罵為什麼不地震呢，罵為什麼不打仗呢，罵為什麼毛主席沒有萬壽無疆，再沒有了『文化大革命』呢？」〔註43〕

　　另一方面，五富對鄉土充滿了懷戀，他辛辛苦苦地賺錢、攢錢，都是為了鄉下的老婆孩子，來城裡的目的很清楚，賺足了錢回鄉下去和老婆孩子好好過日子。他總是念著家裡的老婆、孩子、田地。麥收季節到來時，他一心想著田裡的麥子該收割了；認為還是鄉里好，「沒來城裡把鄉里能恨死，到了城裡才知道快樂在鄉裡麼！」〔註44〕劉高興教育他要愛城裡，他卻哭喪著說「我愛我老婆」〔註45〕，劉高興把掙下的錢都給了孟夷純，五富把掙下的錢都一分一釐地攢下，匯回老家去。劉高興要死在城裡，他卻要死在清風鎮，「他死了要回清風鎮，要埋在他父母的墳旁邊，他的妻兒得按鄉俗過七七四十九天，以後的冬至清明要有燒紙祭奠的地方」〔註46〕，所以劉高興才要千方百計把五富的屍體送回去。

　　五富就是一個鄉土現實，吃喝拉撒睡，想老婆，想土地，要葉落歸根。作家賦予他商州農民的習性：吃苦耐勞，愚笨老實，不講衛生，有時耍些小小的刁滑。他主動認同自己的農民身份，對城市沒有留戀，沒有愛，沒有認同。因此，也沒有了由於鄉村身份與城市認同所產生的矛盾。

三、城市精神與鄉土現實的分離及城鄉文化衝突的外在化

　　劉高興與五富都是進城的農民工，但他們二人截然相反。一個俊，一個醜；一個有知識，一個沒文化；一個文雅，一個粗俗；一個對城市充滿渴望，一個卻時時懷戀著鄉村；一個自詡為城裡人，一個人卻認定自己是農民。而劉高興對城市身份的主動認同被抽象為城市精神，五富對鄉村身份的主動認同被還原為鄉土現實。兩個進城農民身上都缺乏作為對立面的異質性因素，於是表現出城鄉衝突的分離與外在化。

　　賈平凹曾說過：「當我已經不是農民，在西安這座城市裡成為中產階級已20多年，我的農民性並未徹底褪去，心裡明明白白地感到厭惡，但行為處事

〔註43〕賈平凹《高興》，作家出版社，2007年，第163頁。
〔註44〕賈平凹《高興》，作家出版社，2007年，第227頁。
〔註45〕賈平凹《高興》，作家出版社，2007年，第227頁。
〔註46〕賈平凹《高興》，作家出版社，2007年，第410頁。

中沉渣不自覺泛起。」〔註 47〕，在《秦腔》後記中，賈平凹談到自己既感激故鄉，又恨故鄉，借一個偶爾的機會離開故鄉，當車經過秦嶺，「我說：我把農民皮剝了！可後來，做起城裡人了，我才發現，我的本性依舊是農民，如鳥雞一樣，那是鳥在了骨頭上的。」〔註 48〕作家自幼生活在商州，受著商州的地域文化影響，鄉土情結、農民情結無法割捨，另一方面，進入城市已經生活了三十多年，可以說大半輩子都是在西安度過的。賈平凹在一次訪談中談到：「我是 1972 年進入西安的，而今三十五年了。平時對西安有這樣那樣的不滿和煩惱，但如果真要離開，我離不開。」〔註 49〕他受著城市文化的影響，過著中產階級文人雅士的生活，寫作、書法、繪畫、收藏……，農民性與城市文化之間不斷地衝突，一方面反感城市文明，嚮往鄉村文明，另一方面不自覺地接受了城市文明，反省鄉村文明。作家時時處於焦慮與矛盾之中。

在《廢都》、《土門》、《高老莊》等小說中，城鄉文化的衝突常常集中在一個人身上，如莊之蝶、子路，由鄉入城，城市文化與鄉村文化在他們身上發生了激烈的碰撞，由於這種碰撞、激蕩，或者斷裂，或者從精英知識份子的立場進行反省，因此小說充滿了緊張感，這種衝突與緊張是由內及外的，小說具有一種張力。

《高興》同樣表達著這樣一種城鄉文化的衝突，但這種衝突不再集中在一個人身上，而是變成了兩張皮，劉高興認同城市身份，鄉村和他沒有什麼關係，五富卻認同鄉村身份，城市和他沒有什麼關係。城市精神由劉高興代表，鄉土現實由五富代表，兩者也在時時發生衝突，但這種衝突由內在的變為了外在的，小說的張力也大大減弱了，缺少了應有的深度，作家的注意力集中在了表面。也許，不進行內在的深入的挖掘更有利於作家實現把自己的作品寫成社會記錄留給歷史的願望，也保留了底層生活的真實性，但發自內心的震撼力、衝擊力卻少了許多。

劉高興與五富，一個是作家的城市性的投射，一個是作家的農民性的投射，為了把城市性與農民性表現得更充分，劉高興盡可能地城市化，而五富盡可能地農民化。最後卻不可避免的走向單向度發展，小說的多義性、模糊

〔註 47〕 賈平凹《我是農民》，載《大家》1998 年第 6 期，第 9 頁。
〔註 48〕 賈平凹《秦腔》，作家出版社，2005 年，第 560 頁。
〔註 49〕 程光煒、楊慶祥、黃平、賈平凹《賈平凹與新時期文學三十年》，載《南方文壇》2007 年第 6 期，第 65～66 頁。

性受到損害。

城與鄉的文化衝突變成了外在，衝突的力度大爲減小，只有偶爾的摩擦，更多的是五富們代表的鄉村現實向劉高興代表的城市精神的臣服。五富們處處都聽從劉高興的，在池頭村，劉高興維持著他的絕對權威。劉高興比五富們體面、比五富們能幹，也比五富們聰明。雖然作者爲了突出民間立場，採用了第一人稱敘述的方式，以劉高興的視角進行敘述，但由於劉高興的地位明顯高於五富們，以俯視的眼光看出去，五富們卑微、愚笨，還是被同情的對象。

四、城與鄉的單向度對抗及失衡

（一）知識份子性與農民身份的失衡

劉高興雖然客觀具有農民身份，但他卻認同城市身份。從外表到內心，從身體到精神，都具有城市特徵。城市性過多的渲染、拔高，主觀上的城市身份認同與客觀上的農民身份失衡。他還帶有明顯的知識份子性：腸胃不好，神經衰弱，審美大於實用。如，對食品欣賞多於進食，小說中有一段寫到吃的：

> 我吃飯是講究的。就說吃面吧，我不喜歡吃臊子面，也不喜歡吃油潑面，要吃在麵條下到鍋裡了再和一些麵糊再煮一些菜的那種糊塗面。糊塗面太簡單了吧，不，麵條的寬窄長短一定要標準，寬那麼一指，長不超過四指，不能太薄，也不能過厚。……〔註50〕

對用的也是如此。五富將一塊鏡子當作沒用的廢物扔了，劉高興和他慪氣；買一雙女式尖頭高跟鞋不是拿來用，而是拿來看，欣賞，拿來盼望──如果有一個城市女人能夠穿上合腳，她就是他的老婆。麥收時節到了，劉高興不收破爛了，帶著五富去郊區看麥田，但這種看，對於劉高興來說，完全是觀景性質，五富馬上想到該回去收麥子了，劉高興想的卻是讓家鄉的麥子爛在地裡也沒關係。他去看麥田，是爲了欣賞那海一般的氣勢，去品嘗新麥的清香，觀賞麥子浪一樣地撲閃。

對女性的審美觀更體現出一種封建士大夫趣味，雖然劉高興只是一個農民工，但對女性的腳充滿了興趣，他一再申明與五富的原始愛情觀、審美觀不同。他看女人，首先就是看腳，不喜歡翠花，是因爲她長著大腳骨，對未

〔註50〕賈平凹《高興》，作家出版社，2007年，第43頁。

來的婚姻的期待不是找一個能爲他生兒育女的女人，而是能穿下那雙尖頭高跟鞋的美腳。

「劉高興這些人都是有文化知識又不安分的一代新農民。所以寫這部小說時，一定要寫出這一代農民不一樣的精神狀況，他們不想回農村，想在城市安家落戶，他們對城市的看法和以往的農民完全不同。」〔註51〕這也許是爲劉高興身上的城市精神、士大夫情趣與知識份子性尋找一個合適的理由。「有文化知識又不安分的一代新農民」不同於我們熟知的傳統農民，如五富。於是，「新農民」就成爲一個容器，他們對城市身份的主動認同，可以使得城市精神、知識份子性理所當然地投射到他們身上，充分地加以渲染。爲增加可信度，劉高興被設計成一個沒有父母親族的大齡未婚青年農民，農村看重的血緣家族關係都被抽走了，與鄉土的關係成爲不再涉及的眞空，讓讀者相信，一個與鄉土失去血緣姻親關係的農民，認同城市身份是理所當然的，也更有理由成爲城市精神的代表。也正因爲如此，劉高興這個形象具有一定的抽象性，由文化、智慧、樂觀等元素組合而成，「新一代農民」的形象十分模糊、單薄，遠不及五富這個傳統農民形象的血肉豐滿。賈平凹在談到《高興》的寫作過程時說：「我雖然在城市裡生活了幾十年，平日還自詡有現代的意識，卻仍有嚴重的農民意識，即內心深處厭惡城市，仇恨城市，我在作品裡替我寫的這些破爛人在厭惡城市，仇恨城市。我越寫越寫不下去了，到底是將十萬字毀之一炬。」〔註52〕重新提筆，他賦予了劉高興執著而樂觀的城市精神，也許，可視爲對農民意識的有意矯正。

（二）城與鄉的單向度對抗：傳奇與平淡的失衡

城與鄉的衝突由內部移向外部，多元交織轉爲單一向度的對抗，導致內心的焦慮、矛盾減少，小說內部的張力不夠。這部小說主要人物不多，只有劉高興和他的兩三個同伴，《秦腔》的結構「是陝北一面山坡上一個挨一個層層疊疊的窯洞，或是一個山窪裡成千上萬的野菊鋪成的花陣」，《高興》的結構「是只蓋一座小塔只栽一朵月季，讓磚頭按順序壘上去讓花瓣層層綻開」〔註53〕。結構相對單薄，又缺乏由內向外的衝擊力，缺少城鄉文化的交織、

〔註51〕張英《從「廢鄉」到「廢人」》，載《南方周末》2007 年 10 月 25 日，第 D21 版。
〔註52〕賈平凹《高興》，作家出版社，2007 年，第 446 頁。
〔註53〕賈平凹《高興》，作家出版社，2007 年，第 450 頁。

纏繞、衝撞、激蕩，按順序疊上去的磚頭以及層層綻開的花瓣只好由日常行為來填充。

小說前半部的內容，基本上都是劉高興與五富在城市裡的平淡生活，作家用足夠的耐心描述他們如何拾破爛，怎樣展開在池頭村的日常生活。沒有情節的大起大落，很直接地寫他們的出工與吃喝拉撒睡，比如，數次寫到吃：「我們吃飯的時候就坐在樓臺上，一口蘿蔔絲兒一口饃，再喝一陣稀飯。吃畢了，五富左腿架在右腿上一會兒，放個屁，又右腿架在左腿上一會兒，說：嗯，哈娃，好日子！」〔註54〕「五富是吃了一碗又一碗，還吃了一碗」〔註55〕；「他（五富）是吃了一份羊肉泡饃，又把我剩下的半份也吃了，肚子就撐得難受，他一邊拿肚子去撞樹，一邊要黃八陪他說話。」〔註56〕

其間有一些故事發生，如劉高興幫翠花討回身份證，劉高興與石熱鬧幹架，五富與黃八去捉弄門衛、違法收購醫療垃圾遇險等等，但這些只形成一些小波瀾，還不足以對情節構成較大的轉折。在小說進展到接近一半時，出現了孟夷純，使平淡的格局被打破，一個農民工愛上了一個妓女，而這個妓女有著奇特的生世：她的情人殺了她的哥哥，她要賺到足夠的錢緝拿兇手。為了幫助她，劉高興拼命尋找賺錢的機會：除了辛苦地撿拾垃圾，還去卸水泥、賣煤球、為賺到能贖出孟夷純的 5000 元錢，劉高興去咸陽挖地溝……，這是一個英雄救美的老套故事，而將它安置在農民工與風塵女身上，就具有了浪漫的傳奇性。在池頭村的吃喝拉撒睡的日常生活被傳奇故事代替，敘述的時間與空間，在前半部分變化較小，但在小說的後半部分產生了較大的變化：主人公離開了池頭村，轉移到了西安之外的咸陽。時間的回溯與延伸，空間的迅疾轉變，與前半部分相對靜止的敘述形成較大反差，日常生活敘事與傳奇故事的疊加，使小說的結構不對稱，明顯失衡。

由於城市精神與鄉土現實的分離，城鄉文化衝突的多元交織被單向度的敘述代替，傳奇故事避免了情節的過於平淡緩慢，增加了緊張感，但這種緊張感是通過外部行動來完成的，很難深入到人物內心。

（三）他者視域：限知的敘述視角與全知的敘述視角的矛盾

為了更好地體現民間立場與平民化視角，小說採用了第一人稱敘述，增

〔註54〕賈平凹《高興》，作家出版社，2007 年，第 21 頁。
〔註55〕賈平凹《高興》，作家出版社，2007 年，第 44 頁。
〔註56〕賈平凹《高興》，作家出版社，2007 年，第 96～97 頁。

加了眞實性與親切感，知識份子作家高高在上的俯視與同情被平等交流代替，也便於更好地展現人物的心理狀態。

　　但這部小說畢竟是作家「下生活」的結果，作家所寫的是他看到的、聽到的故事，農民工的內心世界，更多地是靠揣摩，所以作家比較依賴外部行動，爲達到「社會記實」的眞實性，採取了限知的敘述視角。但在敘述過程中，作家又顯露出較強的操縱性，敘述者逸出限知視角之外，大加評論，所以，仍然是知識份子作家他者視域的體現。比如，對市容隊隊員進行評論：「他們沒有專門的制服，不管穿了什麼衣服，一個黃色的袖筒往左胳膊上一套，他就是市容了。」〔註57〕對拾荒者與環衛工的評論：「其實，世上有許多事都被疏忽了，每個人都在呼吸，不呼吸人就死了，可誰在平時留意過自己每時每刻進行著一呼一吸呢，好像從來就沒呼吸。」〔註58〕借老鐵之口對農民工進行評論：「……他說打工的人都使強用狠，既爲西安的城市建設做出了巨大的貢獻，但也使西安的城市治安受到很嚴重的威脅，……老鐵說：富人溫柔，人窮了就殘忍。」〔註59〕

　　五富成爲劉高興視角的延伸，一些劉高興不在場的活動，就通過五富的視角進行敘述，一方面擴大敘述視角，增大了敘述容量，另一方面，對五富、黃八等的所作所爲，「我」總是在做出價值評判，五富和黃八報復了門衛，「我」的評價是「下三爛」〔註60〕，五富嫉妒黃八有了一輛自行車，「我」指責道：「人家過得不如你了你笑話，過得比你好了又嫉恨」〔註61〕。

　　有時，「我」也對劉高興的行爲做出價值評判，如，劉高興被一個城裡女人輕視，一氣之下，他用牙籤把她家的鎖孔塞上，對此事的評價爲：「過沼澤地就要忍耐蛤蟆聲的，何必和這個女人一般見識呢？我倒覺得我的憤怒是人窮心思多，給她家的鎖孔裏塞牙籤是下作了。」看上去是劉高興在作自我檢討與反省，但緊接著，敘述者跳出來評價道：「這樣的事，要幹是五富和黃八幹的，劉高興怎麼能幹呢？！」〔註62〕從這樣一些敘述可以看出，劉高興背後還有一個敘述者，敘述者往往凌駕於劉高興之上，操縱著劉高興的思想

〔註57〕賈平凹《高興》，作家出版社，2007年，第70頁。
〔註58〕賈平凹《高興》，作家出版社，2007年，第28頁。
〔註59〕賈平凹《高興》，作家出版社，2007年，第120頁。
〔註60〕賈平凹《高興》，作家出版社，2007年，第60頁。
〔註61〕賈平凹《高興》，作家出版社，2007年，第129頁。
〔註62〕賈平凹《高興》，作家出版社，2007年，第87～88頁。

行爲。

敘述者的權力過大，與限知視角形成一些衝突，損害了審美性。

《高興》是作家「下生活」的產物，而 21 世紀作家的「下生活」，已經不同於在 1942 年就建立起來的作家「下生活」的文學制度。它是作家個人化的行爲，也是知識份子去農民工中間體驗生活、收集素材，無法做到半個世紀以前知識份子作家那樣，與工農兵徹底打成一片。在城市裡居住了二三十年後，作家實際上已經疏遠了農民的生活。所以，在作家試圖做到社會記錄的眞實客觀時，只能是知識份子視域裏的眞實客觀。但我們仍然可以從中體會出，作家對社會現實進行主動承擔的，沉甸甸的責任感。

第三節　他者視域下的身體美學

近年來，「身體寫作」倍受文學界的關注，「身體」作爲個性的符號脫離了宏大敘事，解除了身體的政治桎梏，又漸漸地成爲一種消費符號，欲望、性等單純的生理性被凸顯，強調感官刺激與生理體驗，以此吸引讀者眼球。身體作爲感官娛樂的存在，成爲消費時代的遊戲性使用〔註63〕。「身體寫作」已成爲美女作家們的性與欲望寫作的另一個代名詞，概念被窄化。

身體作爲肉體與靈魂的結合，它既是個性的，也是社會的，文學既是個性的抒寫也是對社會生活的反映，因此，身體是文學表現的重要對象，「我們不能設想沒有身體的文學與文化，沒有身體的寫作」〔註64〕。那麼，身體在底層文學及「農民工」敘事中大量出現，也是必然的了。身體的受難與身體的欲望，成爲「農民工」敘事的一股潮流，也在審美上表現出一定的偏狹。

在知識份子作家的「農民工」敘事中，《傻女香香》展示了鄉下進城的打工妹香香年輕、健康、美麗的身體，它勃勃生機而又充滿欲望。《太平狗》則展示了進城農民程大種原本健康的身體一步步遭到城市的凌虐，最終被吞噬的過程；《無巢》中郭運盼望能夠有一個能容納自己身體的巢，結果死後連屍體都沒能得到一個巢；《被雨淋濕的河》中的曉雷，充滿力量的體魄在一場

〔註63〕參見陶東風《新時期文學身體敘事的變遷及其文化意味》，載《求是學刊》2004 年第 6 期，第 120～122 頁。

〔註64〕陶東風《新時期文學身體敘事的變遷及其文化意味》，載《求是學刊》2004 年第 6 期，第 116 頁。

陰謀中被毀滅……，男人的，女人的，強健的、美麗的，充滿欲望的，遭受凌虐的，被侮辱與被損害的身體，成爲底層文學中的一個主要景觀，通過這些或者受難，或者充滿欲望的身體，完成知識份子作家對「農民工」的他者想像。

一、身體的受難

（一）強健的身體

在「農民工」敘事的作品中，身體原本是強壯、健康的。《神木》中，被辦掉的「點子」——挖煤的窯工唐朝霞「有一股子笨力，生命力也比較強」。《臥底》中的農民工老畢野蠻、驃悍，可以脫得精光大條地在窯底挖煤，也可以眼睛都不眨一下地切掉自己的小手指。《太平狗》雖然沒有直接描寫農民程大種原本強健的身體，但那隻來自神農架的攆山狗原始的勃發的生命力顯然是山野裏農民的身體的象徵：「似狗非狗，似狼非狼，洗過飄柔二合一的紫銅色毛像森林一樣蓊鬱閃亮……，它站在那裡，它出現在人們面前，就會讓人大感驚異」〔註65〕。《被雨淋濕的河》曉雷可以不怎麼費力氣地殺了不付工錢的礦主，也可以與老闆劍拔弩張地對峙，強悍得近乎野蠻的生命力，令專橫跋扈的老闆也感到害怕。

原始的生命力是作家要彰顯的一個重要方面。《大嫂謠》中的大嫂承擔農活，贍養老人，生兒育女。爲了兒子的學費，遠赴廣州打工，在建築工地下苦力：拌灰漿、推斗車，住在條件惡劣的牛皮氈工棚裏，在夾縫中頑強地生存下來。《傻女香香》，香香的美就在於她的來自鄉村的生命力：野性、潑辣。她白天髒兮兮灰濛濛的，晚上用香皂一洗，就變成了另一個人。「香香讓濕漉漉的黑頭髮黏住半邊臉兒，露出星星點點的一隻眸子，那腮幫子是白生生的半個月亮，身子又暴露了許多，小妖精似的。」〔註66〕在成群的男性民工中生存，爲保護自己，她潑辣、刁蠻，曾差點兒捏暴了一個半老頭的睪丸，還差點兒戳破了一個大小夥的眼球。《吉寬的馬車》裏的黑牡丹，也是原始的美，她熱情洋溢、潑辣能幹，不喜歡吃同一棵樹上的蟲子，在城裡與不同的男人周旋，以獲取自己的生存。

〔註65〕陳應松《太平狗》，《小說選刊》雜誌社編《2005中國小說排行榜》，北京工業大學出版社，2006年，第398頁。

〔註66〕李肇正《傻女香香》，小說月報編輯部編《小說月報第十一屆百花獎獲獎作品集》，百花文藝出版社，2005年，第374頁。

（二）擠壓／衝突

這樣一些充滿原始生命力的身體總是受到外力的壓迫，產生衝突，在衝突中或毀滅，或是一步步走向衰弱。在小說《無巢》中，作者設置了代表鄉村的青年民工郭運的身體與代表城市的野中巴的羊兒客之間的衝突，讓這樣一個來自鄉野，有著健全的正常需要的身體（性——結婚——砌房——打工）遭受城市的壓迫，第一次進城時，是城市高大的建築給他帶來的壓迫感，步履匆匆的城裡人對他的身體的避讓；第二次進城，一下火車就遭到羊兒客的追殺，這個身體在受難，在奔走呼號，在求救，卻倍受冷遇。

《被雨淋濕的河》中，曉雷與老板之間的衝突也是關乎身體的：命令下跪與反抗下跪。《神木》中，有一股笨力的唐朝霞面對的外力的壓迫是同類的陰險的算計與對金錢不可遏制的欲望，一個健康的身體從一開始就被置於陰險的算計與無窮的物欲中，變成一種工具、一種器械。這是健康、單純、樸實與狡詐、貪婪、陰險之間的衝突，是強壯身體與扭曲人性的衝突。《太平狗》中來自鄉下的程大種與太平狗面對的是來自城市的擠壓，冷漠的姑媽、血腥的屠狗場、充滿毒氣的工廠車間……，將來自鄉野的健全身體擠壓得滿目瘡痍，殘缺不堪，直至完全被吞噬。

如香香、黑牡丹般的具有原始之美的身體，受到的則是城市男性的擠壓，香香面對的是一個有三房兩廳的城市老男人，這個男人有著斯文的外表與衰老的身體，頭髮稀少、眼瞼耷拉、脖頸裏贅肉堆積。為了得到在城市裡的永久居住權，她只有用自己年輕健康的身體陪伴這個衰老萎靡的身體，自己的年輕、美麗、健康一天天地被損耗。黑牡丹為了生存，只有將自己的美麗身體像一盤菜一樣，奉獻給又老又醜的派出所所長。那個派出所李所長已經五十三四歲了，「蘿蔔臉大下巴，要多難看有多難看」〔註67〕。即便是聰明、老練的黑牡丹，也敵不過城市男人，因為得罪了李所長，她身陷囹圄。

《大嫂謠》裏，大嫂遭受的是來自鄉村與城市的雙重擠壓：她在建築工地下苦力，一個月只能得到幾百塊的工錢，寄回農村老家，還要遭受一次盤剝：被村裏收取百分之三的勞務費。

（三）受難／毀滅

這樣一些身體在製造衝突的同時，受難與被凌虐也不斷地施加其上，身

〔註67〕孫惠芬《吉寬的馬車》，作家出版社，2007年，第135頁。

體被毀滅是最終的結局。

《太平狗》裏的程大種在遭遇了吃不飽穿不暖，無處容身，做苦工，受人欺騙遭受淩虐一系列的受苦受難之後，中毒而死，剩下的是一個殘缺的身體：腳趾和耳朵都被老鼠咬掉了。《被雨淋濕的河》中，曉雷下礦時被炸死；《無巢》中郭運遭受了一系列的身體苦難，被「拳打腳踢」，被「踹倒在地」，「一陣猛踢」，「他哭著，背上滿是傷痕，血在堅硬冰冷的水泥地上流著」，最後從天橋跳下而死。《神木》，挖煤的好把式唐朝霞在狡詐與貪婪面前，被鎬擊中頭顱，倒地身亡。

《大嫂謠》裏，曾經安慰「我」、保護「我」的大嫂，由於生活所迫，不得不去工地上流血流汗，出苦力賣命。結果變得頭上長滿了白髮，臉上布滿了皺紋，手上長滿了老繭：「她還變得那麼瘦，嘴皮都快包不住牙齒了。她手上的老繭，刀片似的把清明割得生痛。」〔註68〕《我們的路》，大寶在城裡打工，經常被老板罰款，吃自來水管裏的冷水泡的方便麵。他的工友鄒明玉，一個中年女人，常常累得嘴角掛著白沫，喉嚨與胸腔裏發出的喘息聲好像牛在吼。他們的身體受難，人格與尊嚴也喪失了。《民工》裏鞠福生賴以容身的地方是「廁所一樣的工棚」，吃的是大白菜大酸菜清湯寡水，年輕的民工經常遭受饑餓的折磨，聽到母親去世的消息，他找不到悲傷的感覺，除了餓還是餓，餓得銘心刻骨，餓得迴腸蕩氣，是比跪還殘酷一百倍的刑罰。作家毫不留情地用饑餓肆虐著原本強健的身體，施加給他們精神上的悲傷與肉體上的折磨，雙重的痛苦一步步將他們推向絕望的境地。

二、身體的欲望

「農民工」敘事中，一方面是受難的身體，另一方面是欲望的身體。這些身體或是帶著功利性，或是帶著本能的生理欲望，進入了作家視野。

（一）成為工具的身體

《傻女香香》中，鄉下來的香香一心想的就是如何利用自己年輕美麗的身體換取在城市裡的永久居留權。她的身體綿軟而溫熱，充滿誘惑，她身上散發著奶黃色的氣息，是熱烘烘的女人的肉體的氣息，能裹得男人透不過氣。能使男人逐漸萎靡的身體，「充氣般地煥發出豪情壯志。」〔註69〕她把肉

〔註68〕羅偉章《大嫂謠》，載《人民文學》2005年第11期，第24頁。
〔註69〕李肇正《傻女香香》，小說月報編輯部編《小說月報第十一屆百花獎獲獎作品

體的欲望轉化成物質的欲望，用自己的身體控制男人。她認爲，只要男人上了她的身子，她就獲得了控制他的權力，從而控制他在城市裡的財產。因此她不擇手段地勾引城市男人劉德民，一步一步從他的家門口進入客廳、進入臥室。以自己的身體爲交換，她最終如願以償，獲得成爲這套房子的女主人的機會。

《吉寬的馬車》裏，黑牡丹也是一個善於利用自己身體的女人。爲了拉攏派出所所長，不惜犧牲自己的女兒，又爲第二任派出所的李所長獻上自己。她長著一雙勾魂的眼睛，「都近五十歲的人了，腰身還是那麼好看，該細的地方細，該粗的地方，鼓脹脹的就像裝了發麵饅頭。」〔註70〕而那雙勾魂的眼睛不專門屬於任何一個男人。因爲得罪了李所長，在一次掃黃打非活動中，她被送進了監獄，但她利用前夫去賄賂李所長，很快被放了出來，還與前夫、李所長合資，被查封的「歇馬山莊」飯店起死回生，重新開張。

將自己的身體當成工具的還有《九月還鄉》裏的九月，《一樹槐香》裏的呂小敏，《柳鄉長》裏的槐花，九月是爲了全村的利益，爲了讓馮經理早點把村裏的地讓出來，她不得不以自己的身體作交換；呂小敏是爲了錢；槐花爲了掙錢，改變自己家裏的貧窮面貌，間接地給村裏帶來了利益。她們本眞的欲望不能不受到壓抑。當香香見到青春年少，有知識有修養的劉德民的兒子時，她的自我意識才眞正覺醒：單純的生理欲望、物質欲望變成了藏在心底裏的希冀、青春的盼望與失落。黑牡丹卻走向了反面，她用職業套裝把自己緊緊地包裹起來，通過記者、媒體，把自己包裝成爲一個端莊、成功、舉止得體的女企業家，爲改變自己的不良名聲作出種種努力。風流率性的黑牡丹消失不見了，她由爲自己而活變成了爲別人而活，爲名聲而活。

（二）身體的自由渴望

農民工有著對身體的自由渴望，作家多通過女性來表現這種渴望。由農村進入城市打工的女性，屬於社會下層，在物質與文化上，都處於弱勢地位。這其中也包括留守在農村的農民工的妻子。在知識份子作家視域裏，她們都有一種對身體自由的渴求，在這一點上，作家認爲她們與城市人沒有什麼區別，「在對性愛和身體的認識上，鄉村人未必就落後於城市人，農民未必就落

集》，百花文藝出版社，2005年，第391頁。
〔註70〕孫惠芬《吉寬的馬車》，作家出版社，2007年，第51頁。

後於知識份子。」〔註71〕那些渴求性與身體解放的女性，不再是淫蕩、不貞的反面形象，也不是用她們來完成對男性的拯救〔註72〕，而是將她們置於城市與男性雙重話語之下，身體的自由與解放最終成為泡影。

《我們的路》中的金花，只有二十六歲，看上去卻有四十多歲了，臉上、額上的皺紋，又深又黑。在外出五年當民工的丈夫回來的晚上，她把夫妻生活看得莊嚴而神聖，她的手與腿不是那麼靈便，但都很健壯，短暫的羞澀與試探後，它們變得強烈、迫切、有力，在丈夫的身體之下湧動起黃褐色的麥浪，一直束縛著的身體被打開，透出麥子的香味、稻穀的香味、蛙鳴的香味、陽光和輕風的香味……。這是靈與肉的自由飛翔，使她在白天還衰老而沉重的身體變得輕盈、清澈。然而，整整五年的時間，才迎來了這麼一次身體的放鬆與自由，大多數時候，是一個被封鎖住的沉默的身體，讓欲望沉入身體的深處，如螞蟻般咬著骨頭。這是因為貧窮帶來的阻礙，家裏窮得連一頭耕牛都買不起，所以丈夫必須長年在外打工，才能買得起種地用的化肥、耕牛以及孩子的書學費，她就只有默默承受聚少離多帶來的孤寂與痛苦。

《民工》裏，同樣作為民工的妻子，柳金香也盼望著身體的自由綻放，「猶如專門在夜晚裏開放的芙蓉，每一片葉子都是舒展的，肥穎的，滴著露珠的；在那樣的時候，她還分外纏綿，爬滿牆壁的藤一樣，從前胸爬到後背，從後背爬到耳邊，咬住男人的耳朵一遍又一遍說著鄉下女人很少說的情話，什麼愛呀死呀。」〔註73〕這是身體的酣暢淋漓的綻放，但這樣的自由綻放也只有很短的時間。一年中的大半時間，是柳金香一人在家裏孤獨而又辛勤地勞作。在寂寞的日子裏，柳金香與鞠廣大的好友，村裏的木匠郭長義好上了。她突然患病離開人世，「不乾淨」的名聲卻留了下來。可見，這樣一種身體的自由，不見容於鄉村固有的倫理秩序。

《一樹槐香》裏的二妹子，對身體自由的渴望那麼迫切，又是那麼的詩情畫意。跟丈夫在一起，是身與心的解放與自由，她盼望如五月槐花般香氣濃郁且自由奔放的性愛。這是村裏的其他女人從來沒有感覺過的，她們不是

〔註71〕張賫、孫惠芬《在城鄉之間遊動的心靈——孫惠芬訪談》，載《小說評論》2007年第2期，第41頁。
〔註72〕如張賢亮筆下的農村女性形象馬櫻花、黃香久等，都擔負著拯救城市知識男性的重任。
〔註73〕孫惠芬《民工》，載《當代》2002年第1期，第135頁。

男人長年在外，就是被男人粗暴對待，身體是被封閉著的，所以二妹子遭到
女人們的嫉妒。但二妹子的丈夫死於車禍，如槐香般美好的性愛只能靠回想
了，二妹子的身體塵封起來，心裏也長滿了荒草。讓她再一次感受到身體如
一樹槐花那樣被搖動的是一個過路的卡車司機，但司機卻把她當作雞，一個
不收錢的雞。二妹子要讓身體得到自由與尊重只是一種幻想，一方面，她被
鄉村舊有的習俗所排斥，女人們都覺得她與她男人好到那種程度是犯賤，另
一方面，她的身體只能作為權勢的附屬，她被她哥哥作為討好稅務所李所長
的禮物。

《北妹》中進城打工的鄉下妹子錢小紅具有典型的身體特徵，那就是一
對碩大的乳房。在經濟上她是無產者，在性別上，處於男性話語中心的邊緣，
在地域上，也處於邊緣文化的位置。錢小紅的乳房，是不合鄉村傳統審美觀
的，進了城，也只能引來行為不端的男人淫邪的目光與良家婦女排斥的目光。
在這樣的環境中，錢小紅追求的卻是身體的自由與愉悅，她以自己的身體快
樂為主，沒有固定的性夥伴，還與姐夫通奸。她這樣做卻沒有什麼目的，隨
心所欲，不受束縛。在性方面如此開放的錢小紅卻拒絕髮廊老闆的性請求與
物質誘惑，遭到報復被抓進收容站。在賓館當服務員時，她不但拒絕了一個
官員的性交易的請求，還將對方羞辱了一頓。可見，錢小紅追求的是身體的
快樂與自由，而不是將身體淪為男人與物質世界的工具。她以自己的身體反
秩序，她的乳房及隨意的性行為，是反傳統世俗道德觀的；另一方面，她拒
絕將身體當成交換物質利益的工具，又是反男權話語及以物欲為中心的現存
秩序的。雖然她最後只能拖著兩袋泥沙一樣的乳房逃離，但她強有力的生命
力及反叛性，賦予了下層女性一種獨特的精神內涵。

三、他者視域下的身體美學

（一）「他者」社會身份的確定與下層女性意識的突出

「軀體是個人的物質構成。軀體的存在保證了自我擁有一個確定無疑的
實體。任何人都存活於獨一無二的軀體之中，不可替代。如果說，『自我』概
念的形成包括了一系列語言秩序內部的複雜定位，那麼，軀體將成為『自我』
涵義之中最為明確的部分。」〔註74〕

身體是主體識別中不可缺少的特徵，正是因為獨一無二的身體的存在，

〔註74〕南帆《軀體修辭學：肖像與性》，載《文藝爭鳴》1996年第4期，第30頁。

才使得自身與他人區分開來。受難、被淩虐、被侮辱與被損害的身體是「農民工」敘事中的突出特徵，這樣一種特徵，正是與其他階層的身體相區別的。比如，與陳染、林白、衛慧、棉棉等人的「身體寫作」文本中的身體迥異：它缺少主體意識，缺少個性追求，不會追求享樂。這是作家在道德同情的支配下對農民工的他者想像。

而在精英文學的「農民工」敘事中，女性作家更多地關注到下層女性的身體自由及身體欲望。女性主義文學是以寫自己的身體爲突破口，建構起女性主體的自我〔註75〕。孫惠芬等女性作家對下層女性身體自主性的關注，並不是爲了建構女性主體的自我，實際上，孫惠芬也並未將自己納入女性主義文學的範疇：「我不知道『女性主義』包含了怎樣的內涵，我在寫作時只考慮揭示人性。」〔註76〕與城市白領階層的女性相比，作爲農民工或農民工妻子的女性，她們不但要從男性的角度來審視自己，還有鄉村傳統倫理觀念的禁錮以及居於城市的身體困頓、物質匱乏與社會地位的邊緣化。從這個角度而言，要以身體爲突破口，解除禁錮，建構女性主體的自我意識是一件困難的事。同時，女性自我意識的封閉空間也不是「底層作家」們要表現的重點，作家主要表現的是：突破這樣一個自我的狹隘、封閉的空間，將個性的身體置於廣闊的社會歷史背景之中，關注下層女性身體與文化秩序的衝突。那些渴望自由而不能，或者淪爲工具的身體，也成爲作家所建立的下層女性的身份標誌。

（二）社會問題的回答代替文學審美話語

「農民工」敘事中的身體被設置了由強健——受難——毀滅，或者身體的自由渴望——受阻的模式，必然讓人去思索是什麼原因造成了這樣的結果？比如，《無巢》中的郭運，作品採用倒敘手法，先寫郭運之死，再一步步呈現死因：戀愛——蓋房——打工——遭遇不幸，爲什麼一個健康正常的身體會被扭曲，被摧毀？連容納身體的最起碼的巢都找不到？作者將讀者引向對社會問題的探尋。

雖然小說中的身體外觀強健，美麗，但大多缺乏內部的能量與自身的衝

〔註75〕參見周新民《身體：女性主體意識的建構》，載《貴州社會科學》2004年第2期，第71～75頁。

〔註76〕張贇、孫惠芬《在城鄉之間遊動的心靈——孫惠芬訪談》，載《小說評論》2007年第2期，第42頁。

動，對世界缺乏主動、積極的抵抗力量，它是被動地受難與受折磨，這一點在《太平狗》中表現得十分突出，雖然通過狗的遭遇在表現生命力的頑強，但這種生命力基本上是出於求生的本能，不得不應對接踵而來的災難，缺少一種外溢的、積極升騰的力量。《一樹槐香》中的二妹子，在丈夫死後，不得不融入鄉村傳統倫理秩序中，讓村裏的女人們找到心理的平衡，讓自己曾經搖出槐花香味的身體沉寂如枯井。雖然卡車司機讓二妹子的身體蘇醒，但這樣一個身體，竟然是作為男人的泄欲工具而被搖醒的，對此，二妹子只剩下消極的應對，任憑哥哥將自己作為進行權力交易的禮物。

這樣一些身體十分接近福柯所說的身體，被動、馴服，受折磨，被強迫，因為身體本身缺乏像尼采那樣的強力意志，所以不斷受到外力的支配，「在福柯這裡……身體的可塑性全然來自於外部，來自於身體之外的種種事件和權力……在事件的包圍中，身體完全是被動的，馴服的。」〔註 77〕這樣一些身體，不是受政治力量的強迫，就是受經濟力量的干預，「身體基本上是作為一種生產力而受到權力和支配關係的干預」〔註 78〕，成為被控制、被征服的對象。

將這樣一些身體置於外力的控制下，並探尋這種外力到底是什麼，就是為了回答造成這些身體的受折磨甚至被毀滅的社會原因究竟是什麼？因此，作者帶上了一種回答問題的重大責任與使命，代表「沉默的大多數」說話的欲望使得他們忽略了個體的鮮活與生動，而成為一種模式。豐富廣闊的內心世界的描寫也讓位於外部事件的糾纏，文學的審美話語讓位於社會學話語、新聞話語。曹征路說：「我認為現實重新『主義』是中國當代文學的必然選擇，這是由中國的國情決定的。今天中國的大多數人毫無疑問仍處在爭取溫飽、爭取安全感和基本權利的時代」〔註 79〕，採取什麼樣的文學創作方法不是取決於文學自身的審美需要，而是取決於「國情」，作家干預社會生活的急切性可見一斑。

（三）流行元素及消費元素的採擷

文學中的身體描寫能夠帶給人更多的視覺感受，尤其是身體的性與暴

〔註 77〕汪民安《福柯的界線》，中國社會科學出版社，2002 年，第 172 頁。

〔註 78〕汪民安《福柯的界線》，中國社會科學出版社，2002 年，第 173 頁。

〔註 79〕曹征路《期待現實重新「主義」》，載《文藝理論與批評》2005 年第 3 期，第 80 頁。

力，帶給人的感官刺激與快感體驗是比較強烈的，迎合了消費時代的消費需求，也在視覺文化流行的大眾傳媒時代與讀圖時代，憑藉栩栩如生的畫面感佔據一席之地。

「農民工」敘事中的身體從強健到毀滅，前後的強烈反差無疑帶給人強烈的衝擊，受難的過程也能產生不小的震憾力，滿足其他階層的群體對這一階層生存狀態的窺視欲望，引發同情與悲憫，產生閱讀快感。在大眾傳媒及視覺文化流行的時代，閱讀的人群已經不多，「在被調查的一千位成人每天六小時的媒介消費中，80%的時間是看電視，只有 7%的時間是用來閱讀。而閱讀中又只有25%（四分之一）的時間是讀文學作品（換算一下只有幾分鐘），76%的人只讀描寫色情、兇殺、偵破題材的一次性讀物⋯⋯」〔註80〕現實主義創作方法在底層小說中大量使用，不僅僅是因為「這是由中國的國情決定的」，大量的類似於新聞的現場感，以及有關身體的描寫，無疑能吸引讀者的眼球。

《神木》中，渲染了煤窯深處的陰森恐怖，以及血腥的殺人過程，《臥底》中，老畢用燒紅的煤鏟切割自己小手指的自殘場面，《馬嘶嶺血案》中，血淋淋的殺人場面：白的腦漿、紅的鮮血、敲爛的腦袋⋯⋯，《太平狗》也不厭其煩地對身體的受難細節大加渲染：血腥的屠狗場，狗與狗相互撕咬的血淋淋的場面，在充滿毒氣的作坊受虐，被老鼠咬掉腳趾的哀號⋯⋯，還有《北妹》中呈現的象徵性欲的髮廊、夜總會、酒店，《傻女香香》中，香香不加掩飾的欲望與衝動⋯⋯

這不可避免地造成苦難敘事、欲望敘事上的失度。在文學敘事中，原生事件必然經過敘事者的選擇、構造，並進入讀者的期待視野而獲得某種闡釋，從而呈現了事件本身之外的意義。「事件的意義是被敘述者和闡釋者為了某種目的，並依據某種意義系統或價值體系外加上去的。」〔註81〕因而，在文學的消費語境下，文學生產者與消費者不可避免地達到一種合謀，在生產與需求的對接中，農民工文學裏的身體經過闡釋而具有了附加的價值意義，構成了流行的消費元素，「農民工」的苦難不但成為盛裝道德同情的容器，也成為文學的銷售策略。

〔註80〕鄭崇選《鏡中之舞——當代消費文化語境中的文學敘事》，華東師範大學出版社，2006 年，第 52 頁。
〔註81〕龍迪勇《事件：敘述與闡釋》，載《江西社會科學》2001 年第 10 期，第 24頁。

1990 年代以來，當代文學作品中身體敍事的大量出現，是伴隨著對宏大敍事的消解產生的。作家對個性的身體產生極大關注，並集中於欲望、性的表現，文學表現由宏大轉向個人，由外向內，熱衷於私密、欲望的敍事無疑具有強烈的感官刺激作用，文學中的身體成爲消費符號。

農民工文學中的身體則呈現出另一種景觀：或強健或美麗的身體在來自外界的重壓下遭受打擊、被淩虐、被損害，直至被毀滅。強健／美麗——受難——毀滅成爲固定的敍事模式，雖然身體的欲望也被移植到作品中，但最終仍以毀滅爲結局。作家熱衷於展示底層身體受折磨被侮辱的場面，身體的受難以及由此引發的苦難敍事，也是文學消費語境下對新的美學策略的尋找。

因此，底層身體越來越具有一種公共性：受難的，被摧毀的身體成了一種公共的符號，一方面用以實施精英知識階層的社會責任，另一方面也沒忘了在文學的消費市場裏佔據一席之地。這樣的身體，始終是一個遊移在作者情感與個體體驗之外的「他者」。道德泛濫、缺少節制，損害了文學的審美性。

第四節　返鄉：關於現實與心靈

> 時候既然是深冬：漸近故鄉時，天氣又陰晦了，冷風吹進船艙中，嗚嗚的響，從蓬隙向外一望，蒼黃的天底下，遠近橫著幾個蕭索的荒村，沒有一些活氣。——魯迅《故鄉》

> 由四川過湖南去，靠東有一條官路。這官路將近湘西邊境到了一個地方名爲「茶峒」的小山城時，有一小溪，溪邊有座白色小塔，塔下住了一戶單獨的人家。這人家只一個老人，一個女孩子，一隻黃狗。——《邊城》

鄉村，是中國文學創作的母題，是作家難以捨棄的情結，尤其對農裔作家來說更是如此。在現代工業文明的視野下，進城（離鄉）與返鄉成爲文學的兩大重要主題。返鄉，一是以知識份子現代性立場對鄉村的封建落後進行批判，一是將鄉土作爲反思現代工業文明、物質文明的場所而田園化、詩意化。

同樣是返鄉，在「農民工」敍事中卻具有了特別的意味：返鄉的主體是已經被城市化的農民工，而不是知識份子；作家既無意於批判鄉村封建落後，

也來不及將它詩意化，鄉村的現實就使得「農民工」再一次選擇進城。返鄉並非漂泊的終點，而是再一次漂泊的起點。「農民工」候鳥似地在城市與鄉村之間飛來飛去，在城市，被排斥、擠壓，處於邊緣地位；在鄉村，一方面要接受鄉村原有倫理秩序的檢閱，另一方面在現代性的衝擊下，原始的靜態之美的鄉村已不復存在。「農民工」被放在社會歷史與文化的大背景之下被審視，被思考，他們難以在城市找到歸宿感，而故鄉讓他們的心靈再受創傷，他們好像蝙蝠一樣，在鳥類中是鼠，在鼠類中又是鳥。在城市裡是農民，在農村又是「在外的」，陷於身份認同的焦慮之中。農民工的悲劇性命運由此被揭示。作家對此作獨立思考的同時，也加入了知識份子對故鄉的烏托邦想像，尋找著一個心靈棲居的理想鄉村。

一、「返鄉」的敘事模式

　　「農民工」敘事中，返鄉主題大量存在，一般以「進城——受挫——返鄉」或「進城——受挫——返鄉——進城」爲基本模式。先交代其進城，然後渲染在城市中的種種艱辛磨難，無處容身，回鄉成爲唯一選擇，並給予其精神撫慰。但鄉村現實很快令他們失望，又一次義無反顧地進城……

　　《我們的路》中，大寶在城市裡被呵斥、捉弄、拖欠工資，深深感到城市根本不屬於自己，他不過是一條來城裡討生活的可憐蟲。老家農村雖然貧窮，卻不會嫌棄自己，他不再是可憐蟲，而是做回眞正的人。強烈的返鄉願望促使他甚至捨棄兩個月的工錢，回到家鄉。在與家人短暫相聚的幸福溫暖後，鄉村的現實使他陷入悲哀：家徒四壁，買不起一頭耕牛，交不起女兒的學費，還有故鄉人的種種陋習，在巨大的生存壓力下，他不得不選擇再一次進城。對於進城與返鄉，他發出感慨：

> 　　從沒出過門的時候，總以爲外面的錢容易挣，眞的走出去，又想家，覺得家鄉才是世界上最美的地方，最讓人踏實的地方，覺得金窩銀窩都比不上自己的狗窩，可是一回到家裏，馬上又感到不是這麼回事了。你在城市找不到尊嚴和自由，家鄉就能夠給予你嗎？連耕牛也買不上，連付孩子讀小學的費用也感到吃力，還有什麼尊嚴和自由可言？〔註82〕

在城市，他們是被人瞧不起的農民，是沒有社會經濟地位的「可憐蟲」；回到

〔註82〕羅偉章《我們的路》，載《長城》2005年第3期，第29頁。

鄉村，鄉村的現實使他們再做一個純粹的農民已無可能。

《米粒兒的城市》中，鄉下姑娘米粒兒的單純無法應對城市人複雜的生存邏輯，她被捲入一場錢權交易的陰謀之中還渾然不覺，被她崇敬、愛慕、當作恩人的「三哥」，卻將她當成禮物，獻給銀行的實權人物柴行長，以此獲得鉅額貸款，她卻相信與「三哥」有真情。真相大白後，傷心的米粒兒回到故鄉，再返城時，她往提包裏放了一包毒鼠強。

《無巢》的主人公郭運是貴州山區的青年農民，為掙錢砌房，只好進城打工。剛到廣州就被野中巴的羊兒客欺騙、追殺。他向路人求救，路人卻報以冷眼，無動於衷。激憤加上走投無路，他衝上鬧市區的天橋，將一個打工者三歲的小女兒扔下橋去，自己也飛身跳下，自殺身亡。小說的結尾是意味深長的，郭運的父親帶著兒子的骨灰再一次返鄉，郭父相信，故鄉雖然窮，但兒子一定願意回去，因為，「那裡雖破舊，卻是自己溫暖的家，有稻穀、玉米、森林和鮮花，還有樹林裏的鳥巢，自由自在的小動物，那裡是他生長的地方。」〔註83〕可以猜想，如果郭運沒有死，他會返回故鄉，但回到了故鄉，他一定會再次選擇進城。

以下是筆者選取的農民工文學代表性作品中存在的「返鄉」敘事模式：

代表作品的「返鄉」敘事模式

作者	作品名	主人公	進城目的	城市遭遇	返鄉（原因）	返城（原因）
孫惠芬	歇馬山莊的兩個女人	李 平	對城市的幻想	做三陪	尋找真情	
熊育群	無巢	郭 運	賺錢	生存艱難	蓋房結婚	賺錢
羅偉章	我們的路	大 寶	賺錢	生存艱難	親人團聚	賺錢
阿 寧	米粒兒的城市	米粒兒	賺錢	陷入陰謀	對城市失望	報復城市
陳應松	太平狗	程大種	打工	折磨至死	安魂	
陳應松	望糧山	金 貴	賺錢	受屈辱殺人	內心召喚	
項小米	二的	小 白	逃避鄉村	當保姆	無奈的選擇	
劉慶邦	回家	梁建明	找工作	被騙	安全踏實	為了面子
吳 玄	髮廊	方 圓	嚮往城市	當髮廊妹	丈夫死亡	不習慣鄉村

〔註83〕熊育群《無巢》，載《十月》2007年第1期，第156頁。

荊永鳴	大聲呼吸	王留栓	賺錢	殺人未遂	安寧的生活	
方格子	上海一夜	楊　青	脫貧	做小姐	嚮往新生活	爲鄉村不容
孫惠芬	吉寬的馬車	黑牡丹	新奇	開飯店	重塑形象	習慣城市
賈平凹	高興	五　富	脫貧	拾荒	根在鄉下	
盛可以	北妹	錢小紅	好奇	打工	想家	爲鄉村不容
李　銘	幸福的火車	巧玲、安妮	供妹讀書	做小姐、開飯館	被欺凌（想像中的返鄉）	

　　從以上代表作品可見，農民工大多陷於「進城──返鄉──進城」的循環往復的境地，進城的目的大體有三類：第一、改變貧窮面貌；第二、嚮往城市；第三、擺脫鄉村陋習。返鄉原因主要是在城市裡遭遇挫折、孤寂、歧視，再次進城的原因是對鄉村現實的失望，或者個體不能適應鄉村。實際上，返鄉存在著兩種形式：心靈的返鄉與現實的返鄉。心靈的鄉村是一個烏托邦式的美好世界，作爲「城市惡」的對立面存在；城市越令人失望，心靈的鄉村就越美好。現實的鄉村與心靈的鄉村形成反差：一方面，鄉村的古舊法則依然存在，傳統鄉村倫理檢閱並審視著歸鄉者。另一方面，在現代性的衝擊下，田園牧歌式的鄉村已經不復存在，鄉村難以成爲歸宿。孫惠芬在創作談中說：「當我的身體離鄉村世界越來越遠，心靈反而離鄉村世界越來越近了，我身體遠離的鄉村是一個眞實的鄉村，有著漫長的春天，寂寞的山野，有著艱辛和勞累，而我心靈親近的鄉村是一個虛化的鄉村，漫長和寂寞恰恰能夠寄託我的懷想，艱辛和勞累也不再可感可知了。」〔註84〕現實的鄉村與心靈的鄉村之間構成一種緊張關係，並成爲一種敘事動力。心靈的鄉村成爲農民工城市夢幻滅後返鄉的動力，現實的鄉村是農民工繼城市夢幻滅後的第二次幻滅，並成爲他們再次進城的動力；知識份子在這種兩難境地中思考著農民工的身份──既不屬於城市，也不屬於鄉村：他們遷徙於城鄉，生存於城鄉夾縫之中，沒有屬於自己的空間，難以進行自我身份確認。

二、心靈的鄉村

　　心靈的鄉村是中國文學中的一個巨大意象，或者說一個精神符號。它呈現出來的是一個烏托邦的世界，美好、溫暖、能撫慰心靈，給人尊嚴，拯救

〔註84〕孫惠芬《城鄉之間》，崑崙出版社，2004年，第63頁。

靈魂。正是在它的召喚下，在城市得不到承認的「農民工」回到了故鄉。

　　心靈的鄉村呈現出來的一個特點就是美。土地、麥田、稻浪、母親，都是關於故鄉的記憶，《民工》中的鞠廣大鞠福生父子，為奔喪回到故鄉，腳一踏上故鄉的土地，走上田野，竟然忘了喪妻與喪母的悲痛：

> 田野的感覺簡直好極了，莊稼生長的氣息灌在風裏，香香的，濃濃的，軟軟的，每走一步，都有被摟抱的感覺。鞠廣大和鞠福生走在溝穀邊的小道上，十分的陶醉，莊稼的葉子不時地撫擦著他們的胳膊，蚊蟲們不時地碰撞著他們的臉龐。鄉村的親切往往就由田野拉開帷幕……〔註85〕

剛剛接到至親的人去世的噩耗，又遇上拒付工錢的不幸，還在汽車上受到城裡人的白眼，一踏上故土，展現出如此美景，兩個還餓著肚子、渾身汗酸氣的民工竟如此輕鬆愜意。可見烏托邦式的鄉村的魔力。《歇馬山莊的兩個女人》中的成子媳婦——李平，在城市裡做了三陪，而鄉村是她的退路與安慰、寄託，她希望能洗盡鉛華，由虛浮的雲端回到踏實的地面，一心一意做一個賢妻良母。鄉村的一切在她眼裏有了別樣的景致：臘月裡早晨的霧和霜、麥稭垛、院子裏的雞與跑出豬圈、跑上了街的小豬，無不讓她的心踏實、熨貼，它們帶著生活的溫度，溫暖著她今後的每一個日子。

　　《大聲呼吸》裏的王留栓，不但被城裡人辱罵、還被城裡老闆戴上了綠帽子，殺人未遂被拘，最後是給他戴綠帽子的老闆將他保釋出來。被城市傷透了心，只有回老家。在回老家的火車上，在城裡飽受窩囊氣的王留栓籠罩在無可名狀的幸福之中：

> 有好幾次了，他呆著呆著，便撲哧一聲笑了。然後竟害羞似的把目光轉向了車窗外。
>
> 窗外，遠山如浪，殘陽如血。
>
> 離開城市的火車，逃跑似的奔馳在廣闊的原野上，一直向西……〔註86〕

故鄉如此美好，讓王留栓這樣老實窩囊的農民工迫不及待地奔回去。

　　因為故鄉的美好溫暖，所以給人心靈的撫慰。另一方面，故鄉還具有救贖的意義，在外面丟失的尊嚴與價值，都指望在鄉村找回來。《歇馬山莊的兩

〔註85〕孫惠芬《民工》，載《當代》2002年第1期，第137頁。

〔註86〕荊永鳴《大聲呼吸》，載《小說選刊》2006年第2期，第63頁。

個女人》中的李平，將與鄉下小夥的婚禮視爲自己新生活的開始，她傾盡在城裡掙的那些不乾淨的錢，爲自己在農村舉辦一場盛大的婚禮，翻開人生新的一頁。很顯然，這裡的鄉村具有了救贖的意義，拯救一個曾經掙扎於城市泥淖的打工妹，城市記憶被埋葬，很有一點「洗心革面」的意味。

還有《髮廊》中的方圓，《上海一夜》中的楊青，《米粒兒的城市》中的米粒兒，或是主動地出賣肉體，或是在不知不覺中出賣肉體，她們在城市裡都是無法活出價值與尊嚴的一個群體，城市生活讓她們感到疲憊、屈辱、焦慮，她們墮落的身體與沉淪的靈魂都需要被拯救，於是，她們回到了故鄉。

《狗皮袖筒》中，故鄉的拯救來得更爲直接。冰天雪地、寒風呼嘯的寒冬臘月，母親在灶上灶下忙碌，有燒得熱熱的炕，開著的電視，還有暖和的狗皮袖筒，這就是溫慰「農民工」吉寬與吉久兩兄弟的故鄉。隨著母親的去世，這樣的故鄉只有永遠置於他們的記憶中了。吉久因爲勞資糾紛，殺死了工頭，本打算回家看看就逃往他鄉。最終卻選擇了投案自首，因爲，哥哥吉寬給了他溫暖，不但有小飯館裏熱騰騰的麵條、酒菜，更有貼心的話語。所以，吉久說他知足了，因爲哥哥吉寬像母親當年一樣給了他溫暖，那是他外出做民工這些年，最想要的。心靈故鄉牽引著犯罪的「農民工」迷途知返，讓他們回頭是岸。

不管路上遇到多麼大的艱難困苦，都要回到故鄉，故鄉是一種詩性的力量。在《太平狗》中，程大種一邊經歷著地獄般的城市生活，一邊有故鄉記憶不斷閃現：溫暖的火籠屋，火燒茶，烘熱的衣服，溫暖乾燥的芭茅草垛，松針木脂的香味兒，掛在頭頂的一排排臘肉，苞穀酒，熱騰騰的飯菜，熱騰騰的生活……

當程大種在毒工廠飽受折磨死去後，太平狗看到它的主人在火葬場變成了一縷白煙飛走了，狗的反應是：

> 「故鄉……」它在心底裏大聲說。它喊。它，太平，一條狗。
> 一定是回到故鄉去了，它的主人。那縷白煙正向遙遠的天際飄去，在很遠的地方，在川、陝、鄂交界的那一片山岡上，總有這樣的煙雲，像透明的夢境，從它的眼際飄過！還有一種更醇厚親和的氣味，不是這兒死亡的冷漠氣味，那氣味突然從很深的地方泛了出來，還沒有死去，它蟄伏在太平的心靈深處。那氣味使它回憶起了過去的一切：那氣味拉拽著它，牢牢地拴住了它，讓它不可遏制地

帶著堅定的步伐，向那兒走去！〔註87〕

爲了這個故鄉，太平狗跋山涉水，走掉了毛，走禿了爪子，被野狗扯掉了尾巴，扯傷了耳朵，被頑童戳瞎了眼睛，九死一生，只剩下一個魂。在這兒，作家濃烈的感情幾乎要從文字裏噴薄而出，原本順暢的敘述在這裡變得斷斷續續。返鄉，竟激蕩起如此激烈的感情，故鄉，已經幻化成一種理想的光芒，一個永久的歸宿，一個彼岸的世界，一個人類永遠不可能到達的美好境地。故鄉已具有了神性的光輝與宗教意義，它是那些漂泊在外的人的宗教。它並沒有眞實地存在。

三、現實：回不去的鄉村

心靈的故鄉以宗教的形式在內心存在，那麼，在城市裡打拼過的農民工，回到了故鄉，眞實的情景又是什麼樣子呢？

> 村落的影子依稀可見，黑乎乎的瓦脊上，殘存著正在消融的白雪。田野憂鬱地靜默著，因爲缺人手，很多田地都拋荒了，田地里長著齊人高的茅草和乾枯的野蒿；星星點點勞作的人們，無聲無息地蹲在瘦瘠的土地上。他們都是老人，或者身心交瘁的婦女，也有十來歲的孩子。他們的動作都很遲緩，彷彿土地上活著的傷疤。這就是我的故鄉。〔註88〕

如此荒涼、蕭索的故鄉，正如同魯迅筆下的鄉村。只不過，返鄉的主體由知識份子變成了農民工，農村正經歷著現代工業文明的衝擊，城市經濟帶動農村，農村變成了城市的影子，傳統的鄉村，傳統的道德觀念、價值觀念悄悄發生著變化，農民工返鄉，面對的正是這樣一個鄉村。作家從他者視域出發，全景式地展現了現代性背景下的鄉村圖景，以及在社會歷史變遷下，農民的命運：他們遷徙在城鄉之間，個體分裂，精神焦慮，承受著孤寂、困惑、迷茫的心靈之痛。心靈的鄉村在現實面前破滅了，他們承受著繼城市夢幻滅之後的第二次幻滅。

《無巢》的題名已經揭示了農民工這一現實處境。不論是城市還是鄉村，不論是物質還是精神上，都沒有一個巢。在城市裡不被城裡人接納，遭受冷眼，排斥，欺騙，甚至見死不救。回到故土，故土也變了景象，轉變了觀念，

〔註87〕陳應松《太平狗》，載《小說選刊》雜誌社編《2005中國小說排行榜》，北京工業大學出版社，2006年，第413～414頁。

〔註88〕羅偉章《我們的路》，載《長城》2005年第3期，第13頁。

青年農民工郭運感到不能被故鄉接納,「他違背了什麼東西,像逆水行舟一樣艱難。」

劉慶邦的《回家》,梁建明在外打工受騙,回家竟然偷偷摸摸,趁月黑風高之夜,避開人,避開狗,不走正規的路,從村後的坑裏翻回去。本打算不再出去了,就守著土地。但現實卻根本不允許他在家種地,村裏能出去的都出去了,哪怕是在城裡撿垃圾,也能為家裏省出份口糧,比在家裏強。出去就是目的,就是成功,呆在村裏就是失敗,就是窩囊。這是現在的潮流!在這樣一個環境下,梁建明只好又進城了。與郭運不同的是,郭運進城,心裏還想著要回來;梁建明離開村莊的時候,在心裏發誓:我再也不回來了!死也不回來了!!

《我們的路》,大寶回到故鄉,面對的是蕭索的鄉村,拋荒的土地,留守兒童們用雪來捏出爸爸媽媽,自己破敗的家買不起耕牛,交不起女兒的學費,還有鄉村的陋習,讓他深深感到在城市裡喪失的尊嚴與價值不可能在鄉村找回,本已決定不再外出打工的大寶,又一次扛起行李,走出了村莊。

另一方面是鄉村仍然存在的倫理秩序、古舊法則,對返鄉的人進行檢閱、評判,把他們放在鄉村秩序上審視,經受了城市現代性洗禮的農民工,與鄉村格格不入。

《歇馬山莊的兩個女人》,李平把與鄉下小夥成子的婚禮視為自己的重生,與其說是婚禮,還不如說是她為返鄉舉行的隆重儀式,送別過去,迎接未來。婚後她也安守土地,洗盡鉛華,做一個樸實的農婦。但這平靜的生活,很快就被打破了,李平再也難以在鄉土上安寧地呆下去。因為李平當過三陪的秘密,經由好友潘桃,在鄉村四處傳遞。

接受鄉村古老法則審判的往往是農村女性,而鄉村謠言在其中起了重要作用。鄉村謠言代表正統的鄉村社會力量,通常進行著道德的裁決,從城裡返鄉的女性民工,就是被檢查、被裁決的對象。女性的私密空間,無一不經受鄉村秩序的檢查,無處不在的鄉村謠言使得農村女性建立私密空間的努力成為徒勞。而有過城市經歷的農村女性,對私密空間更加渴望,要求更高,這也是她們進城打工後帶上的城市特徵,所以她們與鄉村傳統秩序的對立也更加尖銳,被毀滅得更加徹底。李平就是這樣一個女性,城市的複雜經歷,使得她願意返樸歸真,回歸一個勤勞純樸的農村女性的角色,但是部分的城市特徵已經打下烙印,在丈夫出民工的日子裏,與潘桃共有的,關乎女性身

體渴求的私密空間慢慢生長，直至無法阻擋。從對姑婆婆的順從到反抗，從一件衣服穿一季到三天兩頭換髮型、換衣服，強行埋沒的城市記憶開始蘇醒，「李平漸漸認識到，結了婚就逼迫自己進入一種鄉下女人的日子是多麼大的錯誤」〔註89〕，與潘桃共建私密空間成爲城市記憶蘇醒的標誌。於是，李平從對鄉村生活的順從轉爲一種對抗，對抗的力度使得她的私密空間被摧毀得如此徹底。李平的秘密被謠言四處傳遞，這些謠言，不僅使李平遭受了丈夫的毒打，也使她永久地被釘在鄉村道德秩序上接受拷問。小說裏的李平雖然沒有出走，但出走已經成爲必然。

《上海一夜》裏的楊青，在城市出賣肉體。偶爾一次返鄉參加好友阿英的婚禮，她成了被看的對象，人們看她的穿著打扮、走路姿勢，「夜生活太多」之類的鄉村謠言包圍著她，本來她是要做伴娘的，結果被人們禮貌地晾在一邊，她的城市經歷已不見容於鄉村秩序，鄉村謠言已經將她剝得光光的，接受公眾的審視。從那以後，她再不敢回到鄉村。進城──返鄉──進城，是她們的宿命。

《米粒兒的城市》，米粒兒成爲柴行長的情婦後，不敢告訴父母自己在城裡做什麼，回到鄉村，她也不敢告訴家人她在城市裡的實際收入，因爲擔心收入太高，引來懷疑及審視。鄉村秩序，是這些返鄉的女孩們不敢面對，不願面對的。

女性比男性承受著更大的精神焦慮與壓抑，他們的肉體與靈魂都不再屬於自己，還要接受道德良心的審判與鞭笞，她們處於男權與城市的雙重壓迫之下，歸鄉之夢，對她們來說，遙不可及。

四、艱難的自我身份確認

進不了城市，又回不去鄉村的狀態，標誌著農民工的城市性與鄉村性、現代性與傳統性的衝突與撕裂。在城市中，他們被當作不具有城市行爲方式與價值觀念的鄉下人遭到排斥，在鄉下，他們被當作鄉村倫理秩序的反叛性力量遭受排斥。學者們常用「走出了鄉村，走不進城市」來概括打工文學中的「農民工」處境；那麼，知識份子作家的「農民工」境遇可以用「走不進城市，亦回不去鄉村」來概括。知識份子的他者視域中，更多地是從城鄉文化衝突來看待農民工的這種兩難處境與悲劇性命運。傳統的鄉村社會結構在

〔註89〕孫惠芬《歇馬山莊的兩個女人》，載《人民文學》2002年第1期，第22頁。

城市化過程中遭到衝擊，不復是靜態的美的田園詩，也無法成爲農民工的心靈的歸宿。農民工處於身在漂泊，心無歸處的境地。

漂泊於城鄉之間，「農民工」難以產生明確的自我認同，始終處於「是城市人？還是鄉下人？」的猶疑與徘徊中，承受著焦慮與內心的痛苦。與《人生》中的青年農民高加林不同，高加林的城市充滿了魅力，而且積極向上，還有條件優越的城市姑娘愛上她，高加林對城市是非常適應的，甚至可以說如魚得水。正是因爲這，因爲「忘本」，他被遣送回鄉村接受道德審判與良心拷問。而另一個進城的農民陳奐生，他的根就在農村，進城對他只是一次陌生的，新鮮刺激的體驗。「農民工」被注入了新質，他們處於舊的鄉村秩序受到現代性衝擊與新的秩序尚未建立、城市化還沒有完成的斷裂層，身份認同的焦慮，道德觀念與價值判斷的猶疑，尊嚴、權利的喪失，都使他們處於分裂之中。

劉慶邦《到城裡去》，村姑宋家銀的丈夫在城裡做臨時工，她一直抱著堅定的信念「到城裡去」，丈夫失業了，她也不讓他回鄉下，情願讓他流落他鄉拾荒度日，只要丈夫不回家，她就還是城裡人家屬。但在城裡人眼中，她卻是個不折不扣的村婦，她在城裡的命運只能是遭受冷漠、白眼、驅逐。從始至終，宋家銀是一個分裂的個體，即便是她有著「到城裡去」的堅定信念，也難以進行「城市人」的自我確認。

在城市裡，有鄉村的倫理秩序，回到鄉村，又是被城市化破壞了的鄉村倫理秩序。《大嫂謠》中的胡貴，《變臉》中的陳太學，他們雖然進城時間早，而且發了財，「但他還是個農民，從骨子到表皮都是個農民，他融不進城市，城市也不願意接納他」〔註90〕。富有的胡貴在一窮二白的小知識份子「我」面前說話底氣不足，陳太學在城裡的張經理面前低聲下氣，因爲他們連著鄉村的根，不可能成爲真正的城裡人。回到鄉下，他們也不再是進城之前的胡貴或陳太學了，他們是城市化了的胡貴或陳太學，讓鄉里人另眼相看。

在女性身上，這種身份認同的焦慮、道德觀念與價值判斷的猶疑表現得十分充分，《上海一夜》中的楊青，在城市裡找不到自我，她這一類的鄉下女孩連清潔工都不如，因爲清潔工都可以堂堂正正從酒店大門出入，她們只能從後門的專用通道進出。正因爲她在城市裡不知道自己是誰，所以回到鄉村。

〔註90〕羅偉章《大嫂謠》，載《人民文學》2005年第11期，第18頁。

在鄉村，她更不知道自己是誰了，在好友的婚禮上，人們禮貌地將她拒之一邊，讓她袖手旁觀，把她排入了外人的行列。

這些進城的農村青年女性有時會產生一種角色認知的錯位，如米粒兒、小白（《二的》），在城市家庭當保姆，由於受到男主人格外的親睞，與男主人發生關係後，就產生了角色易位的幻想。米粒兒認為曹老師的愛人侯老師很醜，長著一副剋夫相，身體乾瘪單薄，遠不如自己水靈豐滿。曹老師也對她格外親睞，以至關係親密，讓她誤以為自己可以代替侯老師。小白也一樣，一直很討厭刻薄的女主人，與男主人有了肉體關係後，以為成為城市家庭新一任女主人指日可待，殊不知男主人與其妻的關係再冷淡，對她再火熱，也沒有離了婚娶她的打算。這樣的經歷讓米粒兒、小白這些鄉下女孩在短暫的自我幻想與角色認知錯位後，產生了被拋棄感，陷入深深的絕望。

「農民工」在城鄉夾縫中進行艱難的自我身份確認時，作家並沒有忘記給他們一束希望的亮光，那就是讓心靈的鄉村繼續存在於意識深處。

《吉寬的馬車》中，青年農民吉寬發出如下感慨：「我想家，可是當我回到家裏，又恨不能趕緊離開。一旦離開返回城市，又覺得城市跟我毫無關係。」〔註91〕在城裡，是被城市人瞧不起的民工，回到鄉下，與鄉村也格格不入。認為自己的根在鄉村，希望再次得到鄉村倫理秩序的認可，卻被鄉村鄙棄。但他仍然在心裏深藏著一個美麗的鄉村，通過一首歌謠貫穿在小說的始終：

> 林裏的鳥兒／叫在夢中／吉寬的馬車／跑在雲空／早起，在日頭的光芒裏呦／看浩蕩河水／晚歸，在月亮的影子裏喲／聽原野來風。

第五節　本章小結

從知識份子作家的文化視角出發，農民或農民工都是異己的「他者」，與他們自身的社會地位、價值體系、文化特性都截然不同。站在精英知識份子的敘事立場，「農民工」具有哪些審美特性呢？

第一、苦難敘事：作品中存在著苦難描寫。作家對農民苦難描寫一直都存在，五四時期鄉土現實小說對農民苦難的描寫，一方面表達知識份子對農

〔註91〕孫惠芬《吉寬的馬車》，作家出版社，2007年，第238頁。

民人道主義的關懷，更重要的是對給農民帶來苦難的封建主義的批判。解放區文學及 1950、1960 年代農村題材小說把農民的苦難闡釋爲階級壓迫，1980年代初期將農民的苦難歸結到左傾思想（如《許茂和他的女兒們》、《爬滿青藤的木屋》、《芙蓉鎮》等）。之後直到新寫實主義，把苦難抽象化、冷靜化、甚至冷漠化。到 21 世紀以來，作家對農民工的苦難描寫再度充滿熱情，苦難敘事成爲他們的人文關懷及思考現代與傳統碰撞、斷裂的一種表徵，也符合知識份子對農民工的「他者」想像，即從他自身的文化視角出發，對農民工弱小、受苦、需要保護的一種認識與想像。作家注入了較多的情感，同時也帶來在苦難描寫上的距離感的缺失，缺少自我控制，妨礙了對人類普遍性意義的挖掘，在一定程度上損害了藝術性。

第二、對「反城」傾向的延續。「反城」傾向一直出現在中國現當代文學中，從沈從文對城市文明的詬病，到 1950、1960 年代文學作品的將城市視作貪圖享樂、消磨人意志的地方；1980 年代知青文學對城市的敵意，到尋根文學對傳統的根的尋找，對城市的疏遠與迴避。1990 年代到 21 世紀，文壇上一方面沉醉於城市的物質主義、消費主義，在大眾文化引導下進行欲望化敘事，身體寫作，白領趣味的寫作，另一方面，「農民工」敘事的出現，使得一部分作家將視域投向底層，關注這一群體的生存狀態，描寫了他們由鄉入城的熱切願望，但城市卻顯得不夠親切，城市充滿冷漠、陌生、擠壓感，成爲苦難的承載之地。有時顯得模糊，對城市的描寫始終顯得不太擅長，寫著寫著就不由自主地回到熟悉的鄉村世界。筆者認爲原因如下：其一，是由於作家對農民工活動場景進行的「合法性」想像，認爲農民工作爲社會底層，其活動場景也只能在城中村、深街背巷、天橋下面、建築工地等一些城市角落、底層的地方。這從某一方面暴露出精英作家對農民工想像的局限性。其二，對農民工的城市陌生感的想像。「反城」傾向延續到「農民工」敘事，更多的體現爲城市的陌生感，與西方現代主義作品中作爲罪惡淵藪的城市並不完全相同。它仍然是作家對農民工的城市感受作出的一種想像。它更多地表達由鄉入城，由傳統文明進入現代文明的不適應感，以及與傳統文化斷裂的焦灼感，鄉村與城市的價值衝突等等。其三，是出於知識份子的「士」的精神傳統，中國的傳統知識份子與農民有著密不可分的聯繫，讀書人拔起於農村，由農村而入政府做官，又由政府歸隱農村，耕讀詩書，享受田園之靜美〔註 92〕。

〔註 92〕參見錢穆《中國文化史導論》，商務印書館，1994 年，第 161 頁。

當面對城市時，表現出對傳統文明的留戀及對城市文明的不適應，這一點與他們的「農民工」想像是暗合的。趙園分析知識份子用鄉村覆蓋城市的原因則是因為盤桓於城市的知識份子對於鄉村可能存在一種隱秘的愧疚〔註 93〕。其四，是「他者」想像對農民工弱小地位的突出，必然加大城市的高高在上、冷漠或擠壓感。

第三、現實主義表現手法與真實感的強調。現實主義是主要的藝術表現手法，當精英知識份子作家表達著對底層的人文關懷與社會現實責任時，獲取了敘事的道德合法性。又希望通過現實主義確立美學上的合法性，這對先鋒派的現代主義表現手法是一次革命，那些晦澀艱深的表達方式被通俗曉暢的敘述方式取代。當先鋒文學在當代生活中逐漸失去生命力，被視作「語言雜耍」而遭到質疑時，它的美學合法性已經受到挑戰。正如陳曉明所說：

> 在先鋒派之後，在主流文學場域中領風騷的作家被命名為「晚生代」，他們承繼了先鋒派開啓的傳統，同時也改變了其方向。他們向著現實化的領域挺進，抹去了先鋒派的形式主義特徵。顯然，在藝術上這無疑是一種後撤，這種後撤從文學本身發展的歷史來說，是一種退步，但在對現實的表現上，他們呈現出一種嶄新的經驗，因為先鋒派無力表現現實，現在他們面對當代變動的現實，把變動的價值觀表現出來，就獲得文學創新意義上的合法性。〔註 94〕

這似乎具有了一種歷史的反覆性。20 世紀 80 年代末，當先鋒文學的「為藝術而藝術」代替現實主義取得美學合法性地位時，路遙以傳統現實主義手法創作的《平凡的世界》受到各個出版社的冷落，進入 21 世紀，現實主義重新具備了文學創新意義，作家與批評家一方面爭取底層文學在題材上的合法性，一方面也在積極尋求美學上的合法性。底層文學孕育了新的美學原則，以現實主義為主，但並不排斥其他藝術形式的創新與探索〔註 95〕。可見，底層文學並沒有完全否定先鋒文學的審美原則。

在現實主義的藝術探索中，真實性成為一個重要方面。農民工作為一個

〔註 93〕參見趙園《地之子：鄉村小說與農民文化》，北京十月文藝出版社，1993 年，第 16～17 頁。

〔註 94〕陳曉明《「人民性」與美學的脫身術》，載《文學評論》2005 年第 2 期，第 118 頁。

〔註 95〕參見劉繼明、李雲雷《底層文學，或一種新的美學原則》，載《上海文學》2008 年第 2 期，第 74～81 頁。

「他者」的存在，需要精英知識份子作家進行審美建構與想像。使敘述的人物與事件更加真實成為一種美學追求。甚至加入一些新聞要素，讓讀者覺得有很高的可信度。如《無巢》，小說取材於一個新聞事件，同時小說中也運用了大量的新聞要素：時間具體到年月日，真實地名，真實的報紙名稱。這都是一些使故事更像真事而採取的藝術技巧。這其中，無法脫離文學生產的因素：日常生活經驗與簡單、真實的敘事更符合文化工業批量化生產的需求。日常生活經驗融入純文學審美原則，使精英作家的「農民工」敘事具備了美學合法性。

在增加真實性的同時，作品傾向於關注外部事件，一方面，外部行為與外部特徵代替了人物豐富的內心與立體的性格。另一方面，接近於新聞的真實故事無疑更能激發讀者的閱讀快感，在文學的消費環境中，現實主義也加入了身體敘事、欲望敘事等流行元素，掉入消費時代的陷阱。

知識份子作家的「農民工」話語仍然屬於精英文學的範疇，底層文學與純文學之爭都在知識份子陣營中進行，相對於打工文學而言，他們具有美學的合法性地位，現實主義文學將矛頭對準純文學，希望代替它的權威地位，但目前的美學標準仍然是純文學的，比如意象、象徵、暗喻等現代主義手法仍然是評判藝術水準高低的依據。底層文學一方面反對純文學，亮出現實主義的旗幟，並吸收泛文學的日常審美經驗，一方面，作家的教育背景與知識結構，也使得他們無法逃脫純文學的審美經驗。所以，底層文學在將鬥爭矛頭對準純文學的同時，其實二者又在實現暗中的合謀，共同打造精英文學的審美原則，並獲取權威地位。

第五章 「農民工」的自我建構

第一節　打工詩歌的生命體驗與主體性建構

　　打工詩歌來自生活現場，有著對生命的感受與體驗。羅德遠筆下吐血身亡的劉晃棋，何真宗詩裏從正在封頂的大廈樓頂摔下的民工（《紀念碑》），劉大程、鬱金等詩人筆下的礦難〔註1〕；也有打工妹油菜花般盎然的生機、廠服裏不住的青春（徐非《一位打工妹的徵婚啓事》），還有像蘋果一樣紅豔、健康、善良的打工妹（盧衛平《在水果街碰見一群蘋果》），這是詩人對健康生命的讚美與嚮往：「你必須懂得三月扶犁四月插秧／你必須懂得將生命的根鬚植入／深深的土地」〔註2〕。詩人們面對冰冷的機器思考生命的溫度，面對被踐踏的泥土思考生命的尊嚴，面對故鄉抒發生命勃發的生機。打工詩歌的生命意識，與知識份子的「生年不滿百，常懷千歲憂」之類的生命意識有所不同，它主要是對工業時代個體生命狀態的原生態呈現：身份證、暫住證、工卡、出租屋、擁擠的南下的火車……，帶有強烈的現時性，是當下的個人體驗，而不是關於宇宙、人生的浩渺的哲理性思考；詩句中，閃爍著「我」的喜怒哀樂、真情實感，這個「我」，穿行在工業車間、出租屋內、建築工地、春運火車……，在遭受擠壓的同時表現出頑強的生命力，在城市的縫隙頑強生長，尋求價值與尊嚴，進行利益的訴求，而不再是他者視域下的弱小無為或哀苦無告，通過受傷或逝去的生命，或者健康、頑強的生命，尋求在現代

〔註1〕 參見劉大程《礦難》；鬱金《爲一塊煤哭泣》，載許強、羅德遠、陳忠村主編
　　　　《中國打工詩歌精選》，珠海出版社，2007年，第116、138頁。
〔註2〕 徐非《一位打工妹的徵婚啓事》，載《外來工》1994年第9期，第38頁。

化、城市化過程中的自我角色與位置，進行主體性的建構。

一、打工詩歌的生命體驗

（一）現代工業車間：硬度與疼痛

詩人從內地偏遠鄉村來到南方沿海城市，生活空間發生了巨大變化，心靈也經歷了劇烈震蕩。珠江三角洲，領改革開放風氣之先，外資企業、三資企業、民營企業林立，蛇口、寶安等地都形成了有規模的工業區。農民工作為廉價勞動力，湧入工廠、車間。

工業區是現代化進程的標誌。詩人從鄉村進入工廠，標誌著從傳統進入現代化的生產方式。思想觀念、人際交往方式都受到極大衝擊。費孝通先生曾經總結道：傳統的農業社會是一個熟悉的社會，從經常的接觸中發生親密的關係；現代社會是陌生人組成的社會。前者是「有機的團結」，後者是「機械的團結」。前者是禮俗的社會，後者是法理的社會〔註 3〕。當農民從熟悉的鄉村社會來到現代工業車間，經歷的是一種陌生化的體驗：龐大的車間，冰冷的機器，堅硬的鐵，暫住證與工卡……，以此相對應的是渺小的工人，疲憊不堪的身體，脆弱的生命。詩人將自我指認為物。

第一、鐵：生命的隱喻

機器與金屬，成為打工詩歌中的重要意象，比如「鐵」，貫穿了鄭小瓊的詩歌與散文。青年評論家謝有順這樣評價道：「『鐵』是鄭小瓊寫作中的核心元素，也是她所創造的最有想像力和穿透力的文學符號之一。」〔註 4〕這和鄭小瓊在五金廠的工作經歷有關，也同她的生活經歷有關：為了還清讀書時欠下的債務，她不得不離開家鄉南下打工，先是進了一家黑廠，被扣了四個月的工資，後來進了一家傢具廠上班，月底只拿到兩百多塊的工資〔註 5〕。南方的漂泊與挫折，讓她青春的生命感到尖銳的疼痛。

鐵，在詩人的筆下，充滿了生命的辯證意義：堅硬與柔軟、強大與脆弱；鐵，其實就是生命的隱喻：「鐵的氣味是散漫的，堅硬的，有著重墜感。……鐵也是柔軟的，脆弱的，可以在上面打孔、畫槽，刻字，彎曲，卷折——它

〔註 3〕參見費孝通《鄉土中國》，上海人民出版社，2006 年，第 8 頁。
〔註 4〕謝有順《分享生活的苦——鄭小瓊的寫作及其「鐵」的分析》，載《南方文壇》 2007 年第 4 期，第 26 頁。
〔註 5〕參見成希、潘曉淩《鄭小瓊：在詩人與打工妹之間》，載《南方周末》2007 年 6 月 7 日，第 B13 版。

像泥土一樣柔軟，它是孤獨的、沉默的。」〔註6〕鐵，其實就是來自那些還帶著泥土味道的生命，來自鄉野的健壯的生命，在機器面前，變得那麼脆弱。龐大的機器，讓打工人感到了疼痛。他們堅韌，同時也孤獨、沉默，因為，在工業時代的南方小鎮，這樣的傷微不足道。在繁華的小鎮，沒有人會關心誰的手指被機器吞噬，打工人疼痛的呻吟沒有人去聽，就像鐵的分割也在無聲中進行一樣。

所以，詩人對「鐵」的關注，就是對生命的關注，關注個體生命與工業文明的衝突。將「鐵」與機器對立，使得詩歌充滿了內在的張力。龐大冰冷的機器吞噬著鐵：

> 那臺飢餓的機器，在每天吃下鐵，圖紙 / 星辰，露珠，鹹味的汗水，它反覆的剔牙 / 吐出利潤，鈔票，酒巴……它看見斷殘的手指 / 欠薪，陰影的職業病，記憶如此苦澀 / 黑夜如此遼闊，有多少在鐵片生存的人 / 欠著貧窮的債務，站在這潮濕而清涼的鐵上 / 淒苦地走動著，有多少愛在鐵間平衡 / 塵世的心腸像鐵一樣堅硬，清洌而微苦的打工生活。〔註7〕

但「鐵」也有它的硬度，有它的堅韌：「它袒裸著紅盈的肉體 / 把自己散落在冰冷的模具間 / 沿著瘦小的黑夜爬著」〔註8〕，還有生命的希望：「光亮的鐵正在黯淡下去，我說不出那些 / 細小的爐火是誰心間的嫩綠，細微地亮著 / 它毛茸茸的光亮，像漂泊中的愛情 / 弱小而堅強，承受著流浪中的命運與人群 / 承受著時光之爐的鍛打」〔註9〕。

以小說創作為主的打工作家周崇賢，不多的詩歌創作中，也出現「鐵」的意象：「我的鐵 / 冰冷的鐵 / 孤獨的鐵 / 沉默的鐵 / 卑微的鐵 / 我的鏽迹斑斑的鐵呵 / 把這些冰冷和孤獨 / 這些沉默與卑微　統統 / 投進爐火 / 燃燒的鐵　呼叫的鐵 / 將我生鏽的夢想烤得 / 通體透亮 / 我的鐵 / 刀子一樣鋒利的鐵 / 淚水一樣堅硬的鐵」〔註10〕，短短 15 行的詩句，「鐵」是重心，鐵的孤

〔註6〕鄭小瓊《鐵‧塑料廠》，載《人民文學》2007 年第 5 期，第 87 頁。
〔註7〕鄭小瓊《機器》，鄭小瓊博客：http://blog.sina.com.cn/s/blog_45a57d30010008tt.html。
〔註8〕鄭小瓊《深夜機臺》，鄭小瓊博客：http://blog.sina.com.cn/s/blog_45a57d30010008vn.html。
〔註9〕鄭小瓊《命運》，鄭小瓊博客：http://blog.sina.com.cn/s/blog_45a57d30010008wd.html。
〔註10〕周崇賢《在鐵廠打工》，載許強、羅德遠、陳忠村主編《中國打工詩歌精選》，

獨與沉默，都是作家關於生命的思考。謝湘南「被咬傷的鐵／我躺在上面／我花了一上午時間／阻止時間的傷害／／用膠紙將鏽捆綁／一張席子把睡眠隔開／在鐵的內部／有一些我看不到的變化」〔註11〕，容易受傷的鐵，被捆綁的鏽，正是個體生命及生活現狀，觸及了詩人內心的隱痛。

第二、生命的格式化

現代車間追求的是高效率，機械的複製，大規模的生產，需要的是機器的高速、正常的運轉，人在車間，操作著機器，也被機器操縱。現代工廠，追求標準化，秩序化，人際關係疏遠，杜絕隨意性，注重業績，它本身就是一架精密的機器，人的個性、創造性很難施展。各具個性的生命在現代工廠的車間被格式化了。「馬克思很有理由強調體力勞動各部分之間聯繫的巨大的流動性。這種聯繫以一種獨立的、具體化了的形式在流水線上向工廠工人顯現出來。要被加工的物體專橫地進入又跑出工人的工作區域，完全獨立於他的意志。」〔註12〕

這些被現代工業車間格式化的生命在詩中也得到展現：「你們不知道，我的姓名隱進了一張工卡裏／我的雙手成為流水線的一部分，身體簽給了／合同，頭髮正由黑變白，剩下喧嘩，奔波／加班，薪水……我透過寂靜的白熾燈光／看見疲倦的影子投影在機臺上，它慢慢的移動／轉身，弓下來，沉默如一塊鑄鐵」〔註13〕姓名、雙手、身體、頭髮都屬於工廠車間的一部分，連愛情也變成了圖紙、金屬、轟鳴的機器：「此刻的愛情多像穿過針孔的鋼鐵，它們無法說出／也無法預定它的命運，它是紅色的燈，綠色的線，白色的／圖紙，和這些明天不知運往何處的零件。」〔註14〕流水線上的青春的生命以工號或技術命名，「在流水線的流動中是流動的人／他們來自河東或者河西，她站著坐著，編號，藍色的工衣／白色的工帽，手指頭上工位，姓名是 A234、A967、Q36……／或者是插中制的，裝彈弓的，打螺絲的……」

珠海出版社，2007年，第328～329頁。

〔註11〕謝湘南《生鏽的鐵床》，載柳冬嫵《從鄉村到城市的精神胎記》，花城出版社，2006年，第143頁。

〔註12〕〔德〕阿倫特編《啟迪：本雅明文選》，張旭東、王斑譯，生活・讀書・新知三聯書店，2008年，第191頁。

〔註13〕鄭小瓊《生活》，鄭小瓊博客：http://blog.sina.com.cn/s/blog_45a57d30010008w7.html。

〔註14〕鄭小瓊《操作女工二十二點時關於愛情的感受》，載許強、羅德遠、陳忠村主編《中國打工詩歌精選》，珠海出版社，2007年，第76頁。

〔註15〕打工人的生活，在張守剛的筆下，則變成了工業區、招工啓事、人才市場、工卡、廠證、打卡、工號、工票、流水線、工序……〔註16〕這樣的生活有條不紊，整齊劃一。生命卻在其中變得蒼白、扁平。生命，可能就是一張身份證、或者胸前的廠證、工號。這些生命，因爲身份證、廠證或工號而變得相似，李長空的《我拾到一張身份證》，用白描式的語言寫了「我」拾到一張身份證，短短三天時間，就有十二個人來認領，每個人都說是他們在找工時遺失的，身份證成爲一個個鮮活生命的代表，也是農民工的身份之痛。他們的身份必須依靠一張小小的卡片才能得到確認。鄭小瓊身邊的工友一直管她叫「245 號」，寫詩成名後依然如此。在街上警察也只認她的暫住證不認她的詩歌〔註17〕。各具個性的生命，變成了薄薄的、千篇一律的卡片。

（二）動物：生命的存在及生命奮爭的思考

狗、魚、蚯蚓、螞蟻、蛇、蚊子，不少打工詩歌中都出現這樣一些動物意象，它們多爲匍匐在大地上的卑賤之物，同時又具有極強的生命力。詩人借這樣一些動物意象，表達自己對生命的存在及生命奮爭的思考。

「在北京，你可以沒有孩子 / 但不能沒有一條狗 / 在寵物如此尊貴的年代 / 一個外省青年，遠不如 / 一條狗那樣輕易找到歸宿」〔註18〕，寫出了外地民工邊緣狀態：農民工進入城市，文化素質及專業技能欠缺，只能幹城裡的髒活、累活、苦活，經濟地位、社會地位低下，很難融入城市。另外，農民工的大量入城，引起城市的不適與緊張感，如引起城市的交通壓力、就業壓力、治安問題等〔註19〕，從而遭到城裡人的排斥，很難獲得與市民同等的待遇。因此，農民工與城市之間存在著隔膜。對農民工的這種生活境遇，打工詩人感同身受，並且觸動了心靈的痛苦：「是一條魚 / 從水裏來 / 到鍋裏去 / 誰的胃液不停地翻湧 / 在魚膽裏體會到 / 屬於一條魚的痛苦 / 和最

〔註15〕鄭小瓊《流水線》，載許強、羅德遠、陳忠村主編《中國打工詩歌精選》，珠海出版社，2007 年，第 78 頁。

〔註16〕參見張守剛《在打工群落裏生長的詞》，載許強、羅德遠、陳忠村主編《中國打工詩歌精選》，珠海出版社，2007 年，第 36～52 頁。

〔註17〕參見成希、潘曉凌《鄭小瓊：在詩人與打工妹之間》，載《南方周末》2007 年 6 月 7 日，第 B13 版。

〔註18〕鬱金《狗一樣的生活》，載許強、羅德遠、陳忠村主編《中國打工詩歌精選》，珠海出版社，2007 年，第 134 頁。

〔註19〕參見陸學藝《當代中國社會流動》，社會科學文獻出版社，2004 年，第 306 頁。

終的結局」〔註 20〕,「哦,在北京,我狗一樣生活╱人一樣活著」(郁金《狗一樣的生活》)。這些都是打工詩人的真實經歷,是他們的個體生命的體驗:「面對『打工詩歌』,尤其是『打工詩人』寫的『打工詩歌』,如果我們沒有經歷過打工生活,我們很難知道它們的真實:生活真實、內心真實、寫作真實。」〔註 21〕

　　來自鄉土的生命也帶著土地般的堅韌的力量,它們堅強、奮發向上,如一株青草,在城市的縫隙裏頑強地生長,「栽種在哪裏,哪裏便是一派春光」〔註 22〕,心裏一直懷著夢想與追求,黑螞蟻:「我慢吞吞走路是在尋找╱舒展雙腿╱我要踢開黏滯的土地╱站立起來╱會發出曠世驚奇的呼喊」〔註 23〕,蚯蚓的頑強在於「你沒有了腳　便試著匍匐前行╱失去了手　乾脆用頭顱耕耘」〔註 24〕,蝸牛也喊出「我要讓夢想在黎明實現」〔註 25〕;石頭雖然來自鄉下,但它在城市「快活地素面朝天」,,石頭還俘虜了街上來來往往的善良,它在城裡還闖出了名堂,上了報紙,西裝革履。「石頭在低處歌唱╱用自己渾厚的男低音╱墊起山川的高昂」〔註 26〕,石頭頑強、樂觀、幽默、實在,與「鐵」相比,它具有世俗的溫度。

　　這些弱小的生命在城市裡最終會慢慢紮下根,慢慢變得強大,他們在這裡拋灑了青春與汗水,播種青春的夢想,與城市共同成長,成為城市的一部分。

(三)故鄉:生命的撫慰

　　鄭小瓊談到自己的創作時,認為她自己的寫作是圍繞著兩個村莊開始的,一個是故鄉黃斛村,一個是打工生活了六年多的黃麻嶺。前者正由傳統

〔註 20〕柳冬嫵《命運是條被炒的魚》,載許強、羅德遠、陳忠村主編《中國打工詩歌精選》,珠海出版社,2007 年,第 91 頁。

〔註 21〕柳冬嫵《從鄉村到城市的精神胎記:中國「打工詩歌」研究》,花城出版社,2006 年,第 139 頁。

〔註 22〕何真宗《青草》,http://www.xshdai.com/fangzhen/20071130/3633-1.html。

〔註 23〕羅德遠《黑螞蟻》,載許強、羅德遠、陳忠村主編《中國打工詩歌精選》,珠海出版社,2007 年,第 66 頁。

〔註 24〕羅德遠《蚯蚓兄弟》,載許強、羅德遠、陳忠村主編《中國打工詩歌精選》,珠海出版社,2007 年,第 68 頁。

〔註 25〕劉洪希《蝸牛》,載許強、羅德遠、陳忠村主編《中國打工詩歌精選》,珠海出版社,2007 年,第 123 頁。

〔註 26〕熊禹《新石頭記》,載許強、羅德遠、陳忠村主編《中國打工詩歌精選》,珠海出版社,2007 年,第 245 頁。

的鄉村秩序向工業化推進，後者是已經進入工業時代。由於故鄉已經受到工業化的影響，純粹的田園風光已然消逝不見，處處留下了時代變遷的痕跡〔註27〕。雖然如此，在打工詩人的筆下，故鄉，還是一個繞不過去的夢，健康活潑的生命，出生於斯，成長於斯。

徐非的《一位打工妹的徵婚啓事》，就是緣於對故鄉女孩的想像：來自鄉野，質樸、單純，朝氣蓬勃。詩中出現的土地、母親、油菜花、扶犁、插秧、土巴牆等意象，無不勾起人們對故鄉的溫暖想像，足以對城市中受挫的生命進行撫慰。

盧衛平則用紅樸樸的新鮮蘋果來比喻進城的鄉下女孩，剛從樹上採摘下來，還帶著芬芳。她們既羞澀又健康，「等我走近 它們的臉就紅了／是鄉下少女那種低頭的紅／不像水蜜桃紅得輕佻／不像草莓 紅得有一股子腥氣／它們是最乾淨最健康的水果／它們是善良的水果」（《在水果街碰見一群蘋果》）這些水果，來自鄉下，也即將被詩人帶回故鄉，用以撫慰白髮蒼蒼的爹娘。這些新鮮的芳香的生命，是與「家」緊密相聯的：蘋果來自她們自己的老家，又將被「我」帶回老家。

故鄉，是撫慰在異鄉的孤寂與艱辛的一劑良藥。打工者春節不能回家，於是在羊城吃家鄉名廚主理的羊火鍋，聽著家鄉方言，喝著家鄉酒，哼著民歌民謠，「心情燦燦」，「爐火旺旺」〔註28〕，是一種極其暖和的撫慰。黃吉文則直接喊出了「我要回到故鄉去」，「城市妖冶的盆花／讓我更加懷念那些／拙樸的小麥」〔註29〕，小麥在田地裏恣意生長，那無拘無束、生氣蓬勃的生命，才是讓詩人懷念的。

值得注意的是，鄭小瓊詩中的故鄉常常與月光聯繫在一起。月光柔軟，正好對她詩中堅硬的鐵構成了一個補充。月，關乎鄉愁，以及與鄉愁有關的那些古典的詩意，它柔潤，潮濕，可以安撫在工業區如鐵般堅硬的生命，從鐵、釘、圖紙、金屬，回到了月光裏，那裡有故鄉的原野，呆板的工業區裏有了各式各樣的方言與鄉愁，生命再次鮮活起來：「我那顆讓淅淅瀝瀝的月光

〔註27〕 參見程賢章、鄭小瓊、王十月、展鋒《關注農業　關心農村　關愛農民──廣東作家四人談》，載《文學報》2007年9月6日，第3版。
〔註28〕 徐非《羊年在羊城吃羊火鍋》，載許強、羅德遠、陳忠村主編《中國打工詩歌精選》，珠海出版社，2007年，第84頁。
〔註29〕 黃吉文《回家》，載許強、羅德遠、陳忠村主編《中國打工詩歌精選》，珠海出版社，2007年，第99頁。

濕透的心／一定會在溫暖的枕下／抽出綠芽」﹝註30﹞，「如果月光來自於四川
／那麼青春被回憶點亮」（《生活》），柔軟的月光，是生命的撫慰。

打工詩歌中關於生與死、受傷、青春的表述比比皆是，彰顯了生命意
識。

二、「農民工」的主體性建構

從打工詩歌中深切的生命體驗和凸顯的生命意識來看，「農民工」並不是
被動的存在，在城市中雖然受到壓抑、貶斥，但他們仍然帶有鮮明的主體
性特徵，不是「被說」，而是「我說」。不是被同情、被憐憫的對象，而是
一種價值的主動尋找與利益的訴求。在具有痛感的生命體驗中去發現自我，
進行「農民工」的主體性建構。正如打工詩人們說：「我們無法左右歷史，
但我們有權記載。」﹝註31﹞記載下一個個鮮活的生命，以及他們在歷史中的
位置。

（一）「農民工」主體對生命的認知

詩中的生命之痛來自詩人個體經驗。打工詩人們大多有過從內地到沿
海，遭遇挫折的經歷。1990 年代初，他們隨著打工大潮湧入廣東，但南方並
不是他們想像中的天堂：徐非，一到廣州便遭遇搶劫，遭受驚嚇躲在一個廢
舊倉庫不敢出來，與老鼠蚊蟲為伴，靠喝水龍頭滴下的水度過了 6 天 6 夜；
任明友到廣東找他打工的大哥，由於背著一包書籍，警察以沒有發票為由將
他收容，從此以後，任明友買張報紙也要索要收據。羅德遠與徐非同屬四川
瀘縣百和鄉的青年農民，坐汽車從四川到廣東的途中，遭遇汽車拋錨、黑
店、被轉賣「豬仔」，路上竟走了 5 天 4 夜。曾文廣因沒錢買衣服，而被老闆
奚落：「每天穿同一件破衣裳，像個窮要飯的！」許嵐剛到廣州時，在天橋下
的橋洞裏夜宿，一次為躲避治安人員的收查，他躲進路邊的廁所長達五個
小時……﹝註32﹞。這就是詩人和血帶淚的生命體驗，他們經歷了民工潮，經
歷了農民工被當作「盲流」、「三無人員」的時代，那時，農民工的權益還沒

﹝註30﹞ 鄭小瓊《零點，月光落床》，載許強、羅德遠、陳忠村主編《中國打工詩歌精
選》，珠海出版社，2007 年，第 78 頁。

﹝註31﹞ 許強、羅德遠、陳忠村《寫在前面的話：關於「打工詩歌」》，載許強、羅德
遠、陳忠村主編《中國打工詩歌精選》，珠海出版社，2007 年，第 3 頁。

﹝註32﹞ 參見羅德遠《打工詩歌：為漂泊的青春作證》，載楊宏海主編《打工文學備忘
錄》，社會科學文獻出版社，2007 年，第 170～193 頁。

有引起社會的廣泛關注。那樣一些慘痛的記憶,在他們生命裏打下深深的烙印。他們發出生命的呼喊:「流浪南方／我放縱 我淘金 我赤裸／我流血／語言的刀子深入珠江內心／我只看見浮萍 和我的衣衫／一起襤褸天際……」〔註33〕

這樣的疼痛訴說,是主體對生命的認知,對自我在城市中的位置的確認:底層的邊緣群體,為城市作出了巨大貢獻,卻得不到承認。詩歌往往以「農民工」為敘事視角,「農民工」以第一人稱或「我」的兄弟姐妹,工友身份出現。羅德遠:《劉晃棋,我的打工兄弟》,何真宗《紀念碑》:「這就是我的打工親兄弟」,張守剛《坦洲紀事》,「我」就是那個坐著春運火車到廣州,被流水線操縱的農民工。鄭小瓊:《黃麻嶺》,「我」就是那個擺放塑料產品、螺絲、釘子的打工妹。「打工者 是我、他、你或者應該如被本地人喚著撈仔撈妹一樣,帶著夢境和眺望,在欲望的海洋裏撈來撈去,撈到的是幾張薄薄的鈔票和日漸褪去的青春」〔註34〕。「我」深入打工生活的內心,品嘗著個中的酸甜苦辣。被工業文明擠壓,遭受城市排斥,自我身份就是一個不倫不類的打工仔／妹,農民工,把青春和夢想託付給城裡,帶著衰老回到鄉下。「我」更關心的是個體的現實境遇,而不是透視社會歷史框架下的整體命運。

詩中常常有一個農民工的主體在對「農民工」的生命狀態進行觀察,描述。如鄭小瓊詩中的鐵,流水線的打工妹在對鐵進行觀察,將鐵的命運與自我的命運進行比較,將二者的命運融為一體……。打工詩歌中,有時「我」就是「農民工」,有時「我」隱退到畫面之後,觀察著「農民工」,那個「我」,也具有農民工身份。所以,這並不是遠距離的觀察,也不是自上而下的觀察,而是我中有你,你中有我。「農民工」就是農民工自我投射的影像。「農民工」的命運,就是「我」的命運,但「我」退隱到畫面之外,對自我進行反觀、審視,「農民工」的主體性在這種反觀、審視中慢慢凸顯出來。

(二)道德追問與權益訴求

在呈現個體生命的城市遭遇時,打工詩歌的意圖並不是對苦難進行展覽,而是通過「農民工」在城市的遭際,進行道德倫理的訴求,比如公平、正義、權益等等。

〔註33〕許嵐《流浪南方》,載許強、羅德遠、陳忠村主編《中國打工詩歌精選》,珠海出版社,2007年,第157頁。

〔註34〕鄭小瓊《打工,一個滄桑的詞》,載《散文詩》2003年第11期,第46頁。

農民工是中國現代化進程中的特殊產物。由於之前國家一直採取限制農民進城及跨地區就業的政策，當大量民工湧入城市，就出現制度滯後的情況，農民工的權益沒有得到應有的保護，農民工與城市居民同工不同酬、同工不同時、同工不同權。而農民工從事的工作大多爲城裡人不願從事的髒活、累活、苦活，甚至帶有一定的危險性，工傷事故、拖欠工資的情況時常發生，個體生命顯得十分脆弱。農民工進城後，雖然經濟收入增加了，但社會地位沒有得到相應提高，不能得到應有的生活尊嚴；根據社會學家對深圳市農民工的調查顯示，失業成爲農民工第一擔心的問題，占 27.9%，生病位居第二，占 20.9%，因爲失業與生病都直接影響到他們的收入〔註35〕。深圳市政府自 20 世紀 80 年代後期以來，一直在積極探索農民工社會保險體系，但社會學家的調查顯示，深圳市農民工的職業病與工傷比例較大，超過半數的農民工沒有參加工傷保險。農民工受了工傷或患職業病後，不能得到及時治療〔註36〕。

打工詩歌中大量出現的個體生命的受傷、生病、死亡，失業，在機器面前的脆弱等等，都是與農民工的權益訴求緊密相連的。在現代化進程中，「農民工」並不是被憐憫的對象，他們積極參與了城市建設，表現出主體性的特徵。但這種主體性並沒有得到城市的承認。「分娩了財富卻被財富嘲笑／哺育了城市卻被城市驅逐，最終還得棄婦般拾掇行囊／回到遙遠的依舊寒瘦的故鄉」〔註37〕。這與社會公平、正義聯繫在一起，打工詩歌通過表現生命的創痛，進行權益的訴求：「人們啊，請記住他們；歷史啊，請記住他們———一群普普通通的人，一群用純樸的雙手把一個時代托上陽光燦爛的雲端的人，一群修築新時代萬里長城的人」〔註38〕。

在農民工群體中，打工詩人算是底層精英，他們學歷多爲高中、甚至中專，又能舞文弄墨，讀書、學習、發表文章，漸漸擴大了他們的交往圈子，尤其是南方打工文學雜誌的出現以及當地文學期刊對打工文學的扶持，使得打

〔註35〕 參見鄭功成、黃黎若蓮《中國農民工問題與社會保護》，人民出版社，2007年，第167頁。

〔註36〕 參見鄭功成、黃黎若蓮《中國農民工問題與社會保護》，人民出版社，2007年，第172頁。

〔註37〕 劉大程《南方行吟》，載許強、羅德遠、陳忠村主編《中國打工詩歌精選》，珠海出版社，2007年，第31頁。

〔註38〕 劉大程《南方行吟》，載許強、羅德遠、陳忠村主編《中國打工詩歌精選》，珠海出版社，2007年，第31頁。

工詩人也獲得了傳播話語的獨特公共空間，在這樣一個公共空間之中，他們觀照生命、思索命運，確認主體位置，進行有關公平公正的道德倫理訴求。

　　「在任何階層制的社會中民主進步與社會平等的關鍵是發展一個由眾多不同的『公眾』，尤其是『下層的對抗性公眾』（subaltern counterpublic）所組成的公共空間，在那兒來自下層社會群體的成員可以從某種程度上退出支配與從屬的關係形態而進入到他們被主流話語正常地主體化的形態」〔註39〕。對打工者的個體生命進行主動的思考，生病、工傷、死亡或者健全的生命，無不包含著對打工者權利意識的喚醒。

（三）城市他者地位的確認

　　打工詩歌中出現大量動物、植物意象，如螞蟻、蚯蚓、紅薯藤，它們的渺小與頑強，是詩人對生命的認知。這些生命，都與鄉土密切相關，打工詩人以這些鄉土意象自喻，是對城市的他者地位的自覺認知——「鳥類不知魚類的心情」。

　　首先，這些動物植物或其他物體身上打上了明顯的鄉村印記。「我是一條怯懦的茱花蛇，無毒／上帝讓我與人類不同，無手、無腳／只能彎曲著身子和尊嚴，行走人生／異鄉的歧視和苦難啊／讓我每一次蛻皮都生不如死。」〔註40〕熊禹的《新石頭記》，突出石頭的醜、石頭的不開花、石頭的出身貧賤、不說話、棲居低處等突出進城的鄉下人的特點〔註41〕。同時，詩人們尋找著與鄉村、與土地的血緣關係。「一隻青蛙／身上流的是鄉村的血／靈魂卻在城市裡／戴著鐐銬跳舞。」〔註42〕青蛙、蝸牛、蛇、螞蟻、蚯蚓等動物，都是紮根於土地的。羅德遠的「黑螞蟻」，在粘滯的土地上爬行，背上脫不去的黑色，就是土地的黑色。「蚯蚓兄弟」在泥土下躁動，從泥土到泥土，在土壤的深處。劉洪希的「蝸牛」，在大地上行走，腳步比黑螞蟻更慢更踏實。任明友的「茱花蛇」，致命的七寸上被故鄉貼上了標籤。除了動物，還

〔註39〕〔澳〕傑華《都市裏的農家女》，吳小英譯，江蘇人民出版社，2006年，第60頁。

〔註40〕任明友《某個深夜，抵達故鄉心臟》，載許強、羅德遠、陳忠村主編《中國打工詩歌精選》，珠海出版社，2007年，第109頁。

〔註41〕參見熊禹《新石頭記》，載許強、羅德遠、陳忠村主編《中國打工詩歌精選》，珠海出版社，2007年，第242～246頁。

〔註42〕劉洪希《一隻青蛙在城市裡跳躍》，載許強、羅德遠、陳忠村主編《中國打工詩歌精選》，珠海出版社，2007年，第122頁。

有植物：紅薯藤，是農人栽下的，從土地裡長出，與鄉村有著無法割捨的聯繫〔註43〕。

其次，這些來自鄉土的生命，作為城市的「他者」而存在。劉洪希《一隻青蛙在城市裡跳躍》中，進城，意味著割斷與土地的血緣關係，那一片鋼筋水泥的森林，不屬於來自鄉村的青蛙，青蛙無法融入其中，找不到歸宿。柳冬嫵《命運是條被炒的魚》中，作為一條魚，最終的命運，是從水裏來，到鍋裏去，被別人的胃液翻攪；進城的紅薯藤也面臨著同樣的命運：「端上桌子或捏在手中／讓城市的胃　有滋有味地品嘗」（羅德遠《紅薯藤》）；而作為一條無毒的茱花蛇，爬不進南方的方言，爬不進南方的證件和資格，也無法在越來越低的城市的天空昂起頭來（任明友《某個深夜，抵達故鄉心臟》）。城市的繁榮與美麗，都是別人的，詩人發出呼喊：「此刻，在別人的花園裏／我醉得毫無理由／這美麗的景色不是我的啊／只有此刻的心情，才是我的」（鬱金《狗一樣的生活》）。

「農民工」表現出一種明顯的鄉村特點，鄉村特點的交往方式以血緣關係、地緣關係為主，「血緣和地緣的合一是社區的原始狀態。」〔註44〕很少具有衝突和競爭，保守而穩定，成員之間的關係比較親密，注重人情。在城市這一「陌生人的社會」裏，與老鄉、親戚的交往也是農民工的一種生存策略。據社會學家的調查顯示：農民工主要與相同群體的人交往，社交圈基本上限定於老鄉（占 47.7%），同事（占 40.7%），朋友（占 31.9%），親戚（占 31.8%），與城市居民的交往只占 3%〔註45〕。從婚姻狀況來看，農民工與市民之間的通婚極少，在北京浙江村，聚居了七八萬外來民工，只有一例農民工與市民通婚。而在極為罕見的農民工與市民的通婚個案中，一般的婚姻模式是年輕的女性農民工嫁給年長的男性市民〔註46〕。這說明農民工被城市接納的程度很低。城中村是他們的主要聚居地，如北京的「浙江村」、「新疆村」、「河南村」〔註47〕。城中村對打工詩人影響很大，「城中村是『打工詩人』現

〔註43〕參見羅德遠《紅薯藤》，載許強、羅德遠、陳忠村主編《中國打工詩歌精選》，珠海出版社，2007 年，第 63～64 頁。
〔註44〕費孝通《鄉土中國》，上海人民出版社，2006 年，第 58 頁。
〔註45〕參見文化部文化市場司、華中師範大學、全國農民工文化生活狀況調查課題組編著《當代中國農民工文化生活狀況調查報告》，中國社會科學出版社，2007 年，第 25 頁。
〔註46〕參見李強《農民工與中國社會分層》，社會科學文獻出版社，2004 年，第 37 頁。
〔註47〕參見陸學藝《當代中國社會流動》，社會科學文獻出版社，2004 年，第 331 頁。

在的棲息場，是他們孤寂、焦灼或淡漠的目光一直深切關注的存在之網，也是他們在行爲和靈魂搏鬥中企圖觸及和超越的最真實的真實。」〔註48〕在這樣一種狀況下，打工詩歌對「農民工」的城市他者身份進行了確認。儘管「我」非常嚮往，非常努力，但「我」無法融入城市。最終仍然是直指社會制度的一種追問，是權益的籲求。從詩歌中所表現出來的不能融入城市的哀怨、憤懑來看，他們是非常渴望被城市接納與認同的。

第二節　游民與游俠：邊緣群體的生存邏輯與自我身份認知

在打工小說中，有那麼一些形象的存在：他們沒有固定的職業，收入不穩定，沒有家庭，住所也不確定，愛打抱不平，有時油嘴滑舌充滿痞氣，游離在主流社會秩序之外。如周崇賢小說中的粗漢、刀峰、王二等，都是鄉下來的青年男性，以自己的獨特邏輯在城市求生存。

王學泰先生認爲游民是指脫離了當時社會秩序（主要是宗法秩序）的人，缺少穩定的謀生手段，居處不固定，大多在城鄉之間遊動，以出賣勞動力（包括體力與腦力）爲主，也有以不正當的手段牟取財物的。大多數有冒險經歷或艱辛的經歷，主要出現在宋朝及宋以後〔註49〕。中國當代社會轉型時期，農村剩餘勞動力增加，大量流入城市，居於社會底層，也可稱爲游民。

游民脫離了土地，離開了他們熟悉的宗法社會，在陌生的城市中無所依傍，完全靠自己奮鬥。在困厄的生存環境中，缺少來自上層社會的救助，於是盼望義俠的援助之手。靠義氣交結朋友，也成爲他們的一種生存方式。

游俠就是游民中的義俠。根據司馬遷的《史記·游俠列傳》，王學泰將游俠的品格總結爲：(1)勇於幫助他人解決困難，主動去拯救在生死邊緣的人們，不知死，而且不求回報。(2)爲了拯救困厄中的人們，不怕觸犯法律和世俗的道德觀念。(3)說話算話，言而有信。(4)不逞強，不自我炫耀〔註50〕。但他認爲，游俠的品類複雜，「高尚者路見不平，拔刀相助，一諾千金，存亡

〔註48〕柳冬嫵《從鄉村到城市的精神胎記：中國「打工詩歌」研究》，花城出版社，2006年，第113頁。
〔註49〕王學泰《游民文化與中國社會》（上冊），同心出版社，2007年，第16頁。
〔註50〕王學泰《游民文化與中國社會》（上冊），同心出版社，2007年，第100頁。

死生。惡劣者或呼朋引類，招搖過市，或武斷鄉曲，稱霸一方。」〔註51〕游俠慢慢演變成一種心態，一種文化現象。游俠由於其樂善好施，扶助弱小，成爲孤單無依的游民的人格楷模。

打工小說也塑造了游俠形象，與古代的通俗小說類似：游俠集劫富濟貧的綠林觀念，與「在家靠父母，出門靠朋友」的流浪漢意識，以及「替天行道」、「剷除不平」的政治理念爲一體〔註52〕，爲了在城市生存，他們又變僞巧詐，油腔滑調，亦正亦邪。

游俠執守的是邊緣群體的生存邏輯，也是對「農民工」底層身份的自我認知。他們無法依靠正常途徑進入城市的主流社會，於是依靠力量、孤膽英雄，形成主流社會秩序之外的一個隱性社會，與主流社會既抗衡又互補。

一、邊緣群體的生存邏輯

（一）對力量的推崇

打工小說塑造的游俠精神首先表現在對力量的推崇上。這種力量，既包括武力，也包括腦力，這樣一些男性大多具有健壯的體魄，粗漢、刀峰、王二，都是如此。刀峰的外形偉岸挺拔，王二也是身強力壯，他們大多從事保安、保鏢之類的職業，身體素質過硬，具有過人的本領。或者有著聰明的大腦，巧舌如簧，甚至具有文才，以小報記者、律師等形象出現。善交遊、好打抱不平，扶助弱小，主持正義。還有一些流氓習氣，爲向上爬不擇手段。

《盲流部落》與《都市盲流》，都反映了「盲流」這一特殊群體的生活，主人公刀峰就是一個流浪英雄。刀峰來自四川鄉下，武藝高超，有膽有識。他做的都是充滿危險的事：揭發自己的上司、偵探搶劫案、作爲警方的臥底輯毒。設置這些險象環生的環境，更好地體現出他的武功、勇氣、膽量與智慧，也更好地表現他的俠肝義膽。對刀峰的「俠」的定位，在美洲公司人事主管葉小丹眼裏得到進一步確認：「在她看來，刀鋒就是一個無往而不勝的江湖獨行俠，看他劍嘯江湖行俠仗義，她那顆心幾乎就要跳出胸腔了。」〔註53〕

〔註51〕王學泰《游民文化與中國社會》（上冊），同心出版社，2007年，第94頁。
〔註52〕王學泰提到，《水滸傳》等小說中常提到游民的綠林道德觀念、流浪漢方式及政治理念。參見王學泰《游民文化與中國社會》（上冊），同心出版社，2007年，第12頁。
〔註53〕周崇賢《盲流部落》，花城出版社，2003年，第124頁。

　　刀鋒們都是孤膽英雄、獨行俠，不論是臥底輯毒，搗毀海濱淫窟，還是輯拿走私犯罪，都靠個人的力量。但作者也沒有完全否認國家機器的重要性，最關鍵的時候，警察都會從天而降，協助刀峰將犯罪分子降服。只不過，國家機器的重要作用並不是放在首位，而是作爲輔助力量出現的。這表明游民的生活空間構成了一個隱性社會，有著它所特有的運作規則與行爲方式，與主流社會既相抗衡又互補〔註54〕。例如《我流浪，因爲我悲傷》中的王二，這是一個油腔滑調，帶著痞氣的流浪漢，他與代表國家機器的東江市公安局局長呂馬臉是對立的關係，爲了給遭受權貴蹂躪的弱女子西籬報仇，他決定黑吃黑，拿那些權貴與三陪小姐鬼混的錄像帶去敲詐他們一筆錢財。但他最終還是選擇了將那些錄像帶交給公檢法機關，表明「游俠」對主流社會秩序的依賴與信任。

　　對力量的推崇還通過小說中的眾多女性表現出來。刀峰、王二身邊都圍繞著風流嫵媚的女性，她們無一不表現出對孔武有力、男性的原始力量的崇拜與愛慕，「盲流」系列多處寫到這些女性爲了刀鋒爭風吃醋，不論是高貴的白領，還是社會地位低下的打工妹，都不在意刀峰們卑賤的打工仔身份，眼裏只有刀鋒們的帥、酷、力量及俠義。這種男性的原始力量可以轉換爲機智、聰明、見多識廣，甚至變僞巧詐。王二也是一個孔武有力的人，但更重要的在於他的機智與能說會道，他總能以三寸不爛之舌化解糾紛，轉危爲安。做保險的胡七索（戴斌《我長得這麼醜我容易嗎》）、沒有固定職業的「小白臉」（戴斌《情愛原生態》），都是帶著無賴習氣的人，他們腦子靈光，油腔滑調，雖然沒錢沒權卻能憑藉自己的小聰明在複雜的社會生存下去，且自詡爲韋小寶，雖然沒有武功，但憑著小聰明、市儈作風以及無賴習氣，也能左右逢源。

　　另一種被作家推崇的力就是文力，通過游民知識份子表現出來。在「盲流」系列的下部，刀鋒發現僅靠武力幫不了更多的打工人，於是考上律師，以求爲更多的打工人伸張正義，由武力轉向文力。孫天一（王十月《煩躁不安》）的身份是一個流浪記者，只有初中文憑，本來是工廠流水線上的打工仔，因爲寫得一手好文章，應聘到雜誌社。孫天一由於其記者身份，交遊甚廣，有記者同行，有文人墨客，也有工廠的打工仔打工妹，人們一聽

〔註54〕參見王學泰《游民文化與中國社會》（上冊），同心出版社，2007 年，第 12 頁。

到他的名字，就表現出讚賞或崇拜，不但因爲他的爲人，也因爲他的文才，他憑藉一支筆爲底層打工者伸張正義，救出了身陷黑廠的打工者。因此，孫天一的名號在江湖上是叫得響的，打工者們對他崇敬有加，在打工者的眼裏，孫天一甚至帶著傳奇色彩：自學成才，爲命請命，臥底揭露黑廠內幕……。

還有一些人物，是因爲太沒有力量，而希望具備一種力量。如《出租屋裏的磨刀聲》，從農村來深圳打工的天右，與女友租住在城郊條件很差的出租屋裏，在鄰居男子的霍霍磨刀聲中與女友做愛，由於疑慮與恐懼，竟喪失了性能力，並在工廠受了工傷被老闆開除，於是也開始磨刀，將力量的恢復寄託在磨刀上。《民工李小末的夢想生活》，李小末是一個非常弱小的人，治安隊員、工廠主管、甚至工友、路人，誰都可以欺負他。但最終李小末的身上長出了一對翅膀，李小末具備了飛的能力，飛越了關卡，飛到了平時欺負他的那些人的頭頂，給他們的生活製造了混亂。

（二）游俠的「義」、「利」觀

「義」是游民的道德，「有力以勞人，有財以分人」，而且舉義「不關貧賤」、「不關親疏」、「不關近」、「不關遠」〔註55〕。游俠也是以「義」爲行事準則，扶危濟困、主持正義。《盲流部落》刀鋒義救受傷的打工妹，還幫打工妹小米討要欠薪。小米因故丟掉工作，她供職的賓館欠她一月的工錢未付，刀鋒義無反顧地幫她討要，甚至不惜採取極端的方法：找了一群衣著破爛、渾身散發著臭味的乞丐去「臭」賓館，致使態度強硬的賓館不得不將打工妹的薪水補上。這一點體現出刀峰不僅俠義，也帶著社會性與痞氣，不按常理出牌，扶弱濟困的同時擺脫不了江湖習氣。刀鋒當上律師後，幫民工打官司，不但得不到律師費，還常常自己掏錢請那些民工吃飯，但他並不在意，還捏著《勞動法》替那些打工者申冤。

《煩躁不安》中，孫天一的大名之所以能威震江湖，就在於他能憑藉一支筆爲打工者討還公道。打工者說起孫天一無不眉飛色舞，充滿崇敬：自學成才、爲人仗義，臥底黑廠，冒著生命危險營救身陷其中的打工者，無數次爲外來工的權益奔走呼號。孫天一在自己的名片上印著一行字：「鐵肩擔道義，辣手寫文章」，這個「義」，不但是義氣，更是正義、道義，貫穿著孫天

〔註55〕參見王學泰《游民文化與中國社會》（上冊），同心出版社，2007 年，第 330 頁。

一的職業生涯並成為他的為人準則。因此他才在內心裏嘲笑製造假新聞，收取紅包、為自己謀利的同行。為了自己的清名，他辭去雜誌社工作，在最困難的時候，仍不忘幫助弱小。周崇賢的《殺狗》中，王一自己貧困落魄，但卻對瘋掉的打工妹三三施以援助之手，不計任何報酬。

鄔文江的《彷徨在三叉路口》，寫的是一次罷工風波，雖以勞資糾紛為主，但也貫穿著兄弟義氣：一同爭取權益，一同與老闆作鬥爭，有了好處大家得，有了風險大家共擔。有難同當，有福同享。

游俠打抱不平主要靠的是個人的力量，武功、文功或是機智巧詐，都與集體力量或主流社會秩序關係不大。由於小說背景是現代社會，中國正在向法治社會邁進，與古代游俠所處的社會環境不一樣，因此，游俠主持正義，有時也依靠法律的力量，但又常常懷疑法律的力量，仍然幻想著以暴抗暴。例如，刀鋒在幫湖南民工打官司的過程中，湖南民工卻慘遭毒打，有一段文字描寫表現出刀鋒在法律與武力之間的矛盾心理：

> 刀鋒畢竟本性難移，雖說他懂法，可現實使他不能完全指望這法那法。他坐在辦公室裏越想越氣，衝動得就想回家提一把菜刀，跑去把那個不可一世的老闆送上西天。哪裏有壓迫哪裏就有反抗。他覺得這些有冤無處伸的打工棒兒如果要想保住最後一點尊嚴，如果不想到處碰壁遭白眼被有關部門當皮球踢來踢去，最簡單直接的辦法就是以暴抗暴，和那些昧心闆佬同歸於盡。人不能往絕路上逼對不對？他媽的我是窮鬼我怕誰？！〔註56〕

他嚮往的仍然是以暴抗暴的江湖原則，逸出法理之外，用自己的生存邏輯辦事。溫志國（《煩躁不安》）也經歷了對法律從信任到失望的過程。他在工廠車間被老闆扇耳光，失去尊嚴，希望通過法律為自己討還公道。結果他所信任的一個記者卻唆使老闆，指使治安隊將他當成三無人員抓進收容所。從收容所出來後，他對法律完全失望，於是希望通過暴力來解決問題，以惡制惡，以暴制暴。溫志國最終刺殺老闆未成功，反而以故意傷害罪被送進監獄，作家以這種方式否定以暴制暴，但對法律的態度仍然是矛盾的。

那麼，游俠在對待「利」上，又是怎樣一個態度呢？

游俠講大碗喝酒，大塊吃肉，共分錢財，對錢財並不拒絕，也是出於生存的要求。因此，王學泰先生認為，游俠的義與利是相結合的，義被理解為

〔註56〕周崇賢《都市盲流》，花城出版社，2003年，第318頁。

「交相利」。因爲他們處於溫飽需求的層次，必然存在對利的追求〔註57〕。刀鋒爲了聘上《打工周報》的記者可以去找遊攤走販辦假文憑，孫天一雖然以「鐵肩擔道義，辣手做文章」爲責任，但他也爲了利違心地爲治安隊隊長孟廣虎寫歌功頌德的文章。王二（《我流淚，因爲我悲傷》）爲了得到大筆的錢，用在夜總會偷錄的那些見不得人的錄像去敲詐貪官。「小白臉」爲了利，答應胡小梅做她的臨時老公的荒唐要求。「小白臉」沒有固定職業，平時油腔滑調，玩世不恭，是一個混吃混喝的韋小寶式的人物：「我說過，我是個不喜歡打領帶的熱愛自由的人。如果我當官，肯定是個貪官；如果我結婚，肯定會離婚。我說過我就是這樣一個不可救藥的混蛋」〔註58〕，「我熱愛月光和金錢，當然還有美女」〔註59〕。他好色、貪財，有利可圖的事情都願意做。他寧願相信金錢而不相信眞情，只關心現時利益：「我們應該抓住今天的生活，把所有問題留給明天。尤其是感情的事」〔註60〕但他也有俠義的一面，比如幫助素不相識的打工妹找工作。

胡七索是一個保險業務員，將利益看得很重，信奉「如果有錢是一種錯，我寧願一錯再錯」〔註61〕，他結交朋友是爲了錢，結婚也是爲了錢，爲了和長相醜陋的阿寧結婚，他拋棄了溫柔漂亮的女友小菊。因爲阿寧的哥哥在海關當科長，可以爲他做保險業務拓展關係，而且阿寧的陪嫁是一套房子，小菊只是一個一無所有的打工妹。所以，他費盡心機征服了阿寧，順利地和她結了婚。他這麼做的理由是爲了在深圳生存下去，並得到更好的發展，「好風憑藉力，送我上青雲」，他需要有家庭背景的阿寧充當這股好風。他結交銀行的王經理也是爲了錢，王經理給他放貸，他給王經理回扣，兩個人是利益交換的關係。胡七索只認利益不認感情，一部分也是由於自己身處底層的生存困境，在他向小菊攤牌分手時，發表了一習肺腑之言：

> 你知道現在的保險業務很難做，賺不到錢了，照我這樣下去，
> 一輩子別想買房了，可是在一個城市生活沒有自己的房子怎麼行
> 呢？還有，如果我們沒有錢，將來怎麼生小孩子呀？萬一有個誰病

〔註57〕參見王學泰《游民文化與中國社會》（上冊），同心出版社，2007 年，第 331 頁。
〔註58〕戴斌《女人的江湖》，花城出版社，2002 年，第 1 頁。
〔註59〕戴斌《女人的江湖》，花城出版社，2002 年，第 4 頁。
〔註60〕戴斌《女人的江湖》，花城出版社，2002 年，第 17 頁。
〔註61〕戴斌《我長得這麼醜我容易嗎？》，花城出版社，2003 年，第 123 頁。

了，稍微嚴重一點，我們都沒錢治病，對吧……沒有錢就沒有將來，

深圳就是個這樣的城市，你說……〔註62〕

他不相信感情，認為這個社會只有欲望。胡七索油腔滑調，玩世不恭。痞氣、潛規則就是他的生存之道。他毫不掩飾自己對物質財富的渴望，為了獲得物質財富，敢於衝破現行的社會規範，相信金錢及賄賂的力量，不斷地給銀行信貸科王經理好處，給他回扣，請他吃飯喝酒甚至嫖娼。「游民為了追逐眼前的實際利益，蔑視一切遊戲規則」〔註63〕。這裡的遊戲規則，應該是指主流的社會規範。

（三）復仇意識

小說中的游俠都有很強的復仇意識，他們有仇必報。刀鋒為給初戀情人七妹兒報仇，把那夥歹徒打得落花流水。王二一心想著為那些被權貴佔有的姐妹報仇，敲詐貪官是他的復仇手段。溫志國從借法律討還公道變成了磨刀復仇。《出租屋裏的磨刀聲》裏，打工仔天右租下一處偏僻但廉價的出租房，本以為有了一處溫暖的小家與愛情的樂土，卻因為鄰居的磨刀聲帶來一片恐懼氛圍，天右失去了性能力，失去了女友，又在流水線上失去了四根手指，失去了工作。向老闆索賠未果，他買下一把藏刀，天天都「嚯嚯」地磨著。鄰居的磨刀人在磨刀聲裏獲得復仇的快感，想像著磨快的刀砍向那些他仇恨的城裡人。天右也與磨刀人一樣，從磨刀聲中獲得復仇的快感。復仇意識的快感甚至代替了復仇本身：

每當聽到那嚯嚯的磨刀聲，他便會進入一種虛擬的空間。在那個空間裏，他的思想縱橫馳騁。他可以砍瓜切菜地砍掉他所恨的人的頭顱，也可以佛祖般地對他所恨的人拈花一笑。再後來，他便不再有任何的思想了，他只是迷上了磨刀。沒有仇恨，沒有自責，不帶任何感情色彩地為磨刀而磨刀。磨刀這個單一的動作，成了他生命中不可分割的部份。不停地磨刀可以使他進入一種無物無我的狀態。〔註64〕

磨刀是復仇意識的外在體現，磨刀人從復仇的臆想進入對磨刀行為——即外

〔註62〕戴斌《我長得這麼醜我容易嗎？》，花城出版社，2003年，第111頁。

〔註63〕參見王學泰《游民文化與中國社會》（上冊），同心出版社，2007年，第323頁。

〔註64〕王世孝（王十月）《出租屋裏的磨刀聲》，載《作品》2001年第6期，第10頁。

化的復仇意識的迷戀。周崇賢發表在《當代》2009 年第 1 期的中篇小說《殺狗》中，進城農民王一，見狗必殺，實際上是他的復仇意識的體現，把狗當成傷害過他的城裡人實施報復。

復仇意識表現出對主流的社會規範的不信任。首先，復仇帶有個人性，刀鋒、溫志國、天右的復仇都是個人行為。他們對個人的力量存在幻想，主要是因為對法制力量的失望。溫志國本想依靠法制力量為自己討還尊嚴，結果卻被老闆與記者聯合運用法律的力量，把他自己送進了收容所拘留起來，失去人身自由。天右試圖找老闆對他進行工傷賠償，然而勞動局的仲裁在老闆的蠻橫面前都顯得無力。其次，復仇意識是游民在主流社會中屢屢受挫，幾乎陷入絕境之後產生的。天右的邊緣狀態決定了他只能住偏僻簡陋的出租房，決定了他無力與老闆抗衡，只有採用隱性社會的規則：復仇。其三，作者基本上對復仇持不贊成態度，主張的還是主流社會的法律力量。刀鋒考律師，決定用法律為更多的打工人說話。磨刀人始終處於復仇意識之中，並未付諸實施。溫志國將復仇意識變成了復仇行為，卻以失敗而告終，在監獄裏的他甚至對自己的復仇行為表示了懺悔。王二以黑制黑的復仇行為也轉為將錄像帶交給公檢法機關。表明作者仍然盼望邊緣的打工者被主流社會接納，方為歸入正途。

二、邊緣群體的自我身份認知

「農民工」由鄉入城，缺乏相應的知識與技能，居於城市底層，處於主流社會秩序之外。崇尚力量、講究義利等，都是他們獨特的生存邏輯，他們無法融入主流社會，乾脆以邊緣人自居。

（一）城市的邊緣人

農民進城之前，對城市十分嚮往，進城之後，才發現城市的冷漠、對他們的歧視，以及生存的艱辛。在城市之中，居無定所，漫無依泊，時常面臨著失業的威脅。打工作家多有這樣的切身體會。周崇賢 15 歲就離開家鄉開始了流浪之旅，到貴陽、涼山、廣東……，在麵條廠幫工，進橡膠製品廠做臨時工，倉庫的搬運工，下煤窯挖煤，建築工地上做小工，後又輾轉到廣東順德磁性材料廠打工。流浪的過程中，缺吃少穿，寄人籬下，受人白眼，感受著掙扎在城市底層的辛酸。周崇賢在自傳體散文《我的作家之路》中談到在貴陽流浪時，感受到當地人對四川來的農民工的歧視，在當地人心目中，「川

軍」就是幹粗活髒活累活，偷雞摸狗，最爲低賤的人。王十月從湖北鄉下到武漢打工，又從武漢到廣東南海、深圳……，幫人拆分雞鴨，也在印染廠當過彩繪工。戴斌，初中畢業就浪跡江湖，當過代課老師，街邊小販，踩三輪的送貨郎，保險業務員等。「從十六歲離開家鄉第一次步入城市打工，我就感覺出了我內心的屓弱與對周圍世界的敬畏和惶恐。對於城市的敬畏與不安，遠遠勝過了內心深處對城市生活的渴望。」〔註65〕打工作家來自鄉村，帶著鄉村的文化記憶與農民的烙印，居於城市的底層，所以，面對城市，他們有很多的惶惑與不安。城市對於他們而言，是一個陌生的環境，進入城市的人際關係網絡十分困難，再加上城市中農民工的社會保障制度的不健全，他們的奮鬥主要依靠個人力量，因此，打工作家對個人力量十分嚮往。筆下孤膽英雄的出現，是他們對自我的身份認知：難以進入體制之中，也很難在短時間內被城市接納，而游民、游俠不必依賴國家或集體的力量就能夠生存，甚至征服城市。

　　「農民工」的價值取向、行爲方式是偏離主流秩序的，不論是孫天一，還是胡七索、刀鋒，他們大塊吃肉，大碗喝酒，行走江湖，行俠仗義，也帶著痞子習氣。他們也有不能融入城市主流的痛苦。孫天一雖然十分努力，十分渴望城市風雅的文人圈子，但能寫幾篇好文章並不意味著他就可以成爲城裡人。他所嚮往的城市戶口始終沒有得到。胡七索雖然靠行賄銀行王經理、背叛感情在城市暫時獲得一個屋簷，但他仍然遭受城裡人的審視與歧視，連老婆也嫌棄他的體味。他最終還是被掃地出門。游民、游俠不可能在城市找到歸宿。

　　打工作家對農民工處於權益保護的邊緣地位有一個清醒的自我認知，並希望這種狀態能夠有所改觀。打工作家的流浪經歷使他們對游民生活感同身受，當他們依靠文學改變了自己的生活，進入雜誌社當記者或編輯，在公共空間獲得一定的話語權後，就具備了比較自覺而清醒的擔當意識。周崇賢，靠自己的努力被中山《香山報》聘爲記者，後又參與創辦了專門針對打工人的報紙《打工報》，曝光一些不法老闆，爲工傷、勞資糾紛等事件四處奔走，深受打工者熱愛，並被他們視爲英雄。但打工作家又意識到靠文筆的力量爲打工者維權是有限的，因此，對英雄的認識，作家希望的是每個打工者都能做自己的英雄。「我只能對我放心不下的打工兄弟姐妹說：我不是英

〔註65〕王十月《煩躁不安》，花城出版社，2004 年，第 303 頁。

雄。你是你自己的英雄！」〔註66〕希望弱者依靠自己的力量，在社會上獲得立足之地，這其中又可見出，作家對個人奮鬥的認同。王十月也談到：「這些年來，我做了一個打工流浪記者，為打工人的權益盡著一點微薄的力量，也發出著一些微弱的吶喊。」〔註67〕作為底層精英，他們為打工者的權益奔走呼籲，身上承擔著打工人的期望。他們的英雄觀、擔當意識也在小說中表現出來。

（二）權益保護的邊緣地位

農民工不能享受與城市居民同等權益，反而被視為城市居民的就業競爭對手與社會治安的不穩定因素，執法人員可對盲流、「三無」人員實施收容、拘留或遣返。他們在城市居住或打工需要辦理暫住證、進城務工許可證等。大多數農民工沒有與用人單位簽訂勞動合同，工作時間超過《勞動法》規定的時間，被拖欠工資的情況比比皆是。據社會學家調查，農民工在權益受損時，8.1%選擇默默忍受而不求助，30.5%的人選擇找親戚、朋友、老鄉幫忙，19.2%選擇向有關機構申請調解仲裁，34.9%選擇尋找法律援助，4.2%選擇找工會幫忙。遇到生活困難時，57.7%的人從自家人得到幫助，65.8%的人得到了來自親朋好友的幫助，33.2%得到來自同事的幫助，16.5%的人得到打工單位的幫助，1.7%的人得到當地居民的幫助，3%得到當地居委會和政府的幫助〔註68〕。從以上數據可見，農民工更多地是依靠家人、親朋好友來解決自己所遇到的困難，而不是依靠法律與政府以及相關組織。一方面國家相關政策法規不完善，農民工權益容易受到侵害；另一方面農民工對血緣、地緣關係的依賴性較強，維權意識欠缺，容易將解決難題的途徑寄託在超然的力量上。他們希望出現一個能人來幫助自己，正如作家周崇賢所說：「而讀者抑或我的打工兄弟姐妹們，他們中許多誤以為我無所不能所向披靡，他們總是致電致信給我，他們總是把虔誠的、無限信賴的、充滿期望的求援之手伸向我」〔註69〕。

小說中的游俠，是與現實中處於權益保護邊緣地位的農民工相對應的。弱者在權益得不到保護，投訴無門的情況下，往往寄希望於有力量、有正義、

〔註66〕周崇賢《我的作家之路》，http://www.zgdgwh.com/html/2008/3/122.htm。
〔註67〕王十月《煩躁不安》，花城出版社，2004年，第303頁。
〔註68〕參見鄭功成、黃黎若蓮《中國農民工問題與社會保護》，人民出版社，2007年，第13頁。
〔註69〕周崇賢《我的作家之路》，http://www.zgdgwh.com/html/2008/3/122.htm。

有武藝（或文才）的強者。除此之外，還受到傳統文化的影響：「親幫親，鄰幫鄰」，「在家靠父母，出門靠朋友」。打工小說中的游俠，或是具有武功，或是具有文才，或是具有生存智慧，能言善辯，左右逢源，他們受到女性的青睞與崇拜，不平則鳴，蔑視權貴，小說頌揚他們的英勇與智慧，嚮往個人奮鬥的成功，當然，也有追求失敗的悲憤。不論怎樣，游俠是現實中的弱者對自己強大的想像，「農民工」與農民工形成一種反差：強大與弱小，無所不能與卑微無能，具有一種獨特的文化內涵。

（三）從廟堂中心走向江湖世界

五四以來，「農民」、「進城農民」都居於精英知識份子的話語體系之中，或者是啓蒙話語體系，或者是階級話語體系，他們或者愚昧無知，或者作為階級主體享有道德的崇高性與政治地位。近年來隨著「三農」問題、弱勢群體等引起社會關注，農民工成為精英知識份子道德同情的對象。知識份子作家將「農民工」作為社會問題來關注，特別是社會學家忽略的問題，如農民的精神生活，農村的價值觀念的變遷等等。「我希望大家看的是社會學家談論的問題。不過文學來討論那些問題不可能。我們沒有能力去野外作業——社會學家的那套方式。可是這樣一來我們更加容易關注社會學家所忽視的問題。」〔註70〕，認為文學可以用一種與社會學不一樣的方式切入底層，切入「三農」，那就是從文化的角度，從精神向度。所以，知識份子的「農民工」，是居於廟堂中心的民生關注。

游民與游俠形象的出現展示了一個形形色色的江湖世界，這是在主流社會秩序之外的世界，也是平民的世界，充滿了民間智慧，而不是精英知識份子的智慧與歷史的智慧。在一個界於幻想與現實之間的世界，既有生存的痛苦，又有世俗欲望、夢想與希冀；既有俠肝義膽、打抱不平的俠士，又有混迹於江湖，無賴習氣的群氓。這是對「農民工」江湖文化身份的認同，其價值判斷不同於主流社會與精英話語。「農民工」並非知識份子的文化寄託或精神塑造，而是對崇高的消解，體現草根文化與底層民間世界的審美原則。同時，它是農民工權利需求與其他日常生活欲求嚴重匱乏之後在文學中的彌補，生活需求的不足轉向對精神世界的需求，江湖世界充滿了幻想色彩，但又是基於現實的：民間藝人、工廠車間、出租屋……，構成一個藏污納垢的

〔註70〕 參見楊劍龍、薛毅、錢文亮等《底層生存與純文學——面對時代的問題》，載《江漢大學學報》（人文科學版），2006 年第 25 卷第 2 期，第 28 頁。

底層世界，它並沒有被主流話語、道德同情所遮蔽，而是眞實的呈現：那些黑吃黑的小混混(《文身》)，爲了一張城市戶口，用盡卑劣手段的打工記者(《煩躁不安》)，爲了錢，背信棄義、翻臉不認人的湖南民工(《都市盲流》)……，「農民工」不僅僅是哀苦無告的群體，不僅僅是被同情被憐憫的對象。這是從廟堂中心的民生關注到江湖世界的斑駁陸離，五色雜陳。底層在知識份子話語體系之外，發出了自己的聲音。但另一方面，在市場形態下，反映出市場邏輯，表現出對市場的迎合。離奇的情節、細化的打鬥場面，失度的性描寫，以及插科打諢、缺少節制的江湖語言，給審美性帶來損害。

　　底層江湖世界以及「農民工」草根文化身份，與知識份子話語下的「農民工」構成對峙的審美空間，也是對知識份子建構的底層民間的補充，使底層民間世界出現多元的文化審美形態。

　　打工文學的受眾多爲農民工，打工文學中的游俠形象十分符合受眾對俠的心理期待。他們需要精神上的愉悅，忘記物質匱乏的痛苦，他們需要「俠」帶來生活的幻想，藉以發泄鬱積在心的不平與苦悶，能起到宣泄情緒的作用。而游民、游俠作爲城市邊緣人與受眾十分貼近，容易產生情感的共鳴。羅貝爾·埃斯卡皮在談到讀者的閱讀動機時說：「閱讀的動機不外乎是讀者對社會環境的不滿足，或是兩者之間的不平衡；不管這種不平衡是人的本性固有的（人生短暫、人生如夢），是個人的感情創傷（愛情、憎恨、憐憫）和社會結構（壓迫、貧窮、對前途的恐懼、煩惱）造成的。總之一句話，閱讀文學作品是擺脫荒謬的人類生存條件的一種辦法。」〔註71〕根據深圳讀書月組委會辦公室與深圳市文聯牽頭對外來打工者所做的調查顯示：讀過打工文學作品經歷的占 61%，50%的打工者願意拿起筆寫打工者的故事〔註72〕。打工者在現實生活中無法實現的理想，可以通過游俠來幻想，並獲得一種心理滿足。「打工文學的價值在於，它是作爲處於社會邊緣的弱勢群體發出的『自我關懷』的眞切訴求，它爲市場經濟擠迫之下的打工一族提供了舒緩緊張壓力的精神食糧……」〔註73〕。

〔註71〕〔法〕羅貝爾·埃斯卡皮《文學社會學》，於沛選編，浙江人民出版社，1987年，第 91 頁。

〔註72〕參見謝晨《〈打工文學與外來工讀書文化權利〉調查問卷樣本分析》，載楊宏海主編《打工文學備忘錄》，社會科學文獻出版社，2007 年，第 474 頁。

〔註73〕楊宏海《文化視野中的打工文學》，載楊宏海主編《打工文學備忘錄》，社會科學文獻出版社，2007 年，第 16 頁。

第三節　知識審美：底層女性意識的自我消解與重塑

　　1990 年代，當代文學進入女性寫作的活躍期，宏大敘事走向個人化敘事，女性的隱秘經驗進入文學敘事，女性的目光轉向自身，女性的身體、私人體驗被關注。然而，其中大量展現的是都市女性的生活場景與中產階級的審美趣味：下午茶、酒吧、美容院、俱樂部……，底層女性在作品中是缺席的。打工文學中，「打工妹」作為底層女性的自我形象，不但是對這一空白的彌補，也具有獨特的文化意義。

　　打工妹從農村到城市，由於文化知識與專業技能的缺少，只能與那些打工的男性一樣，從事髒活、苦活、累活。相對於男性而言，她們處於天然的劣勢。打工女性，不但處於城市的邊緣，也處於男權話語中心的邊緣。要改變自己的命運，或者依靠婚姻，或者依靠個人奮鬥。在女性打工作家的作品中，依靠婚姻改變打工妹命運的可能性幾近於無，主要是因為身份確認的艱難。她們非農村亦非城市的模糊身份，以及低下的社會地位，要在城市裡找到白馬王子十分困難，面對的往往是處於強勢地位的城市男性的傷害。怎樣才能不受男性傷害，改善自己的生活境遇？女性打工作家們寄希望於知識，於是，我們看到知識與智慧在「打工妹」身上散發出異常美麗的光彩，也是她們通向成功的途徑。依靠知識與技能改變自己的命運，既符合國家主流話語，也符合男性話語的隱性期待──在男性打工作家筆下，也流露出對知識的歆羨，及對打工妹自食其力的肯定。打工妹處於國家話語與男性話語的交織之下，知識成為一種審美形態，成為改變打工妹命運的一劑良方。

　　底層女性的雙重邊緣的地位，導致她們在城市的身份尷尬與生存艱難，自我意識被嚴酷的生存現狀消解。知識、學習成為改變生存境遇，重塑自我的途徑。然而，這個「自我」並非女性意識的覺醒，它是在男性話語與主流話語召喚下的主體性建構，女性自我意識被男性話語與主流話語消解。

一、知識的美學含義

　　在打工作家的敘事中，知識已經超出了它本來的含義，成為打工妹獲得身心解放的必要途徑，她們可以依賴知識提高社會地位，獲得精神洗禮，「知識」具有了獨特的文化含義與美學含義。

　　打工文學興起的 1980 年代，「知識」從階級話語的束縛下走出來，進入了知識崇尚的時代。「知識」不再作為「勞動」的對立面而受到批判與貶抑，

在市場經濟中，具有了自己獨特的價值，知識，成為人力資本的重要構成，「知識就是力量」。在打工文學中，「知識」成為底層打工妹個人奮鬥、自立自強的標誌，孕育著樂觀精神。這些農村女性，曾在農村題材小說中以勞動美的形態出現〔註74〕，在社會現代化轉型期，她們又被「知識」重塑。知識，成為她們奔向美好生活的激勵力量。

知識美往往針對年輕的未婚的鄉下女孩，她們來到城市，面臨艱苦的生存環境與男性的陷阱，巧珍式的精通農活與家務但沒有文化知識的農村女孩無法實現在城市裡的騰飛，巧珍式的傳統美德也不再是用來拷問背叛鄉村道德的男子的依憑，她們的弱小天真正好被城裡男人利用、欺騙。因此知識美在這些年輕打工妹身上，具有積極向上、催人奮進的作用；而對她們的反面——那些一味依附男性、自甘墮落的打工妹則起到警示作用，作者的情感傾向也很明顯：對前者是由衷的讚賞，對後者是貶斥、批評，甚至厭惡。

「打工妹」的角色被認定為打工者，而不是女性。知識成為扶助她們事業成功，被城市接納，人格健全，素質完善的途徑，作為女性的需求、身體欲望，被忽略了。知識美與國家主流話語一致，身體欲望與女性意識被知識美遮蔽了。

二、女性話語下的打工妹

（一）知識美與打工妹

知識美在於它是打工女性擺脫男性束縛，通向成功的萬能鑰匙。安子的《青春驛站》中，打工妹幾乎都是通過學習知識獲得成功的。這些紀實性的故事可以用一個模式進行概括：進城——挫折（事業或愛情）——學習知識——獲得成功。成功神話的內覈其實就是兩個字：知識。來自偏遠山村，嫁給了一個「賭鬼丈夫」的阿華，在深圳一家服裝廠打工，憑著自己的踏實肯幹，勤奮鑽研，從流水線工人升為質量主管，再成為服裝廠外銷店的負責人。知識與技能不但改變了阿華的經濟地位與社會地位，還使她重獲婚姻的幸福，並在男權中心的社會中獲得了地位（《風雨人生路》）。艾靜雯依靠知識與智慧，從生產車間的流水線做上公司主管位置，是為打工妹們「領路的白鴿子」（《出去變隻白鴿子》）。康珍的經歷更具有傳奇性，她本來隨著村裏的女

〔註74〕參見李祖德《「農民」話語研究導論》，博士學位論文，北京大學，2006 年，第 87～88 頁。

人跟著建築隊到深圳扛石頭，由於建築隊解散，她失業了，僅用三天時間就學會了電腦操作與打字，應聘到一家跨國公司當打字員，為提高自己的知識水平，她又到深圳大學學習英文。終於成為了一名端莊秀麗、瀟灑大方的白領麗人（《打工女郎》）。

對學習知識的女性，作家由衷地讚美她的美麗：

只見她一頭烏黑濃密齊肩長髮披瀉下來，輕巧而又精緻的絹製碎花兒隨意地別在鬢邊，襯著一張俏皮的鵝蛋臉。

真想像不出，這樣一個青春清純的準女大學生，曾會是一個打工女！

我的同學向她介紹了我，她楚楚動人的眼睛像是要望透我的瞳子。我有一種感覺，要是男孩子，很難擺脫夏雪娥那目光的包圍網。〔註75〕

夏雪娥是本來是工廠流水線上的打工妹，經過自己的努力，她考上了深圳夜大。上了大學的夏雪娥，在作者的眼裏是脫胎換骨，光彩照人。知識無疑具有變醜小鴨為白天鵝的神奇力量，這種力量，既能征服男人，也能征服世界，實現夢想。對知識的崇拜源於安子自己的經歷，安子就是通過讀書，改變了自己的命運，如果不是因為上深圳夜大班，她就走不出社會底層，也不可能遇到後來成為自己丈夫的深圳大學中文系高材生客人。「既然來到深圳，就應該努力追求兩樣東西：一是技能，二是知識。只要能珍惜自己的青春時光，加強學習，充實自己擁有知識和技能，何愁天涯無芳草，何愁美夢不成真？」〔註76〕

崇拜知識，激勵成才，將成功或失敗的原因歸結到打工妹的個人素質上，很容易忽略對社會問題的揭示，也削弱了作品的深度。據社會學家調查，農民工體制既不能激勵農民工學習技能，也不能促使企業重視農民工的技能培訓〔註77〕，像安子這樣肯把自己七年打工積攢的錢全用來交學費，肯冒著被老闆炒魷魚的危險去學習的打工者只有很少一部分。但這些簡單的夢想成真的故事，卻起到了撫慰打工者心靈，激勵他們奮鬥的作用。

〔註75〕　安子《超越自己》，載安子《青春驛站》，海天出版社，1992年，第50頁。

〔註76〕　安子《每個人都有做太陽的機會》，載安子《青春驛站》，http://book.newdu. com/cbs/Class62/200504/11373_6.html。

〔註77〕　參見陸學藝《當代中國社會流動》，社會科學文獻出版社，2004年，第334頁。

（二）打工妹與性

在女性打工作家筆下，擁有權勢與金錢的男人具有危險性，他們總是將涉世未深的打工妹視為玩物，始亂終棄。他們與打工妹之間的性關係，作者喜歡用「玩弄」一詞，預先設定了男性與女性之間的不平等關係。男性是強於女性的，他們是城市、權力與金錢的代表，可以把打工妹玩於股掌之間。這些男性一般在四五十歲年紀，外表醜陋，心靈扭曲，多以禿頂、肥胖、大肚子的形象出現。如《綠葉，在風中顫抖》（黃秀萍），當劉麗娜說她找了個港商男友，「我」最直接的反應是：「是腆著大肚子大談現代美的吧？還是西裝筆挺心靈扭曲的」〔註78〕。《花開花落》（麥知妹）中的富商張大川道德敗壞，寡廉鮮恥。《你給我一場戲》（劉阿芳），有錢男人蕭鐵軍外形醜陋：「他那酷似大肥膘上戳了幾個洞眼草率而成的闊大鬆馳的肉臉，以及與豬悟能及大狗熊可因同是天涯淪落人而拜把子的笨拙身段」〔註79〕，而且還是守財奴，只想白白佔有打工妹的身體。

富有的城市男性以這種形象出現，打工妹很難產生正常的身體欲望，只能淪為男性的泄欲工具，表現出作者對這種兩性關係的否定態度。所以，對於打工妹而言，最重要的是防備這種男人，保護好自己。通過知識改變命運才是人生正途，委身於代表權力與金錢的老闆被視為失去人格與自尊的表現。《青春驛站》之《好馬偏吃回頭草》中，印刷廠製版車間的香港師傅林生，有時，在工作臺上曖昧地碰碰這個女徒弟，拍拍那個女徒弟，「有些姐妹也不夠自重自愛，與他插科打諢時常常冒出一些只有女孩兒家之間才能有的話語。」〔註80〕打工妹雁晴的老闆十分花心，處處留情，於是，雁晴與宋小婷辭職離開，「為了人格，為了自尊，雁晴決定與小婷一道毅然離開了壁畫公司……」〔註81〕。

有錢的老闆與一無所有的打工妹之間，或有深圳戶口的城市男人與沒有戶口的打工妹之間，存在著雙重的不平等，除了社會地位與經濟地位，還有

〔註78〕黃秀萍《綠葉，在風中顫抖》，載楊宏海主編《打工世界：青春的湧動》，花城出版社，2000年，第148頁。

〔註79〕劉阿芳《你給我一場戲》，載李春俊、唐冬眉主編《以熱愛這座城市的名義——深圳寶安文學（小說卷）》，作家出版社，2007年，第250頁。

〔註80〕安子《好馬偏吃回頭草》，載安子《青春驛站》，海天出版社，1992年，第88頁。

〔註81〕安子《用淚擦亮旗》，載安子《青春驛站》，海天出版社，1992年，第130頁。

性別的不平等。在知識審美的背景下，好學上進成爲彌補這一不平等的有力武器，打工妹們接受知識與技能，拒絕老闆與金錢，以此彰顯獨立意識。康珍雖然與老闆秦生心意相通，但只願意停留在紅顏知己的階段（《打工女郎》），雁晴暗戀老闆，幸有同事宋小婷及時向她揭露老闆玩弄女性的行爲，雁晴才懸崖勒馬，與宋小婷一道離開公司。潔身自好是被女性打工作家肯定的價值觀。打工妹自己的身體欲望沒有被女性打工作家重視，打工妹與上司或其他有錢男性的交往被視爲不自重，漂亮的打工妹劉麗娜，由於頻繁地換男友，而遭到作者的批判：

> 只有史夢露才會那樣有心情關心她，我斜靠在床欄上，朝掛在床頭上的一本日曆努努嘴道：「吹了就吹了，劉麗娜，放心，我不會管你的閒事兒，誰都知道你換男人像我扯這日曆，一日一張。」
> 〔註82〕

作者的語氣裏帶有明顯的不齒。當劉麗娜與新結識的男友——持有香港某跨國公司經理名片的「港商」在酒店海吃海喝之後，「港商」借上洗手間之際溜了，留下劉麗娜一人，面對鉅額賬單目瞪口呆，不得不讓同宿舍的打工姐妹們帶上錢去酒店贖她時，「我」的反應竟是：

> 實在不想去贖她。她玩男人還少離譜嗎？男人作弄她一次，活該！〔註83〕

對待感情隨意的劉麗娜，被當作不自重的典型遭到作者唾棄，最後，劉麗娜懷上不知是哪個「腥男人」的孩子，不得已到醫院去墮胎，作者對這個感情生活隨意的打工妹的懲戒才算告一段落。自立自強是女性打工作家倡導的價值觀，打工妹面對有錢男人的性要求拒絕了之，以維護自己的貞潔，甚至不惜以失去工作爲代價，若非如此，打工妹們不是淪爲有錢男人的「金絲雀」，就是懷孕、墮胎，遭到拋棄：「北方佬張大川玩弄了米蘭之後發出這樣的感慨：怎麼這地方的靚女就像牛毛一樣多又像牛糞一樣不值錢。」〔註84〕這或許可視爲女性打工作家對姐妹們的警示、勸誡：陌生城市裡的男人不可信，只有

〔註82〕黃秀萍《綠葉，在風中顫抖》，載楊宏海主編《打工世界：青春的湧動》，花城出版社，2000年，第145頁。

〔註83〕黃秀萍《綠葉，在風中顫抖》，載楊宏海主編《打工世界：青春的湧動》，花城出版社，2000年，第151頁。

〔註84〕麥知妹《花開花落》，載楊宏海主編《打工世界：青春的湧動》，花城出版社，2000年，第351頁。

靠自己的奮鬥與努力才能擁有城市裡的一片天空。

三、男性話語下的打工妹

（一）對知識美的崇尚

男性打工作家也流露出對自立、上進的打工妹的欣賞。王肖娟（陳榮光《老闆，女工們》）獨立，有主見，好學上進，才貌雙全，「好似出水芙蓉」〔註85〕，不但被老闆提拔重用，也獲得了香港總管的愛情。藍嵐（周崇賢《打工妹詠歎調》）也是一個勇敢、有膽識又充滿智慧的打工妹，向廠長反映問題，與管理者機智幹旋，維護打工者的權益。簡潔如（王十月《煩躁不安》）是一個有才氣的打工妹，工余喜歡寫文章，是打工記者孫天一精神相通的紅顏知己。作者對簡潔如的外表描寫如下：

> 走廊的陰影裏走出來一個女孩兒，身材適中，長髮披肩穿一件
> 純白襯衫，一條牛仔褲，顯得頗爲清純幹練。〔註86〕

清爽簡潔的打扮，清純知性的氣質，與女大學生很相似。她氣質清雅，性格溫柔，頗有文化修養。作者對這個人物給予了讚賞與憐惜：

> 春日的陽光，透過濃密的綠葉，灑下一片斑駁的亮點。一朵紫
> 荊花正好落在了簡潔如的頭上，簡潔如伸手想摘掉，孫天一說，這
> 樣挺好看的。簡潔如卻將花拈在了手中，輕輕地轉動著花柄，又放
> 在鼻前深嗅了一下，說，很香哩！〔註87〕

拈花微笑的意境中，人與花成爲了一體，美好、雅致、充滿詩情畫意。

男性打工作家筆下還出現一些知識女性如女大學生、女記者、女主持、女管理者等，她們美麗、聰慧、有情有義。葉小丹（周崇賢《盲流部落》）是美洲公司人事主管，一個白領麗人，她秀麗端莊，心地善良。藍雨（《異客》），是南下到廣州打工的女大學生，在一家服裝廠從最底層做起，經過努力奮鬥，成爲一個成功的女企業家。葉夢茹（《我流浪，因爲我悲傷》）是電視臺節目主持人，模樣清純，同情弱小，有正義感。

在男性打工作家筆下，這些知識女性都帶有強烈的理想主義色彩，不但集美麗、聰慧、善良、多情於一身，也沒有什麼門第觀念或城鄉觀念，她們

〔註85〕陳榮光《老闆，女工們》，載楊宏海主編《打工世界：青春的湧動》，花城出版社，2000年，第495頁。

〔註86〕王十月《煩躁不安》，花城出版社，2004年，第110頁。

〔註87〕王十月《煩躁不安》，花城出版社，2004年，第124頁。

大多對地位低下的打工仔表示好感，葉小丹對刀鋒的好感，在於他又酷又帥，充滿男性的原始力量。葉夢茹對王二的好感在於他能說會道，亦正亦邪，並不在意兩人之間的懸殊地位。一方面體現出作家的知識崇拜，另一方面，也體現出對城市的征服欲望與夢想。在小說中，打工仔總能很容易地征服白領女性。例如，《我流浪，因為我悲傷》中有一段王二與葉夢茹關於城市的對話：

> 我歎了口氣：「是啊，恐怕要後悔，可有什麼辦法，我們這些打
> 工仔，哪一個不是在痛苦中掙扎？我們對這個城市付出了那麼多，
> 可是這個狗日的城市卻從來沒有感動過。不但沒有感動過，還把我
> 們當『三無』，當盲流，還怪我們把社會治安搞壞了，處處防賊般提
> 防我們，動不動就罵我們是山仔。我們付出十倍的努力做出百倍的
> 貢獻，可我們收穫的是什麼？我們收穫的是白眼、鄙視和咒罵。我
> 操他媽的城市！」
>
> 葉夢茹偏頭看了我一眼：「呦呦呦，看你這副苦大仇深的樣子，
> 就像全國人民都對不起你似的。其實話也不能這麼說，我不是城裡
> 生城里長的城市人嗎？我讀過大學，研究生也快畢業了，不但有文
> 化，而且我還這麼年輕漂亮，可你看我對你這麼好，我送貨上門給
> 你你都不要！」〔註88〕

這段對話在一定程度上揭示了城市與女性的關係，這些帶有「游俠」特徵的打工仔通過征服城市的知識女性來征服城市，不但帶著男性征服女性的幻想，也帶著打工者征服城市的幻想。當男性原始之力或「遊痞」的生存邏輯與城市的嫵媚與文化知識對壘時，獲勝的是前者。事實上，在現實生活中很難想像葉夢茹這樣的女性會欣賞王二這樣一個混迹於社會底層的游民，小說作如是安排，也許緣於作者對現行城市秩序進行更改的想像。

（二）對「墮落者」、「依附者」的貶斥

一方面，是對獨立、有知識文化的女性表示出欣賞，另一方面，男性打工作家對那些淪落風塵或依附於人的打工妹表示出鄙視、貶斥。

孫天一與妻子香蘭分居後，和三陪女阿涓同居了，與妻子在一起過夫妻生活表現不佳的孫天一，卻在阿涓身上恢復了男性雄風。孫天一失業後，經

〔註88〕周崇賢《我流浪，因為我悲傷》，花城出版社，2003年，第122頁。

濟窘迫，連房租也是靠阿涓的賣身錢。阿涓並不計較，還真心愛上孫天一。
但孫天一卻羞於帶阿涓出入自己的朋友圈，也並未將阿涓放在心上。當孫天
一與簡潔如約會歸來，阿涓含著醋意詢問他的行蹤時，孫天一大光其火：

> 孫天一忽地吼道，是的，我是在女人那兒。可人家不是騷女人，
> 人家冰清玉潔，比你乾淨一千倍。你自己是什麼貨色？你只是一個
> 妓，一個人人都能上的雞。孫天一說著拿起一面鏡子遞給了阿涓。
> 你照照鏡子看看，你看看。〔註89〕

孫天一對出賣肉體的阿涓十分鄙視，她不潔、低賤，干上這一行，是自甘墮
落。文中有一段敘述，阿涓本來是流水線上的打工妹，當上三陪女也沒誰逼
她，是她嫌流水線上辛苦、枯燥，於是選擇了這條路。相比之下，簡潔如默
默地在流水線上幹了九年，在遇到孫天一之前，連男朋友都沒有，作者的價
值選擇明顯傾向吃苦耐勞、守身如玉的簡潔如。

　　混迹於風月場所的王二同樣表示出對三陪女的鄙視。三陪女小麗對他很
有好感，但他根本就瞧不上小麗，只是利用小麗對他的好感，讓她去偷拍權
貴與三陪女鬼混的錄像。小麗之類的三陪女，遠遠比不上他心目中的良家婦
女。小麗這樣一個漂亮潑辣，敢愛敢恨的女子，在「混混」王二眼裏只是「歡
場高手」、「賤貨」，只能使自己的名聲受辱〔註90〕。「小白臉」（戴斌《情愛原
生態》）與「二奶」胡小梅交往，也只是停留在肉體之歡上，他逃避真情，明
確告訴胡小梅，他絕不會和一個當過「二奶」的女人結婚。

　　對風塵女的輕視，基本上是居於男權話語下的貞潔觀念。風塵女意味著
不潔、下賤、貪圖享受、自甘墮落。小說中的男性打工者，一方面嚮往著冰
清玉潔、良家婦女，一方面風塵女又成為他們重振男性雄風的工具。既嚮往
與城市知識女性的精神之戀，又嚮往與風塵女的肉體之歡，城市的知識女性
被當作他們征服城市的工具，風塵女被當作身體享樂的工具。女性始終是作
為「第二性」而存在，並未獲得與男性的同等地位。

四、底層女性意識的自我消解與重塑

　　如前所述，女性打工作家對自身的認識與男性對她們的認識基本一致：
認可知識美，肯定自尊自重自立，貶抑不求上進，自甘墮落的價值觀。女性

〔註89〕王十月《煩躁不安》，花城出版社，2004 年，第 268～269 頁。
〔註90〕參見周崇賢《我流浪，因為我悲傷》，花城出版社，2003 年，第 148～149
　　　　頁。

的自我意識、性別意識並未得到彰顯，而是消融在男權社會中，女性的身體被社會規訓、塑造。女性習慣於接受男性對其角色的界定，甚至，她們習慣於用男性看待他們的眼光來看待自己，意識到這一點，意味著女性群體意識的開始〔註91〕。小說中「打工妹」處於「被看」的境地，包圍在她們周圍的是男性的目光，是社會主流的評價。「打工妹」們存在於道德判斷與評價之中，用男性的目光來看待自己，用主流價值觀念來評價自己，而渾然不覺。處於男權社會的邊緣與社會底層的女性，女性意識缺乏，也就不可能有林白《一個人的戰爭》那樣的為女性自我意識的覺醒而戰。

廣州、深圳等城市是農民工的流入地，也是沿海經濟發達城市，「在都市化進程中，它們都承載了複雜的社會群體與階層。企業管理者、私有業主、文化知識階層、民工等社會群體都在此湧現，並形成不同的社會階層。二十世紀末至二十一世紀初，經濟飛速發展，改革開放進入新階段，都市化社會、網絡化社會的出現，都使得人們面臨新時代而產生尋找自我及對應的階層位置的迫切感」〔註92〕，由於經濟地位與所受文化教育的原因，中產階級的女性屬於文化知識層，有著強烈的主體意識與獨立的自我意識，習慣於以同一階層的女性的眼光看待自己而不是以男性的目光看待自己。而身處社會底層的打工妹，更容易接受處於強勢的男性話語與主流社會的價值判斷。

例如，發表於《佛山文藝》1992 年第 2 期的《羊城髮廊的外省女子》，是一個外省鄉下來廣州的打工妹以自己親身經歷為題材創作的小說。「我」到廣州後，自費學了美髮美容技術，到一家髮廊打工，先是老闆的朋友來騷擾，後又是老闆來引誘，「我」都拒絕了他們，守身如玉，後跳槽到了另一個髮廊，通過自己的勤奮努力，贏得了老闆的好感，嫁給了高大英俊的老闆，以自己為典型案例現身說法，證明一個女孩子自珍自愛的價值所在。讓這種符合男性傳統貞潔觀與國家主流話語的價值觀念與行為選擇得到獎賞，不符合男權話語與國家話語的價值觀念與行為方式受到懲罰〔註93〕。

女性作者筆下的女性行為，被置於男性話語中，從男性視角進行觀照、

〔註91〕 參見〔德〕卡爾‧曼海姆《卡爾‧曼海姆精粹》，徐彬譯，南京大學出版社，2005 年，第 126 頁。

〔註92〕 賀芒《當代小女人散文的咖啡館意象》，載《求索》2007 年第 8 期，第 195頁。

〔註93〕 參見撈妹《羊城髮廊的外省女子》，載《佛山文藝》1992 年第 2 期，第 12～14 頁。

判斷。下層打工女性，不論過得多麼艱難，都應該安分守己，恪守傳統倫理道德。《默默地擁有自己》（夢溺），冰是一個一直在底層漂泊的打工妹，住在貧民窟，宿舍堆滿三層鐵架床和垃圾，一個星期能用冷水洗上一次頭就不錯了，沖涼房裏堆滿糞便，每天在流水線上工作至少 10 小時，還要加班 4 小時，吃的打工飯，又老又黃的菜葉上有幾塊水煮的肥肉，飯裏有石子。冰寧願過著艱辛的日子，也堅決不做老總的情人，面對老總的各種引誘挑逗總是凜然不可侵犯。一切都靠自己的努力打拼。像冰這樣的打工妹對自己的身體有超強的控制能力，反抗男性代表的權威，不會因金錢和權力而馴服於男性，但這並不是一種女性意識的體現，因為她們雖然保護著自己的身體不受男性侵犯，但並非處於自由狀態，這不過是傳統的守身如玉的觀念的一種體現。她們的身體被束縛於傳統道德觀念之中，在男性權力之下。她們被男性審視，被社會公眾審視，接受道德規範的審問。

　　《花開花落》（麥知妹），米蘭是一個漂亮的打工妹，但因為嚮往本地城市人的生活，嚮往北方佬張大川的財富，而拋棄了流水線上做工的男友黃河西，然而，她的結局是被張大川拋棄：「北方佬張大川玩弄了米蘭之後發出這樣的感慨：怎麼這地方的靚女就像牛毛一樣多又像牛糞一樣不值錢。」〔註94〕她跟了張大川後，黃河西發奮圖強，很快當上了老闆，而米蘭被張大川拋棄一事，見證人卻是黃河西！米蘭被置於男性目光之下接受道德審判，這是貪圖榮華富貴罪有應得。作者通過敘事者「我」發出呼籲：「在知道了米蘭和北方佬那場風流韻事的來龍去脈之後，我為米蘭，為自己為千千萬萬在這土地上打工度日又懷著美好夢想的女孩們，萬分沮喪和悲哀。」〔註95〕這其實是一種告誡：女孩子千萬不能為貪圖富貴隨便委身於人，尤其是處於弱勢地位的打工妹。這又回到「自愛」的主題上。

　　底層女性除了被置於男性目光審視之下，也置於國家主流話語之下。改革開放以後的 1980、1990 年代，國家主流話語對民族素質、個人素質十分重視，農民已經失去毛澤東時代的道德地位與政治地位，農村的貧困落後，對農村人、農村婦女的落後性的憂慮，在知識份子話語、文藝作品中也頻頻出現，但這些話語著重點並不在農民個體意識的覺醒上，而是在素質上。素質

〔註94〕麥知妹《花開花落》，載楊宏海《打工世界：青春的湧動》，花城出版社，2000年，第 351 頁。

〔註95〕麥知妹《花開花落》，載楊宏海《打工世界：青春的湧動》，花城出版社，2000年，第 351 頁。

與農民的知識文化水平、技能、行為方式等聯繫在一起。全國婦聯主席顧秀蓮在世紀末布署農村婦女工作時，將提高農村婦女素質作為長期的戰略任務。認為婦女素質包括思想道德素質、科技文化素質、心理和身體素質，並將提高農村勞動婦女的素質作為社會進步、現代化建設及男女平等的關鍵〔註96〕。提高自身素質，縮小與城市的差距，實現自我，成為國家提倡、農民工熱烈嚮往的一件事。

打工妹離開農村，進入城市，擺脫了傳統農村落後觀念的束縛與父權、男權的統治，獲得了一定的解放與自由，但打工妹遭受的城市與性別的雙重歧視被忽略了。女性的打工作家作為打工妹中的一員，在主流話語的倡導下，很容易接受了學習知識、提高素質、個人奮鬥的觀念。作品中通過學習知識、提高素質改變命運的打工妹都被置於「被欣賞」的境地，被周圍的男性欣賞，被主流話語欣賞，如康珍（《打工女郎》），來自鄉村的打工妹，通過勤奮學習，進入合資公司當上了白領，先後得到大學畢業的孟凱旋與老總秦生的愛慕與欣賞。阿華（《風雨人生路》）在農村時遭到賭鬼丈夫的粗暴對待，進城後由於勤奮學習，不斷上進，不但得到老闆的賞識，丈夫也對她刮目相看。「打工妹」習慣從男性的眼光與主流的意識形態來看待自己，缺少自我審視與自我發現。她們需要的大多是「被肯定」而不是「自我肯定」，「被欣賞」而不是「自我欣賞」。這與中產階級女性的自我欣賞甚至自戀有著本質的區別〔註97〕。

提高素質、學習知識被視為女性自尊的一個表現，依附男性則被視為不自尊的表現。她們拒絕男性的性請求、反抗來自男性的性侵犯，但這種反抗並不是基於自我意識、權利意識的覺醒，而是基於傳統的貞操觀念，未婚性行為、未婚先孕都被視為女性的不自尊、不自重，她們用傳統的父權、男權社會的視域來看待自身。

與男性打工作家一樣，女性打工作家對墮落、行為不端的「打工妹」進行身體的懲罰：懷孕、墮胎、被拋棄，讓她們遭受身體上的磨難，同時對她們表示輕視。她們用男性的眼光看待自己卻渾然不覺，女性意識缺乏。

由於社會地位與經濟地位低下，打工妹身體的自覺意識往往處於被壓抑

〔註96〕參見《解放思想、奮發進取開創跨世紀農村婦女工作新局面——顧秀蓮同志在全國省區市婦聯主席會議上的講話》1999 年 5 月 16 日，http://www.women.org.cn/allnews/1401/8.html。

〔註97〕同樣濫觴於廣東的小女人散文，女性的自我欣賞到了自戀的程度。筆者注。

的狀態，她們來自鄉村，在鄉村倫理束縛下，女性意識被壓制、扭曲。進城後，其經濟地位決定了女性意識仍然被壓制、扭曲。在少數打工妹學知識學文化奮鬥成功的神話鼓勵下，以及國家主流話語的倡導下，知識成為底層女性重塑自我的一個重要途徑，只有好學上進，才能將自己從非農非工的尷尬身份中解脫出來，獲得城市認同與精英階層男性的認同。只有學習知識，勤奮努力，自尊自立，才能贏得自我。殊不知這樣的「自我」是被男性話語與主流意識形態話語遮蔽的自我，在這樣的語境下重塑自我的同時，女性真正的自我意識消隱了。

女性意識的缺乏，使得女性的身體處於極端不自由的狀態。在城市視角與男性視角之下，打工妹處於雙重邊緣地位，她們接受城市與男性的雙重標準，並以雙重標準來要求自己，製造了知識神話，被知識武裝以後的身體是美麗的，身體本身被漠視。順應身體自身的需求被視為玩世不恭或不自重。

福柯認為，權力與知識相結合，肉體處於權力的限制之下，「身體的可塑性全然來自於外部，來自於身體之外的種種事件和權力」〔註98〕。打工妹用知識武裝自己，但知識權力並不在她們手上，農民工只享有很少的教育培訓權力，作為邊緣的邊緣，打工妹能夠享受的教育權十分有限。而通過有限的教育權進入的知識體系，也是事先被建構起來的，打工妹只有接受固有的知識話語並被塑造。身體處於這些知識話語的控制之下，被規訓、也被懲罰。

第四節　城市的無名者與鄉村記憶

　　——文化人快速擠佔城市入口／他們也叫自己打工仔／一夜之間，我竟然失去自己的名字〔註99〕

　　——我泥土的軀體容易長滿鄉愁／雨天，體內的炊煙一路抽穗／我只能這樣簡單地懷念莊稼／想起種植在水井與麥芒上的愛情／夢裏一夜鋪滿蛙聲〔註100〕。

〔註98〕汪民安《福柯的界線》，中國社會科學出版社，2002年，第172頁。

〔註99〕方剛《農民工》，載楊宏海主編《打工文學作品精選集》（散文・詩歌卷），海天出版社，2007年，第178頁。

〔註100〕100方剛《農民工》，載楊宏海主編《打工文學作品精選集》（散文・詩歌卷），海天出版社，2007年，第176頁。

作為在城市與鄉村之間遷徙與流動的群體，農民工居於亦農亦工，或曰非農非工的尷尬處境。他們是城市的無名者，只有接受被命名，鄉村的艱難蛻化成一種記憶，化成鄉愁、鄉情，撫慰掙扎於城市的農民工。

在知識份子話語體系中，1990 年代以來，雖然農民的主要活動場地移到城市，但鄉土仍然是一個巨大的背景，是作家豐厚的敘事資源，也是揭示農民工悲劇命運的根源。鄉村傳統道德倫理與現代文明的衝突仍然是作家關注的重點，從城市到鄉村的寫作空間的延伸，呈現出社會歷史背景的宏闊與完整。

在打工作家的文學敘述中，農民工的命運更多地集中在城市空間，鄉村不是展示農民工命運的舞臺，而是化為一種思緒，一抹記憶，以及儲存在記憶中的靜態畫面。鄉村並沒有成為城市的異質性文化空間，打工作家也沒有將鄉村置於城市的對立面挖掘農民工悲劇命運的根源。鄉村是打工者城市之痛的生命撫慰與記憶溫暖，正如王十月在創作談中所說：

> 鄉土似乎在漸行漸遠。但這是我的根，鄉土已經存在於我的血脈之中。在我的鄉村記憶中，鄉土是純美的。也許那時我年紀尚小，看到的都是美好。當我對人生有了一點點洞察力，開始感受到鄉土的破碎與在這破碎中堅守的苦難時，我又離開了鄉土。於是，對鄉土的回憶，成了治療我打工生涯中孤獨時的一劑方藥。於是，在我開始書寫鄉土的時候，我的文字經過了過濾，我筆下的鄉土，是我記憶中的唯美的世界……〔註101〕

打工作家更多地是在城市裡，尋求一種身份認同。城市是打工作家的嚮往之地，城市的繁華與富足，以及改革開放以來較多的機會，使他們毫不猶豫地離開了鄉村，來到城市。南方的城市成為他們的尋夢之地。然而城市的生活並非一帆風順，比想像的有不小的差距。於是，就有了打工作家筆下陌生的、冷漠的城市，他們對身份的擔憂與恐懼——雖然進入了城市，但他們並不是市民，需要依賴一張暫住證，才能在城市裡停留。他們可以隨時隨地被要求檢查暫住證、身份證，不然，就會面臨著被送到強制收容所的命運。因此，城市，給他們留下了切膚之痛。另一方面，城市也給予了他們發展的空間。城市對他們而言，有初來乍到的陌生感，渴望進入而不得的焦慮與失落，也

〔註101〕程賢章、鄭小瓊、王十月、展鋒《關注農業　關心農村　關愛農民——廣東作家四人談》，載《文學報》2007 年 9 月 6 日，第 3 版。

有征服城市的豪情（或眞實或虛幻）。城市是打工文學的敘述重心。

一、希望之城與打工精神：打工者的自我命名

在早期的打工文學作品中，城市是奮鬥之地與充滿希望之地。進城的挫折、苦難都融入夢想與希望之中，頗有「天將降大任於斯人，必先勞其筋骨，餓其體膚」的個人英雄主義色彩，一般遵循「奮鬥──挫折──奮鬥（成功）」的敘事模式。

安子的紀實文學作品《青春驛站》之《人在旅途》，講述了自己從鄉下來到城市的奮鬥歷程，初來深圳，經歷了尋親、尋工，在狹窄的工棚裡與表姐擠住一張床鋪，連翻身也要一塊兒翻。每天上班就是機器人似地插件，下班後手指布滿黑黑的淤血，神經質地抖動。這就是一幅艱辛的底層生活圖景，但這並非作者的著力點。個人面對困難的不屈奮鬥，挑戰命運，做生活的強者，才是作者想要表達的。城市，正好給個人奮鬥提供了這樣一個舞臺。因此，文章的重心是在後面部分：打工妹利用工余時間刻苦學習、努力奮鬥，獲得大專文憑，依靠知識改變了自己的命運。

安子還講到自己在創作中的一個故事：

> 一個在成人高考上名落孫山的姐妹，痛哭流涕地燒了全部復習資料，發泄道：「就當他媽的一輩子的打工妹吧！」

> 我用小小說複製了這個故事。客人讀了以後，建議把這個打工妹的遭遇改爲她落榜後的一種奮發，讓主人公成爲生活的強者。

> 小說一發表，那個落榜的打工妹便找上門來，對我說：「安子，從你的小說中，我找到了一種啓示。我想，我不會令你失望的。」
〔註102〕

時隔十多年，安子在 2007 年打工文學論壇上談到自己的創作時，就苦難敘事發表了自己的看法：「如果寫苦難的生活，打工者們會更鬱悶，更憂傷。所以，在我的寫作中，一定要給他們溫暖、光明。」〔註103〕

充滿光明與希望的城市固然與主流意識形態有關，但這也是一種時代症候與青春症候。1980 年代末至 1990 年代初，深圳這座年輕的城市，湧入大批充滿幻想的年輕人。打工，是闖天下，見世面，是「東家不打打西家，瀟灑

〔註102〕安子《人在旅途》，載楊宏海主編《打工文學作品精選集》（散文·詩歌卷），海天出版社，2007 年，第 66 頁。

〔註103〕資料來源於 2007 年 11 月 22 日第三屆全國打工文學論談上筆者記錄。

走向下一站」的浪漫精神。那時的時代症候便是「我拿青春賭明天」、「瀟灑走一回」〔註104〕，跳槽，炒老闆魷魚，是再普通不過的事。

張偉明的《下一站》，便是這種時代症候與青春症候的充分表現。打工仔為維護自尊，可以把手指戳到香港婆的鼻梁上，正告對方：「告訴你，本少爺不叫馬仔，本少爺叫一九九七！」餘下的工資不要了，奉送給香港婆當小費，然後毅然走出廠門，留下一個瀟灑的背影。跟鞠廣大（《民工》）因要奔喪不得不捨棄工錢的心痛、無奈、心酸有著天壤之別。「老子先炒你魷魚！」，「媽的，給老闆打工就是這樣來勁！」〔註105〕是普通打工仔隨口說出的話。其中也有打工者艱辛生活的描寫，但這些艱難處境並非小說的主調，不是敘述的重點，也並不沉重，只是增添了一些青春的哀傷。

《我們INT》，流水線上的打工者自行「集體放假」，並在香港女主管找他們問罪時，可以一口氣說出在工廠遭遇的種種惡劣待遇，並宣稱：「我們是人不是機器就是機器也要修理加油所以我們要集體放假所以我們決定不幹了！」〔註106〕因為受不了香港女主管的氣焰而辭職。

在這些作品中，城市是一個充滿希望的所在，能夠激起打工者的自信與激情。例如《下一站》的結尾：

> 我們三人都上了公共汽車。擁擠的公共汽車慢慢開了。服務小姐向我們走來，微笑著問：「三位到哪站？」
>
> 哪站？我看著朱江和崔多達，他們二人也在看著我，幾乎就在同一時候，我們都笑著對服務小姐異口同聲地說：「下一站！」
>
> 說完，我們都笑起來。笑得很自信。
>
> 公共汽車依然還是那樣不緊不慢地開著。〔註107〕

打工者們瀟灑走向下一站，城市的下一站是他們光明的未來。打工者自信能

〔註104〕1990 年代初由香港歌星葉倩文演唱的歌曲《瀟灑走一回》，風靡全中國，傳唱於大江南北，時逢 1992 年鄧小平南巡講話，進一步改革開放搞活，形成一股下海經商潮流，南部沿海有更多的人湧入。「瀟灑走一回」成為市場經濟下流行的價值觀。

〔註105〕參見張偉明《下一站》，載楊宏海主編《打工文學作品精選集》（中・短篇小說卷），海天出版社，2007 年，第 47～51 頁。

〔註106〕張偉明《我們INT》，載楊宏海《打工文學作品精選集》（中・短篇小說卷），海天出版社，2007 年，第 39 頁。

〔註107〕張偉明《下一站》，載楊宏海《打工文學作品精選集》（中・短篇小說卷），海天出版社，2007 年，第 57 頁。

夠成為城市的主人。在浪漫瀟灑、樂觀自信的打工精神的支撐下，沒有身份之痛，生存之虞，苦難只是一筆人生財富，他們可以在城市裡進退裕如。

打工文學作品中處處有打工者們奮鬥成功的身影：黃河西（《花開花落》）本是流水線普通工人，經過一段時間的失意與苦苦求索，終於拼出了一片天地，成為一家咖啡廳和一家舞廳的經理。服裝公司流水線工人吳良（《別人的城市》），「臉皮最薄，在女工面前總是羞羞答答的。」〔註108〕也成為先富起來的人。阿飛（《搖搖滾滾青春路》）因高考落榜，從農村到城市闖世界，經過一番奮鬥，自己當上了老闆。雖然最後仍以失敗而告終，但是，「得失尋常事，勝敗非英雄」的樂觀精神，仍然讓他在城市的前景一片光明。失敗與挫折，化為青春期的一縷淡淡哀愁。

在這一階段，新奇、積極向上、瀟灑浪漫是城市的主要美學特徵。在城市裡，打工者為自己命名，正如張偉明的另一篇小說題目：《對了，我是打工仔》，表達「我是打工仔我怕誰」的自傲。

二、城市的無名者與被命名

正如打工詩人所說，「一夜之間，我竟然失去自己的名字」。青年人對城市的浪漫幻想很快就被殘酷的現實打破了。在城市的生存，並非想像的那麼容易，瀟灑辭工以後，面臨的是吃飯問題、坐車問題、住房問題等等生存的基本問題。城市暴露出的冷漠的一面才更接近真實，青年農民在城市裡其實什麼也不是，「一株來自鄉下的植物／在這個城市找不到紮根的水土」〔註109〕。或是「一隻青蛙／身上流的是鄉村的血／靈魂卻在城市裡／戴著鐐銬跳舞」〔註110〕。與鄉土有著血緣關係的打工者在城市裡不可能有自己的名字，「忍痛忽視莊稼的荒蕪／我在解體，身份證暫住證計生證／用這些或圓或方的形狀／艱難地嵌進城市」〔註111〕。

這是一群在城市裡被剝奪了名字的人。王十月《沒有名字的生活》，一個

〔註108〕林堅《別人的城市》，載楊宏海《打工文學作品精選集》（中‧短篇小說卷），海天出版社，2007年，第3頁。

〔註109〕熊焱《低處的鄉愁》，載楊宏海《打工文學作品精選集》（散文‧詩歌卷），海天出版社，2007年，第274頁。

〔註110〕劉洪希《一隻青蛙在城市裡跳躍》，載許強、羅德遠、陳忠村主編《中國打工詩歌精選》，珠海出版社，2007年，第122頁。

〔註111〕方剛《農民工（組詩）》，載楊宏海《打工文學作品精選集》（散文‧詩歌卷），海天出版社，2007年，第176頁。

三陪女在城市裡搞丟了自己的名字，陪客人用的是化名，身份證上用的是假名，之前在工廠打工時只有工號。她當保姆時叫小阿姨，在工廠做工時叫130，在洗浴中心當足浴技師時叫西西，在夜總會叫紅，身份證上叫林藍。她想找回自己的名字，發現只是徒勞。她原以爲能從城裡人那裡得到眞正的關心，誰知她在他們眼裡，不是賣淫女，就是雞婆。

從鄉村進入城市，不僅丟失了麥田稻浪蛙鳴一派田園風光，也丟失了名字，丟失了身份，從理想的雲端跌入現實的尷尬處境。

對於這些在城裡丟失了名字的人，當務之急是把名字找回來，能夠堂堂正正行走在城市。但這只是徒勞。

《示眾》中的老農馮文根，在城裡當了多年的建築工，蓋起一座座高樓大廈。他將那些由自己親手蓋起的樓房視爲兒女，在他即將離開城市，回到家鄉的前一天，希望看看自己的這些「兒女」，尋找曾經留下的痕迹，以及那些溫情的記憶。但是，那些樓房對他們這些鄉下人是戒備森嚴，根本不容許靠近，馮文根試圖闖進自己曾經修建的小區，被保安當賊抓了起來，並在他胸前掛上一塊牌子，上書「我叫馮文根，我是一個賊！！！」引來眾人的圍觀，城市的建設者、農民馮文根的名字變成了：老賊、老不死的、老東西、老鬼。在他親手建設的樓群裡，他根本不可能找到自己的痕迹，以及自己在城市裡合適的名字。「牌子上寫著十個大字：我叫馮文根，我是一個賊！！！三個感歎號，像是三枚鐵釘，將這十個恥辱的大字，釘在了老馮的胸前。」〔註112〕這就是馮文根在城市裡被賦予的名字，被侮辱與被損害，低賤與恥辱。

吳君的《福爾馬林湯》中，鄉下女孩程小桃，在城市的工廠流水線上打工，她做夢都想嫁給這座城市的男人，生一個「廣東崽」，她想喝城市家庭裏煲得濃濃的湯，做城市家庭裏的女主人。但她在城市男人的眼裏，只是一個外省妹，比較乾淨而純樸的工廠妹，一隻泄欲的母馬，他們從來不叫她的名字，把她在他們家裏留宿用過的毛巾牙刷丟進垃圾桶，爲避人耳目，出門不讓她走正正規規的樓梯，而是讓她從天台上爬出去。程小桃是以談戀愛的名義與那些城裡男人交往，並希望在獻出身體後被他們記住，進入他們家裡，進入他們的廚房，成爲城市家庭的主婦。然而，除了詐騙犯在警察局把她供出來以外，她在城市男人的心中，並沒有留下痕迹，沒有男人叫過她的名字。

〔註112〕王十月《示眾》，載《小說月報》2007年第1期，第103頁。

因此，在最後程小桃終於看清了現實，她想：「城市再美的景色與自己又有什麼關係呢。」〔註113〕

名字，代表打工者在城市的身份，他們在城市裡找不到自己的名字，無法確認自己的身份。他們只有接受被命名，這是一種權利喪失的表現。

> 打工的名字像成年期拐不回來的兒歌／在語詞上響亮，在語法裏曖昧／它作複數，被稱作人民／君臨於許多報告，屬於客串性質／它作單數，就自稱老鄉／穿過城市的冷與硬，以便互相認領／它發高燒打擺子都在媒體／高興時，被擺在「維權」的前面作狀語／生氣時，又成了「嚴管整治」的賓語／過年最露臉，在標題上與市長聯合作了一天主語……〔註114〕

這是城市無名者掙扎於底層的真實狀況，他們叫送水工、瓦工、或者是一串數字：「姓名是 A234、A967、Q36……」〔註115〕，「沒有人記住我真正的名字／我自己記住自己，我姓磚，名瓦，添加在大廈名字中」〔註116〕。「我是打工仔」的豪氣已經消退，打工者從夢幻跌落到現實。在城市裡，打工者並沒有為自己命名的權利。

即便是這樣，城市仍然是打工者活動的主要空間，城市的希望依然沒有消失，《颱風之夜》，幾個打工者在經歷了種種磨難：被公共汽車「賣豬仔」，暴風雨、飢餓、困倦之後，仍然堅定不移地朝城市的方向走去：「正前方一輪巨大的紅日從陣痛中分娩出來，天地間陡然一片輝煌。」〔註117〕在經歷著苦痛的同時，也有貼近生活的滿足感：「儘管有加不完的班，趕不完的貨。但在這繁重的工作之餘，抽空喝上一支冰鎮啤酒，喝一份炒田螺，如果還能和女孩們打打拖拉機，那就是神仙日子了。」〔註118〕打工者對城市仍然充滿依戀，

〔註113〕吳君《福爾馬林湯》，載李春俊、唐冬眉主編《以熱愛這座城市的名義——深圳寶安文學（小說卷・上部）》，作家出版社，2007 年，第 138 頁。

〔註114〕劉虹《打工的名字》，載許強、羅德遠、陳忠村主編《中國打工詩歌精選》，珠海出版社，2007 年，第 23 頁。

〔註115〕鄭小瓊《內心工地》，載許強、羅德遠、陳忠村主編《中國打工詩歌精選》，珠海出版社，2007 年，第 78 頁。

〔註116〕家禾《打工十年》，載楊宏海主編《打工文學作品精選集》（散文・詩歌卷），海天出版社，2007 年，第 256 頁。

〔註117〕於懷岸《颱風之夜》，載楊宏海主編《打工文學作品精選集》（散文・詩歌卷），海天出版社，2007 年，第 247 頁。

〔註118〕戴斌《地》，載楊宏海主編《打工文學作品精選集》（散文・詩歌卷），海天出版社，2007 年，第 400 頁。

並希望被城市認同，成爲眞正的城市人。這種堅韌不拔的向城求生的願望，使城市多了一抹亮色。

三、作爲城市背景的鄉村記憶

漂泊多年，鄉愁／依然如我肌體上滲出的渾濁汗水，原汁原味
〔註119〕

在打工文學作品中存在著大量的鄉村想像。經歷了城市的傷痛，故鄉成爲撫慰心靈的溫暖記憶，或是一種略帶傷感的情緒。鄉村，是散發著芬芳的泥土，是白髮親娘，是腰背佝僂的父親，是親切的鄉音，是城市沉重的現實體驗之上的一抹輕淡的背景。打工作家並沒有著意挖掘農民工的鄉村命運，也沒有展現傳統鄉村倫理、古舊的鄉村法則與現代文明的衝撞。

鄉村記憶在知識份子作家話語體系中也大量存在，20 世紀 30 年代沈從文對鄉村純美人性的建構，80 年代的文化尋根小說，知青文學……，難以忍受的鄉村艱難生活在記憶裏變得美好起來。

「必須承認，鄉村很大程度地變成了記憶所製造的話語──而不是現實本身。……鄉村已經不是泥濘的山路和冰冷的水田，不是沉甸甸的擔子和殘破的茅屋，鄉村是一個思念或者思索的美學對象，一種故事，一種抒情，甚至一種神話。」〔註120〕這是心靈的鄉村，或者說是烏托邦的鄉村，還有一片現實的鄉村，就是魯迅筆下那蕭索、蒼涼的故鄉，爲文學增添了蒼涼厚重的底色，並思索鄉土中國的命運。在知識份子作家的「農民工」敘事中，也在鄉村記憶之後，面對鄉村現實，挖掘鄉土根性，展現鄉土根性與現代文明的激烈衝突。城市與鄉土，互爲異質性存在。

打工作家在抒發濃烈情緒之時，鄉村成爲眞摯情感的寄託以及城市惡劣生存環境之外的美學理想。鄉愁、失戀、故鄉的雲彩……，這同樣是一種青春症候、青春的感傷；是站在城市視角對鄉村的回望。缺少城鄉文化價值的衝突與對抗，鄉村沒有以城市爲異質的文化空間，缺少了與城市文化價值的衝撞，鄉村只能是一個封閉、靜態的美學空間，缺乏歷史的縱深感與時代的激蕩。所以打工文學更多表現的是心靈的鄉村。

〔註119〕李明亮《出生地：塘埂》，載楊宏海主編《打工文學作品精選集》（散文・詩歌卷），海天出版社，2007 年，第 156 頁。

〔註120〕南帆《啓蒙與大地崇拜：文學的鄉村》，載《文學評論》2005 年第 1 期，第 102 頁。

　　打工作家以一種文人式的想像竭力營造著這樣一種鄉村的靜態美學空間。比如，王十月的「湖鄉紀事系列」:《透明的魚》、《夏枯》、《落英》、《蜜蜂》、《秋風辭》等一系列散文化小說，以「煙村」爲背景，閒散筆調的使用與淡遠意境的營造，處處漫溢著人性之美與詩情畫意，對鄉土的風情、風景的描摹，很明顯是對汪曾祺美學理想的繼承。《夏枯》中，鄉村少年前子出生於中醫世家，是家裏的獨子，家境不壞，父親希望他繼承家業。但前子對學醫沒興趣，他嚮往著外面的世界，一心想著進城打工。在他進城打工之前，遇到了一個勤勞善良的婆婆，她採夏枯，割蒲公英，打棕葉，撿桐子果，看中了前子的人品，要說一門親給前子，女孩子就是她的孫女秋萍。這個叫秋萍的女孩弄亂了前子的心，激起他許多的青春幻想，一場暴雨到來，沖斷了路，把夏枯草泡爛在地裏，雨過天晴了，但婆婆再也沒有來到煙村。直到前子離鄉進城打工，他也沒有見過那個叫秋萍的女孩。《蜜蜂》，外村來到煙村的放蜂人周圍找年近四十了，才找到一個女人，人喚周家孀娘，周家孀娘眼睛半瞎，但做飯、洗衣、餵豬、侍弄菜園，樣樣都拿得起手。日子過得安逸而自在，美中不足的是周家孀娘沒有生育，後來在橋頭撿了一個被棄的女嬰養起來，女嬰有先天性心臟病，周家孀娘發誓討米要飯也要給她治。女孩 8 歲那年，周家孀娘突患心肌梗塞去世。但周圍找還是捨不得離開煙村。

> 　　周圍找真的是老了，他的腰也哈了，背也駝了，頭髮全白了，鬍子拉茬的。他還放蜂。春天到了，花全開了，煙村到處是花，金黃的油菜花，淺紅的紫雲英，粉紅的桃花，雪白的梨花。周圍找的蜜蜂們出去採蜜了。周圍找坐在家門口，點了一根煙，眯著眼，恍惚間，他看到了許多年前，他第一次來到煙村時的情景。他是多麼熱愛著這煙村，熱愛著這些一輩子都在忙忙碌碌的蜜蜂啊。〔註121〕

這裡的鄉村，是一個水草豐美，人性美好的地方，田舍、湖水、稻田、炊煙構織了一幅恬靜的田園風光。男人辛苦勞作，女人勤勞持家，雞鴨滿圈，瓜藤柳下，睦鄰友好，民風淳樸，心懷悲憫。雖然也有城市文明的衝擊，比如，打工潮對鄉村的影響，《夏枯》中，前子要去打工，秋萍也要去打工。他們嚮往著南方的深圳，那裡的海風，藍天碧樹，高樓大廈與工廠。但現代城市文明並沒有與傳統鄉村文明形成衝突。美麗的田園牧歌，平和沖淡的意境與人生意蘊，才是書寫者的著力點。

〔註121〕王十月《蜜蜂》，http://www.fangcao.com.cn/wx/end.asp?id=1251。

　　曾經「密不透風的悶鐵罐」式的鄉村生活〔註122〕，變成了一支田園牧歌。這是記憶製造的話語，也是作家的一種美學追求與詩性理想，農民、打工者並不是他們真正要描寫的對象。

> 　　文化「邊緣人」還有個如何面對主流文學界的身份認同問題。從這個意義上說，「湖鄉紀事系列」小說也許就是王十月們有意無意地向著「主流文學」的一種妥協。這是誘惑，但也是陷阱，打工文學的話語困境也正在於此。一方面，打工作家要求「主流」文學的認可，同時這種認可又意味著打工作家的自我放棄，這是個兩難的問題，很值得研究探討。〔註123〕

一方面，精英文學在文學場中的權威性，其文學觀念、審美標準也會對打工文學產生影響；另一方面，表現出打工文學對精英文學的妥協。「原生態」被精英文學的審美標準、文學觀念改變，純美的鄉土風情畫，浸染著士大夫情趣，這標誌著打工作家自我文化身份認同的轉變，「自我」他者化了。

四、返鄉：對土地的認同

　　打工文學中的返鄉，是心靈的返鄉。現實的鄉村基本上是缺失的，也就沒有可能形成鄉村古舊法則與城市文明的衝突，鄉村社會結構也沒有可能由封閉走向開放。

　　如打工詩人李晃的詩集《湘西牧羊》〔註124〕，踏上鄉村的土地，看到的是母親欣喜的眼神，父親佝僂腰背的舒展，喝著樹上採下的新茶，吃著香椿芽煎蛋（《春天的味道》），看到是炊煙中橫笛輕吹的牧童（《牧歸》），聽到的是月亮掉進水井的聲音（《月浴》），蟬聲入夢，「露水打濕薄如蟬翼的夢想」（《暮蟬》），呈現在讀者面前的，是一個古典、靜美的鄉村，拂去游子衣上的塵土，擱淺他們身心的疲憊。雖然也有對鄉村凋蔽的現實的呈現，比如，那農田裏大片無人收割的水稻（《憂傷的水稻》），不得不外出打工的現實，但這些都消融在美麗的鄉風鄉俗中，詩人的著力點在於展示一幅充滿靜態之美的鄉風鄉俗鄉情的畫卷：湖南花鼓、民歌、浣衣、插秧、割稻……，在這裡，心靈的

〔註122〕參見王十月《關卡》，載楊宏海《打工文學作品精選集》（散文・詩歌卷），海天出版社，2007年，第14頁。

〔註123〕馮敏《打工文學的現狀與話語困境》，載《南方文壇》2007年第4期，第84頁。

〔註124〕李晃《湘西牧羊》，北嶽文藝出版社，2007年。

鄉村覆蓋了眞實的鄉村。

部分打工文學作品中充滿對現實鄉村的樂觀想像。《打工妹詠歎調》中，藍妹是一個青春活潑，聰明勇敢的打工妹，代表全廠工人向老闆爭取自己的權益，受到大家的喜愛，但她還是要回鄉村，回去喂豬喂雞，搞現代化養殖。《老闆，女工們》中的王肖娟，在工廠裏打工，刻苦學習管理技術，目的是爲建設家鄉積累經驗。這些打工者最終是要回到鄉村，建設家鄉，與主流意識形態一致：青年農民進城是爲了學知識、圖發展，提高自身素質，回去改變家鄉的落後面貌。社會歷史形態與時代激流漩渦下的現實鄉村沒有得到展現。

在心靈的返鄉中，充滿了對土地的認同。

「不管走出千里萬里／根系仍然在這一片土地」〔註 125〕，雖然農民工離鄉又離土，但仍然對土地有著深深的依戀。土地、鄉村是他們身上抹不去的迹印，「我是土……我是逃離的土……我是被追逐的土……我曾經是土……我是土的記憶」〔註 126〕。只有土地，才能讓漂泊在外的游子安定踏實。土地，同樣充滿了理想主義色彩。

戴斌的小說《地》中，打工仔何根順在城市打工，混迹於底層，因找不到工作餓得吃城市工業區長出來的蘆葦根。於是，他產生了這樣的念頭：「那麼，我爲什麼要到城裡來吃草呢？我要回家。回黃泥岔不好嗎？我就是在這個時候，感覺到黃泥岔的好來，我把黃泥岔每一塊土都想了個遍，似乎每一塊土上，都可以長出無限生機和商機來，讓我發家致富。」〔註 127〕在這種念頭的牽引下，他回到了鄉村，承包了魚塘，娶妻生子，過著老婆孩子熱炕頭的閑適富足的生活。小說的標題《地》，展示了農民工抹不去的土地情結，只有地，能給他們安穩。地主的後代黃衛星進城當民工，是爲了買回祖上被沒收的那些地，因此去做女扮男裝的酒店咨客，甚至男妓。城裡的境遇越糟糕，鄉村的想像就越美好，「鄉村美，都市惡」。大概可以視爲一種身份認同的逆轉：都市人的身份無法確認，便轉向了鄉村。一方面，是面對城市的自慰：

〔註 125〕 李晁《水稻的呼吸》，載李晁《湘西牧羊》，北嶽文藝出版社，2007 年，第 8 頁。

〔註 126〕 孫曉傑《農民工手記》，載楊宏海主編《打工文學作品精選集》（散文·詩歌卷），海天出版社，2007 年，第 264～265 頁。

〔註 127〕 戴斌《地》，載楊宏海主編《打工文學作品精選集》（中·短篇小說卷），海天出版社，2007 年，第 392 頁。

我是農民我怕誰？一方面，是面對鄉村的優越，是經歷過城市的，眼界開闊、技術與素質都提高的新農民，不再是一直安守於土地，沒有見過世面的傳統農民。鄉村身份的認同，是文人式的，帶著士的想像。正如《颱風之夜》中在城市歷經磨難的打工仔秋生所言：「等我娶了紅蓮，哪也不去，就做幾畝薄田，閒時看看書，寫寫文章，閒雲野鶴，悠哉遊哉，不受別人管制，就是我最大的福分了。」〔註128〕

在城市奮鬥的雄心壯志沒有實現，便幻想歸隱田園，耕讀詩書。一方面，是打工文學在審美原則上對精英文學的依從，另一方面，打工作家是知識文化水平較高的那一部分農民，是底層精英，對農耕文化的吸納，使他們在內在的精神氣質上，與士有著一致性。

總的看來，打工文學更多的是面對城市，表現打工者在城市的遭遇，求生的艱難或希望，以及融入城市的渴求。他們在城市被剝奪名字的感覺更為深刻，尋找名字的希望更為強烈。鄉村，是立足於城市之上的、虛幻的、輕淡的背景，是對城市受傷者的心靈撫慰。城市與鄉村並沒有形成互為異質性的文化空間，鄉村呈現出古典、靜態的封閉式結構。這是心靈的鄉村，社會歷史與時代激流之下的現實鄉村是缺失的，「農民工」沒有直面鄉村傳統的道德倫理拷問，不論是城市還是鄉村，都缺失了更加豐厚的美學意蘊。

第五節　本章小結

打工作家筆下的「農民工」出自親身經歷及親身體驗，帶有親歷性與現場感。材料缺少剪裁，語言文字缺少修飾，不太講究藝術技巧，情感直白外露。但也具備了打工生活的鮮活，原汁原味以及原生態。書寫者具備第一手的生活素材，他們的作品，為打工者喜聞樂見，因為作品中所寫的，就是每天發生在他們身邊的事，讀起來有親切感，更容易喚起自身的經驗印證，產生共鳴。

打工作家對農民工是一種近距離的書寫，這種書寫具有真情實感，沒有矯飾。但由於缺乏遠觀與審視，對生活的枝蔓蕪雜缺少刪減，擅長從「局內人」的視角出發，選擇一個側面對場景進行具體的描寫，缺少提煉，也缺少

〔註128〕於懷岸《颱風之夜》，載楊宏海主編《打工文學作品精選集》（中‧短篇小說卷），海天出版社，2007年，第245頁。

全局性的眼光對事件背後的深廣的社會歷史背景進行冷靜的、理性的思索。

打工文學在社會歷史整體框架的敘寫之外，建立一個草根文化視野下的江湖世界。在這個世界裏有對城市邊緣地位與主流社會秩序之外的生存法則的認同，具有草根精神、原始正義與世俗義利觀，體現草根文化與底層民間世界的審美原則。

在進行「農民工」主體身份確認的過程中，表現出幾個方面的特徵：一是底層民間世界的形形色色、斑駁雜陳，「農民工」不僅僅是哀苦無告、被同情憐憫的對象。除了道德思考與權益訴求之外，還有對「農民工」強大有力的想像以及原始正義觀。二是對個體在工業文明中的價值與地位的思考。表現打工者對處於現代社會中的個體的價值的追問。反映了打工者面對自己不熟悉的工業文明時表現出來的茫然無措。其三是城市想像的兩種傾向：一是對城市的陌生感。表達由鄉入城，與傳統文化斷裂，但又尚未融入現代文化的焦慮。他們在城市中尋尋覓覓，很難找到歸宿感。另一種城市的想像，則是對城市強烈的征服欲。他們試圖通過各種方式來征服城市，也許，是打工作家通過這種方式表達融入城市文明的迫切願望，通過對傳統農耕文明的背離、斷裂來實現身份的徹底轉變。

但底層民間世界並非一個獨立的存在，主流意識形態與精英文學的審美原則對它存在著較大的影響，因而它表現出積極向上的姿態，接受主流社會的價值判斷與精英文學的審美原則。在主流話語中審視「自我」，「農民工」個體特徵以及底層民間世界的審美內涵的異質性都逐漸消融。比如，打工妹作家安子的成功在某一方面也可以說是主流意識形態塑造的結果。《青春驛站》等作品表現的個人奮鬥的成功模式，進城──挫折──學習、進取──成功是符合國家意識形態的，其他不少的打工作家作品也採用主流社會秩序的價值尺度，將「農民工」置於主流社會秩序的價值評判標準之下。

打工文學原生態的語言與民間的、草根的審美形態原本是一個異質性的、獨立的存在，但由於藝術主張的缺乏，批評界推動的乏力，在精英文學主導型審美原則影響下，打工文學的審美特性由異質性而趨於同質化：

1. 存在著一種「內在啟蒙」

對進城務工者的劣根性的揭示，如缺乏知識，素質低下，貪圖眼前小利，結黨營私，為了自己向上爬不惜出賣朋友等等，有些「哀其不幸，怒其不爭」的意味。隨著打工作家知識結構的重構與社會地位的變化，他們也開始了現

代性的文化反思。在接受來自主流社會與精英階層的文學培訓時，也接受了現存的知識體系。

2. 對鄉村的士的想像

打工作家由鄉入城，鄉村是打工文學中必不可少的一個部分。對「鄉村美」的表現中，體現出明顯的士大夫情趣。原生態的民間語言與草根的審美形態逐漸轉爲一種被規訓的審美形態與知識結構。

歷史上以工人、農民等底層民眾爲創作主體的文學現象，是主流意識形態掌控的結果，如 1958 年的新民歌運動。打工文學雖然是自發的創作，但也居於主流意識形態的話語之中——農民工要獲得政治權利、經濟權利與文化權利。除了享受文化成果，還要具有創作權利，那麼，接受教育與培訓成爲必然。一方面政治因素的影響賦予打工文學道德合法性，另一方面，市場經濟環境下，市場因素不可避免地對打工文學產生影響。雖然打工文學具有文化工業批量化生產所需的紀實性與新聞性特徵，但精英文學擁有更強大的消費群體，農民工的高流動性、低消費能力導致打工文學的市場空間逐漸萎縮，這也使得打工文學向精英文學靠近，接受精英文學的審美原則。在政治因素與市場因素的雙重影響下，打工文學的被規訓、被收編成爲必然。眞正意義上的打工文學只能是一個短暫的文學現象。歸根結底，是由於文學的權力話語並不掌握在底層民眾的手裏，文學與非文學、經典文學與非經典文學的判定是由與政治和市場巧妙合謀的精英階層做出的，而不是弱勢的底層民眾。

第六章　結語：「農民工」動態多元的話語空間

　　在話語場中，打工文學農民工話語自我表述與精英作家的「農民工」話語的動態共存，構成了農民工文學的全貌。

一、打工文學進入話語場的影響因素

　　打工文學是場域的新來者，它的產生與發展，是與市場因素、政治因素、美學因素緊密相聯的。

　　首先，與市場的需求緊密相聯：珠江三角洲的進城務工人員遠離故土，來到陌生的城市，需要反映他們自己的生活與心聲的文學作品。《佛山文藝》、《大鵬灣》等一批打工文學雜誌順應了這一市場需求，成為外來務工人員的精神食糧與創作園地，他們不同於主流文學期刊的辦刊原則及用稿標準，為進城務工人員提供了較低的文學准入門檻。打工文學雜誌激增的發行量與社會影響力使農民工為創作主體的打工文學成為當代文壇無法忽視的一個現象，打破了知識份子書寫的一體化格局，作為底層民眾的農民工不再是知識份子言說的對象，他們發出了自己的聲音，參加了文學生產活動。與歷史上的新民歌運動和十七年時期上海的工人創作不同，它並不是國家意識形態主導下的文學創作，而是一種自發與自為的存在，是權利意識與平等意識的體現，他們要求平等地參加文學創造活動，共同享受社會的精神文化成果，形成了「農民工」書寫的多元化格局，促進了文學生產的民主化進程。

其次，與政治因素緊密相聯：進入市場經濟以後，農民的階級主體地位失落，他們一度淪爲生活貧困與話語權力喪失的社會底層。在現代化、城市化進程中，生存的驅使及對美好生活的嚮往，大量農民由鄉入城，形成聲勢浩大的民工潮。在城鄉二元制度下，農民工存在社會保障制度的缺失，城鄉文化價值觀的衝突等問題，身體與精神都難以融入城市。進入21世紀，在構建和諧社會的主流意識形態引導下，「三農」問題、農民工問題引起國家高度重視，「弱勢群體」，「農民工」成爲民生熱詞，農民工的政治、經濟與文化權益受到關注。在國家城鄉統籌的大政方針下，農民工成爲亟待解決的問題，爲保障城鄉一體化建設的順利進行，農民工不但身體上要融入城市，精神上、文化上都要融入城市。隨著「農民工」導入文學政策，文學組織、主流文學期刊、文學評獎、文學批評界也表現出對打工文學的關注，成爲「二爲」方針與「三貼近」原則的重要體現與具體落實。國家有關政策加速了農民工文學生產的多元化。

再次，與美學因素緊密相聯：大眾文化時代，日常生活的審美經驗進入文學藝術，精英趣味的純文學壟斷地位受到衝擊，由於印刷工業的發達，技藝的特權性質不復存在，文學由小眾化而轉爲大眾化趨勢，虛構敘事的複雜技巧也在大眾傳媒的衝擊下趨向簡單化，不但使得被詬病爲簡單化、模式化的精英作家的「農民工」書寫獲得了美學合法性地位，也爲草根性、原生態、粗加工的打工文學進入文學場提供了美學條件，成爲主流文學期刊、文學評獎與文學批評接納打工文學的美學依據。

在多方因素的共同作用下，打工文學成爲文學場的新來者，並與知識份子作家的「農民工」形成相互作用的動態過程。

二、從文學的內外結構來看，打工文學與知識份子「農民工」話語共時並存

試圖將知識份子的「農民工」話語納入打工文學或將打工文學納入知識份子的「農民工」話語體系都是一件困難的事。打工文學是在社會轉型期應市場需求與農民工心理需求產生的，有它獨特的意義，與知識份子「農民工」話語並存。

從文學的外部結構來看，《大鵬灣》、《佛山文藝》等打工文學雜誌、針對打工文學的文學評獎、傳媒批評，形成了打工文學獨有的生產機制。文學生

產的各個環節：創作、出版、傳播、消費、評價相互依賴、相互促進，形成打工文學的有機整體。

作者群的形成：第一代打工作家周崇賢、黎志揚、安子、林堅、張偉明被稱爲「打工文學五虎將」。1990 年代末至 21 世紀初，出現以王十月、鄭小瓊爲代表的第二代打工作家。還有以羅德遠、許強、何眞宗、徐非、張守剛、曾文廣等爲代表的打工詩人群。在打工文學獨特的生產機制下，社區作家群得以形成，具有代表性的：以王十月、曾楚橋、葉耳爲代表的深圳 31 區作家群，李於蘭、松籽等爲代表的龍華作家群，以及大浪作家群等。

讀者群的形成：打工文學可以說是應讀者需求而生的，珠江三角洲數目龐大的進城務工人員成就了打工文學，他們以價格低廉、貼近他們生活的打工文學雜誌消費爲主。從《大鵬灣》、《佛山文藝》、《打工族》等雜誌設置的讀者來信欄目來看，讀者主要是年輕的進城務工人員，他們心懷夢想，漂泊異鄉，工作艱辛、遭受城市人的冷漠與白眼，反映他們生活、傳達他們心聲的打工文學作品給了他們極大的精神撫慰。那些感同身受的打工故事引發了他們的同情，簡單的成功故事激發了他們對生活的夢想，打工文學雜誌平民化的姿態激發他們也拿起筆來，寫下自己的故事，由讀者變爲作者。

雜誌群：雜誌等媒體是連接作者與讀者的中介，也是培養作者的重要陣地。打工文學雜誌刊發原生態的打工文學作品，不但滿足了打工者的精神需求，也爲他們提供了創作園地。打工文學雜誌的平民化立場，使得文學不再是高高在上、遙不可及的神聖殿堂，降低了文學的准入門檻。

文學批評：打工文學已經形成了獨特的批評形態：媒體批評與南方的文學批評、以北京爲中心的主流文學批評共生。而這樣一個文學批評形態，是以傳媒批評爲主體。由於缺少專業而深入的研究及引導，打工文學的社會效應擴散，美學效應不足。

知識份子作家的農民工文學生產機制從其創作、出版、消費、評價各個環節來看，表現出與打工文學的不同。

作家群：主要作家是在底層文學熱的推動下產生的一批新銳底層作家，他們剛剛獲得文學場的認可。一些進入文學場已久的作家如賈平凹、劉震雲、王安憶等也創作農民工題材的文學作品。他們主要爲專業作家，獲得體制性的認可。由於他們在文壇地位較高，可能獲得較高的出版版稅與作品的影視改編機會。如根據賈平凹 2007 年創作的長篇小說《高興》已經被改編爲同名

電影。

雜誌：底層文學的代表作家發表作品的陣地以《人民文學》、《當代》等文學大刊爲中心，這些期刊的文學准入門檻大大高於打工文學雜誌。對文學性、藝術性有著較高的要求，具有比較嚴格的文學規範性。嚴肅文學期刊以及文學國刊地位使它們的姿態是「自上而下」的，雖然有意扶持打工文學，但對於大多數打工者來說，在這些文學期刊上發表作品是遙不可及的夢想。

讀者：打工者並不是知識份子「農民工」敘事作品的主要閱讀群體。從《人民文學》2001 年所作的讀者調查來看，大學文化程度占 62%，高中 33%，初中 5%〔註 1〕。嚴肅文學期刊存在大量圖書館訂閱，讀者以文學研究者、文學愛好者爲主體。其非大眾化性質以及文學取向上的高雅性、規範性，使得藍領打工者很難成爲其主要讀者。比如深圳，農民工集中地的關外，如寶安區，打工文學雜誌居多，在關內，如福田區、南山區等地，白領、寫字樓相對集中的地方，則能看見《天涯》、《人民文學》、《十月》一類的嚴肅文學期刊。

文學批評：以學院派批評爲主，進行比較專業的研究與批評。精英作家的「農民工」敘事作品，能夠很快被中心文化城市的知名文學批評家、文學理論研究者關注，並以專業性強的文學理論刊物、文學批評雜誌爲陣地進行評論，獲得很高的象徵資本，以及經典的文學地位。

所以，從文學生產機制來看，知識份子的「農民工」書寫與打工文學並不具備兼容性。

從文學的內部結構來看，知識份子書寫以「農民工」爲同情、憐憫的對象，在知識份子的視野中呈現農民工在社會轉型期的歷史命運，雖然他們承認自己是在爲農民工寫作，或以「靈魂進城的民工」自居，但他們是以農民工的代言人出現的，「農民工」是異於自身的他者。在知識份子話語體系中，「農民工」敘事具有以下特點：「農民工」被納入知識份子價值觀念與文化審美內涵之中，知識份子對「農民工」進行苦難的想像，一方面完成作家的道德崇高與社會正義，一方面也體現出一種市場策略。而知識份子對「農民工」進行有距離的審視，重現歷史結構，也使「農民工」具有更豐富、更複雜的美學效果。

〔註 1〕 參見洪波《讀者調查綜述》，載《人民文學》2001 年第 12 期，第 136 頁。

　　打工作傢具有農民工的生活體驗，其作品具有親歷性的特點，帶有自傳體特徵。原生態、記錄性、現場感、情感宣洩是打工文學的重要特點，在打工作家的自我表述中，從「局內人」的眼光對打工的具體場景進行關注，表現對自我權利的籲請，進行自我身份的確認，具有草根文化與底層民間世界的審美原則。

　　因此，從文學的內部結構來看，打工文學具有不同於知識份子的「農民工」敘事的異質性美學元素。打工文學進入文學場，標誌著「農民工」文學書寫者多元化格局的形成。

三、對「農民工」話語合法性的爭奪：打工文學與知識份子「農民工」話語的動態並存

　　打工文學與知識份子的「農民工」話語並不是靜態的並存，而是圍繞「農民工」話語合法性的爭奪，形成一個動態的格局。

　　關於知識份子是否具有為農民工代言的合法性，在底層文學論爭中已經成為爭論的焦點。一些觀點認為知識份子不具有為底層代言的合法性，知識份子把底層表述得再偉大也是一種扭曲，真正的他們仍然沒有出現〔註2〕。精英階層與底層掌握資源的不同，受精英意識的左右，作家對底層的描述是扭曲的，虛假的，掌握有知識與話語權的精英層並不具備代言的合法性〔註3〕。另一方則認為底層必須被表述，因為底層在獲得自我表述的能力與話語權力之前，他們的境況需要被知道，只有被知道，才能為改善與發展自身、獲得權利創造可能〔註4〕。

　　在具體的文學實踐中，對「農民工」的話語合法性的爭奪，體現在美學秩序的建立上。

　　知識份子作家一直在積極尋求底層寫作的美學合法性。底層文學在對純文學的反撥中產生，對社會責任感與道德崇高性的強調，藝術探索性與美學地位似乎有些先天不足。邵燕君對其文學性提出了深刻的質疑，認為底層題

〔註2〕參見劉旭《底層能否擺脫被表述的命運》，載《天涯》2004年第2期，第49頁。

〔註3〕參見劉旭《底層與精英主義討論》，載《中文自學指導》2005年第2期，第40～43頁。

〔註4〕參見顧錚《為底層的視覺代言與社會進步》，載《天涯》2004年第6期，第18頁。

材越來越熱，底層寫作卻離文學越來越遠〔註5〕。因此，底層文學的倡導者急於尋求美學的合法性地位，比如在左翼文學的大眾化寫作中去尋找〔註6〕，經典文學〔註7〕中去尋找等等。在文化工業生產的環境下，印刷技藝的發達，網絡的出現，複雜的敘事技巧受到衝擊，簡單的、紀實的，新聞化的敘事更符合文化工業批量化生產的要求，日常生活經驗導入審美原則，這使得精英作家的「農民工」書寫具備了美學合法性，也為打工文學進入主流文學生產機制提供了美學上的可能。值得注意的是，底層文學與純文學同屬知識份子話語體系，擁有雄厚的文化資本與象徵資本，一邊指責純文學為語言雜耍，一邊又與純文學暗中合謀，共同打造著文學的審美原則，把持著美學秩序。打工文學需要對現有的美學秩序進行斷裂，才能獲取在文學上的地位。但打工文學的產生與發展過程中並沒有進行美學上的革命，沒有明確地提出新的藝術主張，技法的不成熟、粗糙、原生態、草根性成為它的藝術特質。從文學評獎、文學理論以及打工文學雜誌來看，也沒有為打工文學頒發藝術上的許可證，更多的是一種道德傾向性。在打工文學努力提升藝術品格時，只能進入先在的美學法則。

美學合法性爭奪的失敗，打工文學轉向道德合法性。知識份子作家的「農民工」話語雖然具有底層立場或平等姿態，但他們的優越感總會體現在寫作中，而且，對於農民工生活，他們並沒有親身經歷過，只能依靠想像，或新聞事件、體驗生活來積累素材。因此，知識份子作家的「農民工」話語不但是「高高在上」，還是「隔靴搔癢」，比較而言，打工作家親歷過底層打工生活，甚至他們本身就是農民工，瞭解打工甘苦，喜怒哀樂，夢想追求，他們書寫「農民工」，比知識份子作家更具有道德合法性，他們發出了自己的聲音，這是底層農民工對文化權益的一種籲求。從道德合法性的角度切入文壇，獲得「農民工」話語的合法性，並在當代文壇獲得一席之地。2008 年 1 月在北京召開的第四屆「打工文學論壇」，是由中國作協與深圳市委市政府共同發起，紀念改革開放 30 年的一個重要項目。論壇上首次確立了打工文學在當代文壇的地位：「打工文學的作者多來自生活的第一現場，攜帶著時代的切膚體

〔註5〕 參見邵燕君《放棄耐心的寫作》，載《文學報》2006 年 7 月 27 日，第 1 版。

〔註6〕 參見李雲雷《底層寫作的誤區與新「左翼文藝」的可能性》，載《海南師範學院學報》（社會科學版）2006 年第 19 卷第 1 期，第 79～80 頁。

〔註7〕 參見南帆《曲折的突圍——關於底層經驗的表述》，載《文學評論》2006 年第 4 期，第 50～60 頁。

驗,以形象鮮活的文字,在書寫個體生存境遇的同時,也記載著中國改革開放與市場經濟的發展歷史及中國人從傳統走向現代的精神歷程,為當代中國文學積累了新鮮豐富的經驗」,並認為:「關注打工文學,就是關注打工群體的文化權益,保障這一群體自主地表達他們的心聲及其對廣闊世界的體驗與想像。這對於促進打工者的文化認同與社會認同,協調打工群體與各主要社會群體之間的和諧關係、構建社會主義和諧社會有著重大意義。」〔註8〕

可見,中國作協對打工文學合法地位的確立,是從道德的角度來確立的。越是注重道德的合法性,美學合法性就越是難以建立。新來者要進行美學革命,需要一種創造的純粹的眼光。「這裡涉及的創造(而不是僅僅滿足於如今的建立)那種純粹的眼光,是以藝術和道德之間的關係破裂為代價的,這種眼光要求一種無動於衷、漠不關心和超脫自己的姿態,甚至要求一種犬儒主義的放肆無禮姿態。」〔註9〕

在「農民工」話語合法性的爭奪中,打工文學的「農民工」話語與知識份子「農民工」話語構成了動態並存,由於無力構建新的美學秩序,並隨著打工文學市場的逐漸萎縮,打工文學只能接受精英知識份子的藝術趣味與美學法則。

四、知識份子作家的底層立場與「農民工」自我表述的他者化

當社會學、思想界對「三農」問題、弱勢群體進行密切關注與深入思考之時,知識份子作家也開始了自己的冷靜思索。受道德感與社會責任感的驅使,知識份子從新寫實主義、零度寫作,對現實生活的冷漠、戲謔轉為積極的介入,寫作立場向底層轉變,作為龐大無名的底層群體的代言人,對底層農民工進行審美世界與精神世界的重構。另一方面,知識份子基於底層立場的美學轉向,市場仍然是一個無法迴避的因素,它給了讀者一種別樣的、新鮮的審美體驗,能夠起到刺激消費的作用。

在具體文本中,知識份子的底層立場主要表現在:(1)對底層農民工的人文關懷,對其不幸遭遇的同情與悲憫。(2)進行社會批判。將個人遭際放在廣闊的現實生活與社會歷史背景下,思考深層次的原因。通過感性的描繪將社

〔註8〕 胡軍《「打工文學論壇」在京舉行》,載《文藝報》2008 年 1 月 15 日,第 1 版。

〔註9〕 〔法〕皮埃爾・布迪厄著《藝術的法則:文學場的生成和結構》,劉暉譯,中央編譯出版社,2001 年,第 127 頁。

會問題還原爲具體的生活畫卷。(3)作爲底層農民工的代言人,以公平正義爲價值判斷,呼籲農民工的合法權益。

知識份子的啓蒙者立場以及現代性批判轉爲底層立場與立足於公平正義的社會批判,表現出知識份子的平等的話語姿態。向下的視域中,藝術地再現農民工的生活,表達眞摯的情感,全方位展現轉型期社會歷史畫卷。

對「農民工」話語合法性的爭奪可能使知識份子作家的道德同情呈泛濫之勢,「農民工」成爲盛裝道德同情的容器,作家在他們身上進行苦難的疊加,「農民工」的個性發展不全,心理世界簡單蒼白,成爲作家表達道德同情的工具與符號。社會問題的直接導入,使得一些作品成爲社會問題的圖解,損害了文學的審美性。

雖然知識份子作家轉向底層立場,但「農民工」仍然處於知識份子精神領域與話語譜系之中,「農民工」被代言,被建構,被想像,並沒有發出自己的聲音。從文學的外部與內部結構來看,知識份子作家的「農民工」是在狹小的精英文學的圈子裏,被生產,被言說。作爲知識份子作家的精神產品,「農民工」越過農民工群體,直接進入了研究機構與評獎機構。

打工作家是作爲局內人對「農民工」進行敘述,以原生態的文字對打工生活的切膚之痛、眞情實感加以表現。具有天然的道德合法性。但打工作家並不滿足於道德合法性,爲提升作品的藝術品格與文學地位,他們需要獲得美學合法性。由於自身並沒有建立起一種美學秩序,只能接受知識份子的藝術趣味與美學法則。知識份子由於其資源優勢以及話語權力,擁有文學的權威性及評判標準。

打工文學具有道德合法性,但美學合法性不足,這使得它的生產機制呈現開放性特徵,權威性文學期刊、文學評獎、文學研究機構自上而下地對在野的打工文學進行收編,地方文學組織對打工作家進行教育與培訓,進一步推動打工作家進入現存的知識體系,接受現行的美學秩序,爲躋身精英作家的隊伍而努力。另外,消費能力強的精英階層成爲市場的寵兒,以低消費能力的農民工爲主要讀者的打工文學市場萎縮,也加速了打工文學的精英化傾向。

就打工作家自身而言,爲獲取更多的資本,他們也有意識地加強自身學養,知識結構發生變化,「農民工」自我表述逐漸他者化,「農民工」可能更符合精英文學的文化與審美標準,比如,打工文學的文本中出現的充滿文人

情趣的鄉村詩性懷想，以及文化反思的自覺意識等等。打工者的文化主體性與自我認同發生轉變。從中國現當代文學史來看，不少出身底層的作家，進入主流文學之後，不再以底層為表現對象，而是進入知識份子話語譜系，寫作立場由底層而精英，語言也被主流文學規訓，自然、野性的張力消失。底層農民工出身的打工作家能否逃脫歷史的宿命呢？

農民工文學是在中國當代特定社會歷史時期出現的文學形態，是中國現代化進程在文學上的反映，在文學生產機制下，它呈現出開放的、動態的、系統化的特徵。知識份子作家與打工作家兩種書寫主體的出現，自上而下與自下而上地展開「農民工」敘事，打工文學作為新來者，打破了知識份子對底層民眾進行言說的一體化格局，促進了文學生產的民主化進程。同時「農民工」也具有了多層次、多方位的審美意蘊與文化內涵。

參考文獻

一、中文著作

1. 洪子誠《問題與方法》,三聯書店,2002 年。

2. 羅爭玉《文化事業的改革與發展》,北京:人民出版社,2006 年。

3. 胡惠林《文化政策學》,上海文藝出版社,2003 年。

4. 汪暉、陳燕谷主編《文化與公共性》,北京:生活・讀書・新知三聯書店,2005 年。

5. 李培林主編《農民工:中國進城農民工的經濟社會分析》,北京:社會科學文獻出版社,2003 年。

6. 鄭功成、黃黎若蓮《中國農民工問題與社會保護》,北京:人民出版社,2007 年。

7. 陳曉明《表意的焦慮》,中央編譯出版社,2002 年。

8. 王曉明主編《批評空間的開創》,東方出版中心,1998 年。

9. 陳思和、丁帆主編《「中國現代文學社團史」研究書系》,上海:東方出版中心,2006 年。

10. 朱國華《文學與權力》,華東師範大學出版社,2006 年。

11. 邵燕君《傾斜的文學場》,江蘇人民出版社,2003 年。

12. 祁述裕《市場經濟下的中國文學藝術》,北京大學出版社,1998 年。

13. 鄭崇選《鏡中之舞:當代消費文化語境中的文學敘事》,華東師範大學出版社,2006 年。

14. 白燁主編《中國文情報告:2005～2006》,社會科學文獻出版社,2006 年。

15. 陳霖《文學空間的裂變與轉型》,合肥:安徽大學出版社,2004 年。

16. 韓敏《當代文學雜誌研究》，北京：中央文獻出版社，2007 年。

17. 歐陽友權、柏定國《2007：中國文化品牌報告》，北京：中國市場出版社，2007 年。

18. 譚運長、劉寧、沈崇照《文學期刊編輯論》，天津：百花文藝出版社，1997 年。

19. 羅鋼《敘事學導論》，昆明：雲南人民出版社，1994 年。

20. 陳平原《中國小說敘事模式的轉變》，北京大學出版社，2003 年。

21. 高鴻《跨文化的中國敘事》，上海三聯書店，2005 年。

22. 許紀霖《中國知識份子十論》，復旦大學出版社，2004 年。

23. 許紀霖、羅崗等《啟蒙的自我瓦解：1990 年代以來中國思想文化界重大論爭研究》，長春：吉林出版集團有限責任公司，2007 年。

24. 許紀霖、陳達凱主編《中國現代化史》（第一卷），上海世紀出版股份有限公司，2006 年。

25. 丁帆《中國鄉土小說史》，北京大學出版社，2007 年。

26. 余英時《士與中國文化》，北京：上海人民出版社，2003 年。

27. 余英時《中國思想傳統的現代詮釋》，南京：江蘇人民出版社，2003 年。

28. 錢穆《中國文化史導論》，商務印書館，1994 年。

29. 孟繁華《眾神狂歡：當代中國的文化衝突問題》，今日中國出版社，1997 年。

30. 孟繁華《傳媒與文化領導權——當代中國的文化生產與文化認同》，山東教育出版社，2003 年。

31. 汪民安、陳永國、馬海良《城市文化讀本》，北京大學出版社，2008 年。

32. 王學泰《游民文化與中國社會》，北京：同心出版社，2007 年。

33. 葉中強《從想像到現場：都市文化的社會生態研究》，上海：學林出版社，2005 年。

34. 汪民安《福柯的界線》，中國社會科學出版社，2002 年。

35. 李怡《現代性：批判的批判》，北京：人民文學出版社，2006 年。

36. 汪民安《現代性》，桂林：廣西師範大學出版社，2005 年。

37. 李強《農民工與中國社會分層》，北京：社會科學文獻出版社，2004 年。

38. 李強《當代中國社會分層與流動》，北京：中國經濟出版社，1993 年。

39. 鄭杭生《當代中國城市社會結構現狀與趨勢》，北京：中國人民大學出版社，2004 年。

40. 陸學藝主編《當代中國社會階層研究報告》，北京：社會科學文獻出版社，2002 年。

41. 陸學藝主編《當代中國社會流動》，北京：社會科學文獻出版社，2004年。

42. 孫津《中國農民與中國現代化》，北京：中央編譯出版社，2004年。

43. 段若鵬、鐘聲、王心富、李拓《中國現代化進程中的階層結構變動研究》，北京：人民出版社，2002年。

44. 費孝通《鄉土中國》，上海人民出版社，2006年。

45. 文化部文化司、華中師範大學、全國農民工文化生活狀況調查課題組《當代中國農民工文化生活狀況》，北京：中國社會科學出版社，2007年。

二、中文譯著

1. 〔法〕皮埃爾・布迪厄《藝術的法則》，劉暉譯，中央編譯出版社，2001年。

2. 〔法〕皮埃爾・布迪厄、〔美〕華康德《實踐與反思》，李猛、李康譯，中央編譯出版社，2004年。

3. 〔法〕皮埃爾・布迪厄《文化資本與社會煉金術》，包亞明譯，上海人民出版社，1997年。

4. 〔美〕戴安娜・克蘭《文化生產：媒體與都市藝術》，譯林出版社，2001年。

5. 〔法〕羅貝爾・埃斯卡皮《文學社會學》，於沛選編，浙江人民出版社，1987年。

6. 〔美〕華萊士・馬丁《當代敘事學》，伍曉明譯，北京大學出版社，2005年。

7. 〔美〕阿瑟・阿薩・伯格《通俗文化、媒介和日常生活中的敘事》，姚媛譯，南京大學出版社，2006年。

8. 〔美〕薩義德《知識份子論》，三聯書店，2002年。

9. 〔美〕薩義德《人文主義與民主批評》，新星出版社，2006年。

10. 〔美〕馬克・里拉《當知識份子遇到政治》，新星出版社，2005年。

11. 〔德〕卡爾・曼海姆《卡爾・曼海姆精粹》，南京大學出版社，2005年。

12. 〔法〕米歇爾・福柯《知識考古學》，謝強、馬月譯，北京：生活・讀書・新知三聯書店，2003年。

13. 〔法〕米歇爾・福柯《規訓與懲罰》，劉北成、楊遠嬰譯，北京：生活・讀書・新知三聯書店，2007年。

14. 吳猛和新鳳《文化權力的終結：與福柯對話》，成都：四川人民出版社，2003年。

15. 〔奧〕A・阿德勒《自卑與超越》，北京：作家出版社，1986 年。

16. 〔美〕馬泰・卡林内斯庫《現代性的五副面孔》，顧愛彬、李瑞華譯，商務印書館，2002 年。

17. 〔英〕特雷・伊格爾頓《二十世紀西方文學理論》，伍曉明譯，北京大學出版社，2007 年。

18. 〔德〕瓦爾特・本雅明《機械複製時代的藝術》，李偉、郭東編譯，重慶出版社，2006 年。

19. 〔德〕阿倫特編《啓迪：本雅明文選》，張旭東、王斑譯，北京：生活・讀書・新知三聯書店，2008 年。

20. 〔德〕哈貝馬斯《哈貝馬斯精粹》，曹衛東選譯，南京大學出版社，2004 年。

21. 〔英〕喬安妮・恩特維斯特爾《時髦的身體：時尚、衣著和現代社會理論》，郜元寶等譯，桂林：廣西師範大學出版社，2005 年。

22. 〔英〕多米尼克・斯特里納蒂《通俗文化理論導論》，閻嘉譯，北京：商務印書館，2001 年。

23. 〔美〕約翰・費斯克《理解大眾文化》，王曉珏、宋偉傑譯，北京：中央編譯出版社，2001 年。

24. 〔美〕約翰・菲斯克《解讀大眾文化》，楊全強譯，南京大學出版社，2006 年。

25. 〔澳〕傑華《都市裏的農家女：性別、流動與社會變遷》，江蘇人民出版社，2006 年。

26. 〔美〕約翰・R・霍爾、瑪麗・喬・尼茲《文化：社會學的視野》，商務印書館，2004 年。

三、中文期刊

1. 南帆《底層經驗的文學表述如何可能》，載《上海文學》2005 年第 11 期。

2. 南帆《曲折的突圍——關於底層經驗的表述》，載《文學評論》2006 年第 4 期。

3. 張閎《底層關懷：學術圈地運動》，載《天涯》2006 年第 2 期。

4. 軒紅芹《「向城求生」的現代化訴求——90 年代以來新鄉土敘事的一種考察》，載《文學評論》2006 年第 2 期。

5. 顧錚《爲底層的視覺代言與社會進步》，載《天涯》2004 年第 6 期。

6. 祝克懿《「敘事」概念的現代意義》，載《復旦學報》（社會科學版）2007 年第 4 期。

7. 徐德明《「鄉下人進城」的文學敘述》，載《文學評論》2005 年第 1 期。

8. 徐德明《鄉下人的記憶與城市的衝突》，載《文藝爭鳴》2007 年第 4 期。

9. 逄增玉、蘇奎《現當代文學視野中的「農民工」形象及敘事》，載《蘭州大學學報》（社會科學版）2008 年第 1 期。

10. 李雲雷《底層寫作的誤區與新「左翼文藝」的可能性》，載《海南師範學院學報》（社會科學版）2006 年第 1 期。

11. 蔣述卓《現實關懷、底層意識與新人文精神》，載《文藝爭鳴》2005 年第 3 期。

12. 張清華《「底層生存寫作」與我們時代的寫作倫理》，載《文藝爭鳴》2005 年第 3 期。

13. 張清華《底層爲何寫作》，載《湛江師範學院學報》2008 年第 29 卷第 1 期。

14. 張未民《關於「在生存中寫作」》，載《文藝爭鳴》2005 年第 3 期。

15. 朱國華《場域與實踐：略論布迪厄的主要概念工具（下）》，載《東南大學學報》（哲社版）2004 年第 2 期。

16. 朱國華《習性與資本：略論布迪厄的主要概念工具（上）》，《東南大學學報》（哲學社會科學版）2004 年第 1 期。

17. 賀紹俊《「新世紀文學」的社區共同性——以湖北文學爲例》，載《文藝爭鳴》2007 年第 2 期。

18. 賀紹俊《鄉村的倫理和城市的情感》，載《當代作家評論》2004 年第 5 期。

19. 周曉風《區域文學——文學研究的新視野》，載《中國文學研究》2004 年第 4 期。

20. 劉旭《底層能否擺脫被表述的命運》，載《天涯》2004 年第 2 期。

21. 劉勇《從〈太平狗〉看底層敘述的偏離》，載《江漢大學學報》（人文科學版）2006 年第 25 卷第 6 期。

22. 陳曉明《「人民性」與美學的脫身術》，載《文學評論》2005 年第 2 期。

23. 張宏《分裂的鏡城與無望的鄉村》，載《文藝理論與批評》2007 年第 4 期，第 47～49 頁。

24. 金赫楠《獨特的底層敘事》，載《文藝理論與批評》2007 年第 3 期。

25. 劉繼明、李雲雷《底層文學，或一種新的美學原則》，載《上海文學》2008 年第 2 期。

26. 劉桂茹《底層：消費社會的另類符碼》，載《東南學術》2006 年第 5 期。

27. 陳思和《文學如何面對當下底層現實生活》，載《杭州師範學院學報》（社會科學版）2003 年第 1 期。

28. 周新民《身體：女性主體意識的建構》，載《貴州社會科學》2004 年第 2 期。

29. 龍迪勇《事件：敘述與闡釋》，載《江西社會科學》2001 年第 10 期。

30. 馮敏《打工文學的現狀與話語困境》，載《南方文壇》2007 年第 4 期。

31. 賀芒《從文學社團到文學社區：打工文學生產場域的形成》，載於《社會科學家》2009 年第 9 期。

四、外文著作

1. Dominic Strinati, *An Introduction to Theories of Popular Culture*. Routledge, 1995.

2. Diana Crane, *The Production of Culture: Media and the Urban Arts*. Sage Publications, 1992.

3. Edward W. Said, *Orientalism*, London: Penguin Books. 1991.

4. Terry Eagleton, *Literary Theory: An Introduction*. Foreign Language Teaching And Research Press, 2004.

5. Walter Benjamin, *The Work of Art in the Age of Its Reproducibility. Walter Benjamin Selected Writings Volume3 1935~1938*. Cambridge, Massachusetts, and London, England.The Belknap press of Harvard University Press, 2002.

附錄一　《大鵬灣》編輯隊伍構成表

《大鵬灣》編輯隊伍構成表

刊　　期	總編社長	主　編	執行副主編	責任編輯	美術編輯
1988 年第 1 期		張波良		葉崇華、無君、斯英琦（特約）	駱文冠（特約）
1989 年第 1 期		張波良		葉崇華、無君	
1990 年第 1 期（季刊）		張波良		葉崇華、無君、斯英琦（特約）	駱文冠（特約）
1990 年第 2、3 期合刊		張波良		葉崇華、無君、斯英琦（特約）	駱文冠（特約）
1991 年第 1 期		張波良		葉崇華、無君、斯英琦（特約）	駱文冠（特約）
1991 年第 2 期		張波良		葉崇華、無君、斯英琦（特約）	駱文冠（特約）
1991 年第 3 期		張波良		葉崇華、無君、斯英琦（特約）	駱文冠（特約）
1991 年第 4 期		張波良		葉崇華、無君	
1992 年第 4 期				《大鵬灣》編輯部	
1994 年第 1 期（改雙月刊）		何朋先	葉崇華	黃二桑	黃文龍
1994 年第 3 期		何朋先	葉崇華	黃二桑	希　木
1994 年第 4 期		何朋先	葉崇華	黃二桑	希　木

1994 年第 6 期		何朋先	葉崇華	駱卡	顏曉萍
1995 年第 1 期		何朋先	葉崇華	駱卡	顏曉萍
1995 年第 3 期		何朋先	葉崇華	張偉明、艾紹強、郭海鴻、駱卡	顏曉萍
1995 年第 7 期		何朋先	葉崇華	張偉明、艾紹強、郭海鴻、駱卡	顏曉萍
1995 年第 8 期		何朋先	葉崇華	張偉明、郭海鴻	顏曉萍
1995 年第 9 期		何朋先	葉崇華	張偉明、郭海鴻	顏曉萍
1995 年第 10 期		何朋先	葉崇華	張偉明、郭海鴻	顏曉萍
1995 年第 11 期		何朋先	葉崇華	張偉明、郭海鴻	顏曉萍
1995 年第 12 期		何朋先	葉崇華	張偉明、郭海鴻	顏曉萍
1996 年第 7 期		何朋先	葉崇華	郭海鴻、艾清芳（特邀）、安石榴	羅向冰
1996 年第 8 期		何朋先	葉崇華	郭海鴻、艾清芳（特邀）、安石榴	羅向冰
1996 年第 12 期		何朋先	葉崇華	張偉明、郭海鴻、安石榴	顏曉萍、羅向冰
1997 年第 11 期		何朋先	葉崇華	郭海鴻、安石榴	羅向冰
1997 年第 12 期		何朋先	葉崇華	郭海鴻、安石榴	羅向冰
1998 年第 1 期		何朋先	葉崇華	郭海鴻、安石榴	羅向冰
1998 年第 2 期		何朋先	葉崇華	郭海鴻、安石榴	羅向冰
1998 年第 3 期		何朋先	葉崇華	郭海鴻、安石榴	羅向冰
1998 年第 4 期		何朋先	葉崇華	郭海鴻、安石榴	顏曉萍、羅向冰
2000 年第 1 期		李小艦	梁振偉（常務副主編）、葉崇華、吳江	張偉明、郭海鴻、唐俑、阿芳	顏曉萍、羅向冰
2000 年第 2 期		李小艦	梁振偉（常務副主編）、葉崇華、吳江	張偉明、郭海鴻、唐俑、阿芳	顏曉萍、羅向冰
2000 年第 3 期		李小艦	梁振偉（常務副主編）、葉崇華、吳江	張偉明、郭海鴻、唐俑、阿芳	顏曉萍、羅向冰

2000 年第 4、5 期合刊		劉繼昌	葉崇華	張偉明、成琳、郭建勳	顏曉萍
2000 年第 10 期		劉繼昌	張偉明	郭建勳、王世孝（即王十月）、戈桑	顏曉萍
2000 年第 11 期		劉繼昌	張偉明	郭建勳、王世孝、戈桑	顏曉萍
2000 年第 12 期		劉繼昌	張偉明	郭建勳、王世孝、戈桑	顏曉萍
2001 年第 1 期		劉繼昌	張偉明	郭建勳、王世孝、戈桑	顏曉萍
2001 年第 2 期		劉繼昌	張偉明	郭建勳、王世孝、戈桑	顏曉萍
2001 年第 3 期		劉繼昌	張偉明	郭建勳、王世孝、戈桑	顏曉萍
2001 年第 4 期		劉繼昌	張偉明	郭建勳、王世孝、戈桑	顏曉萍
2001 年第 8 期		劉繼昌	張偉明	郭建勳、王世孝、戈桑	張長江
2001 年第 10 期		劉繼昌	張偉明	郭建勳、王世孝、戈桑	顏曉萍
2001 年第 11、12 期合刊		劉繼昌	張偉明	郭建勳、王世孝、戈桑	顏曉萍
2002 年第 1 期		張偉明		王世孝、戈桑	顏曉萍
2002 年第 5 期	楊　柯	張偉明		王世孝、戈桑	顏曉萍
2002 年第 6 期	楊　柯	張偉明		王世孝、戈桑、吳楊	顏曉萍
2002 年第 7 期	楊　柯	張偉明		王世孝、戈桑、吳楊	顏曉萍
2002 年第 8 期	楊　柯	張偉明		王世孝、戈桑、吳楊	顏曉萍
2002 年第 9 期	楊　柯	張偉明		王世孝、戈桑、吳楊	顏曉萍
2002 年第 10 期	楊　柯	張偉明		王世孝、戈桑、吳楊	顏曉萍
2002 年第 11 期	楊　柯	張偉明		王世孝、戈桑、吳楊	顏曉萍
2002 年第 12 期	楊　柯	張偉明		王世孝、戈桑、吳楊	顏曉萍

注：根據 1988 年至 2002 年《大鵬灣》雜誌統計，有缺刊。資料由張偉明提供。

附錄二 《佛山文藝》前主編劉寧訪談記錄

劉寧先生為《佛山文藝》前主編，工作期為 1983～2003，現任佛山傳媒集團董事長。

筆者（以下簡稱筆）：劉先生您好！請您介紹一下《佛山文藝》的發展歷程。

劉寧（以下簡稱劉）：《佛山文藝》在 60 年代初是佛山地區群眾藝術館刊登戲劇、曲藝、山歌等宣傳黨的政策的說唱材料。為各縣及農村服務，不定期出版。70 年代初，正式定名為《佛山文藝》，主要刊登小說、散文、詩歌、戲劇、評論等文學作品。1989 年時逢全國期刊大整頓，使《佛山文藝》認識到發展的重要性，並開始了艱難創業。1990 年，與佛山電臺聯合舉辦「九十年代第一天」大型文學徵文活動，取得成功，揭開《佛山文藝》「小城市辦大雜誌」的序幕。

從 1990 年到 1991 年，《佛山文藝》進行了多次大型的市場調查與讀者調查，打破原來目錄中以小說、詩歌、散文、報告文學等體裁劃分欄目的模式，改為新市民、打工仔、三教九流、家庭、鄉土等以題材為版塊的現代編輯模式。同時吸收金庸先生辦《明報》的經驗，大雅大俗兩結合。1993 年，根據市場的預測，創辦了子刊《外來工》。1994 年，《佛山文藝》改為半月刊，期發行量超過 50 萬冊。社會效益與經濟效益均取得豐碩成果。

到 2007 年 11 月，《佛山文藝》共出版 500 期，推出了不少文學新人，也吸引了眾多的知名作家為《佛山文藝》寫稿，《佛山文藝》以其良好的市場效

應，形成一種「《佛山文藝》現象」，引起同行關注。也標誌著《佛山文藝》從地方走向全國。

筆：《佛山文藝》的辦刊宗旨及定位是什麼？

劉：《佛山文藝》作為地市級文學期刊，本來也是在體制內，應地方文聯要求，成為培養地方作家的陣地。是輸送地方作家到省級刊物發表作品的橋梁。在市場經濟下，擺脫體制束縛，進入市場。當看到許多省一級文學期刊在市場環境下發行量不超過 2000 本，我們開始思考：文學的生命力在哪裏？

文學的生命力其實不在單純的對藝術技巧的追求，它必須紮根於現實生活。只有現實生活才能使文學具有眞正的活力。作家應將視野朝下，關注基層事件。90 年代初，大量的打工者湧入廣東，電視劇《外來妹》的熱播，證明反映打工生活的文學作品市場反應良好。最初，南下的打工者中，包括不少的白領、知識份子，他們出來闖蕩世界，是在經歷了政治風波之後，既有對南方的新奇，也有躲避崇高的心理。於是我們提出：一群有趣的人編一本有趣味的雜誌，維繫一群有趣味的讀者。反映當時的活法。

而在南下的打工群體中，還包括大量的藍領。這些打工者漂泊異鄉，物質貧困，精神上倍感孤獨，非常需要心靈的撫慰，所以，《佛山文藝》推出了大量反映他們生活的文學作品，如「打工 OK」,「星夢園」等欄目就是針對這一讀者群的。1993 年我們創辦子刊《外來工》（於 1999 年更名爲《打工族》），可以說是應時而生。雜誌社常常收到大量讀者來信，取得非常好的市場效果。我們推出刊首語：「同是天涯打工人，相逢何必曾相識」，讓打工者在這裡尋找到溫暖的心靈港灣。在讀者的熱情支持下，雜誌發行量超過一百萬份，是全國文學期刊發行量的總和。

我們的定位就是通俗的文學期刊，注意，不是「通俗文學的期刊」。堅持貼近現實生活，關懷普通人生，抒寫人間眞情的宗旨。

筆：與《人民文學》等文學期刊相比，《佛山文藝》有哪些特色？

劉：我剛才談到，與《人民文學》等文學期刊一樣，《佛山文藝》也是體制內的文學刊物，是地市級。在市場經濟下，較早注意到讀者需求，進行了市場定位。我們最初設置的欄目「眾生一族」，口號是「寫盡三教九流」，把視野投入到打工群體。打工者是來自全國的，一步步把《佛山文藝》的影響也帶到全國。《人民文學》是國家級文學期刊，推出了無數重要作品與作家，

在中國當代文學史上佔有重要地位。它的影響力是「自上而下」的，《佛山文藝》憑藉大量基層讀者，擴大了在文學期刊中的影響力，可以說是「自下而上」的。

當初，《佛山文藝》以全新面目面市時，引起一些德高望重的編輯前輩的質疑：既不是《人民文學》的路子，也不是《上海文學》的方向。而這種什麼雜誌也不像的東西正是我們的追求，也是我們的特色。我們就像一隻蝙蝠，在鼠類中是鳥，在鳥類中是鼠。《佛山文藝》就是文學期刊中的另類。它既是文學，也是期刊，在文學界中，首先以期刊人自居，真正地做回了雜誌。我們定位為「通俗的文學期刊」，首先就是要做期刊。

《佛山文藝》的編輯隊伍是精英知識份子，與精英文學寫作圈有很深的交往。但站的角度是讀者，主要根據題材、故事推出作品。與《人民文學》、《花城》等文學期刊在服務對象、功能上都不同。

因此，鮮活就是我們最大的特色。鮮活的語言、鮮活的題材、鮮活的思想，是我們所強調的。文學只有優劣之分，沒有高低之分，「草根文學」也具有優秀的品質。

筆：你們的作者群有哪些？擇稿標準又是什麼？

劉：作者有地方的，也有在全國知名度都很高的。有草根階層的，也有高端的作家。我們曾對高端作家提出：只要你在《佛山文藝》發表作品，你就是中國擁有讀者最多的作家。讓他們寫好作品，出文學精品。並不斷地發掘青年作家，1995年與《上海文學》聯合舉辦「新市民小說聯展」，就推出了邱華棟、何頓、趙凝等青年作家。《佛山文藝》還是第二屆廣東省簽約青年作家的出資人，這些簽約作家也成為《佛山文藝》的作者，每年為《佛山文藝》提供兩篇稿子。

1993、1994年，《佛山文藝》從「眾生一族」欄目中分出「打工 OK」，鼓勵打工者自己寫。雖然文化水平不高，但他們有活生生的故事，這些是成熟的作家不具備的，也是我們所需要的。對打工者來說，發表作品也變得相對容易了。通過給《佛山文藝》寫稿，他們得到了鍛鍊，逐漸開始向省級文學期刊投稿，《佛山文藝》成為他們在省級文學期刊發表文章的橋梁。

《佛山文藝》的子刊《外來工》是從「打工 OK」欄目中脫離出來的，對來稿並沒有非常高的文學專業方面的要求。謀篇佈局、敘事手法都不是主要的擇稿標準。只要是敘述語言非常鮮活，又體現打工題材，就可以發表。

筆：《佛山文藝》連續獲得兩屆「廣東省優秀期刊」，1998 年獲「全國百佳重點期刊」，是怎樣由地方刊物一步步走向全國的？

劉：因為打工者是來自全國的，面向打工者的《佛山文藝》必然成為全國性的文學雜誌。

《佛山文藝》由地方性文學期刊一步步走向全國，這其中全體編輯、工作人員都付出了自己的心血。我們一直傾力將《佛山文藝》打造成名牌。

通過與省級刊物、國家級刊物合作，擴大了《佛山文藝》的全國影響。先後與《上海文學》合作舉辦「新市民小說聯展」，與《中國作家》聯手開展「風味街」徵文。尤其是與《文藝報》、《當代作家評論》合作的「跨世紀文學評論家」活動，產生了較大範圍的影響。通過這一系列的活動，《佛山文藝》以「草根」進入市場、進入社會，並被文學評論家認同。

筆：作為一本以市場定位為主的雜誌，《佛山文藝》做了哪些市場推廣活動？

劉：期刊是文學的載體，市場是期刊的載體。因此，對文學期刊來說，做一些市場推廣活動是必要的。《佛山文藝》的市場推廣主要從以下幾個方面進行：第一，是舉辦文學研討會，擴大《佛山文藝》的知名度。第二，打造職業編輯人，編輯由專業人士組成，與文學家往來，與大學教授往來，具有對刊物進行整體策劃的能力。第三，預測文學熱點，第四，做好「開發」這一步。如果將文學期刊視作企業，那麼，它如企業一樣分為製造、開發與基礎研究，開發是很重要的一步。如通過「新市民小說聯展」，《佛山文藝》得到了「新市民小說」的讀者，使讀者發現，他們是由鄉入城，由舊入新的「新市民」，讀者與作者一體。如果說文學是懸空的，《佛山文藝》找到了讓文學落地的地方。

筆：請問《佛山文藝》如何推動了文學寫作？

劉：我想，《佛山文藝》代表了漢語寫作的走向，那就是對上個世紀 20 年代以來白話寫作的承接，是口語化寫作的代表。《佛山文藝》鼓勵打工者自己創作，倡導鮮活的語言，這勢必為文學寫作注入新鮮血液，並打破一些定勢。

筆：謝謝劉總！

（2008 年 8 月 5 日）

注：根據訪談筆錄整理

附錄三　王十月訪談記錄

　　筆者（以下簡稱筆）：王十月，你好！能談談你是怎麼走上文學創作道路的嗎？

　　王十月（以下簡稱王）：我小的時候，夢想是當畫家，我叔叔是家鄉有名的才子，能畫，還能寫一手好毛筆字。我初中畢業後，在家裏無事可做，便師從石首的老畫家王子君先生學畫。先生教導我，說當畫家，功夫在畫外，要有好的文學修養，於是又從石首的老詩人徐永兵先生學習寫格律詩，填詞。那時他們一些老人家搞了個楚望詩社，每個月聚會一起，搞詩詞講座。我就騎自行車，騎六十多里，去聽課。是老年大學裏的少年郎。老爺子們都很喜歡我，於是也寫一些古體詩。這樣大概有一年多時間吧，還發表過一些古體詩。後來出門打工，就把這份愛好給擱下了。到了一九九八年，我再次來到南方打工，在工廠裏，很無聊。沒有學歷，找工作也不好找，有工友說你的文筆不錯，可以寫作的。於是想起了少年時的夢想，開始寫一些東西。

　　筆：重拾這份愛好，有沒有受到其他打工作家的影響或激勵呢？

　　王：當時對文學的理解很膚淺。聽工友介紹了安子和周崇賢的事跡，想人家也是初中生，能當作家，我為什麼不能做到的，我就找他們的書看，然後學習他們的手法寫小說。後來又知道了張偉明，看了他的小說《無所適從》，那是一部和我之前閱讀的打工文學完全不一樣的小說，我很吃驚，也很喜歡，想，原來還可以這樣寫小說。就這樣，稀裏糊塗就走上了寫作這條路。

　　筆：打工經歷對你的文學創作有什麼影響呢？

王：肯定有直接的，而且肯定是終身的影響。首先，我的寫作是從寫打工生活起步的，而我目前的生活經驗無非是兩塊，一塊是童年與少年時期的鄉村生活，還有一塊就是後來的打工生活。無論鄉村生活還是打工生活，都給了我很多的苦難，但對於一個作家來說，我現在越來越覺得這是上天賜給我的財富。而且打工生活，讓我具有了屬於王十月的，而不是其它作家的看生活，看問題，看待生命的眼光。

筆：你說的其他作家，是不是那些精英知識份子出身的作家？他們也寫打工題材的作品，你如何看待這些作品呢？

王：也可以這樣說吧。我看過一部份他們的作品，我在這裡不去評價他們的作品，我只想說，在閱讀他們的作品時，我發現，我和他們看問題的眼光是有區別的。我喜歡一句話，叫我手寫我心。我想說的是，因為生活、生存境遇的不同，我們的本心是有區別的。而這種區別，反映到創作中來，也是明顯的。換句話說，自己挨了一刀的痛，和看到別人挨一刀生出的惻隱之心，是不一樣的。

筆：你認為把你的作品歸入「打工文學」恰當嗎？你現在已經脫離了打工者隊伍，應該歸到哪一類去呢？能不能這麼說：你現在的文學成就與創作狀態，也已決定了你的精英化？

王：如果打工文學這個命名是既成的事實，而且目前也找不出什麼更好的命名來代替，我覺得，我有一部份作品就是打工文學。這類作品大約占我的創作的三分之一吧。事實上，在我還在打工時，我就創作了像《活物》那樣的非打工文學作品，而在我脫離了打工者隊伍時，我還是創作出了像《國家訂單》、《白斑馬》這樣的描寫打工生活的作品。一個作家的創作，如果單一到如此好分類，那他一定是有欠豐厚的作家。而要說精英，那我可能也只能成為草根中的精英，或者精英中的草根？至於我是否精英化，我真沒有思考過這個問題。

筆：你常常讀些什麼書？對你產生影響的作家有哪些？主要是哪些方面的影響，比如：技巧，還是思考問題的方法？

王：我讀書很雜。最喜歡讀的書肯定不是文學類的書。我最喜歡讀霍金的《時間簡史》、《果殼裏的宇宙》以及中國古老的哲學，和神秘文化一類的書，其次是歷史書，再其次是傳統文化方面的書。但我看起來有一些吃力，要看別的學者的注解和講授本，去年我集中看了南懷瑾的十卷本書集。然後

才能排到文學類的書。很多小說常常讓我很難讀下去，而讀這一類雜書很過癮。對我產生影響的作家，我想國內的，我比較喜歡汪曾祺先生的短篇和魯迅先生的作品，國外的作家，比較喜歡的有馬爾克斯、卡夫卡。等等。看小說家的書，肯定能學到一些寫作的技巧。

筆：那你會有意識地學嗎？你的作品有一些有魔幻現實主義的影子，一些有古典的意境，是不是每個階段都有主動的追求？

王：是的。我的寫作，都是成系列地完成，一個時間段，我會寫一種風格，一類題材的作品。這實際上是我的一個學習的過程，也是尋找屬於自己獨特的文學語言的艱難過程，我總是不滿意我的作品，每當我找到一種新的表達方式的時候，我會欣喜若狂，信心滿滿，可是當對這種寫法比較得心應手了，寫作的難度就降低了時，我又沒有興趣了。這樣摸索的結果，有一個壞處，那就是我的作品面目變化多端，讓人不太好去評價，而好處就是，我的這一過程，讓我的文學世界構成不至於太單薄，而且將來有可能形成一個龐雜的世界。風格其實是一柄雙刃劍，他是作家的商標，也是束縛一個作家的繩索。

筆：你在寫作過程中得到過具體的幫助嗎？比如編輯、作協、批評家之類的。

王：得到過。主要是文學上的指導和生活上的關心。沒有一些前輩們的幫助，我一個打工仔，也不可能慢慢成熟起來。說起來，我是很幸運的，在工廠裏開始寫豆腐乾的時候，我遇到了打工文學的代表人物周崇賢。而當我開始寫小說時，我遇到了另一個打工作家，《大鵬灣》的主編張偉明，他只是編了我的兩篇小說，和我從來未通過電話和書信，更沒有見過面，就把我從工廠裏聘到了《大鵬灣》當編輯。當編輯的幾年，我的文學眼界才得以慚慚開闊起來。還有《特區文學》的主編宮瑞華老師，05 年一年吧，《特區文學》發了我三個短篇，一個中篇，一個長篇。用他的話說，叫扶上馬，送一程。還有楊宏海先生，他一直很關注我的創作。還有廣東省作協的廖紅球，呂雷等前輩，他們一直很關注我的創作，送我去魯迅文學院學習，讓我有機會聽到許多前輩們的講座，還有《人民文學》的李敬澤先生，他的話不多，可有時短短的幾句話，卻能啓迪我的心智。這樣的人很多，在文學這條路上，我的起點是很低的，非常低，我很羨慕有些作家一出手就能寫出那麼漂亮的作品，而我是從寫豆腐乾小故事開始的，但我比較自信的是，我一直在進步。

這也和我得到的幫助分不開。

筆：能談談你在魯迅文學院學習的心得體會嗎？

王：呵呵，一下子也不好說。但對我的影響和改變，我想是很大的。主要的影響還不是聽課，而是那樣的一個氛圍。另外是集中精力讀了一些書，西方的文學史，對文學史上的各流派的大師的作品有了一個系統的但比較粗淺的瞭解。這讓我對自己的創作有了新的想法。

筆：除了魯迅文學院，還參加過其他的文學創作方面的學習班嗎？

王：廣東省作協與魯迅文學院合辦過一期作家班，在廣東辦的。為期一個月，也聽了一些不錯的課。

筆：能對你的文學創作作一個評價嗎？

王：自評？好像不太好評哦。我只能說我喜歡的作品，是帶著寫作者心靈的溫度的。我也在努力實踐著這樣的寫作宗旨。我之前的寫作，寫古典，寫鄉土，寫打工，寫魔幻現實主義，就像李小龍在練拳擊，練詠春，練空手道一樣，是一個練習的過程。而我的夢想，是終有一天，創造出自己的文學的截拳道。這個理想有點大，也很難，不一定能實現，但這個實現的過程，也會讓我的人生精彩起來。

筆：謝謝你接受我的訪談！祝創作出更多更好的作品！

（2008 年 10 月 23 日）

注：根據訪談記錄整理

附錄四　鄭小瓊訪談記錄

筆者（以下簡稱筆）：小瓊你好！能談談你是怎麼開始創作的嗎？是因為打工生活枯燥無聊，就開始寫詩了？

鄭小瓊（以下簡稱鄭）：是的。也是因為看到那些詩歌太簡單了——當時在打工雜誌上發的那些。感覺自己也能寫。

筆：寫作是因為精神的需要？

鄭：沒有什麼精神需要之類，當時根本沒有想過類似的問題。只是下班後，無聊，然後去地攤買一些打工類雜誌看。感覺那些詩很簡單的，我也能寫，就寫了。

筆：看打工雜誌，是否受到過別的打工作家的影響？

鄭：也忘了，估計沒有受多少影響。其實那時打工雜誌的詩歌主要是鄉愁之類的，反映打工苦悶的。

筆：你那時主要看哪些雜誌？現在你喜歡看些什麼書呢？

鄭：那時主要是《嘉應文學》，《創業者》啊，《僑鄉文藝》之類的。當然也包括《佛山文藝》、《大鵬灣》。書籍就很雜了，有詩歌，有評論，有社會學的。

筆：你曾在採訪中多次提到詩人發星，他對你的創作幫助很大嗎？

鄭：是的。他寄了很多書給我，那些書籍讓我成長，擴大我的視野，不然的話我的寫作也只陷入那些鄉愁小感受中，我早期寫的詩歌，都寄給發星，他會提出鼓勵，提出意見的，然後根據我的寫作境況寄一些書來，彌補一些知識上的不足，這樣讓我成長很快的。四五年，他寄了上百本資料書籍。有很多他是複印下來的，幾百頁。

筆：除了發星，還得到過哪些人的幫助呢？

鄭：我覺得對我寫作上幫助的人太多了，比如詩人方舟，謝有順老師，李小雨老師等。還有詩人許強、張守剛等人。最早寫我的評論的是柳冬嫵，那時我還沒有名氣。

筆：你覺得把你歸入打工文學合適嗎？

鄭：其實劃入哪個圈子並不重要，一個人寫作是多方面的，可能注意這部分詩歌，就題材上劃分可以劃入打工文學中去，另外一些覺得並非如此，遠近高低各不同。

筆：獲獎對你的創作有什麼影響呢？

鄭：獲獎好像對於寫作並沒有多少影響，我常說我花時間最多的往往是那些不能發表的，比如《人行天橋》，《魏國記》之類的。只能在民刊上發表，而這部分寫作花的時間遠比那些打工題材詩歌多多了。不會因為獲獎而寫作，也不會因為獲獎而改變自己寫作的方式。

筆：現在還是邊打工邊寫作嗎？

鄭：我現在參加了省作協與勞動廳的一個培訓項目，主要扶助農民工寫作者的，廣東有十幾個人。

筆：廣東省魯迅文學院的培訓班，你參加過沒有？

鄭：沒有，那時不能請假啊。這次的培訓也有幾個月，所以辭了上一份工作啊。

筆：這種培訓對你有什麼幫助嗎？

鄭：可能會有更多時間讀書，有大把時間讀書。上次謝有順老師叫我讀點錢穆等人的書。我會更多問一下其他人，我需要讀什麼樣的書，比如向張清華、謝有順老師等人問。他們對我的寫作熟悉一些。

筆：你獲人民文學獎被視為打工文學被主流文學獎接受的標誌，你怎麼認為？

鄭：沒有，獲獎只是偶然行為。得獎只是偶然，寫作者不要把其當回事。但（主流文學的）接受與不接受，我認為是個偽問題。我不知道為何到打工文學就太多這樣的偽問題出來的。我們更需要以平等的眼光看待事物，寫作也一樣。

筆：請談談你的打工經歷和創作之間的關係？

鄭：其實每一種生活都會投影在寫作者的寫作中去，打工生活同樣如此，

可能我打工，我的作品中打工的投影多一些。

筆：鐵與月光，是你詩歌中的兩種典型意象，是否就是你生活的眞實反映？

鄭：鐵是的，我是五金廠做了七八年，月光應該是整個中國詩歌中的意象，只是將它移植到打工情景中。我曾讀過一些唐詩。

筆：成名對你的創作有激勵作用嗎？

鄭：不會吧，我寫過很多其他詩歌可能你沒有注意，這就是成名後傳媒的作用，把一個人類型化了，這就是成名的作用，對寫作並無多大益處。

筆：今後有什麼創作計劃嗎？

鄭：我的計劃就是寫完我的七國記，這個寫了三四年了，才寫完兩國。對於打工題材，我沒有計劃如何寫，但是我還會寫，肯定會寫。

筆：非常感謝你接受我的訪談！

（2008 年 12 月 14 日）

注：根據訪談記錄整理

以上人物訪談僅供學術研究使用。

後　記

　　歷時一年半，終於完成了卷帙浩繁的論文寫作，心中悲欣交集。那麼漫長的一段時間，不是枯坐電腦前的孤寂，就是一個人奔波在廣州、深圳尋找原始資料、訪談當事人的勞累。唯願這份辛苦沒有白費。

　　寫這篇論文源自對農民工這一特殊群體的關注。21 世紀初，社會各界對這一群體進行了集體關注，農民工討薪、農民工文化生活貧乏、農民工權益保障等問題常常成為新聞頭條。根據孫惠芬民工系列改編的電視劇《民工》熱播，賈平凹農民工題材的小說《高興》暢銷，文學界掀起底層文學熱，作家、文學理論界的目光集體向下。那麼，除了經濟學意義上的農民工、政治學意義上的農民工、社會學意義上的農民工，還有文化意義上的農民工是怎樣的？他們是怎樣的一種文化與美學的存在？中國農民、農民工一直是被別人言說的對象，一直在精英話語體系中被構建，從「哀其不信，怒其不爭」到充滿悲憫的道德同情。在眾聲喧嘩之中，農民工的自我言說幾乎被淹沒了。那麼，農民工的自我言說是怎樣的一種情形？與其他人的言說構成了怎樣的一種關係？這些問題引起了我濃厚的興趣。

　　但是，從學術興趣到學術研究的具體實施，卻是一個艱難的過程。常常被各種理論搞得頭昏腦脹，頭腦中一團亂麻理不清思路；面對一大堆田野調查來的原始資料又不知如何將他們進行提煉、上昇到理論的高度。種種難題擺在面前，像一座又一座連綿的高山，看不到盡頭的時候，也有過放棄的念頭。

　　所幸，有我的導師李怡教授與易丹教授的指引。在我遇到難題的時候，總有導師的指引與鼓勵。本科時，即有幸成為李老師的「開門弟子」，李老師

才華橫溢，品性高潔，爲人寬厚，令人仰慕不已。有心師從於李老師攻讀碩士，因種種原因，痛失於交臂。能夠通過讀博彌補這一遺憾，實乃我人生大幸！而在入學之前，對易丹老師的清雅文名已有耳聞，入學之後，得到易丹老師的悉心指點，幸甚！易老師淵博的學識、寬厚的胸襟，都讓我無限景仰。而易老師優雅的氣質、高尚的品格、豐厚的文化底蘊，使他自己成爲一本耐讀的書。在讀博士期間，我的每一點進步，都離不開兩位導師的精心指導與大力幫助。是他們，一步一步將我引入了研究之路。不論是在平常學習，還是在論文寫作期間，兩位老師總是耐心地指導我，提供詳細的意見與建議。他們無時不刻地關心我、幫助我，督促我進步，令我收穫頗多又心存感動。

博士畢業之後，李怡老師還一直關心我，引導我在學術研究上不斷成長。這一次又給我提供了博士論文出版的機會。眞的非常感謝李老師對我無私的幫助，只有以加倍的努力，來回報師恩。

在這裡，還要感謝趙毅衡教授、馮憲光教授、毛迅教授，陳思廣教授，他們給我的論文提出了建設性的意見，並以他們自己在學術上的建樹，給我提供了良好的示例。諸位師長的指點，不但拓寬了我的學術視野，也提供了切實可行的理論研究方法。

我還要感謝好友李祖德、王開國、李應志，大學同窗韓敏、段從學、張曦、尹邦志，余佩蓉，感謝師妹胡安定與她的先生肖偉勝。我的工作與學習，得益於他們的大力幫助。還記得那一次次關於學術問題的討論，還有一次次愉快的聚會，他們獨到的見解，使我深受啓發。他們對我坦誠相待，傾力相助，使我在完成學業的同時，也收穫了沉甸甸的友誼。

還有同門張武軍、周逢琴、張敏、侯春慧、胡昌平、程驥、方曉輝，學友張中奎、劉靜、劉曉麗、唐啓翠，我們一起度過了在川大學習的快樂時光。還記得課堂上激烈的辯論，課後快樂的聚餐，以及錦江河畔、望江公園的漫步，都成爲溫馨美好的回憶。感謝室友羅欣，給予我學習與生活上的種種幫助。

在論文收集資料的過程中，得到深圳市文聯副主席楊宏海先生，《佛山文藝》前任主編劉寧先生、前副主編譚運長先生、現任主編文能先生、副主編王薇薇女士、編輯李東文先生，《打工詩人》主編羅德遠先生，《大鵬灣》主編張偉明先生，《江門文藝》編輯部主任鄢文江先生，深圳龍華街道文體中心

張煌新先生，以及作家周崇賢、柳冬嫵、客人與安子夫婦、王十月、鄭小瓊、何真宗等諸位朋友大力相助，此處一併表示感謝。

我要特別感謝我的家人，如果沒有他們的支持，我不可能順利完成博士期間繁重的學習任務。年邁的父母，爲讓我安心讀書，幫著料理家務，照顧孩子。我的先生爲我的論文寫作默默地做了許多幕後工作；女兒每天爲我鼓勁加油，我卻沒有時間輔導她學習、陪伴她玩耍……

論文出版也離不開台灣花木蘭出版社諸位編輯老師的辛勤勞動，尤其是楊嘉樂老師，此處一併謝過。

在論文即將付梓出版之際，我再一次對原文進行了補充與修訂，但本人水平有限，錯漏之處在所難免，敬請讀者海涵並指正。